Allison Carr Waechter est l'autrice de plusieurs romances Fantasy et l'assistante de deux monstrueux chats. Actuellement, elle est probablement en train de se préparer une énième tasse de thé ou d'essayer de se rappeler pourquoi elle est entrée dans une pièce. Pour en savoir plus sur ses livres et vous inscrire à sa newsletter, rendez-vous sur son site Internet : www.allisoncarrwaechter.com.

Ce livre est également disponible
au format numérique

www.milady.fr

ALLISON CARR WAECHTER

L'AUBE ET LA NUIT

LES ORDRES IMMORTELS
TOME 1

Traduit de l'anglais (États-Unis) par Elsa Ganem

MILADY

Milady est un label des éditions Bragelonne

Titre original : *Dark Night Golden Dawn*

Directeur : Antoine Béon
Directrice de la publication : Claire Renault Deslandes
Éditrice : Sonia Mennour
Directeur artistique : Fabrice Borio
Graphiste : Anne-Claire Payet
Fabricante : Audrey Manzano

Illustration de couverture : Fen Inkwright

ISBN : 978-2-8112-2726-5

Bragelonne – Milady
58, rue Jean Bleuzen – 92170 Vanves

E-mail : info@milady.fr
Site Internet : www.milady.fr

À Doug, qui prouve jour après jour
que l'amour est un puits intarissable.

Avertissement de contenu

Dans ce livre, notre protagoniste, Harlow Krane, a traversé de dures épreuves. Pendant longtemps, elle a lutté contre un sentiment d'infériorité. Au début de l'histoire, son ex, qui avait été maltraitant envers elle, tourne la page, et elle n'a alors d'autre choix que de faire face à ce qu'il s'est passé entre eux.

Ce récit aborde la guérison de Harlow, autant qu'il en aborde d'autres en rapport avec son vécu, tels que la grossophobie, la négligence animale, les violences conjugales physiques et psychologiques, la dépression et le suicide. Il est aussi brièvement fait mention de comportements homophobes et d'abus sur mineurs, ainsi que de violence fantastique.

Bien que *L'Aube et la Nuit* ne soit pas un roman « sombre » en soi, il n'évite pas des sujets qui peuvent raviver des blessures réelles chez des personnes réelles. Même s'il est important pour moi que mes livres permettent au lecteur de s'évader, celui-ci parle aussi de catharsis à la suite de mauvaises expériences dont sont victimes la plupart des personnes de mon entourage. J'ai fait de mon mieux pour associer ces traumatismes à des sentiments tels l'amour profond, le pardon quand il était approprié, et quand il ne l'était pas… eh bien, vous verrez.

Pour faire court, si, comme nombre d'entre nous, vous avez personnellement subi ce genre de choses, abordez la lecture de ce livre avec prudence. Même s'il s'agit d'une histoire sur la guérison et l'espoir, j'ai conscience que ce type de contenu peut réveiller des traumatismes.

Si vous êtes dans cette situation actuellement et trouvez dans la lecture de cet ouvrage des éléments qui pourraient entraver votre processus de guérison, reposez-le et prenez soin de vous.

Les Krane et leurs amis seront toujours là, et Harlow serait la première à vous expliquer que prendre soin de soi est la partie la plus importante de toute guérison. C'est une leçon qu'elle apprend elle-même dans ce roman, mais elle et moi vous conseillerions de ne pas entamer sa lecture si son histoire vous fait plus de mal que de bien.

Avec tout mon amour.

Allison

LES ORDRES IMMORTELS

L'ORDRE DES ILLUMINÉS

les immortels les plus puissants sur Okairos

L'ORDRE DE LA NUIT

vampires

incubes
succubes
(espèces disparues)

L'ORDRE DES MASQUES

les « Élus de l'Illusion »
métamorphes

les Héraldiques
(espèces disparues)

L'ORDRE DES MYSTÈRES

sorcières

AB ORDINE LIBERTAS

Préface

Les Illuminés sont arrivés dans notre monde à la fin du règne de l'impératrice Lofrata, et pendant un temps, nous les avons vénérés comme s'ils étaient des dieux. Nous avons rapidement compris qu'ils n'en étaient pas. Ils aimaient notre monde, mais ne se souciaient pas de nous. Aucune explication n'a été fournie quant à leur origine ou à leur éventuel départ.

Deux mille ans ont passé, et les Illuminés ont assurément changé le cours de l'histoire de bien des façons. Aujourd'hui, les humains partagent le monde non seulement avec les Illuminés, mais aussi avec les enfants qu'ils ont engendrés avec nos ancêtres vampires, sorcières et métamorphes.

Bien que nous vivions ensemble en paix, comme l'exigent les Illuminés, nous serions stupides d'affirmer que nous existons dans une utopie. Nous vivons et mourons tous selon leurs caprices. Alors que les technologies progressent et le monde évolue, l'ère des Illuminés décline et leur nombre décroît, mais leur emprise reste aussi ferme que jamais.

Sofya Starkovski, *Histoire complète des Illuminés et des Ordres inférieurs*

1

Harlow Krane s'efforçait de ne pas regarder son téléphone. Ses doigts la démangeaient tant elle avait envie de parcourir les réseaux sociaux et les sites people uniquement pour se faire du mal. Elle était de retour six mois en arrière, quand Mark et elle avaient rompu. Tout le monde en parlait. Mais maintenant, ils en parlaient parce que Mark avait tourné la page, et pas elle.

Depuis leur séparation, on avait décrété que Mark était la victime et Harlow, la coupable. Ce qui n'était pas si étonnant. Les sites étaient principalement tenus par des humains, contrairement aux journaux, qui appartenaient tous aux Illuminés. Bien sûr, ils prenaient le parti de Mark. C'était un humain, un humain qui avait très clairement oublié son ex, la sorcière.

Les messages que Harlow avait reçus la veille de la part de ses sœurs étaient insupportables. Elle changea de position, perchée sur une échelle en laiton, pour prendre son téléphone et les relire.

Thea : On gérera ça demain.

Donc c'était quelque chose à gérer.

Meline : Reste loin des réseaux sociaux.

C'était ce qu'elle avait fait jusqu'ici, mais maintenant, elle avait désespérément envie de regarder.

> Indigo, juste après sa jumelle : Mark sort avec une princesse vampire. NE REGARDE PAS ce qu'on dit sur toi.

Elle savait que cela relevait d'un certain penchant masochiste, mais elle voulait voir. Elle voulait éprouver la douleur de savoir à quel point tout le monde pensait qu'elle était une perdante. Pourquoi était-elle ainsi ?

> Larkin : Je t'aime. Dis-moi si ça ne va pas. D'accord ?

C'était le seul message auquel elle avait répondu, promettant à la benjamine qu'elle allait bien, qu'elle ne consultait pas les réseaux sociaux et lui demandant de dire aux jumelles de s'occuper de leurs affaires. Sauf que les réseaux sociaux étaient leurs affaires. Grâce au petit empire social qu'elles avaient bâti la librairie et tout le Quartier des Antiquités étaient passés de coin « réservé aux membres des Ordres » à un « mode de vie », une destination séduisante à Nuva Troi, pour les humains comme pour les immortels, avec ses charmants cafés et bâtiments anciens.

Et bien sûr, les jumelles avaient fait de la librairie de leurs parentes, *Les Monas*, le clou du spectacle, le joyau du monde culturel de l'Ordre des Mystères. Par la même occasion, Harlow était devenue un objet d'intérêt sur les sites people et les réseaux sociaux. Elle n'avait jamais accepté de jouer ce rôle, mais de la réussite des jumelles était venue la réussite de leur Ordre, et dans un monde dominé par les Illuminés, il fallait s'accrocher à toutes les réussites possibles, quelles qu'en soient les conséquences.

Le fait que la vie amoureuse désastreuse de Harlow défrayait la chronique en ville, et peut-être même dans tout le pays, n'était que l'une de ces conséquences. Si elle avait pu choisir, elle aurait passé son existence entière dans l'obscurité la plus complète. Elle n'avait aucunement envie que quiconque sache qui elle était ou ce qu'elle faisait, et elle ne voulait certainement pas réfléchir à comment réagir lorsqu'on était le centre de l'attention pour de mauvaises raisons.

Elle était arrivée à la librairie tôt afin d'éviter la vague de conseils qui déferlerait dès que Meline et Indigo auraient parcouru Section Sept – application people extrêmement populaire – en buvant leur café. Le téléphone de Harlow se remit à vibrer, juste quand Mère entra par l'arrière-boutique. Ses sœurs étaient levées.

Tout en regardant son propre téléphone, Aurelia Krane faisait flotter, au-dessus de son autre main, un plateau de thé, utilisant sans effort la magie afin qu'il se déplace de manière stable.

— Tes sœurs s'inquiètent pour toi, surtout les jumelles.

Harlow soupira du haut de l'échelle, glissant son portable dans sa poche et posant le dernier des livres qu'elle était en train de ranger avant de descendre. Aurelia leva les yeux et guida le plateau sur la table basse en verre au centre de la salle principale du rez-de-chaussée. C'était le cœur des *Monas*, l'endroit où Harlow et ses quatre sœurs avaient grandi, la magie dont elles hériteraient. Un monde de savoir ésotérique, un legs livresque.

Les deux fauteuils Chesterfield en velours vert de part et d'autre de la table étaient couverts de coussins aux couleurs de pierres précieuses. Harlow s'assit et observa attentivement Aurelia, prête à l'entendre parler de ce qu'elle avait appris sur Section Sept, des inquiétudes des jumelles ou de n'importe quoi sur Mark. Mais sa mère restait étonnamment placide, ses cheveux argentés coupés au carré brillant à la faible lumière du soleil printanier.

— Une journée ensoleillée comme on en voit peu à Nuva Troi, fit remarquer Aurelia en posant son téléphone.

— Il va pleuvoir à 10 heures, marmonna Harlow en servant le thé.

Aurelia ne tournait jamais autour du pot, sauf si elle était mal à l'aise.

— Dis simplement ce que tu as à dire, Mère.

Aurelia sourit, sereine et sage, comme toujours.

— Je suis désolée pour Mark, ma chérie. Tu tiens le coup ?

Harlow soupira et prit une longue gorgée du thé Duc & Duchesse que sa mère avait préparé, son parfum puissant de bergamote et de lavande laissant place à des notes douces de rose et de vanille. Il était parfait, comme toujours. Elle contempla la boutique, les bibliothèques écrues qui s'étendaient jusqu'aux plafonds à quatre mètres cinquante de haut, le grand escalier qui permettait aux clients d'accéder aux premier et deuxième étages, le plafond et ses peintures à l'huile agrémentées de feuille d'or, qui représentaient les cieux et les lunes jumelles d'Okairos.

Les Monas était son havre de paix, son vrai foyer, et elle ne voulait pas parler de ce qui se passait avec Mark ici. Surtout pas après les presque trois années de tumultes que sa relation avec un humain avait fait vivre à sa famille. C'était la dernière d'une longue suite d'erreurs qu'elle avait commises durant sept ans, et l'âme de Harlow était fragile et fatiguée.

Elle était de nouveau en bons termes avec sa famille et elle ne voulait pas que cela change. Ce qui se passait avec Mark menaçait de la replacer dans une position de vulnérabilité qu'elle craignait. Chaque fois qu'elle avait l'impression de recoller les morceaux, quelque chose sabotait ses progrès. Et parmi ses sœurs, personne n'était aussi perdue qu'elle. C'était comme si Harlow avait égaré sa boussole interne et n'arrivait pas à trouver sa place dans le monde.

— Bien sûr, répondit-elle simplement. Je vais toujours très bien. Tu le sais.

Aurelia haussa les sourcils, sceptique.

— Ma chère fille, nous sommes entre nous. Thea n'est pas encore arrivée et ta maman ne descendra pas avant encore au moins une demi-heure. Elle faisait couler un bain quand je l'ai laissée.

Harlow grimaça. Lorsque Aurelia évoquait des bains matinaux, cela signifiait immanquablement que ses parentes avaient passé les premières heures de la journée à faire l'amour et elle aurait préféré qu'Aurelia évite de le mentionner.

— Ne fais pas la grimace, petit lapin. Tu devrais être heureuse que ta maman et moi fassions tant de tapage que les voisins nous envoient des messages pour nous demander d'être moins bruyantes. Ta mère a eu un orgasme si puissant…

— Ne termine pas ta phrase. S'il te plaît. Je t'en supplie. Je suis heureuse que Maman et toi ayez toujours des rapports sexuels. Mais en tant que personne qui a grandi en vous entendant, je t'en implore : pourrais-tu juste te taire ?

Aurelia leva les yeux au plafond.

— Qu'est-ce que tu es prude. Un jour, tu rencontreras quelqu'un qui te fera recroqueviller les orteils si fort que tu auras l'impression d'exploser quand il te regardera.

Harlow soupira. Elle avait ressenti cela avec quelqu'un quand elle était bien plus jeune. Mais cette histoire s'était finie de manière si désastreuse que Harlow avait par la suite pris une série de décisions catastrophiques dont les répercussions se déversaient encore sur sa vie personnelle aujourd'hui. Elle aurait préféré ne plus éprouver cela à l'avenir, pour être honnête.

— Alors l'humain. Tes sœurs parlent d'articles sur Section Sept et les réseaux ? Quelque chose à propos de Mark et d'une vampire ?

Harlow gémit intérieurement. Entendre son élégante et érudite mère évoquer son humiliation en ligne rendait la situation encore pire. Mais elle s'efforçait de ne pas le montrer. Elle était nulle en beaucoup de choses ; néanmoins, faire semblant qu'elle allait bien alors que sa vie personnelle s'écroulait autour d'elle n'en était pas une. Elle était une experte en la matière.

— Arrête de prétendre que tu n'es pas en colère, Harlow. Quel est l'intérêt ?

— Je ne suis pas furieuse. Je m'en fiche. Vous pensez toutes que je devrais m'énerver parce que *vous* réagiriez comme ça.

Aurelia perdit patience.

— Harlow Andromeda Krane, je t'ai demandé d'arrêter de faire semblant.

Harlow se hérissa au son de sa voix. Le grondement lupin d'une meute à la poursuite de sa proie, le hurlement à la lune et la puissance de la déesse Akatei résonnaient en Aurelia. Harlow leva les yeux vers sa mère qui semblait désormais mesurer trois mètres de haut et était aussi imposante qu'un être divin.

— Oh, arrête, souffla-t-elle en fermant les yeux.

— Alors tu vas être honnête ? dit Aurelia en retrouvant son apparence habituelle, sereine tandis qu'elle défroissait son pantalon. Sois sincère et je ne le ferai plus.

Harlow rit. L'humour caustique de sa mère la faisait craquer à chaque fois. De ses deux parentes, Aurelia était celle qui détestait jouer de sa magie par autorité. Selene n'aurait pas hésité, alors qu'Aurelia avait d'abord opté pour une autre méthode. Elle avait essayé pendant des mois de lui parler de Mark, même si elle avait grandement désapprouvé leur relation.

Harlow prit la main de sa mère dans la sienne, et Aurelia la serra comme pour dire à sa fille qu'elle pouvait baisser sa garde.

— Ça fait six mois, mon lapin. Je suis sûre que tu savais qu'il tournerait la page.

Harlow fusilla sa mère du regard.

— Bien sûr que je le savais. C'est la personne avec qui il l'a tournée qui fait mal. Même si je me fiche de savoir avec qui il est, ça pousse à la comparaison.

— C'est triste qu'il se soit rapproché de l'Ordre de la Nuit.

— Toute notre histoire est triste. Maman et toi aviez raison à propos des humains.

— Nous n'avions pas vraiment de problème avec l'humanité de Mark, tu le sais, n'est-ce pas ? dit Aurelia avec douceur.

La blessure était ancienne, mais Harlow ne parvint pas à réprimer une grimace. Aurelia posa sa main sur celle de sa fille.

— Ce n'était pas une bonne relation, ma chérie.

Harlow leva les yeux au plafond.

— Mais tu n'aimais pas le fait que Mark soit humain, hein ?

Aurelia soupira.

— Comme nous en avons discuté à de nombreuses reprises, ce que ta mère et moi craignions, c'était son intérêt pour les secrets de sorcière, pour l'Ordre en général... Et comment il te traitait.

Comment il traquait chacun de tes mouvements… C'est surtout *ça* qui nous inquiétait.

Aurelia avait prononcé ces dernières phrases doucement, timidement. Harlow savait que ses deux mères étaient inquiètes à cause de la jalousie dévorante de Mark et du fait qu'il exigeait qu'elle lui consacre de plus en plus de temps. Avant leur rupture, elle n'allait plus nulle part seule. Si elle essayait, il se montrait si dur qu'elle avait simplement arrêté de se rendre où que ce soit sans lui. Les matères avaient énormément de peine et disaient qu'il l'isolait dangereusement.

Harlow scrutait l'intérieur de sa tasse de thé, emplie de cette honte douloureuse qu'elle éprouvait chaque fois qu'elle repensait à la bêtise dont elle avait fait preuve avec Mark.

— C'est fini. On n'a plus à en parler.

Aurelia souffla doucement, les lèvres pincées.

— On peut en parler aussi longtemps que tu en auras besoin.

Harlow fixa le regard sur les yeux bleus perçants de sa mère. Elle y vit de l'amour et de l'inquiétude, et une peur réelle. Elle était sûre que sa mère en savait plus sur sa relation avec Mark que ce qu'elle lui avait raconté. Harlow n'aurait pas été étonnée d'apprendre que ses parentes avaient utilisé la magie pour découvrir ce qui s'était vraiment passé entre eux, et cela ne l'enchantait pas.

Harlow avait le sentiment irrépressible qu'elle ne laisserait en héritage qu'un paquet d'erreurs accompagnées d'excuses. Mais cette erreur… cette erreur-là était particulièrement grave parce que Harlow n'avait pas été la seule à en souffrir. Elle avait blessé sa famille et son Ordre, et à présent, ce que faisait Mark avait des répercussions embarrassantes sur eux tous.

Aurelia lui fit signe, de sa manière élégante et impérieuse.

— Tu ferais mieux de regarder les photos et d'en finir une bonne fois pour toutes.

Harlow sortit son téléphone. Quand elle le déverrouilla, l'application Section Sept était déjà ouverte. Elle parcourut plusieurs publications sur des humains qui protestaient contre le dépistage de grossesse à Nea Sterlis. Puis elle vit le premier article dans la catégorie des Ordres inférieurs : Mark et une magnifique princesse vampire, Olivia Sanvier, s'embrassant et souriant pour les photographes. Une légende disait : « Mark Easton, fils du puissant magnat de la technologie, Alain Easton, et nouveau stratège média de Limen Publishing Group, monte en grade en passant d'une sorcière mal fagotée à une princesse de l'Ordre de la Nuit ! »

— « Monte en grade » ?

Le sous-entendu qu'elle n'avait été que le point de départ de la carrière de Mark faisait mal. Tout comme l'expression « mal fagotée », mais ce n'était pas complètement inexact. Elle baissa les yeux vers son pantalon mal ajusté et le chemisier affreux qu'elle portait. Elle avait arrêté de se soucier de son apparence à la fin de l'université, et au début, cette attitude s'était avérée libératrice et avait renforcé sa confiance en elle. Maintenant, elle s'était transformée en quelque chose d'autre et Harlow le savait. Elle était vraiment mal fagotée.

Aurelia lisait par-dessus son épaule tout en leur servant une autre tasse de thé.

— Tu n'es pas mal fagotée. Qu'est-ce qu'ils racontent ?

Puis Aurelia jeta un coup d'œil à sa tenue et fronça les sourcils. C'était comme si elle voyait sa fille pour la première fois depuis longtemps… à travers les yeux du monde au lieu des siens. Harlow eut mal au cœur en sentant le regard insistant de sa mère. Elle pouvait presque l'entendre penser : « Qu'ai-je manqué d'autre ? »

Au début, ses parentes avaient apprécié Mark. Comme tout le monde. Il était charmant, drôle et élégant. Les disputes avaient commencé six mois après le début de leur relation. Harlow avait alors eu le sentiment de toujours faire quelque chose de mal, qu'il suffisait qu'elle s'adresse à quelqu'un pour que leur couple soit menacé. Son entourage s'était réduit peu à peu, jusqu'à ce qu'il n'y ait plus que Mark et elle, contre le monde… ou en tout cas, c'était ce qu'elle avait pensé.

Quand il avait rompu et l'avait mise à la porte de leur appartement, Harlow avait été sous le choc. Six mois plus tard, elle essayait toujours de s'en remettre, et maintenant, il y avait *ça*. Harlow fit défiler la page jusqu'à la photo que quelqu'un avait prise d'elle sortant de l'épicerie dans une tenue presque identique à celle qu'elle portait aujourd'hui, ses cheveux attachés en un chignon qui ne lui allait pas du tout et qui n'avait rien non plus d'un coiffé-décoiffé, contrairement à ce qu'elle pensait quand elle l'avait fait.

Aurelia serrait visiblement les dents comme si elle réprimait toutes les choses qu'elle voulait dire, et Harlow lui en fut éternellement reconnaissante. Selene avait essayé à plusieurs reprises, au cours des derniers mois, de la convaincre de se soucier davantage de son apparence, mais Harlow avait résisté, se montrant de plus en plus irritable chaque fois que Selene abordait le sujet. Pour elle, qui était le portrait craché de Raia, la déesse de la fertilité et du sexe, la question ne se limitait pas à préserver les apparences. Maman s'inquiétait sincèrement pour sa santé mentale, elle le savait. Tout le monde s'était inquiété pour elle.

Harlow déglutit difficilement. Elle était vraiment mal fagotée ces derniers temps. Terne en fait, sur tous les points. Et qui pouvait rivaliser avec les vampires ? Ils étaient génétiquement prédisposés à séduire, exactement comme les Illuminés ; tout dans leur constitution biologique attirait les humains. Elle ne voulait pas particulièrement rivaliser avec Olivia Sanvier ou récupérer Mark. Mais les comparaisons entre elles l'empêchaient de ne pas y penser.

Harlow fronça les sourcils en grattant une petite tache – dont elle ignorait l'origine – sur son pantalon. Elle prit une inspiration tremblante pour essayer de repousser la vague de doutes qui menaçait de la submerger. Elle ne manquait pas d'assurance, mais à cause de Section Sept n'importe qui pouvait se sentir soudain mal dans sa peau, et Harlow était déjà dans une mauvaise passe.

Aurelia lui caressa les cheveux et l'embrassa sur le front.

— Les humains. Tu sais qu'ils glorifient l'Ordre de la Nuit.

— Il paraît.

Harlow ne savait pas trop ce qu'elle ressentait.

Elle ne comprenait pas le besoin humain de s'identifier aux Ordres comme s'il s'agissait de clubs qu'ils pouvaient rejoindre. Leur amour pour l'Ordre de la Nuit était encore plus déroutant puisqu'il était composé de créatures immortelles qui menaçaient le plus directement leur sécurité. Peu importait le nombre de lois que le Consortium des Immortels passait contre la saignée récréative non-consentie, l'Ordre de la Nuit était toujours aussi dangereux que mille ans plus tôt, malgré les dons mensuels que tous les humains étaient obligés d'effectuer aux Banques de Sang de la Nuit.

Les commentaires au sujet de Harlow dans le compte rendu du rendez-vous de Mark et Olivia étaient violents, beaucoup faisant référence à elle d'une manière désobligeante qui lui serra l'estomac. Elle se sentit rougir et se mordit la lèvre inférieure assez fort pour la faire saigner. Sa mère caressa sa joue avec ses doigts froids et la força à détourner son visage du téléphone.

— Ça suffit, chérie. Il est temps de passer à autre chose.

2

Harlow cligna des yeux pour retenir ses larmes, gênée. Elle prit la main de sa mère et l'embrassa.

— Je suis désolée.

Selene Krane descendit l'escalier au moment où Harlow présentait ses excuses. Tandis qu'Aurelia venait toujours travailler en costume trois-pièces, Selene Krane, elle, portait l'une de ses centaines de robes – ce matin, un modèle portefeuille en velours couleur orchidée, accompagné de bottines à talons. Ses cheveux blond foncé encadraient délicatement son visage, et si elle avait été humaine, on ne lui aurait pas donné plus de quarante-cinq ans, alors qu'avec Aurelia elles approchaient plutôt des six cents ans.

Harlow était toujours impressionnée par le style de ses mères, mais ce matin-là, elles incarnaient Selene et Aurelia dans toute leur splendeur, les maîtresses du commerce de livres ésotériques rares, les parangons de l'Ordre des Mystères, et ses chères parentes.

— Tu n'as pas à t'excuser, Harlow, déclara Selene, aussi impérieuse qu'une déesse. L'humain était un idiot, et nous avons de la chance d'en être débarrassées.

Même si cette remarque ressemblait fort à un « Je te l'avais dit », ce n'en était pas tout à fait un, et Harlow en était reconnaissante. Maman pouvait se montrer rancunière et Harlow était heureuse de ne plus être l'objet de sa colère.

Selene toucha les cheveux couleur miel de sa fille, qui étaient similaires aux siens, et l'embrassa sur la tête. Harlow sentit le parfum familier de sa mère, mélange mystérieux de violette, de musc et de forêts anciennes.

— La seule chose à faire maintenant, ma chérie, c'est de rencontrer quelqu'un d'autre.

Harlow se hérissa en réaction à cette suggestion. Elle n'était pas en état de faire de nouvelles rencontres, raison pour laquelle elle n'avait pas réemménagé avec ses parentes quand Mark l'avait mise à la porte. Elle savait que Selene aurait essayé de la caser, et elle n'était pas encore prête à être appariée. Depuis six mois, son rétablissement était sa priorité et ce projet n'avait pas avancé comme elle l'avait espéré.

Aurelia renifla doucement et se leva du canapé pour embrasser son épouse.

— Peut-être devrions-nous laisser Harlow mener sa vie comme elle l'entend.

Selene embrassa Aurelia, un peu trop passionnément au goût de Harlow, mais il en était ainsi avec elles. Cinq cents ans de mariage n'avaient en rien éteint leur flamme.

— Si nous laissons Harlow mener sa vie comme elle l'entend, elle finira en vieille mégère desséchée. Est-ce ce que tu veux ?

La prévision de Selene fit doucement rire Aurelia.

— Allons, mon amour. Elle vient de découvrir les photos d'hier soir. Ne la condamne pas si rapidement à ce sort. Laisse-lui un peu de temps.

Harlow détestait la manière dont tout le monde dans sa famille parlait d'elle en ignorant sa présence. C'était comme ça, dans les grandes familles, et elle aimait profondément la sienne, mais c'était toujours aussi agaçant de les voir discuter d'elle comme si elle n'était pas capable d'avoir sa propre réflexion.

— Je vais bien, insista-t-elle.

Elle aurait dû répondre autrement si elle voulait qu'on la laisse tranquille.

— Merveilleux ! s'écria Selene avec un sourire chaleureux, mais calculateur. Alors tu es prête à te joindre à nous pour la saison.

Elle prononça « la saison » comme si c'était un nom propre, ce qui était le cas sous bien des aspects.

— Non ! gémit Harlow. S'il vous plaît. C'est si archaïque. Comment peut-on être les créatures les plus puissantes de la planète et continuer à se vendre les uns aux autres ? Les humains ont mis fin à cette pratique voilà déjà plusieurs siècles.

Selene et Aurelia soupirèrent à l'unisson. Elles avaient supporté les diatribes de Harlow à ce sujet des milliers de fois. Elles avaient été appariées lors de leur saison de longs siècles plus tôt. Elles avaient participé ensemble à plusieurs événements spécifiquement destinés à associer les enfants des Illuminés et des Ordres inférieurs avec des partenaires socialement compatibles.

Harlow allait ajouter quelque chose, mais Selene leva un doigt.

— Harlow, ma chérie. S'il te plaît. Nous en avons parlé de nombreuses fois et nous ne nous en sommes pas mêlées tant que tu badinais, mais il est désormais temps pour toi de faire ton devoir envers notre famille.

« Badinais ». Comme si avec Mark ils jouaient au papa et à la maman, au lieu d'avoir une relation sérieuse. Harlow s'efforça de ne pas grimacer.

— Ce n'est pas comme si les mariages étaient forcés, ajouta Aurelia. Nous sommes tombées amoureuses lors de notre saison, tout comme nos parents et nos frères et sœurs avant nous.

Harlow leva les yeux au plafond.

— Mais bien sûr, vous avez été poussées l'une vers l'autre à chaque sortie, non ? Votre union était avantageuse, pour l'argent de Mère et les propriétés familiales de Maman. C'était un arrangement commercial autant qu'une histoire d'amour, n'est-ce pas ?

La fureur passionnée si caractéristique de Selene se lisait dans ses grands yeux verts, dont Harlow avait hérité, et cette dernière fut surprise que sa mère ne fasse pas le même coup qu'Aurelia plus tôt.

— Le fait que notre rapprochement soit avantageux n'enlève en rien combien j'aime ta mère. Ne déprécie pas notre amour ou nos traditions.

Harlow regretta aussitôt ses paroles venimeuses. Elle regarda Selene tomber de manière théâtrale dans les bras d'Aurelia. Selon les standards humains, la saison était en effet archaïque et ridicule, mais de presque tous les appariements naissaient de longues relations amoureuses et si certains couples ne duraient pas, c'était pour d'autres raisons. Le polyamour n'était pas rare au sein des Ordres, et le divorce était une exception parmi ceux qui se rencontraient lors de la saison.

Harlow n'avait jamais su si cela s'expliquait par le fait qu'elle s'étendait du printemps aux mois d'été, l'une des périodes les plus optimales pour planter les graines de l'amour, ou par le processus même de la saison. Il était strictement interdit aux parents d'exiger le mariage de leurs enfants, mais bien sûr, ils influençaient leurs choix comme ils le pouvaient.

— Je suis désolée, dit Harlow en prenant les mains de Selene et en étreignant ses parentes. Je sais combien vous vous aimez et je sais bien que la saison fonctionne pour beaucoup des nôtres. C'est juste que je… j'aimerais avoir plus de liberté à ce sujet.

Aurelia l'embrassa sur les joues avant de rapprocher le plateau afin d'aller préparer du thé à nouveau. Selene afficha un sourire indulgent.

— Tu as toute la liberté du monde, Harlow. Si tu ne t'unis pas, personne ne t'en voudra ou ne dira qu'il te manque quelque chose. Beaucoup de gens s'apparient en dehors de la saison, ou ne s'unissent jamais. Ce n'est qu'une opportunité.

Harlow acquiesça. Elle avait beaucoup de choses à dire à ce sujet, mais elle tint sa langue. Elle savait que ses parentes laisseraient tomber si elle ne trouvait personne, mais Harlow et sa sœur aînée avaient toutes les deux le droit de rejoindre la saison depuis plusieurs années, et leurs mères ne les avaient jamais poussées ou encouragées à le faire avant.

De plus, même si Selene avait désapprouvé sa relation avec Mark, la manière dont elle insistait pour que Harlow tourne la page ne lui ressemblait pas. Le *modus operandi* de Maman concernant les ruptures consistait à gâter ses filles jusqu'à ce qu'elles n'aient plus le cœur brisé, et pour être honnête, Harlow savait que Selene ne pensait pas qu'elle « badinait » avec Mark. Elle était tout aussi inquiète qu'Aurelia de l'avoir vue isolée, et aujourd'hui, elle semblait trop désinvolte. Quelque chose ne collait pas.

Harlow jeta un coup d'œil vers la porte de l'arrière-boutique où elle entendait Aurelia faire chauffer de l'eau pour le thé.

— Tout va bien ? Mère et toi n'avez jamais suggéré que nous rejoignions la saison avant alors que nous avons toutes les cinq techniquement l'âge de le faire.

Les yeux de Selene s'assombrirent et elle se laissa tomber dans l'un des canapés. Pendant un instant, Harlow pensa qu'elle ne lui répondrait pas, mais quelque chose changea dans sa posture et Selene s'ouvrit à sa cadette :

— Connor et Aislin McKay convoitent encore le quartier. Nous n'allons peut-être pas pouvoir résister plus longtemps. Nous avons besoin d'alliés, ou l'Ordre des Mystères perdra son influence sur le marché des antiquités. Les Illuminés veulent prendre le pouvoir.

— Quoi ?

Harlow ne s'était pas rendu compte de la gravité de la situation, distraite comme elle l'avait été par Mark. *Les Monas* était un bâtiment important du Quartier des Antiquaires, quartier composé de six rues pleines de boutiques et organisations d'arts ésotériques et occultes qui représentaient l'essentiel des revenus de l'Ordre des Mystères à Nuva Troi.

De plus, le Quartier des Antiquaires était une institution de la ville, une institution sorcière. Toute personne qui s'intéressait aux magies anciennes venait y dénicher des biens rares ou juste se délecter de la magie elle-même. Les Krane possédaient l'immeuble de cinq étages dans lequel se trouvait *Les Monas* depuis presque cinq cents ans. Ce n'était pas seulement leur entreprise, c'était leur maison.

Selene soupira.

— Nous attendions de vous en parler. Ils disent qu'ils ne veulent rien changer, juste devenir propriétaires des lieux. Certaines familles envisagent de vendre. Leur offre est plutôt généreuse.

— Qu'ils aillent se faire voir. Encore une famille d'Illuminés qui pense posséder le monde.

Aurelia revint de l'arrière-boutique avec du thé. Elle se tourna vers Selene, et Harlow vit le regard plein de chagrin qu'elles échangèrent.

Elles avaient peur de perdre *Les Monas*, et peut-être tout le Quartier des Antiquaires. Son cœur se serra sous l'effet de la panique.

— Du calme, Harlow, dit Selene en l'enlaçant. Ils ne le prendront pas. Pas si nous restons unies. Peut-être que nous pourrions leur offrir autre chose.

— Autre chose ? Comme quoi ?

Aurelia et Selena semblaient toutes deux mal à l'aise.

— Nous comptions vous parler, à tes sœurs et toi, plus tard dans la journée...

— Crachez le morceau, mères.

Derrière la fenêtre, des nuages sombres se dessinèrent dans le ciel. La matinée ensoleillée était terminée et Harlow ressentait précisément l'obscurité qui les menaçait, comme si la météo, habituelle pour le mois d'avril à Nuva Troi, annonçait quelque chose de plus grave.

— Je suis sûre que tu as entendu les rumeurs à propos des Illuminés, dit Selene avec un air de conspiratrice. Sur le fait que depuis quelque temps ils rencontrent des problèmes pour... concevoir.

Évidemment que Harlow en avait entendu parler, tout comme elle avait entendu parler de l'hypothèse selon laquelle l'Ordre des Mystères était la solution idéale à leur problème, plus précisément l'union des Illuminés avec des membres des familles sorcières les plus puissantes. En règle générale, les Ordres ne se mélangeaient pas beaucoup, mais ça ne signifiait pas qu'ils ne pouvaient pas le faire. Toute personne attentive avait entendu, ou lu, cette théorie puisque beaucoup de sources de ragots en parlaient, même si Section Sept restait loin du sujet.

Aurelia semblait vouloir dissuader Selene d'en dire plus, mais Maman se lança dans sa déclaration suivante avec sa verve habituelle.

— Finn McKay est rentré de Nea Sterlis. On m'a dit qu'il a obtenu deux diplômes d'Aphelion, un master en commerce et... quel était l'autre déjà, ma chérie ?

Harlow fronça le nez. L'université d'Aphelion était l'établissement le plus prestigieux du pays. Il n'y avait pas de meilleure école à Nytra et bien sûr Finn McKay avait eu deux diplômes là-bas, alors que Harlow n'avait même pas osé postuler et s'était contentée d'aller à l'université de Nuva Troi. Apparemment, aujourd'hui l'univers était déterminé à lui rappeler que tous ses ex faisaient des trucs fantastiques… Même si Finn n'était pas son ex. Enfin, pas exactement.

— Politique publique, je crois, répondit Aurelia distraitement, sans détacher ses yeux de Harlow.

— Oui, quelque chose de ce genre. Il est de retour et je sais de source sûre qu'Alaric Velarius et lui participeront à la saison cette année.

Quand elle comprit le sous-entendu de Selene, Harlow eut l'impression de s'être pris un coup de poing dans le ventre.

— Non, vous ne pouvez tout de même pas envisager…

Selene haussa les épaules.

— Pourquoi les filles Krane ne s'apparieraient-elles pas avec les meilleurs partis des Illuminés ? S'ils veulent des épouses sorcières, l'une de vous leur conviendrait assurément.

Harlow pensa à Finn McKay et son souffle se fit tremblant. Le souvenir de ses yeux orageux et de ses cheveux bruns en bataille menaçait de la ramener dans un passé qu'elle ne voulait et ne pouvait pas revivre. Pas ici, pas maintenant. Ni jamais. Après cet épisode de sa vie, tout avait commencé à s'écrouler, encore et toujours.

Pour réprimer sa panique, elle s'empressa de parler, espérant raisonner ses parentes avant que cette idée ridicule n'aille plus loin.

— Vous nous avez toujours dit que le monde des Illuminés était dangereux. Qu'ils étaient puissants, excessivement même. Et ne venez-vous pas juste d'affirmer que personne n'était forcé de faire quoi que ce soit pendant la saison ?

— Je sais, je sais, dit Aurelia d'un ton qui se voulait apaisant. Et si aucune de vous n'est intéressée, ça ne sera pas grave.

Selene ouvrit la bouche pour dire quelque chose, probablement que ce ne serait pas « pas grave », mais Aurelia secoua la tête.

— Aucune de vous n'est forcée de faire quoi que ce soit qu'elle ne veuille pas, mais une alliance avec les McKay et d'autres comme eux accroîtrait le pouvoir et la position des sorcières dans les Ordres. Ça, tu ne peux pas le nier.

Harlow haussa les épaules. Elle ne pouvait pas le nier. Elle avait quand même fortement l'impression que ses sœurs et elle allaient être vendues aux Illuminés. Elle savait cependant qu'il valait mieux ne pas leur faire part de son avis sur la question. L'idée que Finbar McKay puisse être apparié à l'une de ses sœurs lui donnait envie de vomir.

Non. Ça ne pouvait pas arriver. Ses mères ne comprenaient peut-être pas le danger que quelqu'un comme Finn représentait pour ses sœurs, mais Harlow, elle, savait. Elle ne laisserait aucune d'elles être blessée par ce con arrogant et égocentrique, et si elle devait saboter toute la saison pour l'empêcher de s'approcher de ses sœurs, elle le ferait.

3

Grâce à l'entrée de sa plus grande sœur, Harlow n'eut pas à répondre. Thea Krane était magnifique. Elle avait indubitablement hérité de l'apparence et de l'intelligence d'Aurelia. Elle était grande, sculpturale et gracieuse. Leurs parentes l'inciteraient certainement à se rapprocher des Illuminés. Peut-être même qu'elles l'avaient déjà convaincue.

Harlow était bien consciente qu'elle avait été écartée des affaires familiales, ainsi que de celles de l'Ordre, le temps qu'elle se réacclimate à la société sorcière. Après qu'elle avait vécu presque deux ans parmi les humains, les sorcières se méfiaient d'elle. Elle aurait dû s'y attendre, mais elle aurait aimé qu'il en soit autrement.

Être invitée aux rituels lui manquait. Elle aurait apprécié être conviée à l'une de ces rencontres « sorcière et commère » autour d'un café, alors que cela avait plutôt eu tendance à la dégoûter avant. Mais la plupart de ses anciennes amies avaient cessé de lui parler, et comme son talent magique ne s'était pas encore manifesté, il était encore plus facile pour elles de l'éviter. Harlow ne savait pas trop comment regagner la confiance des gens ; c'était à peine si elle arrivait à se faire confiance à elle-même. Son absence de pouvoir magique n'y était pas pour rien.

Le mois d'octobre était passé, et son vingt-cinquième anniversaire avec lui, et pourtant ses pouvoirs se limitaient à de banals tours de passe-passe alors que la plupart des sorcières de son âge avaient dévoilé les véritables talents magiques qui les rendaient spéciales. Selene et Aurelia l'avaient avertie : le temps qu'elle avait passé à vivre avec les humains pouvait avoir retardé ses progrès et il fallait qu'elle soit patiente, mais elle éprouvait un énorme sentiment d'échec.

Thea embrassa leurs parentes avec douceur, enleva son manteau et le rangea dans l'arrière-boutique. La parfaite Thea. Si elle n'avait pas été sa meilleure amie, Harlow aurait facilement pu détester sa sœur. En plus d'être si belle qu'on la prenait souvent pour une Illuminée, elle était aussi extrêmement talentueuse en magies profondes.

Son art s'était manifesté lors de son vingt-troisième anniversaire, l'âge idéal pour un prodige, et à présent, elle avait vingt-sept ans et créait des œuvres d'art parmi les plus belles que Harlow avait jamais vues. Des peintures, des sculptures… ses œuvres personnelles étaient stupéfiantes. Ici, à la boutique, elle utilisait son talent pour restaurer les livres anciens les plus précieux que possédaient les matères.

Quand Thea revint de l'arrière-boutique, elle se renseigna sur le programme de chacune pour la journée. Comme personne ne lui répondait, elle attacha ses cheveux bruns en un chignon bas et haussa ses sourcils parfaitement dessinés.

— Que se passe-t-il ?

Selene se servit une tasse de thé.

— Nous parlions à Harlow de la saison. Cela ne l'enchante pas.

Thea se mit à rire.

— Évidemment. C'est notre Harlow, dit-elle avant de serrer sa sœur dans ses bras. Ce ne sera pas si horrible. Viens juste aux fêtes. Tu ne seras pas obligée de parler à qui que ce soit si tu n'en as pas envie.

— D'accord, d'accord. Je viendrai.

Elle n'allait pas avouer qu'elle comptait se rendre à ces événements avant tout pour empêcher ses sœurs d'être vendues à Finn McKay. Thea et elle étaient proches, mais elles avaient des opinions différentes au sujet des changements qu'il fallait appliquer aux traditions désuètes des Ordres. Thea pensait qu'il valait mieux transformer les choses subtilement et de l'intérieur alors que Harlow était beaucoup plus radicale et voulait tout brûler.

Il était inutile de discuter ; elle craquerait tôt ou tard, le regard de Selene indiquait qu'elle ne céderait pas tant que sa fille n'aurait pas accepté de rejoindre ce rituel d'appariement vieillot.

— Quand la première soirée a-t-elle lieu ? demanda Harlow en soupirant. Je suppose qu'il va me falloir une garde-robe adéquate si je dois participer.

Aurelia et Selene se jetèrent un coup d'œil de soulagement ; elles n'auraient pas à insister pour la convaincre. Harlow leva les yeux au plafond et haussa les épaules quand Thea la pinça avec un air suspicieux.

Selene leur adressa un regard menaçant qui leur intimait d'obéir, avant de donner ses instructions à Harlow.

— La cérémonie d'ouverture aura lieu demain soir au Bosquet, comme toujours, et sera suivie par la garden-party au Statuaire ce week-end. Pour la cérémonie d'ouverture, tu n'auras pas besoin de nouveaux vêtements puisque nous aurons nos tenues de rituel. Tu pourrais porter la pallyra que tu as déjà. Est-elle propre ?

— Bien sûr.

Sa robe de cérémonie était toujours propre puisque Harlow n'était plus invitée à des rituels importants. Cela lui faisait un souci en moins. Mais elle était mal à l'aise : elle savait que la saison approchait, et demain lui paraissait si proche.

— Tu n'as pas à porter quelque chose d'élaboré pour la fête du Statuaire, ajouta Selena. C'est un événement informel.

Harlow avait envie de rire. « Un événement informel ». Rien n'était informel quand les Illuminés et les trois Ordres inférieurs étaient impliqués. Elle réfléchit. Son penchant pour la mode vintage pourrait lui être favorable, mais elle devait faire appel à un expert si elle voulait s'éviter les critiques de la presse people et des réseaux sociaux. Elle savait que son retour dans la société immortelle était sur toutes les lèvres. Elle avait l'estomac noué et la gorge sèche. Les événements seraient couverts en ligne et sur papier, et comme son histoire avec Mark était terminée, elle savait qu'elle serait une cible pendant toute la saison.

Selene perçut son inquiétude.

— Je transférerai de l'argent sur ton compte, chérie. Prends tout ce dont tu as besoin. Peut-être que tu pourrais demander à Enzo de t'aider.

Harlow sourit pour dissimuler son anxiété. Enzo Weraka tenait l'un des plus prestigieux ateliers de Nuva Troi. Il avait été son meilleur ami pendant presque toutes leurs vies. Jusqu'à Mark en tout cas. Ils ne s'étaient pas parlé depuis longtemps, du moins pas comme ils en avaient eu l'habitude dans le passé. Selene déposa le téléphone de Harlow sur ses genoux en se dirigeant vers le grand escalier.

— Tu ferais mieux de lui envoyer un message. Je vais m'occuper de l'argent.

Harlow attendit d'entendre la porte se fermer deux étages au-dessus de la boutique avant de se tourner vers Aurelia et Thea qui avaient commencé à ranger de nouveaux livres.

— Les nunuches participeront à la saison, elles aussi ?

— Je t'ai demandé de ne pas appeler tes sœurs comme ça, dit Aurelia, les sourcils froncés.

Thea secoua la tête en affichant une moue désapprobatrice. Bien sûr, Thea avait toujours d'excellentes manières, même quand elles étaient juste en famille. Harlow souffla, exaspérée.

— Et donc ?

— Oui, répondit Aurelia. Elles sont éligibles, et toutes les trois veulent assister aux événements.

— Même Larkin ?

Harlow avait du mal à imaginer sa plus jeune sœur, qui avait à peine vingt ans, vouloir être appariée.

Larkin était une fille calme, studieuse et passionnée de musique, qui n'avait jamais témoigné le moindre intérêt pour l'amour. Contrairement aux jumelles, Indigo et Meline, qui étaient obsédées par la romance depuis qu'elles pouvaient parler, Larkin n'y avait jamais prêté attention.

Aurelia sourit tendrement en songeant à sa benjamine.

— Je pense que Larkin espère se faire des amis plus qu'autre chose. Et la saison est une merveilleuse opportunité pour cela aussi.

— Bien sûr, dit Harlow en dissimulant à peine le sarcasme dans sa voix tandis qu'elle rédigeait un message pour Enzo.

Les matères m'ont convaincue de participer à la saison.

Ne lui laissant pas le temps de répondre, elle ajouta :

Tu as quelque chose dans ton coffre à trésors que je pourrais porter au Statuaire ce week-end ?

Puis, parce qu'il lui manquait terriblement et qu'elle espérait que tout pourrait redevenir comme avant entre eux :

S'il te plaît, dis-moi que tu y vas aussi. Je ne m'en sortirai pas sans toi.

Elle attendit, fébrile et impatiente, espérant qu'il répondrait. Elle s'était éloignée de tous ceux qui comptaient pour elle quand Mark et elle avaient emménagé ensemble. Depuis leur rupture, elle avait eu quelques nouvelles d'Enzo, et ils avaient vaguement prévu de dîner ensemble sans fixer de date.

Après ce qui semblait être une éternité, son téléphone vibra dans ses mains.

J'ai des clients là. Viens à l'heure du déjeuner ?

Elle soupira de soulagement et envoya aussitôt :

On se voit à 13 heures.

Enzo lui envoya un cœur en réaction et elle rangea son téléphone dans la poche de son pantalon mal coupé. Enzo allait s'occuper de son look et peut-être qu'ils pourraient se rabibocher au passage.

Selene revint avec Larkin, Meline et Indigo. Les trois sœurs, qui vivaient encore chez leurs parentes, surgirent telle une vague d'énergie joyeuse, surtout les jumelles qui l'embrassèrent et lui demandèrent si elle allait bien. Elles étaient comme le Soleil et la Lune, identiques à l'exception de leurs cheveux. Meline avait des cheveux blonds si clairs qu'ils auraient pu être argentés, et ceux d'Indigo étaient encore plus foncés que ceux de Thea et Larkin. L'inquiétude qu'elles exprimaient toutes les trois indiquait qu'elles étaient au courant des propos rapportés sur les sites people et les réseaux sociaux. Mais qu'Akatei les bénisse, elles n'en dirent rien. Larkin serra le bras de Harlow en passant à côté d'elle avec le chariot de nouveaux livres prêts à être rangés.

Meli était déjà simultanément sur le téléphone et sur l'ordinateur pour planifier les divers événements de l'Ordre des Mystères qui auraient lieu à la boutique en début de soirée la semaine suivante. Indigo déverrouilla la porte d'entrée et un faible rayon de lumière transperça les nuages quand le premier client arriva. Tandis que tout le monde se mettait au travail, le cœur de Harlow se gonfla de fierté. Elles formaient toutes les sept une machine bien huilée et travaillaient en parfaite harmonie.

Ses mères étaient les hôtesses qui, perpétuellement, résolvaient des énigmes littéraires et associaient les gens à des livres dont ils n'auraient jamais pensé avoir besoin. Personne ne quittait *Les Monas* insatisfait et sans avoir le sentiment d'être entré en contact avec les Mystères. La clientèle s'étendait des Ordres inférieurs aux humains curieux, et ces personnes venaient aux *Monas* autant pour les livres que pour Aurelia et Selene. Harlow et Thea se mirent à leur poste de restauration et de réparation, dans l'atelier du deuxième étage, et la matinée passa rapidement dans un calme agréable.

Pour Harlow, l'atelier était un véritable sanctuaire. Des étagères pleines de nouvelles acquisitions couvraient les murs et deux grandes tables occupaient le centre de la pièce. L'une était réservée au travail de restauration de Thea et l'autre au catalogage de Harlow. Jusqu'à ce que ses capacités magiques se manifestent pleinement, son rôle était de prendre des notes détaillées sur chaque œuvre récupérée et restaurée par Thea pour l'Ordre des Mystères, avant qu'elles ne soient mises en vente ou qu'elles ne rejoignent les collections privées de l'Ordre, trésors inestimables de connaissances magiques.

En règle générale, même si les membres des Ordres se fréquentaient, ils restaient plutôt isolés quand il s'agissait de gouverner et de partager leur savoir. Ils affirmaient que chaque Ordre avait un talent spécifique au-delà de la perception des humains et qu'il valait mieux aiguiser ces talents, plutôt que les diluer en se mêlant aux autres. Quiconque avait un brin de jugeote comprenait que c'était un moyen pour les Illuminés de les empêcher de former d'importantes coalitions. En entretenant une tension suffisante entre les Ordres inférieurs, les Illuminés n'avaient pas à se soucier d'un soulèvement collectif.

C'était arrivé une seule fois, dix-huit siècles plus tôt, durant la Guerre des Ordres. Malgré leur vaillant effort, ceux qui s'étaient dressés contre les Illuminés avaient été écrasés moins de deux ans après le début de la guerre. Même si la paix avait régné depuis, les Illuminés avaient été clairs sur le fait que toute forme de résistance contre eux aurait des conséquences bien plus désastreuses aujourd'hui qu'à l'époque. Ils avaient développé et contrôlaient le seul armement autorisé sur Okairos, et leurs puissantes organisations financières et de sécurité empêchaient la moindre rébellion. Ils aimaient se considérer comme une oligarchie bienveillante, mais en vérité, et à bien des égards, ils ne valaient pas mieux que la mafia humaine. Et bien sûr, ils comptaient eux aussi dans leurs rangs d'odieux criminels.

Les Illuminés contrôlaient tout et pourraient s'emparer de cette boutique en un claquement de doigts, même si elle appartenait aux matères depuis des siècles. S'ils la voulaient, ils pouvaient l'avoir. S'ils souhaitaient qu'une sorcière épouse Finn McKay ou Alaric Velarius pour renouveler leur patrimoine génétique, ils parviendraient à leurs fins. Mais Harlow était déterminée à ce que ni elle ni aucune de ses sœurs ne soient les sorcières qui se joindraient à eux.

Alaric n'était peut-être pas une mauvaise personne ; en fait, de tous les Illuminés, c'était l'un des meilleurs. Et ses parents étaient aussi gentils que des Illuminés pouvaient l'être. En revanche, Finn McKay était impitoyable, intimidant et froid. Harlow ne le savait que trop bien. Le texte d'un exemplaire de la première édition d'*Us et coutumes du Lilu* se brouillait sous ses yeux.

« Pourquoi ne veux-tu pas me parler ? »

« Que veux-tu que je te dise ? »

Harlow essaya de repousser le souvenir de magnifiques yeux gris ardoise plongés dans les siens. De lui qui se retournait pour partir sans jeter un regard en arrière tandis que son cœur se brisait. Elle avait serré les boutons de son affreuse chemise comme si cela lui permettait de le garder intact. Mais rien ne pouvait changer le fait que Finn McKay n'était pas un être digne de confiance.

Inspirant profondément, Harlow tenta de se reconcentrer sur la qualité du texte et des images d'*Us et coutumes du Lilu*, mais elle n'absorbait rien de ce qu'elle lisait. Généralement, le sujet des créatures les plus taboues de l'Ordre de la Nuit la fascinait. Les légendes sur les célèbres incubes et succubes et sur leurs nombreuses capacités fantastiques avaient terrifié Harlow et ses sœurs quand elles étaient enfants. Elle tourna quelques pages fragiles et frissonna en découvrant l'illustration macabre, mais magnifique d'un incube qui transformait en succube une sorcière hurlante devant une tribune de vampires. Elle s'efforça encore une dizaine de minutes de lire, mais malgré son sujet lubrique, *Us et coutume du Lilu* était extrêmement ennuyeux.

Ce livre n'avait rien à voir avec les histoires mettant en scène des incubes qui volaient le cœur des sorcières et les transformaient en monstre sans âme racontées par Thea quand elles étaient petites. Ce souvenir la fit frissonner. Même les vampires craignaient les incubes, mais étonnamment, cette collection d'essais avait réduit ces créatures incroyablement fortes en un catalogue d'attributs physiques et de méthodes hypothétiques pour les tuer. Cela n'avait aucun intérêt ; il n'y avait eu aucun cas d'incubisme ou de succubisme depuis la Guerre des Ordres. Contrairement aux vampires, qui étaient d'anciens humains transformés par la magie du venin, les incubes étaient presque impossibles à engendrer, et ils étaient les seuls à pouvoir transformer une sorcière en succube. Ces deux espèces de l'Ordre de la Nuit avaient disparu longtemps auparavant.

Harlow soupira et sortit *Us et coutumes du Lilu* de son support pour le mettre dans une pochette en plastique, puis elle se tourna vers Thea qui était occupée à restaurer un ouvrage – un bestiaire probablement. Sa sœur tirait des fils de magie chatoyants dans les airs autour du livre avec ses mains. Thea bougeait adroitement ses doigts élégants, tissant la réalité pour qu'elle corresponde à sa vision, et une enluminure particulièrement jolie d'un griffon émergea de la page.

— De quel livre s'agit-il ? demanda Harlow.

Thea leva les yeux.

— C'est une première édition de *L'Ordre Héraldique*, pas particulièrement rare, ni vieille, mais les enluminures ont été faites dans un style moderne.

Harlow observa les mots qui décrivaient les métamorphes Héraldiques devenir plus clairs.

— À quoi ressemblait un monde avec des métamorphes griffoniques ? Tu arrives à te l'imaginer ? demanda Harlow.

— Non. C'est tragique.

— Foutus Illuminés, jura Harlow tout bas.

Même dans l'intimité de leur atelier, elle avait ressenti le besoin de chuchoter.

Ils avaient exécuté les immortels qui s'étaient alliés aux humains dans la Guerre des Ordres, dont l'Ordre Héraldique, composé de métamorphes aux alternae dragons, griffons, alicornes, entre autres. De nos jours, la plupart des Élus de l'Illusion ne pouvaient se changer qu'en animaux communs. Rien qui ne menaçait les Illuminés.

Thea soupira, mais ne fit pas de remarque. Harlow tira un tabouret devant la table de sa sœur pour continuer à la regarder travailler.

— Quand même, ton travail est toujours aussi beau. Ce livre a presque l'air neuf.

Le compliment de Harlow sembla faire plaisir à Thea.

— Merci. Ça avance. Je devrais avoir fini aujourd'hui, fit-elle remarquer avant de jeter un coup d'œil à la petite horloge sur le rebord de fenêtre. Oh ! Tu ne dois pas aller chez Enzo ? Tu ferais mieux de filer !

— Tu as raison. J'y vais.

Harlow attrapa son sac à main et y glissa son téléphone avant de sortir par l'escalier de service et d'enfiler son manteau aubergine avec un gros col châle, parée pour affronter l'air frais printanier. Elle noua la ceinture à la hâte et marcha vite.

Les feuilles mortes sur les pavés de la cour, vestiges de l'hiver, craquaient délicieusement sous ses pieds alors qu'elle rejoignait la ruelle qui la mènerait à l'atelier d'Enzo à quelques rues de là.

Les haies épaisses de viorne d'hiver dégageaient une odeur de vanille et de lilas dans les ruelles du quartier, et Harlow ne put s'empêcher de ralentir pour respirer ce parfum de renouveau. De vie qui recommençait. Elle tourna sur la rue des Mûriers, s'imprégnant de ce sentiment et se demandant s'il était sage d'éprouver cela dans le contexte actuel. Juste au moment où elle commençait à se sentir stupide de laisser l'espoir grandir en elle, un message de Selene arriva.

> L'argent est sur ton compte. Demande à Enzo de te mettre de côté assez de tenues pour que tu tiennes jusqu'au Gala du Solstice. Ne lésine pas sur les moyens.

Harlow répondit :

> Merci beaucoup

Elle était reconnaissante, mais aussi contrariée par la somme qu'allait coûter une saison pour leur famille. Cinq filles qui avaient toutes besoin d'une dizaine de tenues et accessoires, même si ses sœurs étaient probablement mieux équipées qu'elle pour affronter la saison. Les mois qu'elle avait passés au sein de la société humaine avec Mark avaient été moins exigeants pour sa garde-robe.

Les Ordres étaient très prodigues en matière de vêtements, mais se montraient stricts quand il s'agissait de définir les critères de ce qui était approprié ou pas. Il y avait des dizaines de règles à respecter concernant la couleur, les motifs et le tissu, alors que les humains se préoccupaient principalement de s'ils étaient beaux et tendances. Thea avait un jour dit que le concept humain de mode « éphémère et jetable » était scandaleux, et Harlow était entièrement d'accord.

Elle envoya un autre message à Selene pour lui rappeler qu'elle aurait besoin des bijoux de famille lui étant réservés dans le coffre-fort. Elles avaient un échange animé sur la propension de Harlow à perdre des choses quand Harlow heurta un mur de muscles.

— Attention, marmonna le mur d'une voix si grave qu'elle résonna jusque dans ses orteils.

Harlow leva les yeux de son téléphone et fut transportée dans le passé. Elle avait dix-sept ans et tout son corps s'échauffa quand elle croisa les yeux aux longs cils plongés dans les siens. Finn McKay la rattrapa pour l'empêcher de tomber. Il la dévisageait, le visage de marbre, sérieux comme jamais, mais Harlow vit le coin de sa bouche remuer, comme s'il se retenait de sourire.

Sa mâchoire carrée, ses lèvres sensuelles, ses épaules larges et son torse musclé suffirent à la faire chanceler, mais les yeux de Finn la faisaient fondre. Des yeux de la couleur de la mer un jour de tempête, si expressifs qu'elle voyait passer leur histoire alors qu'ils étaient fixés sur elle. Puis ils se vidèrent de toute émotion, et le visage de Finn redevint posé et lisse, distant mais séduisant, et Harlow eut le souffle coupé malgré elle.

Finn s'était un jour décrit comme étant « le genre de tout le monde », une affirmation exaspérante mais vraie. Les gens avaient toujours été fascinés par ce qu'il disait, portait ou faisait. Après tout, il était le fils de la famille d'Illuminés la plus riche, voire la plus puissante, de Nuva Troi. Mais il n'y avait pas que ça ; il avait toujours eu cette aura de danger autour de lui.

Contrairement à Alaric Velarius, dont la mère était l'archichancelière de l'Ordre des Illuminés et dont la famille était largement respectée, les McKay étaient connus pour leurs pratiques commerciales brutales et leurs affaires dans la pègre de Nytra. Bien sûr, le fait que les membres de sa famille comptaient parmi les Illuminés les plus terrifiants d'Okairos ne faisait que renforcer son attrait. Harlow sortit de sa torpeur involontaire pour fusiller Finn du regard en le repoussant.

— Regarde où tu vas, McKay, marmonna-t-elle malgré les battements bruyants de son cœur.

Elle pria en vain Akatei pour qu'il n'entende pas son pouls, même si elle savait très bien qu'il le pouvait.

Il émit un rire sec et arrogant, confirmant qu'il savait l'effet qu'il lui faisait.

— C'est toi qui m'es rentrée dedans, Krane. Qu'est-ce que tu fais ici ? Je croyais que tu traînais avec les humains.

Le mépris dans sa voix lui tapait déjà sur les nerfs.

— Mark et moi avons rompu.

— Ah oui.

Il fit durer la syllabe si longtemps que Harlow ne put déterminer s'il était narquois ou songeur. Probablement narquois, se dit-elle quand il se remit à parler.

— J'ai lu quelque chose ce matin sur sa prise de galon.

Harlow le contourna, les joues rouges de honte, en particulier quand les yeux de Finn s'attardèrent sur sa tenue, elle était décidément « mal fagotée ». Quelque chose qui ressemblait à de l'inquiétude passa dans ses yeux bleu-gris, comme s'il regrettait sa remarque. Il l'attrapa par le bras pour l'arrêter, puis le lâcha en la voyant grimacer.

— Hé, je suis désolé.

Harlow leva les yeux, agacée de devoir lever la tête pour regarder son visage, ses ridicules cheveux qui lui tombaient sur le front et la manière dont son large torse remplissait le tee-shirt blanc qu'il portait sous une veste en cuir achetée au marché aux puces quand ils avaient quinze ans. Elle détestait le fait qu'elle se souvenait parfaitement de ce jour.

— Désolé pour quoi ? aboya-t-elle.

Il avait plein de raisons de l'être, ça, c'était sûr.

— Pour toi et Mark, répondit-il après une seconde d'hésitation. J'ai été désolé d'apprendre que vous aviez rompu. Il avait l'air sympa.

Le cœur de Harlow s'arrêta de battre une demi-seconde. C'était un mensonge. Personne ne pensait que Mark avait l'air sympa. Il ne l'était pas. Il était élégant, charismatique, certes. Mais personne ne le trouvait sympa. Et certainement pas les Illuminés, qui avaient tendance à mépriser les humains ayant réussi à accaparer un peu de pouvoir et de prestiges dans un monde où ils étaient censés ne pas être beaucoup plus que du bétail dont on s'occupait bien. Les Easton étaient le genre d'humains que les gens comme les McKay détestaient le plus.

Une part d'elle-même eut l'impression qu'il était sincèrement désolé, comme le Finn qu'elle avait connu. Celui qui l'avait écoutée quand ça n'allait pas sans jamais la juger. Celui avec qui elle avait passé des heures à discuter quand ils étaient enfants. Ce Finn avait disparu pour de bon, emporté comme une épave à marée haute. Elle l'avait perdu quand elle avait eu dix-sept ans, et il ne reviendrait jamais.

— Peu importe.

Une repartie faible, mais Harlow ne voyait rien de mieux à dire. En poussant la porte de l'atelier d'Enzo, elle crut voir les épaules de Finn retomber mollement. Il se retourna et toute l'arrogance qu'elle connaissait et détestait réapparut sur son visage.

— À demain au Bosquet, lança-t-il en s'éloignant.

Elle se sentit trahie par son corps qui s'immobilisa pour le regarder s'éloigner.

4

— C'est un con, mais son cul vaut le coup d'œil, dit une voix dans son oreille.

Elle se retourna et trouva Enzo dans l'encadrement de la porte de sa boutique. Elle se jeta dans ses bras pour l'étreindre. Il sentait le parfum de luxe, le vétiver et l'agrume gorgé de soleil, il était telle une apparition, avec son costume magenta et ses yeux bordés d'or. Ses cheveux noirs et soyeux étaient attachés en chignon et sa peau mate demeurait éclatante sous le ciel qui s'était assombri.

— Entre, entre. Les travaux sont enfin finis. Je veux te montrer ce que j'ai fait de cet endroit.

Enzo étudia ses vêtements en gardant une expression neutre et professionnelle. Elle faillit se remémorer ce qui venait de se passer sur le trottoir avec Finn McKay, mais elle chassa cette pensée. Elle était ici pour qu'Enzo l'aide à retrouver sa vraie personnalité après tout, et s'ils pouvaient retrouver le lien qui les unissait au passage, ce serait encore mieux. Il était temps d'attaquer une nouvelle phase, une phase où elle était un atout pour son Ordre, sa famille et ses amis, au lieu du poids perpétuel qu'elle avait été ces dernières années.

Elle prit la main d'Enzo dans la sienne et essaya de projeter tous les sentiments qu'elle avait enfouis concernant la perte de son meilleur ami en espérant que le talent d'empathe d'Enzo l'aide à saisir sa sincérité.

— J'aurais dû venir plus tôt.

Harlow avait en tête des centaines d'excuses à lui présenter, pour lui dire combien elle était désolée d'avoir laissé la situation empirer à ce point. Elle ouvrit la bouche et la referma : elle ne savait pas trop par quoi commencer.

Il la reprit dans ses bras.

— J'aurais dû te demander de venir plus tôt.

Harlow sentit son corps se détendre. Son amitié avec Enzo précédait celle qu'elle avait eue avec Finn, puisque leurs parents étaient proches depuis une éternité. La distance qui s'était installée entre eux ces deux dernières années avait été un calvaire, mais avec ce simple câlin, elle sentait qu'elle était pardonnée.

Il n'y avait pas eu de disputes ou de conflits quand elle avait emménagé avec Mark, juste de l'inquiétude et de la tension parce qu'il exerçait de plus en plus de contrôle sur elle. Tout le monde dans sa vie l'avait mise en garde contre l'obsession des humains pour la magie et le monde des descendants des Illuminés. On l'avait également mise en garde contre le fait que ce n'était peut-être pas Harlow qui intéressait Mark, mais son statut dans l'Ordre des Mystères, car ses mères étaient membres du haut conseil des sorcières.

Et il y avait toujours eu cette inquiétude latente à cause de tout ce que Harlow ne disait pas sur sa relation avec Mark. Enzo avait été le plus anxieux. Il savait mieux que quiconque le temps que Harlow avait mis à se remettre de sa seule véritable autre relation. Il n'avait pas caché ses craintes vis-à-vis du comportement de Mark. Harlow n'avait écouté ni sa famille ni Enzo quand ils l'avaient avertie, ce qui l'avait quelque peu frustrée lorsqu'elle s'était finalement rendu compte qu'ils avaient raison.

À présent, six mois après avoir échappé à l'influence de Mark, elle voyait combien elle avait été naïve. Il l'avait lentement et consciencieusement isolée jusqu'au moment où elle aurait pu, d'après lui, céder à toutes ses volontés. Quand finalement, elle avait refusé de lui révéler les secrets des Ordres, il l'avait mise à la porte, reniant la vie qu'elle pensait avoir construite avec lui.

Elle avait dû faire preuve d'une grande humilité pour recoller les morceaux. Elle avait d'abord fait amende honorable auprès de sa famille. Reprendre son poste aux *Monas* avait amélioré la situation avec ses sœurs. Ses mères avaient été les premières à l'accueillir sans poser de questions. Mais elle ne savait pas comment dire à Enzo qu'il avait eu raison à propos de Mark. Il était le seul à l'avoir connue à cette époque, à être venu à leur appartement, à avoir vraiment essayé de percevoir ce qu'elle voyait en Mark, mais il avait quand même discerné la réalité de leur situation.

Cela lui semblait si loin désormais, tandis qu'elle entrait dans l'atelier d'Enzo. Des portants en bois de vêtements vintage et anciens se mêlaient à ses créations personnelles dans un espace épuré. Les murs étaient peints en bleu nuit et un énorme vase avec des branches de saule et d'eucalyptus odorant trônait sur un guéridon au centre de la pièce. De somptueux tapis à motifs rouge rubis couvraient le sol en ardoise et un énorme lustre en cristal donnait à l'ensemble de la boutique une allure luxueuse et artistique.

Des mannequins de bois présentaient les plus belles créations d'Enzo ; des robes de soirée à la beauté unique, dont chaque couture avait été touchée par sa magie. Thea et lui se ressemblaient beaucoup. Leurs talents artistiques étaient déjà forts avant même que leur magie ne se manifeste, et maintenant qu'ils avaient la vingtaine, leur art était amplifié par leurs pouvoirs magiques comme une extension naturelle d'eux-mêmes.

Harlow aurait aimé savoir comment sa magie allait s'exprimer. Elle pouvait lancer des sorts basiques de protection ou des charmes et avait bien sûr eu une éducation approfondie en traditions, histoire et arts magiques. En tant que sorcière, elle avait grandi au milieu de tout ça, en apprenant les voies du mystère et comment manipuler les filaments de la magie qui contenaient l'éther, selon sa volonté. Mais son talent spécial, la manière dont sa propre magie modèlerait sa vie refusait de se faire jour.

— Oh, Enzo, souffla-t-elle, heureuse pour son ami et mettant sa déception personnelle de côté. C'est parfait.

Il affichait un sourire radieux qui dévoilait ses dents blanches et parfaites tandis que des fossettes ponctuaient sa joie. Elle lui serra le bras, sincèrement heureuse. C'était facile de l'être pour Enzo ; elle l'aimait profondément et être ici et sentir leur lien se reformer petit à petit était exactement ce dont elle avait besoin. Harlow avait vraiment essayé quand elle avait été avec Mark d'oublier combien Enzo et ses sœurs lui manquaient, mais elle n'avait jamais réussi.

Elle éprouva de la honte en pensant à la manière dont elle les avait traités, mais elle essaya de repousser ce sentiment et de le cacher avant qu'il ne le perçoive.

— Je vois beaucoup ton nom dans Section Sept.

— En relation avec tous les mondains les plus stylés des Ordres, ajouta-t-il en riant.

C'était vrai. Il habillait les plus élégants membres des Ordres inférieurs et les Illuminés faisaient partie de ses meilleurs clients.

— Je doute de pouvoir m'offrir l'une de tes robes en ce moment, mais je suis ici pour n'importe quelles pièces vintages qui pourraient me servir d'armures. J'ai été embrigadée dans la saison.

Enzo la tira jusqu'au canapé en cuir au centre de la boutique.

— Les matères ont fini par insister ? C'est à cause de l'intérêt des McKay pour le Quartier ?

Évidemment, il était déjà au courant. La rumeur courait et cela n'arrangeait pas la situation.

— Tu habilles Finn ? C'était lui, le client ?

— Oui, répondit Enzo avec une grimace. Tu es en colère ?

— Non, non. Bien sûr que non. Les affaires sont les affaires et les Illuminés sont de bons clients, même les McKay.

— Harls… Je sais que tu ne veux pas l'entendre, mais je pense que Finn a changé.

Ils demeurèrent silencieux un instant.

— Tu as raison. Je ne veux pas l'entendre. Tu sais ce qu'il a fait. Combien j'ai souffert.

— Oui. Je ne l'oublierai jamais. Ça m'a blessé aussi, tu sais ? Mais ça fait quatre fois qu'il vient depuis son retour de Nea Sterlis et il semble différent. Comme l'ancien Finn. On est même allés prendre un café la semaine dernière. Il m'a demandé quels genres de mecs m'intéressaient ces derniers temps et m'a proposé de me présenter à certains de ses amis avec qui il a pensé que je pourrais bien m'entendre pendant la saison. Et ce n'était pas juste pour être sympa. Il était… comme avant.

La gorge de Harlow se serra. Ils avaient été très proches à l'école tous les trois, puis un jour, Finn avait changé et Harlow et Enzo n'étaient soudain plus assez bien pour lui. Elle chassa ces souvenirs qui risquaient de la faire replonger dans les abysses.

— Il t'a présenté ses excuses ? Il s'est expliqué ? Il t'a dit pourquoi il a passé toute notre sixième année à faire de nos vies un enfer ?

Enzo posa les mains sur ses joues. La familiarité de ce geste réchauffa le cœur de Harlow.

— Tout d'abord, c'est surtout Petra qui nous gâchait la vie, alors rejetons la faute sur la bonne personne. Ensuite, je ne lui ai pas demandé d'explications ou d'excuses. Je n'ai pas à le faire.

Il avait raison. C'était Petra Velarius qui avait tout fait pour que Harlow et Enzo deviennent des parias, mais Finn ne les avait pas défendus. Il s'était éloigné d'eux sans jamais regarder en arrière, jusqu'à maintenant, apparemment. Un sanglot se coinça dans sa gorge ; Enzo ne lui avait pas demandé d'excuses non plus. Il l'avait pardonnée à l'instant où il avait reconnu les excuses qui émanaient d'elle ; elle l'avait senti.

— J'aimerais avoir cette capacité que tu as, dit-elle quand elle comprit pourquoi les sentiments d'Enzo envers Finn avaient changé alors qu'elle était incapable de changer les siens.

Les McKay étaient des vipères venimeuses et même si Finn n'approuvait pas leurs décisions, il n'était pas innocent non plus.

— Mais je ne peux pas lui faire confiance, ajouta-t-elle. Tu comprends ?

— Oui. Je sais. C'était différent pour vous deux.

Elle prit ses mains et les serra.

— Je suis vraiment heureuse que tu m'aides à me préparer. Tu sais combien ce genre de choses me rendent nerveuse.

Enzo sourit à nouveau.

— Tu vas être magnifique à chaque événement. Je ferai mon possible pour que ta saison soit parfaite, d'accord ?

— Je n'ai pas besoin d'être magnifique. Présentable, ça suffira.

— Arrête, Harls, dit Enzo en levant les yeux au plafond. Il n'y a que toi et moi. Admets-le, tu veux les achever avec tes formes dévastatrices. Surtout après que Section Sept a dit que tu étais mal fagotée ce matin.

Son ton était neutre, sans aucun jugement. Elle savait qu'il voyait la même chose que Selene et Aurelia : son apparence reflétait son tumulte intérieur. Harlow se mordit la lèvre.

— Oui, un peu, mais mon budget est limité.

Elle lui montra la somme sur son téléphone et Enzo y jeta à peine un coup d'œil.

— Ça ira.

— Quoi ? Mais c'est à peine assez pour deux de tes robes de soirée, alors qu'il me faut une garde-robe pour toute la saison.

— Viens ici.

Il la força à se lever et l'entraîna vers une zone de la boutique où un bureau était installé dans un coin, entouré de grandes bibliothèques, toutes pleines de livres sur la mode à travers les siècles. Il y avait plusieurs guéridons en marbre devant les grandes vitrines où étaient exposés des livres illustrés. L'un d'eux était particulièrement beau et montrait différentes pallyra, ces robes de cérémonie des Ordres Immortels, dans toute leur gloire. Harlow resta bouche bée devant cette collection spectaculaire de livres rares.

Enzo lui toucha le bras pour la guider vers le livre de modèles de pallyra.

— Ta sœur a terminé de restaurer ma collection l'année dernière, à temps pour la rénovation, et ma bibliothèque est tellement populaire auprès des clients qu'on a écrit un article à ce propos dans le *Times*. Apparemment, je possède la plus grande collection de livres sur l'histoire de la mode de tout le pays.

— Thea est douée pour retrouver l'origine d'articles de collection.

— Je crois que tu n'as pas compris, Harlow. On a prévenu le *Times*. Mon chiffre d'affaires a triplé depuis cet article. On me surnomme

« le plus grand érudit de la mode », ce qui est vrai, mais ça fait toujours bizarre de le lire noir sur blanc. J'habille toute ta famille pour la saison avec le budget que vous pouvez accorder. Vous représentez tout pour moi, et depuis toujours.

Il l'attrapa par les hanches et la guida devant un miroir doré.

— Tu vas faire ta saison avec une garde-robe de folie. Il n'en sera pas autrement. Viens voir ce que j'ai déjà mis de côté pour toi. J'ai quelques options à te présenter pour la fête du Statuaire. Je pense que tu vas adorer.

Enzo lui montra un présentoir sur lequel était accroché un papier avec son nom : il avait choisi des pièces aux couleurs de pierres précieuses qui mettraient en valeur son teint et ses cheveux. Il l'aida à monter sur une plateforme afin d'avoir accès à ses jambes et commença à prendre ses mesures pour les robes qu'elle porterait à Solon Mai et au Gala du Solstice. Elle essaya de discuter avec lui, mais il la fit taire.

— Je ne vais pas réussir à me souvenir des chiffres si tu papotes, alors ferme-la.

Elle obéit, reconnaissante de tout ce qu'il faisait pour elle. Reconnaissante envers Thea et leurs parentes qui avaient toujours traité Enzo comme un membre de leur famille et qui l'aimaient aussi profondément qu'elle. Ses parents étaient morts dans un terrible accident de train quand ils étaient au lycée, et les matères l'avaient accueilli à chaque dîner de famille, brunch ou fête importante après cela pour qu'il ne se retrouve jamais seul dans l'immense maison de ville qu'ils lui avaient laissée.

Quand il eut terminé de prendre les mesures, il l'aida à descendre. Des larmes lui piquaient les yeux ; Enzo lui avait énormément manqué et passer ce moment avec lui accentuait la douleur dans son cœur. Elle le regarda droit dans ses yeux marron foncé et essaya d'être courageuse.

— J'ai fait beaucoup d'erreurs alors que tu te montrais franc avec moi à propos de Mark et je le regrette tellement. Tu as toujours été un bon ami pour moi, mon meilleur ami avec Thea, et je suis désolée de t'avoir fait sortir de ma vie.

Enzo acquiesça solennellement, acceptant ses excuses avec sa grâce habituelle.

— Comment tu vas ? Vraiment ?

Harlow savait qu'il connaissait déjà la réponse. Qu'elle n'allait pas bien. Que certains jours, elle craignait d'être trop brisée pour continuer, qu'elle ne pourrait jamais être aimée ou respectée car elle était trop stupide. Elle avait peur d'attirer les mauvaises personnes.

Enzo attrapa son visage entre ses mains.

— Harls, tu sais que ce n'est pas vrai, hein ?

Il ne laissait pas souvent sous-entendre que son empathie lui permettait presque de lire dans les pensées parce qu'il savait que cela mettait les gens mal à l'aise. Mais en cet instant, les yeux d'Enzo étaient doux et pleins d'amour pour elle. Harlow détourna le regard et essuya ses larmes.

— Tu as eu d'autres partenaires entre Finn et Mark qui étaient bien pour toi. Kate Spencer par exemple.

Harlow sourit. Katerina Spencer avait été une petite amie suprêmement gentille pendant les quelques mois qu'elles avaient passés ensemble. Quand elle était retournée à Nea Sterlis pour aider son géniteur à ouvrir un nouveau vignoble et avait été transférée à Aphelion, Harlow avait été triste de la voir partir, mais elles n'étaient sorties ensemble que quelques mois et elle avait accepté son départ. Elle avait rencontré Mark seulement quelques jours plus tard.

— Elle m'a quittée aussi.

— C'était différent et tu le sais. Ce qui s'est passé avec Mark n'était pas ta faute. C'était la sienne. J'aimerais que tu puisses le voir.

— Je suis désolée pour tout ce qui s'est passé entre nous, murmura-t-elle, détournant la conversation, car elle préférait éviter de parler de Mark. J'aurais dû agir différemment. Surtout quand je suis rentrée à la maison. Mais j'avais besoin de temps pour réfléchir.

— Je sais, Harls. Tu n'as pas besoin de le dire.

Elle pencha la tête sur le côté.

— Peut-être, mais tu devrais te montrer plus exigeant envers moi.

— C'est pas faux, plaisanta-t-il en lui serrant les mains. Tu veux que je t'aide à apporter cette première cargaison chez toi ?

Harlow remua, mal à l'aise.

— Je sais que tu es occupé, avec la saison qui commence demain et tout...

Enzo fronça ses sourcils bien dessinés.

— Pourquoi tu ne veux pas que je voie ton appartement ?

Harlow regarda les motifs en chevrons du parquet et les suivit avec la pointe de sa chaussure.

— C'est que... Il n'est... pas très joli. Mais c'est tout ce que j'ai pu me permettre quand Mark m'a foutue dehors.

Il contracta la mâchoire.

— Tu crois vraiment que je me soucie de ce genre de chose ?

Harlow haussa les épaules, mais ne dit pas ce qu'elle avait en tête. Les sorcières se préoccupaient des apparences. Elles étaient les esthètes de Nuva Troi. Et son appartement ne reflétait aucunement son appartenance à l'une des plus anciennes et prestigieuses familles de l'Ordre des Mystères. Elle l'adorait, mais elle savait que ce ne serait pas le cas des autres. Elle n'était pas sûre de pouvoir le supporter, si Enzo le détestait.

— Je viens. Et je ne veux rien entendre.

Il prit une pile de vêtements dans ses bras et commença à les mettre dans des housses. L'autorité dans la voix d'Enzo lui rappela qu'il était bien le véritable héritier au poste d'archichancelier. Que quand il aurait l'âge, Aurelia lui laisserait sa place et qu'il se retrouverait à la tête de l'Ordre. Elle ne put s'empêcher de sourire.

— Mets des chaussures confortables. Il va falloir grimper.

5

— Pas étonnant que tu aies les fesses aussi musclées, dit Enzo en riant, à la traîne, presque un étage derrière elle. Ça fait une sacrée séance de sport.

Harlow s'arrêta, le tas de vêtements tenu soigneusement dans ses bras.

— Ça fait une petite trotte, je sais. Et l'immeuble aurait besoin d'un peu de travaux… Je suis désolée que l'ascenseur soit en panne. C'est souvent comme ça…

— Harlow, arrête. Je trouve ça sympa.

Elle en douta une seconde, mais comme la plupart des empathes, Enzo mentait rarement.

— Vraiment. J'adore ces murs verts et ces couches de peinture qui s'écaillent, c'est charmant.

À sa grande surprise, il n'y avait aucune trace de sarcasme dans sa voix. Il percevait ce qu'elle avait vu dans cet endroit : la beauté des années. Les Illuminés ne permettaient pas vraiment que les choses perdent de leur éclat sur Okairos. C'était l'une des nombreuses contreparties de leur règlement. Le monde était bien entretenu, beau, et à de nombreux égards, sûr, mais ses habitants n'étaient pas libres. Des endroits, comme cet immeuble, qui témoignaient de leur ancienneté étaient extrêmement rares.

Ils montèrent les derniers étages en silence. Ce bâtiment était une copropriété, et après le décès de la propriétaire de l'appartement en attique au sommet, les héritiers n'avaient pas réussi à se mettre d'accord sur son avenir. Le conseil d'administration avait à cœur de préserver la structure du bâtiment et de ne pas faire disparaître son histoire par magie. Ils cherchaient quelqu'un qui n'irait pas se plaindre des traces du temps auprès des Illuminés. Lorsqu'ils avaient lu la candidature de Harlow et vu son nom, ils l'avaient d'abord rejetée, mais en apprenant qu'elle avait vécu deux ans parmi les humains, ils lui avaient accordé un entretien.

Quand le conseil l'avait enfin laissée visiter l'appartement, elle avait vidé ses maigres économies. Pour elle, c'était l'endroit parfait, mais elle savait que ce n'était pas ce que la majorité des gens de son entourage auraient choisi. Son cœur s'emballa nerveusement quand elle posa la main sur la plaque de métal froid qui scannait son ADN. La serrure fit un petit *clic* quand le système de sécurité la reconnut et la porte s'ouvrit doucement.

Derrière elle, Enzo retint son souffle.

— Oh, Harlow. Maintenant, je comprends complètement…

Elle redécouvrit son appartement à travers les yeux d'Enzo. Les briques apparentes sous le plâtre qui s'effritait. Les fenêtres anciennes et leur cadre en acier noir qui s'étendaient du sol au plafond et la vue de la terrasse sur la baie d'Ambracia. Il n'y avait pas beaucoup de murs, puisque seule la salle de bains était séparée. La cuisine se limitait à un four, un réfrigérateur et un vieux vaisselier, car les enfants de l'ancienne occupante avaient dépouillé les lieux de tout objet de valeur lors de la succession. Les rares affaires de Harlow étaient toujours dans des cartons, à l'exception de son lit et de quelques portants à vêtements en fer forgé presque vides.

— Tu pourrais installer quelques meubles… et une vraie cuisine, fit remarquer Enzo, songeur. Mais j'adore.

Il posa les vêtements sur le lit et ouvrit la grande porte de la terrasse.

— C'est surréaliste, lâcha-t-il en contemplant l'eau bleue de la baie.

Le soleil perçait à travers les nuages, se préparant à offrir à Nuva Troi un rare coucher de soleil sur la baie.

Elle le rejoignit dehors, avec le sourire.

— Tu voudrais tout changer ? Pour qu'il soit clinquant et neuf ?

— Non. Je l'aime comme ça. J'adore quand on peut deviner l'histoire d'un bâtiment à travers ses différentes couches.

Il ferma les yeux un instant et Harlow sentit les fils de magie flotter autour d'eux. Il sondait l'immeuble.

— Sa structure est solide. Les sorcières ont fait du bon travail en s'assurant qu'il était sain tout en laissant son apparence vieillir naturellement. C'est du pur génie.

— C'est ce que j'ai pensé aussi, pour être honnête, fit remarquer Harlow avec un grand sourire. Je n'avais jamais rien vu de tel avant.

— Les Illuminés ne supportent pas le vieillissement…, murmura-t-il en retournant à l'intérieur. C'est bien dommage. Il n'y a pas de raison de craindre le passage du temps. Tout ici est magnifique.

Harlow ne dit rien. Ils avaient eu cette discussion un million de fois dans leur jeunesse, à une époque où ils se demandaient encore pourquoi les Illuminés étaient ainsi et où ils rêvaient d'un monde meilleur. Enzo commença à déballer les housses dans lesquelles ils avaient apporté les nouveaux vêtements, mais elle l'arrêta.

— Tu en as fait assez. Je m'occuperai de les ranger. Tu veux boire quelque chose ? J'ai…, commença-t-elle en ouvrant son réfrigérateur. De l'eau et du lait d'avoine.

— Pas même du thé ?

— Bien sûr que j'ai du thé et une bouilloire. Qu'est-ce que tu veux ?

— Quelque chose de fort.

— Tu es sûr que tu parles de thé ?

Cette question fit rire Enzo.

— Ça aurait pu être une blague. Mais je veux vraiment un thé.

Harlow sortit du vaisselier un thé noir fumé avec une touche de vanille et commença à faire bouillir de l'eau alors qu'Enzo enlevait ses chaussures et s'installait sur son lit.

— Tes draps sont jolis.

Elle s'était offert ces draps blancs quand elle avait emménagé. Ils étaient doux et soyeux et elle avait ajouté une demi-douzaine de coussins pour l'accueillir comme un nuage quand elle contemplait la pluie omniprésente à Nuva Troi ou un rare coucher de soleil. C'était justement ce que faisait Enzo, et lorsqu'elle lui tendit un mug de thé fumant, elle se blottit contre lui.

— Alors, tu vois quelqu'un en ce moment ? lui demanda-t-elle.

— Non, j'étais trop concentré sur les travaux de l'atelier. Je n'ai pas eu le temps pour ça. Et j'ai nettoyé la maison de fond en comble aussi. Elle est louée maintenant.

— Qu'est-ce que ça te fait ?

La maison des parents d'Enzo avait été un havre de paix ouvert à tous à l'époque où Clarissa Weraka était archichancelière de l'Ordre des Mystères. Les Weraka étaient l'une des rares familles de sorcières qui croyaient en un monde sans délimitations strictes entre les quatre espèces de créatures humanoïdes qui peuplaient Okairos et leur maison avait accueilli de nombreuses fêtes tout en représentant une sorte de refuge loin de l'agitation de leur univers.

— À un moment donné, c'est devenu moins dur. Un jour, tout ce qui était dans les cartons n'était plus que des objets. C'était comme une capsule temporelle, tu comprends ?

Elle acquiesça. Après la mort de ses parents, Enzo n'avait rien touché dans la maison à quatre étages des Weraka, située dans les quartiers chics.

— J'ai longtemps eu peur de bouger quoi que ce soit. J'enlevais juste la poussière. Mais plus j'attendais, plus ça se détériorait à l'intérieur, expliqua Enzo en se tapotant la poitrine. L'année dernière, je suis descendu et j'ai eu peur de faire du café. J'ai eu peur que les derniers souvenirs de ma mère ne disparaissent si je touchais un mug.

Harlow attrapa le bras d'Enzo et il posa la tête sur son épaule, dans une position qu'ils avaient adoptée des milliers de fois depuis leur enfance. Dans sa tête, elle voyait Clarissa s'affairer dans la cuisine, ses tresses noires attachées au sommet de sa tête, riant alors qu'elle préparait le petit déjeuner pour Enzo, Maurice et Harlow. Harlow avait pris des centaines de petits déjeuners chez Enzo. Quand Clarissa et Maurice étaient morts, Enzo n'avait pas été le seul à perdre sa famille. Ses parents étaient les plus proches amis d'Aurelia et Selene, et Enzo leur filleul.

Harlow sentit sa poitrine se serrer.

— J'aurais dû être là pour t'aider.

— J'aurais aimé que tu le sois. Je… J'aurais dû t'appeler. Tout n'est pas ta faute, tu sais. J'ai commis des erreurs, moi aussi. Tu m'aurais été d'un grand secours.

Des larmes coulèrent sur leurs joues à tous les deux et Enzo serra le bras de Harlow avec le sien tandis qu'il buvait son thé.

— J'aurais dû me battre davantage pour que tu reviennes, Harls, dit-il, la voix tremblante. J'ai vu son cœur, à quoi il ressemblait, et je ne t'ai pas soutenue comme je l'aurais dû.

— Tu as essayé…

— Un peu, l'interrompit-il. Mais ma mère n'aurait pas aimé que je laisse tomber si facilement, Harlow. Tu sais, reprit-il après quelques secondes de silence, si tu n'es pas prête à faire une nouvelle rencontre, peut-être que participer à la saison n'est pas une bonne idée…

Cette fois-ci, ce fut au tour de Harlow d'interrompre Enzo, la gorge serrée.

— Ça va. Je suis prête. J'ai besoin de m'habituer au quotidien de l'Ordre et de prouver à tout le monde qu'on peut me faire confiance. Ce sera le moyen le plus simple d'aller de l'avant.

Enzo comprenait la profondeur des émotions de Harlow, peut-être même mieux qu'elle.

— Aussi mauvais qu'ait pu être Mark, je suis pire, poursuivit-elle. Je pensais que je méritais tout ça, toute sa colère et sa jalousie. Je pensais en être la cause. Et même si ma tête sait que ce n'est pas vrai, mon cœur l'ignore.

C'était la première fois que Harlow l'avouait à quelqu'un, même à elle-même.

— Alors tu crois vraiment que c'est le bon moment pour s'engager dans une nouvelle relation ?

— Ça fait six mois, dit Harlow en haussant les épaules. Ça va de mieux en mieux et ma famille a besoin de moi. L'Ordre a besoin de moi. J'ai besoin de réintégrer notre monde, Enzo.

Il l'embrassa sur le front.

— Je comprends complètement, mais que feras-tu s'ils veulent t'apparier avec Finn ?

— Tant que cette obligation me revient à moi et pas à mes sœurs, je ferai ce qu'il faudra.

— Harlow, dit Enzo en faisant durer la dernière syllabe, mais sans rien dire d'autre.

Personne ne comprenait mieux qu'Enzo ce que remplir son devoir envers l'Ordre des Mystères impliquait. Il secoua la tête, mais ne réagit pas aux pensées qui hurlaient probablement dans la tête de Harlow. Comme Thea, Enzo croyait en la magie de la saison, pensait que cela permettait aux bonnes personnes de se rencontrer pour s'associer à la perfection, tant qu'elles se présentaient le cœur ouvert, avec le désir sincère de trouver l'amour. Harlow n'était pas sûre que la saison soit autre chose qu'une coutume, et ce n'était certainement pas un cœur ouvert qui résoudrait ses problèmes avec Finn.

La pluie se remit à tomber, cachant les derniers rayons du soleil. Enzo finit son thé et remit ses chaussures avant de poser la tasse dans l'évier.

— Et si on suspendait ces vêtements et commandait à manger ? Plus de discussion triste à partir de maintenant.

Harlow sourit. Ça, elle pouvait le faire. Via son application de livraison, elle commanda des burgers et des frites au parmesan à une pizzeria tenue par des métamorphes, *Gastro Lupo*, qui se trouvait au coin de la rue. Enzo ouvrit les housses et ils commencèrent à suspendre les tenues dans un silence agréable. Quand ils se remirent à parler, ce fut pour discuter de la nouvelle série télévisée du moment, *Les Enfants des chevaliers*, qui s'inspirait très librement de l'histoire des chevaliers vampires au Moyen Âge.

Enzo se plaignait des erreurs dans les costumes et maquillages médiévaux quand le livreur arriva avec leur repas. La pluie s'arrêta de tomber assez longtemps pour qu'ils mangent sur la terrasse, assis sur deux chaises en plastique que Harlow avait trouvées dans une benne à ordures. Lorsqu'il ne resta plus une seule frite et que Harlow eut l'impression d'être sur le point d'exploser, Enzo l'embrassa sur le front.

— Tu sais comment te rendre au Bosquet, hein ?

Harlow acquiesça en le raccompagnant jusqu'à la porte.

— L'invitation arrivera à 23 heures et fera office de portail..., répondit Harlow en levant les yeux au plafond. Puis je me retrouverai sur le lieu de notre rituel super secret, quelque part dans les bois, c'est ça ?

— Tu pourrais peut-être essayer de prendre tout ça un peu plus au sérieux, fit remarquer Enzo en secouant la tête.

— Je pourrais, dit-elle en riant tandis qu'il descendait les marches et qu'elle refermait la porte. Je pourrais.

6

Quand elle se retourna vers son appartement vide, Harlow s'y sentit seule pour la première fois. Bien sûr, elle s'était déjà sentie triste ici avant – elle avait rarement éprouvé autre chose depuis qu'elle avait emménagé –, mais elle avait aussi apprécié sa solitude tant qu'elle faisait le deuil de sa relation avec Mark. Ce soir, pour la première fois, elle aurait aimé avoir des meubles et une télé ou une chaîne hi-fi, et pas juste son téléphone. Elle aurait aimé avoir ses cartons de livres et ses objets décoratifs qui étaient stockés dans le grenier des *Monas*. Toutes ces choses qu'elle avait dû laisser sous l'insistance de Mark quand elle avait emménagé avec lui.

Un mouvement attira son regard, mais lorsqu'elle se tourna, il n'y avait rien. Elle frissonna, ébranlée au plus profond d'elle-même. C'était peut-être l'un des nombreux fantômes de l'immeuble, mais dans son cœur, elle savait que ce qu'elle avait senti était pire que ça : c'était le souvenir de ce qu'elle avait abandonné. Harlow s'efforçait de ne jamais penser au gros chat noir que Mark avait tenu à garder, mais ce soir, elle n'y arrivait pas. Axel lui manquait tellement qu'elle était rongée par la culpabilité. Ce sentiment d'impuissance qu'elle avait chaque fois qu'elle s'autorisait à penser à son chat lui coupait le souffle.

Harlow laissa la double porte de la terrasse ouverte pour respirer l'air frais du printemps, séchant ses larmes. Il pleuvait de nouveau, et la vue sur la ville et la baie ressemblait à une peinture. Elle se glissa dans son lit, consciente qu'elle ne pouvait échapper à ce sentiment de solitude qui la remplissait de chagrin. Harlow prononça un mot pour éteindre les lumières magiques qui flottaient au-dessus et fixa le regard sur l'obscurité de son appartement presque vide.

Quand ils avaient emménagé ensemble, Mark n'avait pas voulu que Harlow garde quoi que ce soit qui lui rappelait son « ancienne vie », insistant sur le fait qu'ils construisaient une vie ensemble en dehors des Ordres. Quand il l'avait mise dehors, elle n'avait pas eu grand-chose à emporter hormis ses vêtements. Garder Axel avait été le geste le plus cruel de Mark. Il n'aimait même pas ce chat ; il l'avait gardé juste pour faire du mal à Harlow, et elle avait eu trop honte pour avouer à qui que ce soit qu'elle avait abandonné son bébé.

Harlow ne pouvait s'empêcher de penser que le vide de son appartement était sa punition pour avoir échoué avec Mark. De la même façon, elle se punissait en se nourrissant mal ou en choisissant des tenues dans lesquelles elle ne se sentait pas bien. Elle ne prenait pas soin d'elle parce qu'en choisissant Mark, elle avait voulu prouver à tout le monde qu'elle pouvait faire les choses différemment des autres sorcières. Que les années qu'elle avait perdues à l'université étaient derrière elle et qu'elle se construisait une nouvelle vie.

Sauf que rien ne s'était passé comme elle l'avait prévu. C'était fini avec Mark. Elle ne s'était jamais inscrite à la fac. Sa magie ne devenait pas plus intense ou plus puissante. Elle était perdue, à la dérive à cause de tout ce qu'elle avait fait de travers. Chaque fois qu'elle essayait d'arranger les choses, la situation empirait. Alors elle avait décidé de ne plus rien faire d'elle-même. Elle pratiquait ce qu'elle considérait comme de la négligence neutre, la tête baissée, en essayant surtout de ne pas rendre les choses pires qu'elles ne devaient l'être.

Elle avait vu un thérapeute pendant exactement un mois et quand il lui avait demandé de citer quelque chose qu'elle avait réussi depuis ses dix-sept ans, rien ne lui était venu. Harlow savait que le thérapeute essayait de l'aider, qu'il pensait que cette question pourrait l'aider à se rendre compte qu'elle n'avait pas réellement tout raté. Mais le fait qu'elle ne parvienne pas à trouver une réponse satisfaisante l'avait projetée dans une spirale de honte qui avait duré des semaines. Elle n'était jamais retournée le voir. Quel intérêt ?

Harlow se tourna et se retourna dans son lit pendant quelques minutes, essayant de s'endormir, mais il lui était impossible de se détendre. Elle avait comme l'impression que des bestioles rampaient sous sa peau. Elle prit son téléphone et parcourut Section Sept pour trouver des articles qui prouvaient qu'elle méritait la punition qu'elle s'infligeait. Ils étaient là, tous les deux, l'un juste en dessous de l'autre, comme par hasard.

« Mark East a trouvé mieux que la ratée du Quartier des Antiquaires ». Cette phrase était accompagnée d'une photo de Mark aidant Olivia à descendre d'une voiture noire. La robe d'Olivia était si courte que Harlow pouvait voir sa culotte, ce qui était très probablement voulu. Elle bouillonnait de jalousie, et le pire était qu'elle ne voulait même pas récupérer Mark.

Non, elle voulait sincèrement que Mark tourne la page et vite. Mais pas avec quelqu'un qui ressemblait à ça. Partout où Harlow avait des formes, Olivia était mince et sensuelle comme Harlow savait qu'elle ne pourrait jamais l'être. Les derniers jours de leur relation, Mark avait fait de nombreuses remarques sur le fait qu'il ne la trouvait pas séduisante, répétant qu'elle s'était « laissée aller ». Constater qu'il avait trouvé si vite quelqu'un qui cochait tous ses critères, contrairement à Harlow, était blessant. Même aujourd'hui, malgré toute la rancœur qu'elle éprouvait envers lui, elle luttait contre l'envie de le récupérer pour être celle qui le repousserait et éviter la fin pathétique qu'elle avait connue.

Elle prit une profonde inspiration pour essayer de faire cesser cette spirale de honte qui l'entraînait. *Suivant.*

Elle avait déjà aperçu ces yeux couleur d'orage, mais quand elle descendit sur la page, son estomac se noua. « Le play-boy illuminé Finbar McKay de retour à Nuva Troi avec un trophée ». Harlow faillit s'étrangler. Apparemment, le « trophée », c'était Petra Velarius. En tout cas, elle prenait du plaisir à imaginer Petra horrifiée de voir son nom associé ainsi à celui de Finn, mais Section Sept pouvait se montrer affreusement sexiste pour provoquer les plaintes des lecteurs contre cette attitude rétrograde. Ils partageaient alors leurs réactions sur leurs réseaux sociaux, et pour le site people, toute publicité était bonne à prendre.

Ni Finn ni Petra n'avaient l'air habillés pour une soirée en ville. Ils portaient tous les deux un jean et un pull, comme s'ils avaient juste pris un café ensemble. Harlow savait de source sûre que Finn n'était pas revenu à Nuva Troi avec Petra. Elle était restée ici pour travailler dans la société d'investissement de ses parents. Pourtant, les voir ensemble agaçait Harlow.

Elle fit ce qu'elle s'était promis de ne jamais faire et commença à regarder les commentaires sous la publication. La majorité était postée par des humains qui spéculaient sur « le couple idéal » que formeraient Petra et Finn pour la saison. Les gens parlaient d'eux comme s'il s'agissait de personnages d'une série ou d'un livre.

Un message de Meline apparut et l'empêcha de voir l'expression amère de Petra.

> Meline : Si tu lis Section Sept, ne crois pas tout ce que tu vois. Finn et Petra étaient à un dîner de famille à Umbra. Ils ont coupé Alaric sur la photo.
> Harlow : Je n'étais pas sur Section Sept.
> Meline : Indi me dit de te dire que tu mens très mal et que tu n'aurais pas répondu si vite si ce n'était pas le cas. ON T'A EUE !
> Harlow : Occupez-vous de vos affaires, les nunuches.

Un message de la part d'Indigo s'afficha sur celui de sa jumelle.

> Indigo : Mais tu fais partie de nos affaires. Lâche les réseaux sociaux et va dormir.

Harlow envoya aux jumelles plusieurs émojis cœur noir, puis reposa son téléphone avec réticence car elle aurait bien lu les articles qu'elle avait sautés concernant les récentes manifestations à Nea Sterlis. Ces derniers temps, les humains s'indignaient plus que d'habitude des lois restrictives qui les traitaient comme des objets. Elle ne pouvait pas dire qu'elle estimait que c'était leur faute, mais elle ne savait pas trop ce qu'il fallait faire. Les Illuminés prouvaient régulièrement qu'ils étaient trop puissants pour qu'on leur résiste. Harlow grogna dans sa pile d'oreillers. Elle n'allait jamais réussir à dormir.

— Lux, marmonna-t-elle.

Les douces lumières s'allumèrent.

Harlow se leva pour regarder les vêtements qu'Enzo et elle avaient suspendus. Sa pallyra était prête pour le lendemain soir et elle était excitée à l'idée de porter cette robe longue brodée. Elle caressa le tissu noir épais et doux, parcourant du doigt les ornements en forme de grues et de loups qui représentaient sa famille. Peut-être que la soirée d'inauguration de la saison ne se passerait pas trop mal comme c'était plus un rituel qu'une soirée mondaine.

En revanche, la fête du Statuaire la préoccupait davantage. Elle fixa du regard la robe qu'Enzo lui avait choisie pour cet événement donné dans l'un des élégants jardins publics de Nuva Troi. Comme il aurait lieu en extérieur, les participants étaient censés s'habiller de manière décontractée, mais Harlow avait du mal à saisir la nuance, surtout quand elle contemplait la tenue qu'ils avaient prévue.

Harlow effleura le sublime tissu de la robe. Elle était d'un bleu profond avec un col haut et un corsage à boutons qu'elle devrait laisser légèrement ouvert pour révéler le bord en dentelle du bustier vintage qu'elle porterait en dessous. La jupe de la robe s'arrêtait aux genoux et Harlow porterait une paire de bottines noires à talons hauts avec des lacets en satin. Cela lui semblait bien loin d'une tenue décontractée, d'autant plus combinée au magnifique manteau long en laine gris ardoise qu'elle mettrait par-dessus.

Mais Enzo lui avait assuré qu'elle correspondait à ce que l'on entendait par « look décontracté » pour la saison. Il lui avait expliqué que les pantalons de tailleur taille haute et les chemisiers étaient adaptés aux événements qui se tenaient le matin ou en début d'après-midi.

Après 14 heures, les robes de jour étaient la seule option acceptable. Entre 17 et 21 heures, on mettait des robes de cocktail, et plus tard encore, seulement des robes de soirée. Il existait d'autres règles concernant les couleurs, les bijoux et les accessoires et cela la déconcertait malgré son intérêt sincère pour la mode.

Tous ces rituels étaient bien mystérieux pour elle, et elle devait admettre qu'elle se sentait quelque peu attirée par les couleurs chatoyantes sur les portants devant elle. Quand elle avait déballé l'ensemble des tenues, elle s'était rendu compte que sa garde-robe était bien celle d'une sorcière de l'Ordre des Mystères.

— Pas du tout mal fagotée, murmura-t-elle en repensant à l'horrible publication de Section Sept.

Non, là, elle serait enfin elle-même. Elle ne suivrait pas les tendances humaines ou les autres modes des Ordres. Elle se sentait fière. Elle avait toujours aimé le mode de vie de ses semblables, aimé utiliser les talents magiques pour enrichir les arts et mener des recherches. L'Ordre des Mystères rendait le monde plus beau, plus intelligent, et elle adorait cet aspect de son héritage, même si elle n'y contribuait pas encore directement.

Maintenant qu'elle n'était plus occupée, les pensées de Harlow revinrent contre son gré à Finn et Petra. Elle songea alors à Enzo, qui lui avait affirmé que Finn avait changé. Et elle l'avait vu aujourd'hui. Plus âgé, mais toujours beau dans ce style négligé bien à lui, son pouvoir d'immortel faisant briller légèrement ses yeux. Son charme intense et dangereux était toujours le même.

Quand elle se laissa tomber sur son lit, les yeux fermés, elle sentit les mains de Finn sur elle, l'ancrant dans l'instant. Elle sentit leur peau glisser l'une contre l'autre, dans un passé lointain. Sa bouche sur son cou quand ils s'étaient embrassés dans sa voiture. La manière dont son monde s'était réduit à la banquette arrière du Woody, son gros SUV, alors qu'ils s'étaient frottés l'un contre l'autre, animés par le désir intense qui avait grandi entre eux pendant des années. Elle glissa les doigts dans sa culotte comme l'avait fait Finn et son plaisir s'intensifia quand elle revit son visage au moment où il l'avait découverte trempée.

Elle était dans le même état à cet instant, mais son imagination remplaça les deux adolescents de ses souvenirs par les deux adultes qui s'étaient rencontrés dans la rue le jour-même. Le souvenir de cette nuit se mêlait à son fantasme de coucher avec lui dans le présent. Son corps était en feu et réagissait à ses caresses, malgré la colère qu'elle avait éprouvée contre Finn cet après-midi.

Le souffle court, elle dessina de petits cercles autour de son clitoris gonflé et s'imagina sur la banquette arrière, à cheval sur Finn qui relevait sa robe et écartait sa culotte pour se glisser sans mal en elle. Cette vision de Finn, qui la pénétrait facilement, ne correspondait pas à leur unique rapport sexuel malhabile, mais elle s'en fichait. Malgré les maladresses liées à leur jeunesse, cette nuit avait été parfaite, la promesse d'un apprentissage commun, d'une passion qui leur aurait permis de connaître des prouesses sexuelles qui les auraient comblés tous les deux pendant des siècles. Elle ne pouvait pas dire qu'elle n'avait pas eu de bons rapports sexuels après Finn ; elle en avait eu, et peut-être même des meilleurs. Mais elle n'avait jamais éprouvé de sentiments aussi profonds pour un partenaire que ceux qu'elle avait ressentis pour lui cette nuit-là… elle ne s'y était jamais autorisée.

D'autres émotions trop fortes vinrent alors troubler le plaisir que pouvaient lui procurer son souvenir et son fantasme mêlés. L'image de Finn en elle, en train de gémir toute sa dévotion au creux de son oreille, s'estompa alors que l'orgasme tardait à venir. Elle laissa sa tête retomber en arrière et poussa un gémissement qui exprimait à la fois sa frustration et le pouvoir insaisissable de ce souvenir. Elle ne put alors s'empêcher de penser à tout ce qui en avait découlé. Les mois de chagrin. L'inquiétude dans les yeux de ses parentes chaque fois qu'elles la regardaient.

Harlow s'assit, haletante, et écarta sa main. Elle se rendit dans la salle de bains et alluma le jet d'eau froide. Elle ne penserait pas à Finn McKay et à cette nuit parfaite, celle qui avait tout gâché. Et elle ne fantasmerait certainement pas sur lui maintenant.

Si elle comptait honorer les souhaits de sa famille et participer à la saison, elle n'avait pas le droit de penser à lui comme ça, jamais.

Elle retira ses vêtements et s'avança sous l'eau, laissant le flot glacial refroidir sa peau brûlante et la ramener fermement dans le présent où elle se promit de rester.

7

Malgré son tissu épais, la pallyra n'était pas assez chaude pour une froide soirée de printemps dans le Bosquet sacré. Jusqu'à présent, Harlow ne s'y était rendue que pour les grands jours saints, comme le tour de la roue, jamais pour les autres rituels que les quatre Ordres Immortels accomplissaient ici. Ce soir, sous sa tenue de cérémonie, elle avait enfilé un legging et un pull et envisageait de porter des bottes chaudes et confortables quand elle entendit son téléphone vibrer. Elle avait reçu un message d'Enzo.

Mets quelque chose de sexy sous tes fanfreluches ce soir, on est invités à l'after de Velarius.

Elle soupira, prête à décliner, mais un autre message arriva juste quand elle allait suggérer qu'ils aillent plutôt à son pub préféré, *Les Trois Faisceaux de Genêts*. Il venait de Thea cette fois.

Je sais qu'Enzo te parle de la soirée de Velarius. Tu y vas. Habille-toi de manière appropriée. Un jean, c'est OK, mais par Aphora, porte un joli pull ou l'une de ces vestes vintage que tu adores. Pas un sweat de l'UNT.

Harlow attendit, observant les trois petits points clignoter, signe que Thea était en train de rédiger un autre message.

Je suis sérieuse. Porte quelque chose de beau. Montre-leur qui tu es.

Thea rédigeait ses messages comme elle aurait écrit des lettres officielles, et même si le cœur de Harlow s'emballait dès qu'elle s'imaginait passer du temps avec les personnes qui l'avaient rendue malheureuse à l'école, elle répondit à sa sœur et à Enzo qu'elle comptait bien s'habiller correctement.

« Montre-leur qui tu es. »

Qui était-elle, en fait ? Il n'y avait rien de mal à porter des vêtements simples, mais ses habits ternes ne représentaient pas qui elle était. Elle se cachait volontairement. Sa gorge se serra. Elle se sentait en danger, mais peut-être qu'elle pourrait vivre dangereusement. Peut-être que pour traverser tout ça, elle le devrait. Harlow enleva ses bottes confortables et son legging afin d'enfiler un jean large.

« Mets quelque chose de sexy. »

Elle renonça ensuite à porter un pull en faveur d'un petit haut couleur crème sur un soutien-gorge noir. Puis, elle enfila un gilet noir qui lui tiendrait chaud grâce à sa doublure en peau de mouton, et défit un bouton de plus de son haut. Elle remit la médaille en or qu'elle portait toujours et qui représentait les trois visages d'Akatei et se sentit instantanément mieux, protégée par la déesse protectrice de l'Ordre des Mystères.

Elle vit sur son téléphone qu'il était 22 h 48. L'invitation arriverait à 23 heures, alors elle n'avait pas beaucoup de temps pour se coiffer et se maquiller. Elle regrettait d'avoir passé sa journée à lire une nouvelle romance, mais elle ne pouvait plus rien y faire. Elle devrait se contenter d'un petit tour de passe-passe. C'était tout ce que ses talents magiques limités lui permettraient de faire de toute façon.

Harlow se rendit dans sa salle de bains et, face au miroir, elle tira les fils de magie dans les airs et les tissa autour d'elle jusqu'à ce que ses cils soient plus sombres et plus longs, que les cernes sous ses yeux aient disparu et que ses longs cheveux couleur de miel soient bouclés, mais ne cachent pas son visage. Elle raviva ses pommettes déjà hautes et ajouta une pointe de blush sur ses joues pâles.

Un bruit de papier glissant sur les planches du parquet en dehors de la pièce attira son attention. L'enveloppe qu'elle attendait était passée sous la porte d'entrée et vola vers elle.

— Ridicule, marmonna-t-elle en l'attrapant.

Elle l'ouvrit pour lire ce qu'elle pensait être une inscription charmante, au lieu de quoi elle trouva une longue liste en jargon juridique écrite en tout petit et qui portait sur son consentement à participer à la saison. Elle parcourut vaguement ce verbiage jusqu'à trouver les instructions en bas de la page qui lui demandaient de prononcer la devise de l'Ordre des Illuminés à voix haute et de presser son pouce sur la page pour exprimer son consentement.

Ab ordine libertas. De l'ordre vient la liberté. Elle n'était pas tout à fait d'accord, d'autant plus quand on savait ce qu'impliquait l'ordre pour les Illuminés, mais elle prononça la phrase et posa son pouce gauche sur la feuille. Une douleur intense lui parcourut la peau et elle eut l'impression furtive d'être vidée de toute son énergie alors qu'elle était instantanément transportée de son appartement à une clairière dans la forêt.

Au-dessus d'elle, les lunes jumelles d'Okairos étaient presque pleines et inondaient d'une lueur mystérieuse les énormes séquoias qui l'entouraient. Même si elle savait que beaucoup de personnes devaient se réunir ici ce soir, les bois étaient silencieux. Elle tituba un peu, vidée. Elle n'avait jamais ressenti ça après avoir utilisé un portail. Harlow jeta un coup d'œil à son pouce : il n'y avait pas de trace de blessure, mais une sensation nette de malaise perdurait en elle. Peut-être était-ce juste son anxiété à cause de la soirée qui l'attendait.

Une lanterne était posée à ses pieds. Harlow ne voyait aucun indice sur ce qu'elle était censée faire ensuite, alors elle la ramassa d'une main et serra le médaillon d'Akatei de l'autre pour se réconforter. La lumière de la lanterne se dissipa légèrement et de minuscules globes de lumière tombèrent sur le sol tandis que d'autres flottèrent comme des lucioles le long du sentier qui s'enfonçait dans la forêt sombre devant elle.

Harlow avança. Avec la courte traîne de sa pallyra qui chassait la terre derrière elle et la manche de sa robe qui flottait joliment tandis qu'elle tenait la lanterne, elle avait l'impression d'être une vraie sorcière pour la première fois depuis longtemps. Elle devait probablement suivre les lumières. Les bois étaient étrangement calmes, et même en regardant consciencieusement dans le noir, elle ne voyait aucune autre lumière, aucun signe que la forêt était pleine de participants à la saison.

Son léger sentiment de malaise revint. Quelque chose qui dépassait son entendement stimulait ses sens. Quand elle essaya d'utiliser son don de double vue, elle découvrit que cela lui était impossible. Dans un moment de panique, Harlow voulut se raccrocher aux fils de magie autour d'elle en faisant appel au talent le plus basique d'une sorcière, mais elle ne sentit rien du tout. Son cœur commença à battre plus fort à chacun de ses pas.

Quelque part au loin, un cri perçant retentit, ce qui lui glaça le sang. Ce son ne venait pas d'un animal. Il venait d'une personne. Elle s'immobilisa et essaya de déterminer l'origine du hurlement, mais il semblait venir de partout à la fois. Aussi soudainement qu'il avait commencé, il s'arrêta et l'air se remplit de magie. Harlow sentit les fils autour d'elle reprendre vie, crépiter d'une puissance éthérée si forte qu'elle menaçait de la submerger. Puis l'air se contracta, elle faillit tomber à genoux, le souffle coupé.

Quand elle put de nouveau respirer, les fils de magie semblaient de nouveau normaux. Les bruits nocturnes de la forêt, les aiguilles de pin dans la brise, une chouette au loin… tout résonnait dans ses oreilles. Et elle entendait des voix. Lorsque Harlow regarda autour d'elle, elle remarqua des lumières qui indiquaient la présence de dizaines de personnes se dirigeant vers le Bosquet, tout comme elle.

Elle n'avait jamais vu ou même ressenti une telle magie auparavant, et pourtant, elle avait vu de nombreux pouvoirs magiques fantastiques en vingt-cinq ans. Elle continua à suivre les lumières flottantes et repéra enfin Enzo et Thea qui avançaient ensemble un peu plus loin devant elle. Elle apercevait la clairière où le rituel prendrait place.

Elle attrapa la traîne de sa pallyra et se fraya un chemin dans les broussailles denses pour les atteindre.

Ils s'approchèrent pour lui faire la bise et Thea lui prit le bras quand ils se remirent en marche.

— Salut, murmura Harlow. C'était bizarre, non ?

Ils la regardèrent tous les deux l'air perplexe.

— Quoi ? demanda Enzo. La téléportation ?

Thea lui donna un petit coup de coude dans les côtes.

— Ça faisait longtemps que tu n'avais pas voyagé par portail, non ? Se téléporter d'un endroit à un autre peut être déroutant.

Sa sœur avait raison ; elle n'avait pas utilisé de portail depuis qu'elle avait emménagé avec Mark, mais elle ne parlait pas de ça. Enzo et Thea lui sourirent avec douceur et gentillesse. Ils étaient parfaitement calmes. Ils n'avaient pas vécu ce qu'elle avait vécu. Harlow sentit que ce n'était ni le moment ni l'endroit pour leur raconter.

— Oui, je ne m'étais pas téléportée depuis longtemps, je suppose. Ça m'a rendue un peu malade.

Thea afficha un sourire compatissant.

— Tu te sens mieux maintenant ?

Harlow acquiesça et ils marchèrent tous les trois vers le Bosquet dans un silence songeur. Au fur et à mesure qu'ils se rapprochaient de la clairière, l'air changeait et devenait plus froid et comme visqueux. Harlow sentit les fils de magie se détendre et s'épaissir à cause d'un excès d'éther. Elle les traversait péniblement et les sentait égratigner son corps spirituel. Cette sensation de fils d'éther bouffis hérissait sa part immatérielle de sorcière. Les lumières flottantes dessinaient une spirale vers le ciel nocturne et tout autour de la clairière, tandis que de plus en plus de participants se rassemblaient.

Enzo l'attrapa par le coude et Thea passa la première dans la foule pour rejoindre Selene et les jumelles. Aurelia se tenait sur une petite estrade en pierre devant deux effigies en bois décorées avec des herbes purifiantes, en compagnie des autres leaders des Ordres Immortels. Merhart Lear, l'archichancelière des Élus de l'Illusion se trouvait à côté d'elle, ses mèches de cheveux blancs formant une couronne sur sa tête et le vert émeraude de la pallyra de l'Ordre des Masques contrastant magnifiquement avec les sous-tons froids de sa peau noire. Lear, qui discutait avec Aurelia, était une métamorphe léopard des neiges, un pouvoir rare, et on pouvait percevoir son intelligence féline rien qu'en la regardant. Berith Sanvier, chef de l'Ordre de la Nuit, se tenait à quelques mètres d'elles, les yeux plissés, visiblement agacé.

L'Ordre de la Nuit ne voyait aucun intérêt aux unions entre eux ou avec les membres d'autres Ordres dans le but de procréer, mais ils participaient à la saison pour empêcher les unions de pouvoir. Harlow devait admettre que tous les vampires n'étaient pas mauvais ni malfaisants par nature ; Katerina Spencer en était un exemple, sa Maison aussi. Mais il n'en était pas de même pour Berith et la Maison de Remiel.

On disait de Berith que c'était l'un des premiers vampires, qu'il n'avait pas été engendré par le venin, mais était né d'une union entre le premier Illuminé et une humaine qui portait le Gène V extrêmement rare. Il était le roi de l'Ordre de la Nuit et la rumeur disait qu'il avait tué des dizaines de milliers d'humains au cours de sa longue vie. Il observait la foule de plus en plus importante, les yeux semblables à des pierres de lune, froids et détonnant avec sa pallyra rouge écarlate. Quand Pasiphae Velarius, l'archichancelière des Illuminés, rejoignit les trois autres leaders sur l'estrade avant de poser ses yeux brillants sur lui, Berith sembla mal à l'aise.

— Un jour, tu seras là, dit Selene à Enzo en serrant ses épaules aussi fièrement que n'importe quel parent.

— Pas avant au moins cent ans encore, marmonna-t-il, légèrement embarrassé quand elle l'embrassa sur la joue.

Pour être archichancelier de l'Ordre des Mystères, il fallait avoir des pouvoirs arrivés à complète maturité, ce qui pouvait prendre au moins un siècle.

Meline et Indigo gloussaient alors que Larkin semblait légèrement ahurie par la foule. Harlow vint se placer derrière ses petites sœurs. Elle ne savait pas trop si c'était à cause de ce qui s'était passé dans les bois ou à cause d'un instinct plus profond, mais ce rassemblement ne la rassurait pas. Quelqu'un lui frôla le dos et quand elle se retourna, elle découvrit Finn McKay derrière elle. Sa pallyra était dorée, comme toutes les robes de cérémonie des Illuminés, ce qui ne convenait pas à son teint pâle. Elle le voyait avec une tenue qui ne lui allait pas pour la première fois.

Ses yeux ombrageux brillaient légèrement dans l'obscurité, et il les plissait avec suspicion en regardant l'estrade. Sans réfléchir, elle lui posa la question qui lui brûlait les lèvres :

— Qu'est-ce qui ne va pas ?

Il l'observa comme s'il remarquait tout juste sa présence.

— Mon arrivée ici était étrange.

Elle allait lui demander ce qu'il voulait dire par là quand Pasiphae se mit à parler. Contrairement à Finn, le doré de sa pallyra mettait en valeur sa peau mate et ses cheveux noirs brillants.

— Bienvenue mes amis. Bienvenue à cette mille sept centième saison.

La foule la salua à voix basse. Mille sept cents ans. Les Illuminés avaient instauré cette tradition à peine cent ans après la Guerre des Ordres, après avoir fini d'exterminer ceux qui s'étaient dressés contre eux. La saison devait être une démonstration de bonne volonté, selon eux. Harlow réprima un sourire sarcastique. Finn bougea derrière elle tandis que d'autres personnes s'amassaient dans la clairière. Son torse heurta le dos de Harlow et elle sentit ses mains sur ses bras, les rapprochant au fur et à mesure que l'espace libre dans le Bosquet diminuait.

— Désolé, souffla-t-il, sa bouche trop proche de son oreille.

Elle sentit la chaleur monter dans son ventre, ce qui lui donna envie de crier. Comment son corps osait-il la trahir ainsi ?

Harlow aurait pu se rapprocher de sa famille pour laisser plus d'espace à Finn, mais elle resta obstinément immobile. Elle se dit qu'elle ne voulait pas lui donner le plaisir de se déplacer pour lui, mais une partie d'elle savait qu'elle appréciait la chaleur qui se répandait entre ses jambes, le poids de ses seins, si évident maintenant qu'il la touchait. Quand la foule s'immobilisa, les mains de Finn disparurent. Il fit un pas en arrière et un courant d'air froid frappa le dos de Harlow, mais elle se sentait comme un astéroïde dans son orbite… elle ne pouvait pas s'éloigner de lui.

Pasiphae parlait de devoir. Du devoir des Ordres envers le monde, plus particulièrement envers les humains, de maintenir la sécurité et l'ordre pour garantir que la liberté et la prospérité que le monde connaissait aujourd'hui perdurent grâce à la force et à la coopération des quatre Ordres. Harlow avait du mal à l'écouter. Ses sens étaient concentrés sur Finn. Elle entendait chacune de ses respirations et sa poitrine se gonflait et se dégonflait au rythme de la sienne.

Elle avait conscience, parce qu'elle savait que les sens des Illuminés étaient particulièrement affûtés, qu'il pouvait entendre son cœur battre plus vite, percevoir leurs respirations synchronisées et probablement sentir le désir entre ses cuisses.

— Pas croyable, grogna-t-il en la tirant vers lui, une main plaquée sur son ventre et l'autre bras la protégeant d'une menace imminente.

Harlow n'eut pas le temps de se poser de questions. Une vampire les heurta, mais le bras de Finn lui évita la collision. Harlow étouffa un cri et se recroquevilla dans les bras de Finn. Les vampires avaient hérité leur force physique des Illuminés, et il suffit à Finn de tendre le bras pour repousser la créature loin d'elle.

— Je suis vraiment désolée, bafouilla la vampire. J'ai un peu trop mordu une camarade saoule avant de venir. C'est ma première saison…

Elle eut un petit hoquet et essuya un filet de sang au coin de sa bouche.

Alors que la vampire disparaissait dans la foule, Harlow se demanda si la camarade en question avait survécu à leur rencontre. Il en fallait beaucoup pour qu'un vampire soit ivre, et si l'alcool ne venait que de sa camarade, elle était probablement morte. Ce n'était pas la première fois qu'elle ressentait ce profond sentiment d'impuissance et cela la contrariait, tout comme la rapidité avec laquelle son esprit parvint à mettre cet incident de côté. Elle ne pouvait rien y faire. Tant que personne ne défiait le pouvoir des Illuminés sur Okairos, ces actes individuels de violence resteraient impunis.

Le bras de Finn s'attarda autour de sa taille plus longtemps que nécessaire, ses doigts tendus sur son ventre comme s'il voulait caresser chaque courbe de son corps. Sa respiration se bloqua dans sa poitrine et elle sentit les poumons de Finn se figer en même temps que les siens.

— Tu vas bien ? murmura-t-il.

Il baissa le bras lentement. Il semblait craindre qu'autre chose la menace et il garda la main sur elle, la serrant même encore plus fort, comme s'il avait autant envie qu'elle de s'imprégner de cette chaleur électrique qui passait entre eux.

Elle acquiesça, incapable de prononcer un mot. Personne n'avait été témoin de l'incident, tout s'était passé trop vite, mais Enzo jeta un coup d'œil dans leur direction et remarqua la trajectoire de la main de Finn qui descendait langoureusement. Enzo cligna des yeux.

Finn écarta ses mains et il força Harlow à se redresser si vite qu'elle faillit bousculer Thea qui semblait déterminée à ne pas se retourner, même si Enzo lui donnait des coups de coude insistants. Harlow observa rapidement Finn par-dessus son épaule. Grave erreur. Son regard était rivé sur elle, son expression pleine d'un désir si puissant qu'elle le sentit résonner en elle, la faisant vibrer jusqu'à ce qu'elle recroqueville les orteils involontairement dans ses bottines. Finn entrouvrit la bouche comme s'il se souvenait de la sensation que ça faisait d'être profondément enfoui en elle, puis il se reprit soudainement.

Il recula, l'expression franche dans ses yeux se voilant et son arrogance réapparaissant.

— On se voit tout à l'heure chez Alaric, marmonna-t-il, esquissant un sourire magnifique.

Elle le détestait. Elle le désirait. Elle le détestait encore plus.

Le discours de Pasiphae touchait à sa fin. Elle leva les mains en criant : « *Ab ordine libertas* ».

La foule l'imita et des flammes jaillirent des effigies grâce au pouvoir de Pasiphae. Au moment de la combustion, le temps ralentit et des ombres brouillèrent la vue de Harlow. Sans savoir pourquoi, elle se retourna vers Finn… Il reculait toujours, mais lui aussi était suspendu dans le temps pendant que le reste de la foule bougeait normalement.

Harlow fut prise de nausée et de la bile monta dans sa gorge. Elle se sentit paralysée et impuissante. Elle se tourna au ralenti, comme si une force inconnue entravait ses mouvements. Elle croisa le regard de Finn avant qu'il ne lui tourne le dos : ses yeux brillaient intensément. Quand le temps reprit sa vitesse habituelle, il regarda par-dessus son épaule et hocha la tête.

Peu importe ce qu'il s'était passé, Finn l'avait vu aussi… ou plutôt, il sentait ce qu'elle sentait. Quelque chose n'allait pas. Il se tramait quelque chose derrière ce qui se produisait ici. Harlow avait toujours détesté la saison. Maintenant, elle la craignait.

8

Des boissons chaudes furent servies et les gens se dispersèrent, mais Harlow ne quitta pas Enzo et Thea. Meline et Indigo disparurent dans la foule avec leurs amis, toutefois Harlow remarqua que Larkin restait avec Selene, ses yeux laissaient voir sa panique. Selene discuta brièvement et calmement avec elle, et quand Larkin acquiesça, Selene sourit et fit un signe à Harlow et Thea.

— Je vais voir ce qui se passe, dit Harlow.

Thea et Enzo étaient occupés à parler à un petit groupe que Harlow connaissait de vue, mais avec qui elle n'était pas allée à l'école. Il s'agissait des rares sorcières qui avaient emménagé à Nuva Troi ; toutes des artistes et l'une d'elles était un mannequin reconnu. Thea fit un signe de tête à Harlow quand elle s'éloigna. Personne ne lui avait posé la moindre question, tant ils étaient fascinés par Thea et Enzo.

Cela lui convenait, mais qu'ils aient fait semblant de ne pas la voir lui avait déplu. Elle savait que tout le monde lisait religieusement Section Sept. Ils l'avaient tous vue se faire humilier plusieurs fois depuis qu'elle et Mark avaient rompu ; les articles les plus récents étaient les pires puisque Mark était manifestement épanoui et pas elle.

— Je ne me sens pas très bien, dit Selene. Larkin me raccompagne à la maison et on va regarder des films au lit.

— Des films d'horreur, précisa Larkin, un éclat espiègle dans ses yeux verts.

— On se contentera d'un thriller psychologique, affirma Selene avec la même espièglerie. Dis à Li-li que nous partons, d'accord chérie ?

Le surnom d'Aurelia fit sourire Harlow.

— Bien sûr, Maman, dit-elle en serrant la main de Larkin. On se voit demain ?

— Oui, je vais à la fête du Statuaire, déclara sa sœur comme pour se convaincre. Absolument.

Harlow craignait que Larkin soit trop jeune pour participer à la saison, mais l'empêcher de profiter des festivités si c'était ce qu'elle voulait aurait vraiment été injuste. Harlow ne savait que trop bien qu'il fallait parfois essayer quelque chose pour savoir ce qui était bien ou pas pour vous.

Harlow trouva Aurelia en pleine discussion avec des membres de son club de lecture. Elle posa la main sur le bras de sa fille et lui sourit quand elle apprit que Selene et Larkin étaient rentrées à la maison, interrompant à peine sa conversation. Harlow eut le cœur serré lorsqu'elle s'aperçut que la sorcière avec qui sa mère parlait l'ignora complètement. Elle connaissait ces personnes depuis toujours, et aujourd'hui leurs regards passaient sur elle comme si elle était un fantôme, quelque chose qu'il valait mieux ne pas voir. Quand Harlow rejoignit Thea et Enzo, ils l'attendaient.

— On va à la fête des Velarius. Tu es prête ?

Harlow acquiesça et prit les mains tendues de Thea et Enzo. Aucun d'eux n'avait des pouvoirs magiques suffisamment matures pour qu'ils puissent se téléporter sur de grandes distances, mais comme leurs pouvoirs s'étaient manifestés, Thea et Enzo étaient capables d'aller en ville et avaient juste assez de magie pour emporter Harlow. Les autres personnes du groupe disparurent en un clin d'œil. Harlow inspira profondément et ferma les yeux pour concentrer le peu de pouvoir qu'elle avait et l'ajouter à ceux de Thea et Enzo. Ils dirigeraient leur voyage, donc tout ce qu'elle avait à faire, elle, c'était leur prêter un peu d'énergie et attendre.

Quand elle rouvrit les yeux, elle se sentait bien. Rien à voir avec ce qu'elle avait éprouvé quand elle était arrivée au Bosquet. Elle était encore plus persuadée que quelque chose d'anormal s'était passé au début de la cérémonie, mais elle essaya de ne pas y penser. Elle observa les alentours pour se distraire. Ils se tenaient derrière un cerisier en fleurs dans un jardin sur les toits du centre-ville d'après ce qu'elle voyait. Ils n'étaient pas dans la propriété des Velarius dans les quartiers chics.

— Où sommes-nous ?

— Chez Alaric, répondit Thea avec un sourire un peu trop doux.

Elle parlait de manière bien familière d'Alaric Velarius. Harlow plissa les yeux.

— Tu es déjà venue ici ? demanda-t-elle d'un ton rendu brusque par le soupçon.

— Non, idiote, dit-elle en riant. Mais il nous a invités, Enzo et moi. Par mail.

— C'est vrai, ajouta Enzo. Il écrit de jolis mails.

Harlow secoua la tête. Certes, Alaric Velarius était gentil, mais il était aussi l'héritier de la fortune des Velarius, et surtout du siège de sa mère Persiphae, archichancelière des Ordres Immortels. Un jour, il régnerait littéralement non seulement sur Nytra, mais sur tout Okairos.

Comme elle supposait que son avis n'avait pas vraiment d'importance, elle ne dit rien et les laissa la guider vers la fête. Enzo et Thea retirèrent rapidement leurs pallyras et elle tendit la sienne à Thea avec un sourire penaud. Sa sœur tira sur les fils de magie et les trois robes de cérémonie disparurent.

— À leur place à la maison, dit Thea en tapant doucement des mains.

Elle était élégante dans son body à manches longues noir et son jean moulant rentré dans de hautes bottes noires. Ses médaillons d'Akatei et d'Aphora pendaient à son cou et elle portait une demi-douzaine de bagues à ses doigts. Enzo était vêtu d'une chemise noire discrète et d'un jean bleu paon avec des mocassins. Ils étaient tous les deux incroyables.

Enzo enleva à Harlow son gilet en secouant la tête.

— Pas pour ce genre de soirée. Renvoie-la à la maison, Thea.

Cette dernière s'exécuta tandis qu'Enzo ouvrait un autre bouton de son chemisier pour dévoiler la dentelle de son soutien-gorge. Thea agita rapidement les doigts pour tisser la magie et arranger la coiffure et le maquillage de Harlow, qui soupira.

Ce genre d'usage prodigue de la magie – des gestes gratuits, ridicules, extravagants – expliquait la méfiance des humains. Ils pouvaient apprendre à utiliser la magie. En théorie, c'était possible. Ce serait moins aisé pour eux que pour les sorciers et sorcières, mais n'importe qui en était capable. Le problème étant qu'enseigner la magie aux humains était illégal et il était également illégal pour eux de l'apprendre. Ils éprouvaient donc de la rancune envers les sorcières, malgré le fait que la loi était promulguée par les Illuminés. Harlow compatissait avec eux depuis son enfance, et c'était l'une des choses que Mark avait dit aimer le plus chez elle.

Comme s'il lisait dans ses pensées, Enzo secoua la tête. Les bottes qu'elle avait choisies pour leur côté pratique disparurent avant qu'elle ne puisse protester. Il fit apparaître une paire de bottines à talons carrés et les lui mit pendant que Thea renvoyait les autres à la maison.

— Maintenant, tu es prête, déclara Enzo alors qu'il la faisait se retourner vers les fenêtres sans tain de l'appartement d'Alaric.

Harlow était jolie. Tout dans sa tenue suivait stratégiquement ses formes, moulant ses jambes pour qu'elles aient l'air de mesurer un kilomètre de long, et sa poitrine était exposée avec goût.

— D'accord, dit-elle calmement. J'ai l'air…

— Sexy, finit Thea à sa place. Tu es sexy, Harlow. Pas mal fagotée, misérable ou n'importe quel autre adjectif dont les réseaux sociaux t'ont affublée. Tu es *toi*.

Harlow esquissa un sourire, mais ses muscles se contractèrent quand elle pensa à la fête qui se tenait au-delà. Elle entendait de la musique et des gens parler. Elle savait que dès qu'ils entreraient, ils parleraient d'elle et la prendraient en pitié.

— Allons-y, dit Enzo en saisissant sa main. Il faut prendre le taureau par les cornes, d'accord ?

Elle acquiesça et les suivit dans l'allée de gravier parsemée de pétales des cerisiers. Un bar était installé près des portes. Son appartement paraissait minuscule à côté de cet endroit qui était, comme la plupart des propriétés des Illuminés, à la fois ancien et neuf. Tout était beau, rien ne paraissait usé, même si les meubles et la décoration d'Alaric étaient probablement vintage et mêlés à de précieuses antiquités, en grande partie.

Comme elle s'y attendait, les têtes se tournèrent sur leur passage, mais la plupart des yeux s'attardaient sur sa sœur et sur Enzo. Tout comme au Bosquet, elle avait l'impression d'être invisible, ce qui lui convenait. Une seule personne posa le regard sur elle. Harlow secoua la tête : Finn McKay lui lançait un regard noir de sous un arbre.

Il n'était pas seul. Une vampire blonde et mince flirtait avec lui. Il hochait vaguement la tête à ce qu'elle lui disait, mais il ne quitta jamais des yeux Harlow. La vampire se tourna dans sa direction, puis fusilla du regard Harlow à son tour.

— Excusez-moi, dit-elle à Thea et Enzo.

La vampire s'éloigna, visiblement agacée. Finn ne sembla pas remarquer qu'elle avait disparu. De la même façon, si Thea et Enzo lui dirent quelque chose quand elle les quitta, Harlow ne les entendit pas. Elle essaya de se convaincre qu'ils n'étaient pas attirés l'un par l'autre comme deux aimants. Finn McKay et elle avaient simplement besoin de discuter.

— Tu as remarqué que quelque chose clochait au Bosquet, hein ? lui demanda-t-elle doucement avant même de l'avoir atteint.

Elle savait qu'il pouvait l'entendre.

L'intensité avec laquelle il la dévisagea fit battre son cœur. Il s'appuya contre l'arbre.

— Tu ne t'encombres pas d'échanges de politesse. J'aime bien.

— Qu'est-ce que tu as vu ?

Il haussa les épaules avec un air las. Trop las. Harlow sentait qu'on la scrutait dans son dos et Finn entendait probablement ce que les gens disaient tout bas. Elle était heureuse de ne pas en être capable. Il garda un visage neutre, mais sa voix devint significativement plus grave.

— Ce n'est pas que j'ai vu quelque chose. C'est que j'ai entendu quelque chose.

Il sortit son téléphone. Les haut-parleurs se mirent à diffuser un morceau dance à la mode et le volume augmenta.

— Je suis responsable du son ce soir, expliqua-t-il. Il vaut mieux qu'on ne nous entende pas.

Elle acquiesça, mais ne se tourna pas. Elle ne donnerait cette satisfaction à personne.

— Un cri. Tu as entendu un cri ?

Elle vit une lueur d'inquiétude dans ses yeux et il acquiesça sans que le reste de son visage ne perde son expression ennuyée. Tout chez lui indiquait son rejet des conventions sociales, et il parvenait à avoir l'air parfaitement détaché. Son tee-shirt vintage à l'effigie d'un groupe de musique enveloppait son torse musclé et il avait l'audace de porter un pantalon de sport gris et des baskets. Tous les autres invités étaient sur leur trente-et-un avec leur « tenue décontractée », et Finbar McKay portait un jogging. Il était le seul à pouvoir se le permettre.

— Quel changement vestimentaire, fit-il remarquer, parcourant à nouveau son corps des yeux.

Son regard n'avait rien d'obscène. Finn l'évaluait comme il l'aurait fait pour vérifier si elle était blessée après une bataille. Harlow n'aimait pas la façon dont son cœur se raccrochait à l'idée qu'il se souciait d'elle.

Le ton qu'il avait employé ne correspondait pas à la manière dont il la regardait. Harlow se demandait s'il était sarcastique ou pas… si c'était une insulte ou une observation. Elle ne savait pas trop comment réagir, alors elle le fusilla du regard.

— Ça ne te concerne pas, McKay.

Quand il se mit à rire, ses yeux se plissèrent si bien qu'elle eut du mal à continuer de le détester.

— OK. Compris, Krane. Mais si tu ne veux pas que ça me concerne, tu ferais mieux de fermer un bouton de plus.

Le regard froid de Harlow se transforma en regard noir et il leva les mains.

— Je dis juste que ton chemisier attire l'œil.

Il affirmait une chose, mais ses yeux en disaient une autre. Même s'il était évident qu'il la dévisageait, l'attention de Finn s'était focalisée uniquement sur ses yeux depuis qu'elle avait remarqué qu'il la regardait. Et c'était déjà bien trop intime.

Il glissa ses mains dans ses poches et elle remarqua le tatouage autour de son bras gauche. Quand elle s'était approchée, elle avait cru d'abord distinguer une feuille dessinée en noir très bien reproduite, mais là, elle voyait plus clairement les détails de l'image à l'intérieur de son avant-bras. Un serpent était enroulé autour d'une épée devant une lune, et des lilas en fleurs encerclaient son avant-bras. Quand elle remarqua ces fleurs, elle eut le souffle coupé.

Elle se rappela un soir de printemps, au début du mois de mai ; les vitres de la voiture étaient alors baissées et le parfum des lilas flottait dans l'air. Sa fleur préférée. Elle se souvenait de lui au-dessus d'elle qui écartait les cheveux de son visage en lui susurrant qu'il... Non. Non. Non. C'était interdit. Elle s'était promis de ne pas repenser à cette nuit et elle s'y tiendrait. Les lilas sur son bras n'avaient aucune signification. C'était une coïncidence, rien de plus. Beaucoup de gens aimaient le lilas.

Quand elle détourna le regard et recula, il s'éclaircit la voix. Ses joues rougirent comme celles de Harlow.

— Tu penses que c'était quoi ? demanda-t-elle pour changer de sujet. Le cri ?

Il haussa les épaules et tourna son bras musclé pour que l'intérieur ne soit plus visible.

— Je ne sais vraiment pas. Rien de bon. Est-ce que ton sens magique avait juste... disparu ?

— Oui, puis tout s'est contracté, et puis c'est revenu.

— Jusqu'à la cérémonie. Quelque chose s'est produit quand les effigies se sont enflammées. Je sais que tu l'as senti aussi.

Harlow allait répondre, mais un changement dans l'expression de Finn attira son attention. L'intérêt qui pétillait dans ses yeux quand elle avait parlé s'évanouit et il ne faisait plus semblant de s'ennuyer.

Désormais, il y avait quelque chose d'entièrement différent chez lui, mais elle n'arrivait pas à dire quoi. Elle se retourna lentement et découvrit Petra Velarius qui se tenait derrière elle, une bouteille de vin pétillant et deux verres dans les mains. Ses cheveux d'ébène raides étaient coiffés en une queue-de-cheval si tirée que cela devait lui donner mal à la tête, et la robe-pull noire qu'elle portait était si moulante que Harlow pouvait compter ses côtes.

Finn se redressa et passa devant elle sans lui adresser un regard.

— À plus tard, Harls, lança-t-il calmement.

Petra l'entendit et tourna la tête vers elle avec un air belliqueux. Petra Velarius était superbe peu importe les circonstances, et Harlow s'imagina qu'elle lançait ce genre de regard noir parce qu'elle savait que ça la rendait encore plus belle.

— À plus, McKay, murmura Harlow alors qu'ils s'éloignaient.

Elle ne savait pas trop quoi penser de leur conversation, mais elle était persuadée d'une chose : quoi qu'ils aient vu et entendu, Finn ne voulait pas que Petra, ou qui que ce soit, sache. C'était bizarre.

Il y avait un banc à quelques pas de l'arbre contre lequel Finn s'était appuyé et Harlow s'y assit en espérant attendre en paix que la fête passe. Malheureusement, un Élu de l'Illusion s'approcha d'elle. Ses traits lui rappelaient un peu Merhart Lear, et comme Merhart, ses longs cheveux en dreadlocks étaient attachés en un élégant chignon à l'arrière de sa tête.

Harlow ne pouvait s'empêcher de penser qu'Enzo serait impressionné par sa tenue, une combinaison en satin bleu nuit, avec des hirondelles et des nuages dorés brodés dessus. Le col était remonté et la combi était ouverte jusqu'au milieu de son torse musclé.

Quand iel sourit à Harlow et lui tendit un verre de thé glacé, elle ressentit une connexion immédiate.

— Tu es un caméléon, souffla-t-elle, stupéfaite de rencontrer un métamorphe aussi rare par hasard.

La plupart des membres de l'Ordre des Masques avaient une forme animale en laquelle ils pouvaient se changer à volonté, mais les caméléons pouvaient se transformer en tout être vivant, même en d'autres personnes, et ils étaient connus pour leur empathie.

Son grand sourire fit apparaître des fossettes dans la peau noire de son visage.

— Je m'appelle Riley Quinn. C'est cool de te rencontrer enfin.

— « Enfin » ? demanda Harlow en acceptant avec gratitude le thé glacé tandis que Riley sirotait son verre.

— Kate Spencer est une amie. Elle te passe le bonjour, d'ailleurs.

Harlow acquiesça, les joues légèrement rouges. C'était sympa d'apprendre que Kate parlait encore d'elle. Cela expliquait le thé glacé. La plupart des gens en dehors de sa famille ne savaient pas qu'elle ne buvait plus d'alcool, sauf Kate puisqu'elles étaient restées en contact.

— Tu veux t'asseoir ?

— Merci, répondit Riley en souriant. Tu es la seule personne que je connais ici, en dehors d'Alaric et Finn, mais ils sont occupés.

— Et tu ne me connais même pas vraiment, fit remarquer Harlow avec un petit rire.

Riley lui donna un petit coup d'épaule.

— Si. Katie me parle beaucoup de toi.

— « Katie » ?

Elle n'avait jamais entendu personne donner de surnom à Katerina Spencer. Elle était trop mystérieuse, trop sombre pour les petits noms selon Harlow.

Riley rit à son tour. C'était un joli son.

— Je pense que je fais ressortir ce qu'il y a de doux en elle. Elle méritait bien un surnom.

— J'aimerais bien voir ça, dit Harlow.

Kate était notoirement sauvage et impertinente, à l'opposé de Harlow. Après leur courte relation, Harlow s'était dit qu'il valait mieux qu'elles soient amies plutôt qu'amantes, mais cela n'avait pas émoussé le charme de Kate.

— Eh bien, poursuivit Harlow, si elle continue à parler de moi, j'appréhende de connaître ton opinion sur ma personne.

Riley haussa ses sourcils parfaitement dessinés, l'air incrédule.

— Comment ça ? Katie t'adore. Je ne l'ai jamais entendu dire un mot négatif à ton sujet.

Des larmes montèrent aux yeux de Harlow. Elle savait que Riley n'aurait pas tenu le même discours s'iel avait connu Mark et savoir que Kate disait du bien d'elle la touchait profondément. Peut-être qu'Enzo avait raison, elle n'était peut-être pas l'aimant à connards qu'elle pensait être.

— Eh bien, dit-elle, la voix rauque à cause de l'émotion. Je n'ai rien de négatif à dire sur elle non plus.

— Je comprends. Votre relation a été compliquée. La fin a été compliquée.

— C'est vrai, avoua Harlow qui aurait voulu en dire plus.

Les caméléons étaient fourbes ; grâce à leur empathie, on se sentait assez à l'aise pour révéler des choses qu'on n'aurait jamais dites à personne d'autre. Elle ne connaissait Riley que depuis quelques minutes et elle parlait déjà de son ex. Harlow ne put s'empêcher d'être suspicieuse.

— Pourquoi n'ai-je pas fait ta rencontre avant ? Je suis sûre que j'aurais entendu parler de quelqu'un d'aussi stylé que toi.

Le rire de Riley était plus froid cette fois.

— C'est intelligent de ta part d'être prudente, Harlow. J'appréciais déjà ce que j'avais entendu sur toi. Maintenant, je t'aime encore plus.

Harlow remarqua qu'elle n'avait pas eu de réponse à sa question, mais elle n'insista pas. Quelque chose chez Riley Quinn était trop intrigant. Elle ne voulait pas gâcher la spontanéité de leur conversation.

— Je ne sais rien de toi, mais je t'aime bien aussi. Est-ce que, par hasard, ça te dirait de rencontrer un célèbre créateur, historien de la mode reconnu de surcroît ?

— Je t'en prie, dis-moi que tu parles d'Enzo Weraka, parce que oui, bien sûr que ça m'intéresse ! Finn a dit qu'il nous présenterait, mais je sais qu'Enzo est vraiment ton ami, et j'admire tellement son travail. As-tu lu son article dans *La Revue de la mode* l'automne dernier sur l'iconographie éthérée dans le tissu et la poterie pré-Illuminés ? C'était fascinant.

Ce fut au tour de Harlow d'afficher un immense sourire, même si elle avait noté que Riley avait fait référence à Finn. Elle écarta cette pensée et préféra se concentrer sur le fait que le magnifique métamorphe devant elle s'intéressait manifestement à son meilleur ami pour de bonnes raisons. Elle adorait quand les gens percevaient le génie qu'elle voyait en Enzo.

— Je crois que je le vois au bar. Suis-moi.

Quand elle les présenta, elle entendit à peine leur échange de politesses. Les étincelles entre eux étaient évidentes. Elle attendit poliment avant de demander :

— Où est Thea ?

Enzo regarda à la ronde.

— Je pensais qu'elle était en train de danser. Mais je ne la vois pas.

Harlow s'écarta légèrement du nuage de séduction de Riley et Enzo pour envoyer un message à sa sœur.

Où es-tu ? Je suis prête à rentrer.

Une réponse apparut aussitôt.

Je suis tombée sur une connaissance. On va probablement aller prendre un café pour discuter. On se voit demain ?

Harlow répondit :

Bien sûr.

Puis elle interrompit Riley et Enzo.

— Je vais y aller.

Enzo sembla affolé soudain, mais elle secoua la tête quand il lui prit la main.

— Je vais bien. Je suis juste fatiguée.

Il l'embrassa sur la joue et elle en fit de même.

— Fais attention à ton cœur, lui murmura-t-elle. Je pense que Riley Quinn est un sacré personnage.

Enzo la serra fort dans ses bras.

— Sois prudente, chérie.

— C'était sympa de te rencontrer, dit Riley avec un autre sourire éblouissant.

Harlow lui adressa un petit signe de la tête et regarda Enzo pardessus son épaule après s'être éloignée. Riley et lui dansaient déjà lentement. Quelqu'un qui croyait autant qu'Enzo en la magie de la saison méritait un peu de romance. Elle retourna au chemin couvert de fleurs de cerisier et trouva l'ascenseur pour s'éclipser de la fête sans essayer de chercher Finn et Petra. Elle ne voulait pas savoir ce qu'ils faisaient.

La journée avait été bien remplie. Harlow avait besoin de temps, d'espace et probablement d'une grosse part de frites au parmesan. Alors elle rentra chez elle et se mit directement au lit. Le premier événement de la saison était passé et elle méritait de se reposer.

9

Le lendemain matin, Harlow se commanda un smoothie ananas-noix de coco au café du coin, puis commença à se préparer pour la fête du Statuaire. Elle était épuisée à cause de la soirée de la veille, mais elle lança la version audio de son livre préféré de contes pour enfants afin de se distraire et éviter d'y repenser inlassablement.

Elle avait déjà passé la nuit à en rêver, inutile de revenir sur le sujet. Après avoir pris un bain, elle s'habilla entre deux messages de ses sœurs et des matères qui prenaient de ses nouvelles. Elle en envoya quelques-uns à Enzo aussi, et quand il finit par répondre, il confirma qu'il était parti seul de la fête, mais qu'il espérait revoir Riley bientôt. Le visage de Harlow s'illumina. Elle avait bien fait de les présenter.

Elle se tenait devant le miroir ancien suspendu au dos de sa porte d'entrée. La glace était tachée, mais elle se voyait suffisamment pour s'assurer que sa tenue était convenable. La robe qu'Enzo avait choisie épousait ses formes à la perfection comme ces stars dans les vieux films. Elle était sceptique concernant le décolleté qui révélait la dentelle de son bustier, mais cela donnait à l'ensemble un style séduisant et élégant à la fois.

Harlow utilisa la magie pour dompter ses cheveux ondulés et former des boucles lâches qui encadraient son visage d'une manière décontractée. Elle fit son maquillage à la main, à la manière humaine, parce qu'elle aimait ça. Elle avait appris à le faire avec Kate à l'université et elle avait continué, même si elle pouvait obtenir le même effet en quelques secondes avec un peu de magie.

Ce rituel l'apaisa, soulagea ses nerfs à vif et permit à son esprit de se concentrer sur autre chose que sur les événements du Bosquet. Harlow aurait préféré un look plus naturel pour la journée, mais fournir ces efforts lui fit du bien. Elle fixa le tout avec un peu de magie pour éviter que son travail ne soit gâché en quelques heures. Plutôt fière d'elle, Harlow se prit en photo dans le miroir et envoya l'image à Enzo et à ses sœurs pour avoir leur approbation. Comme personne n'émit d'objection, elle se rendit à la voiture qui l'attendait pour l'amener au Statuaire.

Pendant le trajet, Harlow posa la tête contre la vitre fraîche du taxi et contempla Nuva Troi. Dehors, les quartiers somptueux se brouillaient sous la pluie comme des aquarelles. Les bâtiments étaient vieux de plusieurs siècles ici, avec des jardins dont les immenses clôtures cachaient les propriétés de la rue.

En contrebas, des immeubles modernes d'acier et de verre s'élevaient dans la bruine, étincelant devant l'océan. Partout, la forêt sombre contrastait avec les lumières de la métropole. Harlow éprouvait un amour inconditionnel pour Nuva Troi. Elle aimait cette ville malgré ses nombreux défauts. Sa beauté sinistre lui donnait le sentiment d'être chez elle comme nulle part ailleurs.

Le ciel était gris et un crachin perpétuel tombait sur Nuva Troi, mais le Statuaire restait au sec grâce aux efforts des Illuminés pour que l'événement de l'après-midi soit parfait. Le chauffeur humain secoua la tête quand elle le paya, se méfiant probablement de la magie qui changeait la météo dans cette partie de la ville seulement.

Harlow ne pouvait pas lui en vouloir. Elle aussi trouvait ostentatoire d'utiliser la magie pour quelque chose d'aussi trivial qu'éviter aux invités d'une fête d'être mouillés par la pluie, mais c'était ainsi que les Illuminés s'assuraient que les événements de la saison se déroulaient à la perfection. Harlow envoya un message à Thea et à Enzo pour leur annoncer qu'elle était arrivée, puis s'aventura dans les jardins.

Le Statuaire était un monument en l'honneur des « grands » guerriers et politiciens illuminés, et le deuxième plus grand jardin botanique de la ville. Partout, des fleurs s'épanouissaient, emplissant l'air des parfums entêtants du lilas, des roses et des fleurs de jacarandas qui bordaient le chemin vers le centre du jardin. Au-delà des arbres, partout où elle posait les yeux, se trouvaient des fleurs dorées, violettes et indigo et des feuilles vertes vernissées.

Beaucoup de ces fleurs ne se seraient pas épanouies naturellement avant la fin du printemps ou le début de l'été, mais les Illuminés avaient utilisé la magie pour que tout le Statuaire soit inondé de couleurs et de parfums. L'effet était absolument ravissant, mais aussi impressionnant. Forcer les fleurs à s'épanouir avant leur saison était une démonstration intimidante de domination à quiconque comprenait comment interagissaient la magie et la nature.

Pour accélérer leur croissance, des milliers de facteurs devaient être pris en compte. Il s'agissait d'une magie complexe qui allait à l'encontre de l'ordre éthéré, la force naturelle de la nature et de la magie travaillant de concert. Cet acte, et la manipulation météorologique qui maintenait la pluie loin du Statuaire, étaient un message aux Ordres inférieurs, d'autant plus que les Illuminés chargés de ces tâches n'éprouvaient pas la moindre fatigue à le faire.

Ainsi, ils rappelaient à tous que ce monde appartenait aux Illuminés. L'existence de tous les autres humanoïdes dépendait de leur bon vouloir. Cela incluait les membres des Ordres inférieurs qui, même en combinant leurs pouvoirs hérités de leurs ancêtres illuminés, n'auraient jamais la moindre chance de leur résister. Ainsi, les traditions telles que la saison, initiées par les Illuminés pour contrôler les Ordres inférieurs, perduraient comme si elles étaient agréables.

Harlow était peu versée dans les coutumes obscures de la saison, mais elle savait que la tradition avait commencé après la Guerre des Ordres pour inciter les Ordres inférieurs à former des alliances ensemble plutôt qu'avec des humains. Bien sûr, comme les Illuminés étaient bons dans tout ce qu'ils entreprenaient, surtout quand ils travaillaient en tant que groupe, cette initiative avait été une réussite. Le fait que leurs ressources soient illimitées et leur magie inégalée avait grandement aidé.

En dehors des membres de l'Ordre de la Nuit, qui procréaient en infectant les humains avec leur venin, les membres de l'Ordre des Mystères et de l'Ordre des Masques avaient fini par s'apparier dans leurs propres groupes plutôt qu'avec des humains. De véritables sociétés s'étaient formées au sein des Ordres, renforçant les traditions que les Illuminés avaient commencées quand les Ordres les avaient faites leurs.

Il n'avait jamais été interdit de former des unions avec des humains, mais après que la saison avait gagné en popularité, ces appariements étaient devenus de plus en plus rares. Les Ordres inférieurs se méfiaient des humains et de leurs intentions, et ces derniers étaient aussi fascinés par les Ordres inférieurs qu'ils l'avaient été par les Illuminés. Une stratification sociétale entre les groupes se créa. Les Illuminés avaient encore imposé leur volonté en utilisant leur fortune et leur influence sur les Ordres inférieurs. Voilà ce qui s'était passé pendant deux mille ans. Les Illuminés modelaient la société selon leur volonté et tous les autres gens se contentaient de suivre le mouvement.

Leur excellence dans l'organisation de fêtes renforçait leur position. Harlow n'appréciait pas le pouvoir illimité des Illuminés sur le monde et sur les Ordres inférieurs en particulier, mais elle devait admettre qu'ils maîtrisaient le sujet. De la musique douce et sensuelle flottait dans l'air et tous les sentiers menaient au centre des jardins où de grandes quantités de plats variés étaient posées sur des tables. Les gens se promenaient en bavardant.

Harlow vit beaucoup de personnes qu'elle connaissait et à qui elle préférait ne pas parler, mais elle repéra rapidement Enzo et Thea. Sa sœur était plus jolie que jamais dans son manteau de laine à carreaux crème et brun clair qui mettait en valeur sa peau pâle et ses cheveux noirs. On aurait dit qu'Aphora, la déesse de la mer et de la lune, était descendue pour participer à la première fête de la saison, et partout, les gens la regardaient en chuchotant.

— Où sont les matères et les nunuches ? demanda Harlow tandis qu'Enzo lui tendait un mug de thé à la lavande fumant.

— Pas encore arrivées, répondit Thea que les regards semblaient mettre légèrement mal à l'aise. Il y a quelque chose qui cloche chez moi ?

Elle semblait si sincèrement peinée, si nerveuse, qu'Enzo et Harlow éclatèrent de rire.

— Non, chérie, dit Enzo quand il réussit à reprendre son souffle. Ils sont éblouis par ta beauté. Tu éclipses les Illuminés.

Thea rougit, ce qui la rendit encore plus jolie aux yeux de Harlow. Dans la foule, elle vit un homme à la grande silhouette sombre qui avait remarqué sa sœur. Il n'avait quasiment pas changé depuis le lycée. Il était seulement plus âgé, moins grand et maigre, mais toujours aussi beau. Elle ne l'avait pas vu la veille, chez lui, alors elle était un peu surprise de le voir maintenant.

— Ne te retourne pas, murmura Harlow. Mais Alaric Velarius vient dans notre direction.

Thea ne l'écouta pas. Elle regarda droit vers l'Illuminé qui se frayait un chemin dans la foule pour les approcher et elle rougit un peu plus. Harlow remarqua que les yeux d'Alaric émettaient une faible lueur, et le sourire qui illuminait son visage exprimait une joie dangereuse. Était-il possible qu'Alaric Velarius soit déjà amoureux de sa sœur ?

Enzo lui donna un coup de coude.

— Il va faire d'elle la cible de la saison s'il n'est pas plus prudent.

Harlow secoua la tête presque imperceptiblement. Elle n'avait jamais participé à une saison, mais elle savait comment ça se passait. Quand le cygne de la saison était marqué si tôt, la compétition était sévère. Et Alaric Velarius était sans doute le célibataire le plus en vue des quatre Ordres. Harlow avait le sentiment que la compétition pour obtenir Thea serait acharnée.

La foule s'écarta pour laisser passer Alaric, et Harlow remarqua qu'il portait deux flûtes de cordial. Elle observa les mains vides de sa sœur et elle sut. Il allait lui tendre un verre et toute personne qui espérait avoir une chance avec Alaric Velarius, le prince des princes d'Okairos, serait anéantie.

De son point de vue, l'action sembla se dérouler au ralenti. Les yeux d'Alaric étaient rivés sur ceux de Thea tandis qu'il les saluait tous les trois. Sa peau noire luisait doucement dans l'obscurité verte du jardin et son attirance pour Thea brillait dans ses yeux, en plus de la lueur habituelle des Illuminés qui semblait plus vive quand ils éprouvaient des émotions fortes.

— Ça fait longtemps, dit-il à Thea d'une voix sonore légèrement hésitante.

— Oui, répondit-elle.

Il tendit la flûte à sa sœur, comme Harlow l'avait prédit, et quand Thea replia ses doigts fins, ils effleurèrent ceux d'Alaric et leurs yeux ne se quittèrent plus. Pendant un bref instant, Harlow fut tentée de rire, mais elle sentit les regards insistants des personnes qui avaient rêvé d'avoir une chance avec lui.

Elle espérait qu'il était conscient de la portée de cette action a priori anodine. Sinon, la saison de Thea serait finie avant même d'avoir commencé. S'il choisissait finalement quelqu'un d'autre, ou si ce geste n'avait pas autant de sens que tout le monde l'avait déjà déterminé, les vipères jalouses qui bouillonnaient autour d'eux détruiraient toutes les chances de Thea avec quelqu'un d'autre.

Harlow n'avait pas à s'inquiéter : Alaric était conscient de l'impact qu'avaient ses actes. Alors que Thea prenait la flûte, Harlow entendit Alaric susurrer : « Par les dieux, Thea. Tu m'as manqué. Tu es magnifique. »

Sa sœur baissa les yeux sur son verre et sourit quand il déposa sur sa joue un baiser si doux et chaste que plusieurs personnes dans la foule retinrent leur souffle. Le premier baiser de la saison avait été donné et c'était Thea Krane qui l'avait reçu. Elle était la rose en fleur de la saison et tout le monde le savait désormais.

Harlow s'efforça de ne pas sourire. Quand Enzo lui redonna un petit coup de coude, elle pensa qu'il trouvait aussi que le succès de Thea était extrêmement satisfaisant à observer. Elle prit conscience trop tard qu'il la mettait en garde. Il regardait quelque chose par-dessus son épaule. Elle présuma que c'étaient les spectateurs jaloux.

— Salut, Harls, dit quelqu'un d'une voix grave qui la fit frissonner et qui la ramena brusquement à l'effrayant instant présent.

10

Elle se tourna lentement vers Finn McKay. Il portait un pantalon en laine gris ajusté, un tee-shirt blanc et un blazer bleu marine dont le col était remonté. Il avait certainement décidé de ne pas porter de chemise pour exprimer son mépris de la tradition, mais elle se doutait que personne n'y prêterait attention. Il s'était visiblement fait couper les cheveux récemment, il donnait toujours l'impression qu'il venait de tomber du lit.

Ne pense pas à Finbar McKay dans son lit, se réprimanda-t-elle.

— Salut, Finbar.

Elle parla d'une voix froide, essayant de faire redescendre la température de son corps qui était montée en flèche dès qu'elle l'avait vu.

— Harls, ne m'appelle pas comme ça, lança-t-il avec une grimace.

— Arrête de m'appeler « Harls » et je t'appellerai autrement.

Il fronça les sourcils, puis un coin de sa bouche remonta pour afficher ce sourire narquois et sensuel qu'elle connaissait si bien.

— Vos désirs sont des ordres, mademoiselle Krane.

— Si c'était vraiment le cas, tu ne serais pas ici, McKay.

Thea siffla doucement pour exprimer sa désapprobation et Alaric afficha une grimace comme si c'était lui qui était vexé. Harlow savait que la foule les écoutait et c'était probablement une erreur de se montrer aussi dure avec l'héritier de la fortune McKay, mais elle ne pouvait pas s'en empêcher. La manière dont il était parti avec Petra au milieu de leur conversation la veille l'avait blessée plus qu'elle ne le pensait.

Finn cligna des yeux avant d'acquiescer et de se placer près d'Alaric. Les autres se mirent à discuter tranquillement et la foule se désintéressa peu à peu d'eux. Harlow sentit la tension dans l'air se relâcher alors que les gens recommençaient à vaquer à leurs occupations.

Mais Harlow ne se détendit pas. En fait, tous les muscles de son corps étaient contractés et elle avait même du mal à respirer. Enzo et Finn parlaient d'un ami originaire de Nea Sterlis qui devait arriver juste avant le Gala du Solstice, mais Harlow n'arrivait pas à suivre leur conversation. Sa gorge était sèche et son verre vide.

Elle annonça à voix basse qu'elle allait chercher à boire, attrapa un verre de cordial sur une table et déambula dans le labyrinthe de buis qui serait bientôt pris d'assaut par les premiers couples d'amoureux à s'apparier. Mais en cet instant, alors que tout le monde faisait connaissance dans le contexte de la saison, il était heureusement vide.

Un frisson la parcourut. L'air était un peu trop froid ici pour une boisson fraîche. Quand elle se tourna afin de revenir vers la fête et commander un thé bien chaud, elle le vit assis sur un banc en pierre comme s'il l'attendait.

— Tu me suis, McKay ?

Il leva les yeux au ciel et sortit un paquet de cigarettes de la poche de sa veste.

— Ne va pas te faire des idées, Krane. C'est juste que je déteste ces conneries. Tu le sais mieux que n'importe qui.

Elle le savait, oui. Au lycée, ils s'étaient constamment moqués de la saison, estimant que c'était un moyen désespéré pour trouver l'amour. Et voilà qu'ils s'y retrouvaient, tous les deux célibataires, alors qu'on comptait sur chacun d'eux pour former un couple avantageux. Comme les personnes qu'ils avaient tourné en ridicule autrefois.

— Alors pourquoi tu es venu ?

Elle ne savait pas pourquoi elle lui posait la question.

Il leva la tête et elle retrouva sur son visage la peine de ses souvenirs d'enfance. Cette douleur qui reflétait la cruauté de ses parents et leurs manières impitoyables. Ce qui les avait rapprochés à l'origine parce qu'Enzo et elle étaient les seuls à savoir comme ils étaient méchants et lui faisaient du mal.

Il sortit une cigarette du paquet, l'alluma en tirant brièvement les fils de magie qui les entouraient, puis prit une première bouffée. La fumée ne sentait pas mauvais comme celle des cigarettes des humains. Elle sentait le feu de bois, le miel noir et le clou de girofle.

— Tu sais pourquoi je suis ici, affirma-t-il d'une voix timide, dénuée de son arrogance habituelle ou du ton méprisant qu'elle avait découvert quand leur amitié avait pris fin.

Elle essaya de déchiffrer ce qui se cachait derrière ses paroles et qui devait dépasser l'obligation qu'il pensait avoir envers ses parents. Sa nouvelle coupe et sa mâchoire rasée prouvaient qu'il estimait que sa présence ici était importante malgré la manière dont il tentait de le cacher. Elle ne l'avait jamais vu se conformer autant au sens du style guindé des Illuminés.

Quelque chose éveilla ses soupçons et elle se demanda s'il était possible qu'il ait soigné son apparence parce qu'il savait qu'il la verrait ici. Même si ce genre de chose ne l'intéressait pas particulièrement. En fait, elle le préférait tel qu'il était habituellement, les cheveux longs, avec une barbe de trois jours. Elle se souvint d'une vidéo qu'elle avait vue sur les réseaux qui le montrait à la plage, une planche de surf sous le bras, l'eau dégoulinant sur son torse nu et elle sentit sa peau devenir plus chaude.

Harlow enfouit profondément son émotion et se ressaisit.

— Je vois que tu fais toujours tout ce que disent papa et maman.

Quand elle passa devant lui pour sortir du labyrinthe, elle l'entendit inspirer profondément. C'était un coup bas, et peut-être qu'il l'aurait mérité, avant. *Mais cela fait presque sept ans*, lui murmura une petite voix dans son cœur, *le mérite-t-il encore aujourd'hui ?* Elle ne voulait pas rester dans le labyrinthe pour le découvrir. Il l'avait blessée quand il l'avait laissée en plan la veille, ravivant des années de douleur, et maintenant, la famille de Finn essayait de détruire le moyen de subsistance de sa famille. Elle ne voulait rien avoir affaire avec lui.

Le reste de la soirée fut assommant et quand Finn papota avec Alaric, Thea et Enzo, il prit soin de l'éviter. Cela lui convenait très bien. Petra finit par arriver et le serra dans ses bras, Harlow décida alors de trouver un autre endroit où passer le temps.

Le sourire satisfait de Petra suffit à la faire regretter d'avoir cédé du terrain, mais elle ne se sentait pas assez confiante pour l'affronter. Enzo, l'air inquiet, allait la suivre, quand elle secoua légèrement la tête. Il ne devait pas perdre sa place dans ce qui était le cercle le plus convoité de la fête parce qu'elle ne pouvait pas supporter d'être près de Petra et Finn en même temps.

Harlow passa une heure à essayer de trouver les matères et ses sœurs dans les vastes jardins. Alors que son téléphone arrivait à court de batterie, elle ne trouva que Larkin. Sa plus jeune sœur était assise seule à une table en fer forgé, les yeux baissés sur ses mains, ses cheveux noirs tombant sur son visage.

— Coucou. Où sont les autres ?

Larkin leva ses yeux verts surmontés d'épais sourcils, mélange de leurs deux mères.

— Tout le monde a trouvé des personnes à qui parler.

— Et toi ? Pourquoi es-tu seule ?

Larkin haussa les épaules en examinant ses ongles.

— Je ne suis pas sûre de très bien comprendre tout ça.

Harlow s'assit sur le banc à côté d'elle et soupira.

— Moi non plus.

Larkin secoua la tête.

— Je vois ce que tu penses, mais ce n'est pas ce que je veux dire.

Cette remarque interpella Harlow.

— Tu veux bien m'expliquer ?

— Toi, tu ne comprends pas toutes ces frivolités. Tu trouves ça ridicule et tu détestes qu'on force la nature et la manière dont les Illuminés nous contrôlent.

Les yeux de Larkin étaient vifs et intelligents, ses paroles incisives.

— Ça se rapproche bien de ce que je ressens, oui.

— Mais moi, je ne comprends pas comment on flirte.

Harlow allait dire des mots de grande sœur pour l'encourager, mais Larkin secoua la tête.

— Je ne comprends pas non plus pourquoi. Pourquoi flirter ? Pourquoi s'éclipser dans le labyrinthe à deux ? Pourquoi, Harlow ? Pourquoi tout ça semble attirant ?

Harlow commençait à comprendre. Elle tira gentiment une mèche des cheveux bruns de sa sœur en repensant au fait qu'elle n'avait jamais aimé les romances ou faire semblant d'être en couple quand elle était petite.

— Je ne sais pas comment l'expliquer. C'est un sentiment que je ne comprends pas moi-même.

— Qu'est-ce qui cloche chez moi ?

Sa voix pleine de désespoir et de chagrin brisa le cœur de Harlow.

— Rien, chérie. Rien du tout.

Une larme coula sur la joue de Larkin et Harlow l'essuya.

— Tu as ton téléphone ? demanda Harlow à sa sœur. Le mien n'a plus de batterie.

Larkin acquiesça et lui tendit son appareil. Harlow envoya un message aux matères et à Thea.

> C'est Harlow, mon téléphone n'a plus de batterie. Je ramène Larkin à la maison. Dis à Enzo que je ne sors pas ce soir.

Harlow n'attendit pas de réponse.

— Partons d'ici. Rentrons à la maison pour commander une pizza et regarder un film.

Larkin essuya une autre larme sur son visage.

— Un film qui fait peur, d'accord ?

— Si tu veux, dit Harlow.

Elle savait que Selene n'avait pas craqué la veille et qu'elles avaient probablement regardé des films policiers.

Elles sortirent du jardin et se rendirent à l'endroit où les taxis auraient dû attendre, mais il n'y avait rien. Harlow souffla : il était trop tôt. Les taxis n'arriveraient pas avant une heure ou deux. Elle allait redemander son téléphone à Larkin quand Finn McKay passa les grilles du jardin, ses clés de voiture à la main, fumant une autre cigarette. Il partait.

Il ne les vit pas. Harlow devait prendre une décision rapidement. Elle se lança avant de changer d'avis.

— Finn ?

Quand il l'entendit, il tourna brusquement la tête. Il lui fallut quelques secondes pour remarquer le visage malheureux de Larkin et son air inquiet. Il avait déjà commencé à s'éloigner quand elle l'avait appelé, mais il les rejoignit rapidement, la cigarette ayant disparu de sa main.

— Vous allez bien ? demanda-t-il, l'air soucieux.

Harlow ne savait pas trop quoi dire.

Il semblait partagé, mais avant qu'elle puisse répondre, il demanda :

— Vous avez besoin d'un chauffeur ?

Harlow avait un millier de raisons de dire non, mais l'air abattu de sa sœur suffit à la motiver.

— Je te serais reconnaissante si tu pouvais nous aider à partir d'ici.

Il indiqua la rue.

— Ma voiture est garée par là. Je vais vous raccompagner chez vous.

Harlow passa son bras autour de Larkin et ensemble elles suivirent Finn vers sa voiture de sport vert foncé.

— On va tous rentrer ? demanda-t-elle sur un ton sarcastique.

Il fit une grimace.

— Il y a une banquette.

— Je vais m'asseoir à l'arrière, intervint timidement Larkin.

Il ouvrit les portières et bascula le siège avant couleur camel pour qu'elle puisse monter. Elle fut surprise de le voir si attentionné avec

Larkin et de l'entendre montrer d'une voix douce où était la ceinture de sécurité. Pour quelqu'un qui inspirait peur et admiration à la plupart des gens, il pouvait être étonnamment prévenant.

Le trajet à travers la ville se déroula dans le silence. Finn baissa une vitre et commença à allumer une autre cigarette, mais Harlow la lui arracha sans même s'en rendre compte. L'atmosphère devint électrique.

— Hé, aboya-t-il en lui lançant un regard en coin sans vraiment détourner le visage de la route.

— Ce n'est pas parce que tu ne peux pas avoir de cancer des poumons que tu dois fumer cette merde. Si c'est illégal pour les humains, peut-être que tu devrais t'en passer aussi.

Elle baissa un peu sa vitre en tournant la vieille manivelle sur la portière et jeta la cigarette dehors.

— Et toi, tu pollues, Krane, fit-il remarquer avec humour. Qui d'entre nous devrait apprendre à mieux suivre les règles ? Jeter des déchets n'est pas illégal pour les humains ?

Larkin rit doucement sur la banquette arrière et Harlow se retourna si vite pour fusiller sa sœur du regard que sa ceinture faillit l'étrangler.

— Doucement, chaton, murmura Finn. Ne te fais pas mal.

Elle croisa les bras et soupira.

— Ne m'appelle pas chaton.

— Je ne dois pas t'appeler chaton, je ne dois pas t'appeler Harls.

Finn secoua la tête et croisa le regard de Larkin dans le rétroviseur. Ils se moquaient tous les deux d'elle.

Harlow réprima son envie de rire avec eux. Finbar McKay n'était pas son ami, ni un amant protecteur, il était un problème. Un problème qu'elle devait résoudre, et vite, vu qu'ils arrivaient à destination. Harlow ne reprit la parole que pour lui expliquer comment entrer dans la cour. Quand il s'arrêta, un silence gêné suivit.

— Merci, dit Harlow, la main sur la poignée de la portière.

— Tu veux manger une pizza et regarder un film qui fait peur avec nous ? demanda Larkin, toujours sur la banquette arrière.

C'était la première fois qu'elle parlait en vingt minutes.

Harlow écarquilla les yeux. Finn sourit à Larkin et le cœur de Harlow s'emballa. Lorsqu'il répondit, elle ne sut pas si elle devait se réjouir ou hurler.

— Ouais. Ce serait cool. Merci pour la proposition.

11

Harlow les suivit dans la maison et monta les quatre étages jusqu'à leur logement au-dessus de la librairie. Le mur de l'escalier était couvert d'un papier peint style tapisserie avec des loups et des grues, l'héritage combiné de ses mères. Harlow passa les doigts sur le papier peint comme elle avait eu l'habitude de le faire quand elle était enfant, comme si les animaux pouvaient prendre vie à son contact.

Finn étudiait les lieux. Les tapis moelleux, les objets et l'immense collection d'œuvres d'art dans les pièces. Les meubles confortables et la palette de couleurs riches et variées. Elle lui en avait parlé des dizaines de fois quand ils étaient plus jeunes, mais il n'était jamais venu ici. Évidemment, leurs parents n'avaient jamais approuvé leur amitié, donc ils se voyaient principalement à l'école et à des fêtes.

Larkin leur annonça qu'elle allait se changer et ils se retrouvèrent seuls dans le salon. Harlow brancha son téléphone et se retourna pour demander à Finn pourquoi il avait accepté d'entrer, mais son expression était si vulnérable et si différente de la version froide à laquelle elle s'était habituée, qu'elle ne dit rien.

Leurs regards se croisèrent et il déglutit.

— J'ai toujours voulu venir ici. C'est exactement comme tu le disais, et même mieux. On s'y sent vraiment chez soi.

Elle hocha la tête. Il disait vrai, ses mères avaient des goûts élégants, mais elles ne sacrifiaient jamais le confort ou la possibilité de se réunir en famille. Trois longs canapés étaient disposés en U dans la grande pièce, et un téléviseur enchanté représentait un paysage de bord de mer peint quand on ne l'utilisait pas. Les murs étaient d'un vert profond et les canapés couverts de dizaines de coussins et couvertures dans lesquels on pouvait se blottir. Des lampes rondes en laiton avec des abat-jour de style Empire projetaient une lumière chaleureuse sur les tapis bleus. Pendant un instant, elle redécouvrit tout cela à travers les yeux de Finn.

Partout elle voyait la patte des femmes qui faisaient de cette maison un foyer. Des dizaines de photographies encadrées étaient posées sur la console derrière les canapés. Les tables étaient couvertes de carnets et romans avec des marque-pages. On apercevait des chaussons et une paire de chaussettes en laine sous l'un des canapés. C'était ici que sept personnes qui s'aimaient sincèrement se réunissaient fréquemment.

Harlow savait qu'il n'y avait pas d'endroit similaire dans la maison des McKay. Il le lui avait souvent confié. Harlow allait dire quelque chose, mais il secoua à nouveau la tête.

— S'il te plaît, ne me demande pas de m'expliquer ce soir, Harls. Laisse-moi juste commander des pizzas, d'accord ?

Une part d'elle-même voulait refuser, lui demander de partir, mais son regard était si doux et implorant qu'elle ne put se résoudre à être désagréable.

— D'accord. Je vais me changer aussi. Tu sais ce que j'aime sur mes pizzas. Et Larkin n'aime que le fromage.

Il hocha la tête et elle sortit de la pièce pendant qu'il composait un numéro sur son téléphone avec un petit air joyeux qui la perturba. Elle monta un étage jusqu'à la chambre de Larkin et tapa à sa porte.

— Entre, lança Larkin.

Elle portait un jogging et s'était démaquillée. Harlow devait admettre que c'était beaucoup plus son style, elle semblait plus à l'aise et plus naturelle. Elle n'avait pas la même allure que Harlow en jogging, mal fagotée et minable. Là, elle était bien Larkin, Larkin dans toute sa splendeur, fraîche et athlétique. Et impertinente !

La petite insolente avait le sourire jusqu'aux oreilles comme si elle pouvait tout se permettre.

— Pourquoi lui as-tu proposé de venir ? l'interrogea Harlow.

— Pour la même raison que tu m'as ramenée à la maison. Il en avait besoin.

Harlow ferma les yeux. Il en avait besoin.

— Et moi, alors ?

Larkin secoua la tête, sans se départir de son sourire.

— Toi aussi, tu en avais besoin. Je me souviens de la façon dont tu parlais de lui. Peu importe ce qui s'est passé entre vous, vous devriez arranger ça.

— C'est compliqué.

Larkin haussa les épaules.

— Je ne comprends peut-être pas pourquoi les gens tombent amoureux, ni comment, mais je sais à quoi ressemblent deux personnes qui s'aiment.

Harlow lui jeta un lapin en peluche au visage.

— On ne s'aime pas.

— Mais vous vous êtes aimés, dit Larkin avec un air sage tandis qu'elle attrapait sa vieille peluche. Et peut-être que vous vous aimerez à nouveau.

— Tu rêves.

— J'ai toujours pensé que cette expression évoquait une réelle envie que quelque chose se réalise, plaisanta Larkin. En plus, il a l'air gentil. Je ne sais pas pourquoi tu as dit autant de choses méchantes sur lui.

Larkin était trop jeune pour se souvenir combien elle avait souffert à cause de Finn. Trop jeune pour se souvenir de son chagrin. Et elle n'avait jamais tout raconté aux nunuches ; seulement à Thea et à Enzo. Larkin savait juste qu'il avait été l'ami de Harlow, et que pour une raison inconnue, il ne l'avait plus été.

— Je vais me changer.

— Maman a fait stocker vos affaires, à Thea et toi, quand les placards du grenier ont eu des mites, tu te souviens ?

— Mince. Merci de me le rappeler.

Elle quitta Larkin et se rendit dans la chambre de ses parentes, un palais d'amour décadent couleur pêche. Harlow fouilla dans les tiroirs de Selene à la recherche d'une tenue qui ne lui donnerait pas l'air de vouloir séduire quelqu'un. Elle trouva un pantalon de jogging en cachemire lavande et un sweat qui tombait sur une épaule d'une manière suggestive qu'elle aurait préféré éviter, mais Selene n'avait que des vêtements séduisants et ceux d'Aurelia ne lui auraient pas été.

— Pourquoi, Maman ? dit-elle en se regardant dans le miroir.

Elle était sexy, comme si elle voulait qu'on la touche, ce qui était évidemment l'objectif de cette tenue. Selene était constamment en mode séduction, même après des siècles de mariage.

— Pas étonnant qu'elles le fassent toujours autant, marmonna-t-elle en éteignant la lumière.

Dans le salon, elle trouva Larkin et Finn en train de se disputer à propos du film qu'ils regarderaient. Ils riaient et parlaient de leurs réalisateurs et acteurs préférés. Elle avait oublié que Finn adorait le cinéma et que l'horreur était l'un de ses genres favoris.

La sonnette fit sursauter Larkin.

— Je vais chercher les pizzas, dit-elle.

Finn lui tendit des billets.

— Ne rapporte pas la monnaie.

Larkin acquiesça, un grand sourire aux lèvres à l'idée de laisser au livreur un si gros pourboire. Finn l'impressionnait.

Quand il entendit ses pas résonner dans l'escalier, Finn se tourna lentement vers Harlow, comme s'il avait peur de la regarder.

— Tu es…

Harlow acheva sa phrase à sa place tout en débranchant son téléphone :

— Ridicule. J'ai dû emprunter ça à Selene et on dirait que toutes ses tenues, même décontractées, sont destinées à séduire Aurelia. Crois-le ou pas, je n'ai rien trouvé de mieux.

— J'allais dire que tu étais belle, marmonna-t-il sans détacher ses yeux de l'écran tandis qu'il parcourait la section films d'horreur.

Harlow était abasourdie. Il ne lui avait jamais rien dit de pareil. Pas même avant, et certainement pas avec les mains tremblantes. Il essayait de le cacher, mais elle le voyait bien : ses mains tremblaient. Qu'Akatei soit louée, elle n'eut pas besoin de réfléchir à une réponse parce que Larkin revint avec les pizzas. Ils s'assirent tous les trois par terre devant la table basse, et Larkin choisit un film avec des fantômes.

Harlow vérifia son téléphone. Elle avait trois messages des matères qui lui demandaient des nouvelles de Larkin. Elle leur répondit qu'elles étaient bien rentrées à la maison et qu'elle envisageait d'y passer la nuit.

> J'ai vu qui vous a raccompagnées. Tu me raconteras tout ça demain.

Thea lui apprit qu'elle rentrerait quelques heures plus tard, qu'Alaric l'emmenait dîner, mais qu'elle aussi prévoyait de passer la nuit à la maison plutôt que chez elle. Harlow ne put répondre, Larkin lui arracha son téléphone des doigts.

— Regarde le film, s'il te plaît, commanda le petit tyran.

Finalement, Larkin s'installa sur le canapé avec une couverture, mais Harlow était comme paralysée.

Dès le moment où Larkin s'endormit, elle devint consciente du corps chaud de Finn à côté du sien. Il était assis assez près pour qu'ils se touchent. Le film devint plus effrayant. Ce n'était pas un slasher gore, mais une histoire de fantômes avec de la tension, un thriller. Harlow anticipait un passage terrifiant. Elle sentit son corps se contracter et sursauta quand le fantôme apparut pour la première fois. Elle effleura involontairement les doigts de Finn et il lui prit la main.

— J'avais oublié que tu détestais les films d'horreur, murmura-t-il.

Elle essaya de calmer sa respiration, mais il passa son pouce sur l'intérieur de sa paume d'une manière qui était loin d'être innocente. Une vague de chaleur se répandit en elle. Finn dévorait des yeux son épaule nue et le bustier rendu apparent par le profond décolleté de son sweat.

Chaque terminaison nerveuse dans son corps hurlait pour qu'il la touche. Harlow ferma les yeux et sentit son souffle sur son visage. Puis rien. Il lâcha ses doigts et s'éloigna très légèrement d'elle. Elle sentit son corps trahir sa déception.

Puis elle entendit la respiration irrégulière de Larkin. Elle était réveillée, mais faisait semblant de dormir. Harlow jeta un coup d'œil à Finn et le vit esquisser un sourire, un vrai sourire, pas cette moue méprisante qu'il avait arborée à la fête. Grâce à son ouïe surdéveloppée d'Illuminé, il avait su avant elle que Larkin ne dormait pas.

À la fin du film, Larkin leur souhaita rapidement une bonne nuit. Harlow savait qu'elle n'allait pas se coucher. Son idiote de petite sœur allait se prendre l'engueulade de sa vie quand Finn serait parti. Il l'aida à rapporter les cartons avec les restes de pizzas dans la cuisine. Quand Harlow se retourna après les avoir posés dans l'immense frigo, Finn, appuyé contre l'îlot, les bras croisés, affichait un sourire mélancolique.

— C'est presque comme je l'imaginais.

— Presque ?

Seule la petite lampe du comptoir était allumée, plongeant la cuisine dans une semi-obscurité agréable.

Finn s'écarta de l'îlot et les muscles de son torse se contractèrent. Pendant le film, il avait enlevé sa veste et le tee-shirt qu'il portait était presque un appel au péché tant il lui allait bien. Il se déplaça lentement, lui laissant une chance de s'éloigner. Elle décida de ne pas bouger parce qu'il valait mieux qu'il s'intéresse à elle qu'à l'une de ses sœurs ou pire, que ce soit les parents de Finn qui s'intéressent à cette histoire. Mais au fond d'elle, elle savait la vérité. Elle savait qu'il n'avait jamais tenté le moindre geste envers l'une de ses sœurs.

La férocité de son attention en disait long. Il la touchait presque. Harlow sentit sa propre respiration s'accélérer quand il glissa un bras autour de sa taille pour la tirer vers lui. Elle ne réfléchit pas, ne s'autorisa pas à réfléchir, mais leva la tête pour qu'il l'embrasse, la presse contre lui, les mains plaquées contre son torse chaud et musclé.

Il la tira délicatement pour qu'elle soit encore plus près et elle réagit en enroulant les bras autour de son cou. Il sentait bon et la manière dont son corps réchauffait le sien était indécente et très très dangereuse.

La bouche de Finn était douce contre sa peau quand il se pencha pour embrasser ses pommettes.

— J'en avais déjà tellement envie quand nous étions à l'école. Venir ici, regarder un film avec tes sœurs et te tenir la main. T'embrasser dans la cuisine. Être un couple normal.

— Alors pourquoi est-ce que tu as tout gâché ?

Ces mots lui avaient échappé, alors même qu'elle se blottissait contre son torse.

— Bon sang, Harls, grogna-t-il en la lâchant.

L'air froid qui emplit l'espace entre eux l'ébranla.

Elle n'eut pas le temps de lui reposer la question, il disparut, utilisant sa vitesse surnaturelle pour la laisser seule dans la cuisine, la poitrine écorchée comme si elle avait de nouveau dix-sept ans et qu'il venait tout juste de lui briser le cœur. Elle s'écroula par terre, agitée des sanglots qu'elle avait retenus pendant sept ans.

12

— Harlow ? dit Larkin doucement.

Depuis combien de temps était-elle assise ici ?

— Tu vas bien ? lui demanda-t-elle. Il t'a blessée ?

Maintenant, sa sœur paniquait.

— Non, petite sœur. Il ne m'a pas blessée. Enfin, peut-être qu'il m'a brisé le cœur, mais c'était il y a bien longtemps.

Larkin l'aida à se lever du sol en marbre.

— Viens. On va dans ma chambre.

Harlow essuya son visage avec le mouchoir que Larkin lui tendait et suivit sa sœur. Sa chambre était éclairée par plein de petites lumières magiques flottantes et il y avait un ciel de lit et des rideaux en lin gris. Ses murs étaient couverts de papier peint avec des notes de musique et son violon était sorti, comme si elle voulait pouvoir en jouer à tout instant.

Harlow laissa sa petite sœur la border. Larkin s'installa à côté d'elle, blottie contre son épaule.

— Je croyais que c'était moi qui devais te consoler, murmura Harlow.

— Tu peux, si tu veux… Je m'amusais bien jusqu'à ce qu'il te fasse pleurer. Je ne pensais pas que ça se passerait comme ça, surtout quand on voit la façon dont vous vous regardiez tous les deux.

Harlow ne répondit pas. Elle laissa juste les larmes couler sur son visage.

Larkin glissa ses pieds froids sous les jambes de Harlow.

— Qu'est-ce qui s'est passé entre vous ?

C'était une question simple, mais elle n'avait pas de réponse facile. Principalement parce que Harlow ne savait pas vraiment ce qui s'était passé.

— On est devenus amis quand on avait dix ans. Sa famille a emménagé ici cette année-là, et Finn, Enzo et moi sommes devenus inséparables.

— Et moi, j'avais quel âge ? demanda Larkin.

Harlow sourit faiblement. Larkin demandait toujours quel âge elle avait quand Thea ou Harlow parlaient de leur passé. Elle semblait fascinée par l'idée qu'elle avait manqué tant d'histoires quand elle était bébé.

— Trois ans environ, je pense.

— Ça explique que je ne m'en souvienne pas.

Harlow déposa un rapide baiser sur le haut de la tête de sa sœur.

— Ses parents n'appréciaient pas qu'on soit proches. Ils voulaient qu'il ait plus d'amis illuminés, donc on ne pouvait se voir qu'à l'école ou à des événements où les quatre Ordres se réunissaient. Et même là, ils nous faisaient bien comprendre qu'ils désapprouvaient.

— Et maintenant, ils estiment que l'une de nous devrait l'épouser, fit remarquer Larkin sur un ton méprisant.

— Oui. C'est un peu hypocrite.

— Qu'est-ce qui a changé ? demanda sa sœur qui avait presque l'air blasée. Finis ton histoire.

— Quand on était encore au lycée, juste avant l'université, on savait tous les deux qu'on était amoureux, qu'on l'avait peut-être toujours été, mais on était conscients qu'on ne pouvait pas être ensemble. Ses parents ne l'auraient pas permis, et les McKay obtiennent toujours gain de cause.

Larkin serra la main de Harlow qui lui sourit. Sa petite sœur était si sensible. Elle savait que la partie horrible de l'histoire arrivait.

— Bref, un soir, Finn m'a emmenée voir une exposition. Il adorait dessiner et l'un de ses artistes préférés était exposé dans une galerie du centre-ville. Alors on y est allés, rien que tous les deux.

— Où était Enzo ?

— À un rencard de son côté.

— Alors vous êtes allés à cette expo. Et après ?

Harlow rougit.

— On s'est promenés en voiture un moment et puis… on s'est arrêtés, et… les choses sont allées trop loin, je suppose.

— Vous avez couché ensemble ? demanda Larkin, l'air surpris.

— Oui, la tension montait entre nous depuis longtemps. On s'était embrassés quelques fois, mais on n'en avait jamais parlé. Et ce soir-là, les choses sont allées plus loin. C'était ma première fois.

— C'était vraiment si nul ? On dirait que tu vas te remettre à pleurer.

— Non, c'était merveilleux. L'une des meilleures nuits de ma vie.

Larkin essuya les larmes sur le visage de Harlow.

— Alors qu'est-ce qui a dégénéré ?

— Je ne sais pas. Mais le lendemain, il était différent. Froid. Un mois plus tard, il était carrément méchant avec Enzo et moi. Il nous a éliminés de sa vie. Tu connais la cousine d'Alaric, Petra ?

Larkin acquiesça.

— Il a commencé à sortir avec elle et sa bande.

— Alaric était ami avec eux ?

— Pas vraiment. En fait, Alaric a l'âge de Thea, un an de plus que moi. Il avait ses propres amis et finalement, Finn s'est mis à traîner avec eux.

— Avec les jeunes de l'université ?

— Oui, et c'était mieux ainsi. Parce que quand il était ami avec Petra, ils se montraient vraiment durs avec nous. Enfin, elle l'était tout le temps et il ne faisait rien pour l'en empêcher. Il ne participait pas, mais il restait les bras croisés quand elle nous harcelait, Enzo et moi. Moi surtout.

— Je me souviens de cette époque. Tu rentrais chaque jour à la maison, malheureuse et épuisée. Je me souviens que j'entendais les matères dire qu'elles envisageaient de te faire partir, mais finalement, la situation s'est améliorée. C'est parce qu'il s'était lié d'amitié avec Alaric ?

Harlow ne savait pas trop si Larkin se souvenait vraiment de ça ou si c'étaient les jumelles qui le lui avaient raconté tellement de fois qu'elle pensait que c'étaient des souvenirs.

— Oui, je pense. Alaric est quelqu'un de bien. Peut-être qu'il a exercé une bonne influence sur Finn. Je ne sais pas. Quand on est tous allés à l'université, j'ai essayé d'oublier tout ça, de tourner la page, mais ça m'a rongée de l'intérieur pendant des années. J'ai fait beaucoup d'erreurs parce que je n'arrivais pas à lâcher prise.

— Puis tu as rencontré Mark.

— Eh bien, j'ai rencontré beaucoup d'autres personnes avant, mais ouais, Mark est la première personne que j'ai vraiment aimée après Finn.

Larkin grimaça comme si elle estimait que Mark était un mauvais choix.

— Et maintenant, Finn est de retour et tout le monde veut que vous vous appariiez.

— On dirait bien.

Harlow s'enfonça dans les coussins sur le lit de Larkin. Elle avait l'impression de manquer d'air.

— Ça te paraît insensé ? demanda Larkin en la regardant. Carrément absurde ?

— Oui, petite sœur. Éteins les lumières, s'il te plaît. Je crois que j'en ai dit assez pour aujourd'hui.

— Nyx, murmura Larkin.

Les lumières magiques s'éteignirent et Harlow s'endormit la tête pleine de souvenirs et le cœur meurtri.

13

Harlow fut réveillée par les odeurs du petit déjeuner et les bruits familiers d'un matin de week-end à la maison. Elle ouvrit les yeux, extrêmement confuse. Au lieu de l'immense chambre sous les toits qu'elle avait partagée avec Thea jusqu'à ses dix-huit ans, elle découvrit un tout autre endroit.

— Je t'ai fait du thé, chantonna Larkin en lui mettant un mug chaud dans les mains.

— Ah oui, j'ai dormi ici, se souvint Harlow en buvant avec plaisir et se redressant contre l'énorme pile d'oreillers. Quelles sont les nouvelles ?

— Tout le monde est dans la cuisine en train d'interroger Thea sur son dîner avec Alaric.

Harlow s'enfonça dans les coussins et poussa les couvertures.

— Viens là. Elles n'ont pas besoin de nous.

Larkin grimpa à côté d'elle avec enthousiasme. Harlow aimait profondément les jumelles, comme elle aimait toutes ses sœurs, mais elles formaient un duo explosif, et si Selene prenait leur parti, Harlow n'avait pas la capacité d'affronter la scène dans la cuisine aujourd'hui. D'ailleurs, Larkin s'était éclipsée pour éviter d'expliquer pourquoi elles avaient quitté la fête la veille.

— Alors, petite sœur. J'ai bien remarqué que tu avais habilement évité de me parler de toi hier soir. Tu veux me raconter ce qui t'arrive ?

Larkin plaqua son visage contre l'épaule de Harlow comme elle le faisait quand elle était petite.

— C'est difficile à expliquer.

— Essaie toujours.

— Je sais ce qu'est une romance. Je crois même que j'aime bien en lire ou voir des séries à la télé dans lesquelles il en est question, mais c'est juste que… je ne ressens pas ce genre de chose.

— Jamais ? Pour personne ?

Larkin secoua la tête.

— Ce n'est pas une question de personne, c'est juste que je n'ai pas ce genre de sentiment pour les gens.

— Et pour le sexe ?

Larkin secoua une deuxième fois la tête.

— Ça ne m'intéresse pas vraiment non plus. J'ai bien eu des aventures au lycée et parfois c'était sympa, mais rien à voir avec ce qui est évoqué dans les livres. Je ne ressens rien de tout ça. Tu penses qu'il y a quelque chose qui cloche chez moi ?

Harlow passa un bras autour de sa sœur et l'étreignit.

— Non, petite sœur. Je ne pense pas. Tu n'es pas la seule ; les humains en parlent mieux que les membres des Ordres. Comme on est obsédés par l'appariement, on ne parle pas de ce que ça fait quand quelqu'un n'en a pas envie.

— Je suppose que c'est logique. Mais j'ai l'impression d'être anormale.

Harlow resserra son étreinte.

— Je pense que tu trouveras d'autres personnes comme toi et quand ce sera le cas, ça t'aidera à mieux te comprendre.

— Vraiment ? Tu en connais toi ?

— Probablement, dit Harlow en riant. Je vais y réfléchir et j'en parlerai à Enzo, si ça te va. Je pense que l'une de ses amies d'université avait un ressenti similaire. Tu aimerais en parler avec elle si c'est le cas ?

— Pourquoi pas. Enzo a toujours des amis sympas.

— Tu veux toujours aller aux fêtes de la saison ?

Larkin pâlit.

— Non, mais je pense que Maman serait furieuse si je ne veux plus.

— Non. Promis. Dis juste aux matères ce que tu ressens. Elles comprendront, petite sœur.

— Tu crois que les reines du sexe comprendront ça ? Elles sont amoureuses depuis une éternité.

Elles rirent ensemble et Harlow posa son mug vide pour pouvoir prendre sa petite sœur dans ses deux bras.

— Elles sont aussi nées il y a une éternité. Elles ont vécu beaucoup de choses qu'on ne soupçonnerait pas.

En prononçant ces mots, Harlow prit conscience d'à quel point cette phrase était vraie et de la chance qu'elles avaient d'avoir de si bonnes parentes. Tous les problèmes de Finn avec sa propre famille la préoccupaient. Elle essaya de les oublier, mais quelque chose la dérangeait dans son comportement de la veille. Il paraissait si heureux d'être ici, mais avait disparu à l'instant où elle l'avait interrogé sur la raison pour laquelle il l'avait laissé tomber.

Selene passa la tête par la porte entrebâillée.

— C'est donc ici que se trouve mon jogging en cachemire. C'est l'heure des gaufres, mes chéries.

Harlow adressa à Larkin un regard éloquent tandis qu'elle descendait du lit.

— Parle-leur. Je vous envoie Mère.

Harlow passa devant Selene qui avait l'air inquiète et l'embrassa sur la joue.

— Je t'aime, Maman.

Selene l'attrapa avant qu'elle ne passe la porte pour la serrer dans ses bras.

— Je t'aime aussi, ma chère fille. Je suis tellement heureuse que tous mes bébés soient à la maison.

Harlow sourit et, quand elle entra dans la cuisine, elle demanda à Aurelia de monter. Les jumelles étaient déjà en train de programmer leur journée avec un marathon de films familiaux en emportant leurs gaufres dans le salon. Il ne restait plus que Thea dans la cuisine.

— Alors… Alaric Velarius ? Et tu es le cygne de la saison ?

— Personne ne dit ça, dit Thea, les joues roses.

Harlow attrapa le téléphone de Thea, ouvrit Section Sept et fit défiler la page où les publications parlaient de la fête donnée par une célébrité humaine. Puis elle retourna le téléphone pour montrer à sa sœur le gros titre.

« L'héritière sorcière est le cygne de la saison d'accouplement des Ordres ».

Thea eut l'air horrifiée.

— Oh non. « La saison d'accouplement » ?

Harlow haussa les épaules, empilant les gaufres dans son assiette.

— L'appli est gérée par des humains. À quoi tu t'attendais ? En plus, ce n'est pas complètement inexact.

— Mais c'est si vulgaire, lança Thea d'un air contrit en refermant son téléphone.

Harlow alla droit au but. Elle ne voulait pas faire subir un long interrogatoire à sa sœur après la matinée qu'elle devait déjà avoir passée avec le reste de la famille.

— Alors, il est sérieux ?

Thea afficha un sourire discret, mais heureux.

— Oui.

— Et tu es sérieuse ?

Thea acquiesça, visiblement contente.

Harlow commença à manger ses gaufres.

— Super.

Thea allait dire quelque chose, mais elle sembla se raviser.

— Finn est venu ici hier soir ?

— Je n'ai pas envie d'en parler.

— Harlow…

— Laisse tomber, dit-elle d'une voix dure en s'éloignant de la table.

Expliquer la situation à la douce et sensible Larkin était une chose, mais Harlow ne pouvait pas en parler davantage aujourd'hui.

— Il faut que je rentre, ajouta-t-elle.

Thea lui attrapa la main.

— S'il te plaît, ne pars pas. On est censées se faire un marathon de films et manger des cochonneries toute la journée. Ça ne sera pas pareil sans toi.

— Je ne peux pas parler de lui, avoua Harlow d'une voix râpeuse, pleine de larmes. Je t'en prie, ne me force pas.

— OK, dit Thea en la ramenant sur sa chaise. Finis tes gaufres.

Harlow obéit tandis que sa sœur l'observait en silence.

Le reste du week-end se déroula dans un bonheur casanier. Les matères s'occupèrent des clients et les filles les aidèrent tour à tour, mais elles profitèrent globalement de leur moment en famille. Quand dimanche soir arriva, Harlow redoutait de retourner dans son appartement presque vide.

— Pourquoi ne réemménages-tu pas ici ? suggéra Aurelia, comme si elle lisait dans ses pensées.

Elles bouquinaient ensemble dans le bureau depuis une heure, mais l'esprit de Harlow divaguait vers son appartement.

— Je ne peux pas.

Aurelia posa son livre.

— Pourquoi ?

Harlow posa son propre livre et secoua la tête.

— Je ne peux pas, c'est tout.

— Tu détestes ton appartement.

Harlow adorait son appartement, mais c'était dur à expliquer à Aurelia, qui aimait tout dans sa vie telle qu'elle était.

— J'ai besoin d'être là-bas. C'était super de passer le week-end ici, d'être avec vous toutes et d'oublier tout ce qui ne va pas, mais j'ai besoin d'un chez-moi.

— Dis-moi pourquoi.

L'expression d'Aurelia suggérait une vraie volonté d'écouter.

Harlow soupira.

— Parce que j'ai des choses à régler, et si je reste ici, Maman et toi utiliserez la magie sans même réfléchir, et je me sentirai mieux et j'oublierai que je dois me remettre sur les rails.

— Et ce serait si mal que ça ? de nous laisser t'aider ? à te sentir mieux après tout ce qui s'est passé avec Mark ?

Harlow se leva et embrassa Aurelia sur la joue.

— Ça ne le serait pas si je m'occupais vraiment de toute cette pagaille qu'il y a dans ma tête, mais je ne le ferais pas. Je ne ferais que repousser l'échéance.

— Qu'est-ce qu'il se passe là-dedans, lapin ? demanda Aurelia en tapotant son front.

Harlow s'assit aux pieds d'Aurelia, posa sa tête sur ses genoux et réfléchit à la question de sa mère.

— J'ai l'impression que je suis incapable de faire quoi que ce soit correctement.

— Tu parles de ta magie ? Tu sais que ton talent se manifestera un jour ou l'autre. La période que tu as passée avec les humains a juste retardé le processus. Maintenant que tu es de retour avec nous, au sein des Ordres inférieurs, les choses vont s'arranger.

Harlow ne répondit pas. Aurelia était généralement très perspicace, mais Maman et elle avaient évité de poser des questions sur ce qui s'était vraiment passé avec Mark ces six derniers mois. Tout ce que Harlow leur avait dit, c'était que c'était fini et qu'elle avait une nouvelle adresse.

Aurelia inclina la tête de Harlow pour qu'elle la regarde dans les yeux.

— Que s'est-il passé avec Mark, mon lapin ?

Elle prit une inspiration tremblante, se rappelant ce qu'elle avait dit à Larkin à propos du fait que leurs parentes comprenaient le monde mieux qu'elles ne l'imaginaient.

— Vous aviez raison. Il me faisait du mal.

L'éther enfla dans les fils de magie autour d'Aurelia, sombre et menaçant, rappel que sa mère était redoutable.

— Pas physiquement, précisa Harlow. Mais dans sa façon de me parler… C'était troublant. Même aujourd'hui, je sais qu'il me manipulait, mais je n'arrive pas à me débarrasser de l'impression que c'était moi qui me trompais.

Sa mère fronça les yeux, furieuse.

— Je vais le tuer.

Harlow la croyait.

— Cela ne ferait que nous causer des problèmes avec le Consortium. Ce n'est pas illégal de faire croire à une personne qu'on est le seul individu en qui elle peut avoir confiance. Il transformait tout ce qu'on me disait... J'ai longtemps pensé que vous me détestiez toutes.

— On avait peur pour toi, ma chérie, dit Aurelia en déposant un baiser sur son front. Tu as tant changé en si peu de temps. Nous ne savions pas trop comment te le dire sans aggraver les choses. Maman et moi savions que nous avions commis une erreur. On aurait dû te sortir de cette situation plus tôt.

Harlow se mordit la lèvre pour essayer de ne pas pleurer.

— Je ne l'aurais pas quitté, et si vous m'aviez forcée, vous auriez prouvé qu'il avait raison. Le pire, c'est qu'il le savait. Il savait qu'il m'avait embobinée.

Les fils de magie crépitaient de puissance, grésillant autour des doigts d'Aurelia. Elle les éloigna de Harlow.

— Je suis désolé, mon lapin. J'ai du mal à me contrôler.

Harlow prit les mains de sa mère et les embrassa, laissant les petites étincelles de pouvoir pétiller contre sa peau.

— J'ai vraiment compris à quel point il me menait en bateau le jour où il m'a mise à la porte.

— Pourquoi l'a-t-il fait ? S'il savait que tu étais sous son emprise, pourquoi t'a-t-il laissée partir ?

Harlow ne pouvait pas regarder Aurelia dans les yeux.

— Je ne sais pas vraiment.

La magie s'agita de nouveau autour des doigts d'Aurelia.

— Qu'est-ce que ça veut dire ?

— Je ne me souviens pas bien de cette nuit. Il y a une sorte de trou dans ma mémoire. Je me souviens d'une partie de notre dispute, qu'il est allé trop loin concernant les secrets de l'Ordre, mais je ne me souviens pas des détails... puis plus rien, jusqu'à ce que je me réveille ici le lendemain.

Le chagrin assombrit les yeux d'Aurelia.

— Ma petite fille chérie, je suis tellement désolée. Je ne savais pas.

Harlow prit une dernière inspiration tremblante.

— Et j'ai abandonné un ami.

— Qui ? demanda Aurelia, les sourcils froncés.

Les épaules de Harlow s'affaissèrent sous le poids de la culpabilité.

— J'ai adopté un chat quand il m'a forcée à quitter mon travail au refuge. Tout ce dont je me souviens de cette dispute, c'est quand il m'a enlevé Axel. Je lui ai envoyé des dizaines de messages pour essayer de le récupérer, mais il n'a jamais répondu, raconta-t-elle en étouffant un sanglot. Je ne sais même pas s'il va bien.

— Ma douce, dit Aurelia en lui caressant les cheveux. On retrouvera Axel, je te le promets.

Le ton de sa mère était rassurant, mais il ne pouvait pas compenser les mois où elle avait laissé son bébé ragamuffin avec Mark.

Harlow regarda fixement ses mains.

— Tout ça me donne le sentiment que je ne mérite pas que de bonnes choses m'arrivent. On dirait que je ne suis pas capable de prendre soin de moi ou de ce qui m'entoure.

Les doigts d'Aurelia se figèrent.

— Que veux-tu dire ?

— À un moment, j'ai arrêté de croire que je méritais mon propre amour.

Aurelia inspira profondément et retint son souffle, comme si elle craignait d'avoir des paroles déplacées. Mais elle continua à caresser les cheveux dorés de Harlow et la laissa parler.

— J'ai besoin de temps pour mettre tout ça au clair. Je sais que tout ce qu'il m'a fait ressentir était un stratagème pour découvrir les secrets de l'Ordre. Vous aviez raison sur lui. Mais ce qu'il m'a dit sur moi… ça avait l'air réel. Et ça l'est toujours. Je dois trouver un moyen de reprendre le contrôle sur ce qui se passe dans ma tête. Et être seule me donne l'occasion de le faire.

— D'accord, mon lapin. Tu sais que Maman et moi sommes là pour t'aider, hein ? Quels que soient tes besoins.

— Je sais. Merci. Maman et toi êtes vraiment géniales avec nous…, dit-elle, hésitante, ne voulant pas gâcher ce moment de tendresse.

Mais tant qu'elles abordaient les sujets délicats, il fallait qu'elle lui pose la question.

— Qu'est-ce que les McKay attendent vraiment de notre part ? Pourquoi Maman et toi êtes si inquiètes ?

Aurelia plissa le front et Harlow pensa qu'elle n'aurait pas de réponse. Mais Aurelia décida de se confier.

— La situation avec l'Ordre de la Nuit est critique. La fascination que leur témoignent les humains pose un problème. Nous avons besoin d'alliances fortes pour les remettre dans le droit chemin.

— Ils créent de nouveaux vampires ?

Aurelia acquiesça, le visage grave.

— Et il n'y a pas que ça, même si c'est déjà mauvais signe. Ils tuent sans distinction, bien que nous ayons réussi jusqu'ici à faire en sorte que ça ne se sache pas.

Harlow pensa à la vampire du Bosquet qui ne s'était pas cachée d'avoir sucé le sang d'une camarade étudiante. L'idée que l'Ordre de la Nuit soit hors de contrôle lui donnait froid dans le dos.

— Les Illuminés n'ont pas encore fait grand-chose pour les arrêter, poursuivit Aurelia, et tu sais que l'Ordre des Masques… les métamorphes détestent prendre parti sans avoir toutes les preuves nécessaires, donc le conseil doit essayer de former des alliances avec les Illuminés.

» Mais ils sont trop occupés à générer davantage de richesse pour s'intéresser à l'Ordre de la Nuit, peut-être pour compenser le fait qu'il est clair qu'ils ne se reproduisent plus comme par le passé. Ils consolident leur pouvoir, ce qui veut dire qu'on doit en faire de même.

Harlow comprenait enfin pourquoi sa famille s'était inquiétée de sa relation avec Mark et de sa fascination pour les Ordres inférieurs, et pourquoi les matères avaient insisté pour que leurs cinq filles participent à la saison. Savoir que l'Ordre de la Nuit se montrait si impitoyable et que cela ne préoccupait pas les Illuminés la rendait malade, mais elle n'était pas surprise. Les Ordres inférieurs existaient dans un équilibre précaire entre le pouvoir sans égal des Illuminés et le nombre massif d'humains. La cruauté ostentatoire des vampires pourrait signer la fin des Ordres inférieurs s'ils n'étaient pas plus prudents.

— Qu'allons-nous faire ? souffla Harlow alors que toutes ces informations tourbillonnaient dans sa tête.

Aurelia se rassit au fond de son fauteuil.

— Beaucoup de choses qui nous déplairont, je suppose.

La réponse était vague, mais Harlow n'avait pas le sentiment que sa mère était volontairement évasive, juste contrariée. Elle ne serait pas aussi inquiète pour cette saison et les alliances avec les Illuminés si c'étaient leurs seuls problèmes. L'Ordre des Mystères dirigeait toujours des luttes de pouvoir de ce genre.

— Qu'est-ce que tout cela a à voir avec notre participation à la saison ?

Sa mère pencha la tête sur le côté et la posa sur son poing. Elle réfléchissait à ce qu'elle devait dire à Harlow, c'était évident. L'estomac de Harlow se noua. L'inquiétude dans les yeux d'Aurelia était sans équivoque.

— Mère, qu'est-ce que cela a à voir avec les McKay et Finn ? Pourquoi ne voulez-vous pas nous le dire ?

Le menton d'Aurelia, habituellement sereine, trembla et le cœur de Harlow se serra. Elle déglutit et trouva le courage au fond d'elle de poser la question. Il valait mieux qu'elle sache.

— Qu'ont-ils offert ?

— Ils proposent de renoncer à acheter le Quartier et de nous soutenir face à l'Ordre de la Nuit en poussant les autres grandes familles de l'Ordre des Illuminés à forcer les vampires à s'aligner.

Leur offre ne serait pas aussi importante s'ils ne voulaient rien en retour.

— En échange de quoi ?

— D'un héritier. Ils semblent certains que toi, en particulier, tu en produirais un avec Finn. Je ne sais pas exactement pourquoi, mais ils en sont absolument convaincus.

Harlow fut prise de vertige et de nausée.

— Il est au courant ? Je veux dire, Finn.

Aurelia secoua la tête, peinée.

— Je ne sais pas, ma chérie. Je ne te demanderai pas de faire quoi que ce soit que tu ne voudras pas, mais je ne vois pas comment nous pourrons éviter un vrai désastre avec les humains s'ils ne nous aident pas. Nous allons tout perdre. Tout.

— Oh, soupira Harlow en s'écroulant sur le repose-pieds du fauteuil occupé par Aurelia.

Sa mère, pourtant si fière, pleurait devant elle, ses épaules minces agitées par le chagrin. Plus aucun signe de l'éther menaçant, il ne restait que la capitulation d'Aurelia face aux machinations des Illuminés. La poitrine de Harlow se contracta à chaque sanglot qui secouait le corps de sa mère.

— Maman, murmura-t-elle en prenant Aurelia dans ses bras. Maman, ne pleure pas.

— Je ne peux pas m'en empêcher, ma fille. Te demander de l'envisager, surtout après tout ce que tu viens de me raconter sur Mark, est une honte. Je ne peux pas t'imposer de faire ça. Les McKay sont horribles, obscènes. Cruels.

— Allons, dit Harlow. Finn n'est pas comme ça. Je vais lui parler.

— Non, lâcha Aurelia entre deux sanglots. Non, Harlow. Ne fais pas ça. Oh ma chérie. Je suis tellement désolée.

— Maman, la supplia Harlow. Maman, je t'en prie, ne pleure pas. Je vais tout arranger, je te le promets.

Elle leva les yeux et vit Selene dans l'encadrement de la porte, le visage aussi pâle qu'un linge, la main sur la poitrine et des larmes ruisselant sur son visage à la vue de sa femme, fière et forte, anéantie dans les bras de sa fille cadette.

Harlow fit signe à Selene.

— Mère, prends ma place. Je dois y aller.

Selene se précipita vers Aurelia, remplaçant les bras de Harlow par les siens.

— Je ne veux pas que vous vous inquiétiez, toutes les deux. Je vais tout arranger.

Selene lui prit la main.

— Elle a raison, ma chérie. Ne fais rien d'imprudent.

— Finn est différent. Je vais régler le problème. S'il vous plaît, laissez-moi y aller.

Selene acquiesça et Harlow les embrassa avant de rentrer chez elle pour réfléchir.

14

Harlow fit les cent pas dans son appartement jusqu'à ce que ses voisins du dessous tapent à leur plafond. Elle sauta sur son lit pour leur épargner sa crise de nerfs.

Ses pensées se bousculaient dans sa tête de manière incontrôlable. Elle devait faire de l'ordre dans son esprit, trouver un moyen de mettre fin à tout ça et redresser la barre pour l'Ordre. Elle était peut-être un cas désespéré de sorcière, mais elle ne laisserait pas ses sœurs être sacrifiées, ni ses parentes être privées de leur maison.

Il devait bien y avoir un moyen d'éviter tout ça, quelque chose qui pourrait sauver les Krane et peut-être même l'ensemble de l'Ordre des Mystères. La situation était un sac de nœuds et elle ne savait absolument pas comment le démêler. Frustrée, elle se prit la tête dans les mains.

Commence par le début, pensa-t-elle. Mais où était le début ?

La soirée au Bosquet. Le cri dans la forêt, et le fait qu'apparemment Finn et elle étaient les seuls à l'avoir entendu. D'une manière ou d'une autre, ils étaient connectés. Elle ne voulait pas penser à leur baiser avorté dans la cuisine ou à la sensation des mains de Finn sur elle quand il l'avait écartée du chemin de la vampire ivre dans le Bosquet, cependant, elle ne pouvait s'en empêcher.

C'était difficile de lire en lui, mais si elle était honnête avec elle-même, elle savait qu'il tenait toujours à elle, et après ce qu'il avait dit chez ses parentes, alors qu'elle s'était toujours demandé ce qu'elle pourrait avoir à offrir à Finn McKay, elle avait compris : il avait peut-être le monde à ses pieds, mais elle, elle avait une famille.

Même si elle détestait l'idée de donner aux parents de Finn ce qu'ils voulaient, le plus important était sa famille à elle. Harlow avait pris sa décision avant même de quitter la maison. La seule solution était de le convaincre d'accepter. Elle envoya un message à Enzo.

Harlow : Tu as le numéro de Finn ?

...

Enzo : Oui, pourquoi ?

Harlow : Il faut que je l'appelle.

Enzo : Appelle-moi d'abord.

Harlow : Je n'ai pas le temps ce soir. Je te raconterai tout au brunch demain. Promis.

Les coordonnées de Finn arrivèrent avec un message.

Enzo : Tu as intérêt. RDV à 11 h. Chez moi.

Harlow prit une profonde inspiration avant d'appeler. Ça sonna plusieurs fois, si bien qu'elle s'attendait à tomber sur le répondeur, mais il décrocha.

— Qui est-ce ?

Il avait l'air endormi. Elle regarda l'heure : 21 h 30. Il dormait à 21 h 30 ? N'aurait-il pas plutôt dû faire la fête ?

— Harlow.

— Harls ? Qu'est-ce qui t'arrive ? demanda-t-il d'un ton inquiet.

Elle devait le dire ou elle allait craquer.

— Tu peux me retrouver à notre endroit près du fleuve ?

— Tu vas bien ?

Il semblait bien réveillé maintenant, même un peu paniqué.

— Oui. Il faut juste que je te parle.

— D'accord, dit-il d'une voix hésitante. Je peux y être dans vingt minutes. Tu veux que je passe te prendre ?

— Non, on se retrouve là-bas.

Elle raccrocha et respira un coup avant de se changer pour mettre un legging, un pull, des baskets et une doudoune sans manches. Elle sortit dans la nuit froide et humide. En descendant l'escalier, elle repensa à ce qu'elle s'apprêtait à faire.

Il ne fallut que quelques minutes à Harlow pour arriver au parc près du fleuve. Elle infusa sa veste d'un peu de chaleur magique et s'assit sur un banc. Les sapins du parc bruissaient dans l'air froid du soir et l'odeur de l'herbe fraîchement tondue emplissait ses narines. Même s'il faisait froid à Nuva Troi, le printemps était arrivé et tout commençait à renaître.

— J'aurais aimé que tu me laisses venir te chercher, dit Finn en s'asseyant à côté d'elle.

Il était trop près, mais elle s'était assise au bout du banc et la chaleur qu'il émettait était irrésistible.

— Je vais bien.

— À l'évidence, non.

Elle soupira et bascula la tête en arrière comme pour pousser un cri silencieux, agitant les poings. Perdre son calme était un peu embarrassant, mais cela lui permettait de se sentir légèrement mieux.

Il lui donna un petit coup d'épaule.

— Tu vois ? Tu ne vas pas bien. Qu'est-ce qu'il y a ?

Son geste avait été amical, trop amical. Peut-être cela lui faciliterait-il les choses. Car les dieux savaient qu'elle n'avait pas envie d'avoir cette conversation. Elle ne voyait aucun moyen d'adoucir la violence de ses questions, et elle n'était pas sûre de le vouloir.

— Tu étais au courant pour les propositions que tes parents ont faites à mes mères ?

Elle observa attentivement son visage, regrettant ne pas avoir le talent d'empathie d'Enzo. Elle lut une confusion sincère dans ses yeux.

— Non, de quoi parles-tu ?

Elle se livra à lui sans détour.

— Apparemment, si je porte ton enfant, ils arrêteront de forcer l'Ordre des Mystères à leur vendre le Quartier et ils nous aideront à éviter que l'Ordre de la Nuit ne détruise nos alliances fragiles avec les humains. Apparemment, les vampires se sont remis à tuer et tes parents n'interviendront pas tant que je n'aurai pas fait de bébé avec toi.

Il s'éloigna brusquement et si vite qu'elle fut prise au dépourvu. Il était facile d'oublier que les Illuminés étaient différents du reste des Ordres, qu'ils étaient plus proches des dieux que des créatures des Ordres inférieurs, jusqu'à ce que l'un d'eux se déplace ainsi ou ait recours à la magie. Il était alors facile de se souvenir que s'ils régnaient sur le monde avec une main de fer, c'était pour une raison.

Les yeux de Finn s'enflammèrent.

— Ils… (il semblait avoir du mal à respirer) ils ont dit quoi ?

Harlow fut tentée de se dérober. Quand Mark avait été en colère contre elle, quand sa rage avait monté comme celle de Finn à cet instant, elle avait toujours fait ça. Mais ce soir, elle se sentait téméraire et elle laissa sa langue se délier.

— Oh, tu m'as bien entendue. Est-ce que tu étais au courant de leurs plans ? Depuis combien de temps ça dure ?

Elle se prépara à des représailles, à des paroles cruelles sur elle et sur l'infériorité de sa famille. Mais il ne réagit pas comme Mark, dont la colère était froide, sournoise et menaçante. Non, Finn était aussi affligé qu'elle. Il tournait comme un lion en cage, et malgré sa corpulence et sa grâce naturelle, elle n'avait pas peur. C'était objectivement l'une des personnes les plus terrifiantes de Nytra, et pourtant, elle n'avait pas peur.

Cela la surprit. Quand Mark avait été en colère, Harlow avait toujours été terrorisée, paralysée par la peur, redoutant son prochain faux pas, parce que tout ce qu'elle faisait était mal quand ils s'étaient disputés avec Mark. Mais même s'il semblait furieux, quelque chose dans la réaction de Finn la réconforta. Cette rage n'était pas dirigée contre elle.

Après tout, pourquoi le serait-il ? se demanda-t-elle. *C'est sa famille à lui qui a fait quelque chose de mal.*

Avec Mark, peu importait qui était réellement coupable. C'était toujours la faute de Harlow. Son cœur se serra quand elle prit conscience de la portée de cette comparaison. Comment avait-elle pu passer à côté de cette réalité lors de sa relation avec Mark ? Elle n'avait jamais remarqué le caractère injuste de sa colère. Même quand elle se rebellait, au fond d'elle, elle pensait être fautive parce qu'elle osait riposter. Parce qu'elle le contrariait.

La voix de Finn la ramena à l'instant présent. Il s'agenouilla devant elle.

— Je ne savais pas. Harls, je te le promets. Je savais qu'ils avaient un projet insensé vous concernant. Ils y ont fait allusion, mais on ne parle pas beaucoup depuis… Enfin, depuis toujours…, expliqua-t-il, paniqué et hors d'haleine. Et je savais qu'il se tramait quelque chose avec l'Ordre de la Nuit, mais je pensais que c'était sous contrôle. Les sorcières ne peuvent pas tout gérer seules. À l'évidence, on doit apporter notre aide. Il y a bien trop d'humains… S'ils décident de se dresser contre nous… Bon sang, Harlow…

Il se releva, le regard fou. Il se remit à faire les cent pas et elle vit ses mains trembler. Sur un coup de tête, elle en attrapa une quand il passa près d'elle.

— Finn. Finn.

Il s'arrêta et se ragenouilla, la tête penchée comme un pénitent ou un chevalier devant sa dame. Le cœur de Harlow s'emballa un peu trop à cause des idées que sa position lui évoquait.

— Je vais mettre fin à tout ça, déclara Finn, déterminé. Je te le promets.

— Comment ?

La question était simple, mais sembla l'anéantir. Il se recroquevilla à ses pieds.

— Je ne sais pas. Je vais trouver quelque chose.

Elle savait qu'ils en arriveraient là quand elle était partie de chez ses parentes. Au fond d'elle, elle l'avait su dès qu'elle avait accepté de participer à la saison : le destin de sa famille dépendrait d'eux deux. C'était ce que voulaient les parents de Finn, et ils obtenaient toujours ce qu'ils désiraient. Il n'y avait pas vraiment de moyen de s'en sortir. Finn et Harlow avaient beau vouloir changer les choses, ils étaient piégés, tous les deux, empêtrés dans des plans inéluctables.

— Tu n'es pas obligé, dit Harlow avec un soupir. Je le ferai.

Finn leva brusquement la tête.

— Tu vas faire quoi ?

— J'aurai ce bébé. Je vous donnerai un héritier.

— Tu t'apparierais avec moi ? Tu te lierais à moi ?

Elle haussa les épaules.

— Si c'est nécessaire.

On aurait dit qu'il allait être malade.

— Hors de question.

— Je te dégoûte tant que ça ? Il y a quelqu'un d'autre ?

Il se leva et s'écarta d'elle, horrifié.

— Non ! cria-t-il.

Elle eut un mouvement de recul, et il sembla confus. Puis elle vit la compréhension dans ses yeux. Il reconnut sa réaction, tout au fond de lui. Il s'accroupit à nouveau pour se faire tout petit devant elle, la tête baissée. Finn McKay, l'un des Illuminés les plus puissants de tout Okairos, s'inclinait devant elle pour paraître inoffensif et la rassurer. *Que se passe-t-il ?*

Finn prit délicatement ses doigts dans ses mains pour lui laisser le choix de lui échapper. Le sang de Harlow bouillonnait dans ses veines. Quand il parla, sa voix était aussi douce et gentille que grave.

— Non. Il n'y a personne d'autre.

Il leva les yeux et les plongea dans les siens. Elle n'y vit aucune tromperie. Aujourd'hui, Harlow savait à quoi ressemblait quelqu'un qui vous manipulait, mais il n'y avait aucune trace de ce poison en lui.

— Bon sang, Harlow, tu crois vraiment que je te forcerais à faire un truc comme ça ?

Harlow essaya de faire fi de ses sentiments compliqués. Finn McKay ne la dupait peut-être pas actuellement, mais il était toujours son ennemi. Toujours un Illuminé. Elle ne pouvait pas lui accorder toute sa confiance. Elle devait reprendre le contrôle de cette conversation.

— Ce n'est pas me forcer si j'y consens.

Il reposa consciencieusement les mains de Harlow sur ses genoux et fit un pas en arrière.

— Eh bien, pas moi. Je n'accepte pas. Je ne serai pas ça pour toi. Comment as-tu pu oser essayer de me convaincre de participer à ça ?

— Comment ai-je pu oser ?!

Elle avait retrouvé toute sa hardiesse, juste pour le mettre en colère, le provoquer, le repousser dans ses retranchements. L'inciter à se transformer en ce monstre qu'elle attendait.

Mais il ne se transforma pas. Il resta Finn, et c'était exaspérant. Il passa les mains dans ses cheveux bruns en prenant des respirations tremblantes, ses yeux méfiants rivés sur elle. Pendant un instant, elle se vit telle qu'il la voyait. Encore une autre personne qui l'incitait à faire quelque chose qu'il ne voulait clairement pas faire. Être avec elle devait représenter un vrai cauchemar… Mark le lui avait dit et elle le croyait. Elle gâchait la vie de ceux qui l'entouraient et elle ferait souffrir Finn aussi avant que tout cela soit terminé. Et une part d'elle le voulait, pour se venger du mal qu'il lui avait fait. C'était elle le monstre aujourd'hui, pas lui.

Mais Harlow s'en moquait. Elle avait déjà pris sa décision. Elle ferait le nécessaire pour éviter à ses sœurs de devoir créer des alliances comme celle-là, et à son Ordre de perdre le peu de pouvoir qu'il avait. Si les McKay la convoitaient, ils pouvaient l'avoir. Le bébé, c'était une autre histoire, mais elle trouverait une solution en temps voulu.

Elle vit à sa respiration et à son regard que Finn se calmait.

— On doit retarder les plans de mes parents pour mettre les choses au clair.

Harlow acquiesça, soulagée qu'il envisage de coopérer.

— À quoi penses-tu ?

Il couvrit son visage avec ses mains et respira profondément.

— Solon Mai a lieu le week-end prochain. Là-bas, on convaincra tout le monde qu'on est amoureux et d'ici le Solstice, je te demanderai ta main.

— D'accord, je crois que c'était mon plan. Tu l'as juste dit plus joliment, sans parler du bébé.

— Ça pourrait fonctionner et nous faire gagner un peu de temps.

— Tu penses vraiment que les gens vont croire qu'on est passés de ennemis qui se détestent à amants à Solon Mai ?

Il écarquilla les yeux.

— Tu me détestes ?

Une brise froide la pénétra et lui fit monter des larmes aux yeux.

— Je ne sais pas. Avant oui.

Quand elle leva la tête, elle perçut brièvement une expression proche du désespoir sur son visage. Puis il se ressaisit et se montra aussi serein que d'habitude.

— Il y a des cocktails dans le cadre de la saison toute la semaine. On pourrait prévoir d'y aller et tu sais… se redécouvrir.

— Et puis quoi ? Toute la vie de ma famille est en suspens là. Il nous faut un meilleur plan.

Il se rassit sur le banc à côté d'elle, légèrement plus loin cette fois.

— Avec un peu de chance, d'ici le Solstice, j'aurai convaincu mes parents de se raviser, de laisser le Quartier tranquille et d'intervenir pour régler le problème avec l'Ordre de la Nuit. Je trouverai une autre chose qu'ils convoitent. J'irai travailler pour mon père s'il le faut. Tu n'auras pas à subir ça et puis… je ne sais pas, on aura une grosse dispute et on rompra.

Elle l'écoutait, immobile. C'était un plan convenable. Pas le plus brillant de tous les temps. Certains diraient que simuler une relation était un coup classique, mais ça pourrait fonctionner.

— Et s'ils ne changent pas de position ? S'ils ne font rien tant que je n'aurai pas procréé avec toi ?

— Sainte Raia, Mère de tous. Tu ne mâches pas tes mots.

Elle fixa son regard dur sur lui, s'attendant à voir du reproche ou le genre de colère qui voulait dire qu'il la punirait pendant des jours en l'ignorant. Mais elle trouva du désir, de l'admiration, et même quelque chose qui ressemblait à de la fierté. Il approcha sa main, mais la laisser retomber avant de la toucher.

— Alors ? insista-t-elle, troublée par la manière dont son cœur accélérait chaque fois qu'elle le repoussait et qu'il ne réagissait pas comme l'aurait fait Mark. C'est quoi, ton plan, si rien de tout ça ne fonctionne ?

— Alors seulement je réfléchirai à ta proposition. Mais ça va fonctionner.

Elle avait des doutes, mais au moins, il avait accepté.

— On va devoir convaincre tout le monde, murmura-t-elle. Même Alaric et Thea.

Il se rapprocha et s'appuya contre elle avec une familiarité qui la réconforta et l'effraya en même temps.

— Surtout eux. Ce sont les deux pires menteurs que je connaisse.

Elle se leva avant que les choses ne deviennent trop intimes. Tout cela était déroutant, plus qu'elle ne l'avait anticipé.

— On se voit cette semaine alors. Je t'enverrai des messages pour t'informer des événements où je compte me rendre. Enfin pas trop quand même.

— OK. Tout ce que tu veux.

Cette histoire commençait à rendre Harlow malade. Elle voulait rentrer chez elle.

— Est-ce qu'on ne devrait pas… parler de certaines choses ?

Harlow était déjà en train de partir.

— Quelles choses ? demanda-t-elle sans se retourner.

— Tu sais ce que je veux dire, Harls.

— Non, dit-elle fermement en s'éloignant.

Il la suivit pendant tout le trajet du retour. Il ne s'en cacha pas, mais il resta à quelques dizaines de mètres derrière elle, les yeux rivés sur son téléphone chaque fois qu'elle jetait un coup d'œil par-dessus son épaule. Elle monta l'escalier en courant jusqu'à la terrasse pour voir s'il avait attendu. Il regardait vers le haut, appuyé contre un lampadaire. Elle lui fit signe avec un sourire empreint d'ironie. Il acquiesça, puis disparut dans le brouillard nocturne.

Harlow savait qu'ils devraient en parler à un moment ou un autre. Le sujet reviendrait sur le tapis, mais elle ferait tout ce qui était en son pouvoir pour éviter à sa famille et à son Ordre de perdre ce qui leur appartenait, et elle ne pouvait pas laisser ses sentiments pour Finn McKay l'en empêcher. Elle se tourna et se retourna dans son lit toute la nuit avant de sombrer dans un sommeil sans rêves.

15

Quelqu'un frappait la tête de Harlow avec un marteau. Elle se débattait, repoussait son assaillant, mais il la piégea dans une sorte de sac. Son propre cri étranglé la réveilla. Elle était emmêlée dans ses draps et quelqu'un tambourinait à sa porte. Elle jeta un coup d'œil à son téléphone.

Sept appels manqués d'Enzo.

Elle ne s'était pas réveillée pour le brunch.

Elle avait aussi trois appels manqués des matères, un de Thea, deux de Larkin et un message écrit de Finn arrivé dix minutes plus tôt.

Elle lut le message tandis qu'elle titubait jusqu'à la porte.

> Je suis dispo pour Solon Mai et cette semaine, si tu l'es toujours.

Elle répondit :

> Je le suis.

Puis elle alla ouvrir la porte pour laisser entrer Enzo.

Il portait un survêtement – une de ses créations – qu'elle avait vu dans le magazine *Élégance*, avec des léopards des neiges dorés dessus et des bandes rouges le long des bras et des jambes. Ses cheveux étaient attachés en queue-de-cheval.

— J'aime bien ta tenue, dit-elle en se frottant les yeux. Désolée, j'ai oublié notre rendez-vous. Finn et moi, on est rentrés tard.

— Si tu craches rapidement le morceau, je ne t'étranglerai pas, dit Enzo en s'asseyant sur le comptoir de sa cuisine.

Harlow savait d'expérience qu'il valait mieux obtempérer. Elle bâilla, remplissant sa bouilloire.

— Bon, tu sais qu'il nous a raccompagnées à la maison, Larkin et moi, après la fête du Statuaire ?

Enzo acquiesça. Elle posa la bouilloire sur la cuisinière. Il ne dirait pas un mot tant qu'elle ne lui aurait pas tout raconté. *Reste aussi proche de la vérité que possible*, se rappela-t-elle. Elle détestait mentir à Enzo, mais l'enjeu était trop grand.

— Il est resté et on a regardé un film... puis il y a eu des étincelles entre nous. Mais j'ai flippé. Et hier soir, je l'ai appelé pour voir si on pouvait essayer de mettre les choses au clair et on a longuement discuté.

— Et ?

Elle versa l'eau chaude sur des feuilles de thé Impératrice Grey avant d'ajouter des bourgeons de lavande et une cuillère de miel. Ce n'était pas du Duc & Duchesse, mais ça s'en rapprochait.

— Et je pense que ça va mieux entre nous. On verra bien comment ça évolue.

— Il s'est excusé ?

— Non, mais je crois que tu avais raison quand tu as dit qu'il avait changé.

Ça, c'était la vérité. Elle n'avait pas vraiment menti jusqu'ici. Elle pensait vraiment qu'il avait changé. C'était pour ça qu'elle l'avait appelé, pour ça qu'elle lui avait proposé ce plan. Parce qu'au fond de son cœur elle savait qu'il y avait pire qu'être appariée avec Finn McKay, même s'il ne l'aimait pas, et malgré ses parents. L'Ordre de la Nuit qui bouleverserait l'équilibre du monde par exemple. Ce serait définitivement pire.

Son téléphone vibra. Finn. Enzo le remarqua et sourit.

— Qu'est-ce que M. McKay a à dire ce matin ?

Harlow lut le message et rougit.

— Alors ?

— Il dit qu'il espère que tu as une robe indécente prévue pour moi pour Solon Mai.

— C'est vraiment ce qu'il a dit ? demanda Enzo avec un sourire.

Harlow reregarda le message.

— Précisément.

Ça, c'était un mensonge. Le message disait en fait :

> Bien. Et choisis une tenue bien indécente pour Solon Mai, du genre qui montre que je serais un idiot si je ne te sautais pas dessus.

Mais elle ne pouvait pas se résoudre à le lire à voix haute. Alors elle mentit. Et elle mentirait encore plus si elle niait le fait que ses jambes avaient menacé de la lâcher quand elle l'avait lu. En guise de réponse, tout ce qu'elle put écrire fut : « D'accord ». Elle se retint de grimacer. Pourquoi ne trouvait-elle rien de mieux à lui dire ? Des trucs plus inspirés, plus spirituels ?

— J'ai des idées. Tu passes à l'atelier dans la journée ?

Harlow envoya un message aux matères pour leur dire qu'elle allait bien et se rendait chez Enzo afin d'essayer sa robe pour Solon Mai.

— Oui, tu veux qu'on y aille maintenant ? J'ai pris ma journée.

— Tu m'étonnes, princesse, lança Enzo en riant. C'est parti.

Il s'assit sur le meuble de la salle de bains et lui parla de Riley Quinn pendant qu'elle prenait sa douche. Apparemment, iel venait de rentrer de Nea Sterlis, c'est pour ça qu'elle n'était jamais tombée sur Riley avant.

— Riley est magnifique et super perspicace. Je suis foutu. Ma mère en aurait été dingue.

— Quel est son rôle dans l'Ordre des Masques ? demanda Harlow en se rinçant les cheveux.

— C'est ça, le plus drôle. Riley n'est pas membre de l'Ordre des Masques.

— Quoi ? s'écria Harlow en tirant le rideau pour passer sa tête. C'est un Solitaire ?

Enzo acquiesça.

— L'attrait du danger.

— Ta mère n'aurait pas aimé ça.

Enzo afficha un sourire malicieux.

— Mais moi, si.

— Ça te ravit, hein ?

Harlow éclaboussa son ami rayonnant.

— Absolument. J'ai toujours voulu sortir avec un agent de la Reine Solitaire.

— Alors Riley travaille pour elle ? Elle existe ?

— Oui et oui.

Enzo lui donna une serviette quand elle tendit la main.

— Et vous allez vous revoir ?

— On va au bal de Solon Mai ensemble. Ce sera notre cinquième rencard.

Harlow enfila un peignoir moelleux et se démêla les cheveux avant de les sécher avec un peu de magie et d'appliquer une touche de maquillage.

— Parfait, dit Enzo quand elle sortit de la salle de bains avant de lui tendre les vêtements qu'il voulait qu'elle porte. Il ne reste plus qu'à te trouver quelque chose de complètement indécent. Quelque chose qui fera perdre la tête à Finn McKay.

Harlow adressa à Enzo un sourire timide et s'habilla.

Plusieurs heures plus tard, la robe était assemblée. Enzo essuya la transpiration sur son front et prit quelques photos.

— Je peux finir sans toi. Elle te plaît ?

Harlow avait du mal à se reconnaître dans le miroir. La robe surpassait toutes ses attentes. Elle répondait parfaitement aux standards de Solon Mai : les robes de bal devaient toucher le sol, avoir des manches longues et toujours être noires. La dentelle et la soie damassée étaient les seules matières approuvées. Pour la plupart des gens qui manquaient d'imagination, cela donnait des pièces guindées, mais entre les mains talentueuses d'Enzo, la robe était carrément extravagante.

Harlow devait porter un body sans bretelle proche de la couleur de sa peau pour donner l'impression qu'elle était entièrement nue sous la robe transparente. Le tissu soyeux imitait des motifs de dentelle élaborés tout en étant plus confortable et extrêmement séduisant. Le corsage était serré et avait un col haut, mais la jupe suivait les courbes de ses hanches de manière suggestive.

De petits fils tissés dans la dentelle réfléchissaient la lumière quand elle bougeait et donnaient à la robe un éclat plus subtil qu'avec des sequins. Elle était follement sensuelle, mais habillée avec très bon goût.

— Il y a un petit truc qui ne va pas, fit remarquer Enzo, songeur, en tirant sur les fils de magie autour de la robe pour concrétiser sa vision.

Les fleurs en dentelle furent transformées en centaines d'ailes.

— Voilà, souffla-t-il. Je pense que c'est bon.

Harlow avait le souffle coupé.

Enzo, radieux, prit quelques photos supplémentaires, puis désépingla la robe.

— Je vais m'occuper de finir ça rapidement.

— Qu'est-ce que je fais comme coiffure et maquillage ? murmura Harlow en contemplant le tissu qui flottait dans les mains d'Enzo tandis qu'elle se rhabillait.

— Rien de trop élaboré. Comme tu paraîtras déjà presque entièrement nue, je garderais les cheveux lâchés. Un coiffé-décoiffé.

— Tu es un don du ciel, tu sais ça ? lui dit Harlow en lui souriant.

Enzo remit la robe sur le mannequin.

— Oh, je sais.

Harlow parcourut les titres des ouvrages sur les étagères d'Enzo.

— Tu as déjà pensé à écrire un livre ?

Il leva les yeux de son œuvre. Il avait l'air légèrement surpris.

— Oui, comment tu le sais ?

— Tu as tellement de talent et la manière dont ta magie s'est manifestée était brillante. J'espère que tu écriras plein de livres. Le monde devrait en savoir plus sur toi.

Enzo la serra dans ses bras.

— Merci, Harlow. Ça compte beaucoup pour moi. Maintenant, file ! J'ai six robes à finir.

Elle le salua avec un baiser, puis partit, pensive.

16

Sa conversation avec Enzo la fit réfléchir à sa magie tandis qu'elle marchait dans la rue des Mûriers à l'ambiance animée. Toute sa vie, elle avait été entourée de sorcières talentueuses. Des personnes avec des dons innés si forts, même avant que leurs pouvoirs ne se manifestent, qu'elles pouvaient prévoir la nature de leurs aptitudes magiques. Ce n'était pas son cas.

Harlow ne pouvait identifier aucun de ses talents. Ce n'était pas qu'elle était nulle ; elle était compétente dans de nombreux domaines, mais contrairement aux autres sorciers et sorcières qu'elle connaissait, elle n'était pas particulièrement douée dans un domaine. Elle avait de nombreuses passions, de nombreux talents et ne savait donc absolument pas comment sa magie allait mûrir et quel genre de sorcière elle deviendrait. Elle se sentait différente.

Elle se dirigea vers *Les Monas*. Elle avait envie de passer le reste de l'après-midi à lire. Les matères avaient une collection de livres sur la manifestation ; elle trouverait assurément les réponses qu'elle cherchait et elle pourrait peut-être relancer ses progrès. Une voix malveillante en elle lui disait que si ses problèmes pouvaient être résolus avec des livres, elle les aurait déjà réglés. Harlow s'arma contre cette voix, resserrant son manteau autour de son corps.

Tandis qu'elle se frayait un chemin dans les rues bondées du Quartier, un corps froid et dur heurta son épaule et la poussa. En se retournant, elle découvrit Olivia Sanvier qui la toisait avec un air mauvais. Elle était encore plus jolie en personne qu'en photos, avec ses cheveux roux à hauteur des épaules, sa peau pâle et des lèvres qui supportaient un rouge à lèvres noir sans être ridicule. Il lui donnait même une élégance gothique. La vampire projetait une haine d'une intensité saisissante.

Harlow essaya de s'écarter.

— Oh pardon.

La vampire fit les mêmes mouvements qu'elle, lui bloquant le passage.

— Regarde où tu vas, sorcière.

Harlow sentait les battements de son cœur dans ses veines et son sang se glaça. Elle était surprise par la tournure que prenait cette rencontre. Elle n'avait croisé Olivia qu'à quelques occasions anodines. En dehors du fait qu'Olivia sortait avec Mark maintenant, Harlow ne voyait aucune raison à son hostilité. Elle avait déjà été jalouse d'ex auparavant, mais là, c'était autre chose, quelque chose de viscéral. Ça ne pouvait pas juste être lié à Mark, si ?

Et comme si elle l'avait invoqué en pensant à lui, Mark apparut à la porte d'un magasin qui vendait des outils de divination, un gros sac de courses dans les bras.

— Harlow, dit-il avec un sourire crispé. Content de te voir. Liv, je te présente Harlow Krane.

— On a déjà fait connaissance, lâcha Olivia en levant les yeux au ciel. Elle m'est rentrée dedans. Elle est aussi maladroite que tu le disais.

Harlow rougit, embarrassée. Bien sûr que Mark l'avait critiquée. Ce n'était pas une surprise, mais il y avait dans cette rencontre une tension sous-jacente qui l'incitait à rester en alerte.

— En même temps, rien d'étonnant avec ce corps. Elle doit se cogner tout le temps, dit Olivia en riant avant de prendre la main de Mark dans la sienne d'un geste possessif.

L'air autour d'elle crépitait avec une énergie féroce. Olivia Sanvier était une vampire dangereuse, apparemment aussi mesquine que puissante.

Mark émit à son tour un rire méprisant et cruel, mais ne dit rien de plus et se retourna sans la considérer. Harlow avait l'impression qu'elle allait se décomposer sur le trottoir. Elle ne se souvenait pas s'être sentie aussi petite récemment. Mais aujourd'hui, elle était entourée de personnes en qui elle pouvait avoir confiance. Là, en s'écrasant devant Mark, elle se rappelait trop précisément les derniers mois de leur relation : les moqueries constantes entrecoupées de moments de plus en plus brefs de passion intense.

— Bon, eh bien contente de t'avoir rencontrée, lança Harlow, d'un ton mal assuré tandis qu'ils passaient devant elle.

Olivia montra les crocs en affichant un sourire condescendant.

— À très bientôt, sorcière. Et ne t'inquiète pas, je m'occupe très bien de ton petit chat.

Ils arrêtèrent un taxi pour regagner les quartiers chics où se trouvait la Maison de Remiel, et Harlow sentit quelque chose se briser en elle. Mark lui jeta un regard hautain depuis la banquette arrière. Que voulait dire Olivia ? Elle n'avait jamais entendu parler de vampires qui se nourrissaient d'animaux, mais il était évident qu'ils pouvaient le faire. Ils avaient du sang après tout. Mark laisserait-il Olivia faire du mal à Axel ?

Tout au fond d'elle, elle savait que oui. Il devait laisser la princesse de la Maison de Remiel faire absolument tout ce qu'elle voulait pour atteindre son objectif : plus de pouvoir. Elle comprit l'espace d'un instant de lucidité écœurante que c'était la seule chose qui l'avait toujours intéressé. Depuis le jour de leur rencontre jusqu'à celui où il l'avait mise à la porte, tout ce qu'il avait voulu c'était plus de pouvoir. Il n'avait jamais vraiment voulu d'elle.

L'espace d'un instant, elle le comprit. Même si les Ordres inférieurs étaient gouvernés de manière aussi stricte que les humains par les Illuminés, cela ne faisait pas d'eux le même genre de victimes. Mais Mark était différent. Déjà riche et puissant, il était dispensé de certaines choses comme le don de sang mensuel imposé à tous les autres humains, et elle savait que les Easton n'avaient jamais subi le genre de procédures auxquelles la plupart des humains étaient soumis pour obtenir le droit de procréer. Il avait autant de pouvoir qu'elle pendant son enfance, peut-être même plus, parce que sa famille était bien plus riche que la sienne. Il n'avait jamais voulu la justice ou l'égalité entre les créatures d'Okairos, contrairement à elle.

Comment avait-elle pu être aussi naïve ? Comment avait-elle pu croire qu'il voulait les mêmes choses qu'elle ? Comment avait-elle pu se laisser séduire aussi facilement par des conversations consciencieusement préméditées et qui n'avaient jamais rien donné ? Comment avait-elle pu laisser les choses empirer au point d'abandonner Axel avec lui ?

Quelque chose s'épanouit en elle alors qu'elle hélait un taxi à son tour. Quelque chose de féroce, primitif, protecteur. Les fibres de magie dans l'air autour d'elle claquèrent, comme si elle avait modifié la réalité, mais elle était trop concentrée pour y prêter attention. Sa vue et tous ses sens s'affûtèrent si bien qu'elle avait l'impression d'être un félin chassant sa proie.

Harlow donna au chauffeur l'adresse de Mark. Il avait récupéré sa clé, mais ça n'avait pas d'importance. Aujourd'hui, elle allait retrouver Axel et les lambeaux de son estime de soi. Le quartier humain huppé de Valvert était aussi joli et bien entretenu que n'importe quel quartier des Ordres, mais Harlow remarqua à peine le paysage. Quelque chose en elle frémissait, changeait, suppliait d'être libéré. Elle paya le chauffeur sans un mot et entra dans l'immeuble où elle avait vécu pendant presque deux ans.

Salvatore, le concierge, la salua avec un air inquiet. Elle savait qu'il avait trop peur pour l'arrêter, et comme elle s'y attendait, il décrocha le téléphone de son bureau dès que les portes de l'ascenseur se refermèrent. Elle avait au moins une demi-heure, étant donné la circulation à ce moment de la journée, pour trouver Axel et sortir avant que Mark ne revienne dans cette partie de la ville. Elle ferma les yeux, attendant que l'ascenseur atteigne le quatorzième étage.

Harlow en sortit avec l'impression de flotter, comme dans un rêve. Elle ne savait pas si elle était choquée d'être tombée nez à nez avec Mark et Olivia ou si elle perdait la tête, mais sa vue était floue et elle aurait juré que la magie crépitait autour d'elle, au-delà des fils qui constituaient tout sur Okairos. Elle y réfléchirait plus tard parce que là, elle n'avait qu'un seul but.

— J'arrive, mon bébé, murmura-t-elle même si elle ne savait pas exactement comment elle allait s'y prendre.

Elle était mue par une force qui était née en elle sur la rue des Mûriers.

Axel répondit en miaulant quelque part dans l'appartement. Il l'entendait. Une rage absolue s'empara d'elle et sa vue devint complètement noire pendant un instant. Elle ouvrit brusquement les yeux quand elle entendit la porte voler dans le couloir. Elle venait de la dégonder. C'était quelque chose de nouveau, mais elle y reviendrait plus tard. La porte de l'appartement avait été forcée, alors elle devrait probablement se soucier de l'arrivée de la police, en plus du retour de Mark.

— Axel, chuchota-t-elle, réticente à entrer dans son ancienne prison.

C'était bien ce que cet endroit était devenu après que Mark l'avait persuadée de quitter son travail à la librairie humaine : une prison.

Des miaulements affolés et un battement sourd résonnaient dans le couloir. Axel était enfermé quelque part. Le nouveau pouvoir qui bouillonnait en elle se propageait à un rythme incroyable, l'emplissant d'une force qui n'attendait qu'une chose : être libérée.

Harlow fit un pas dans l'appartement et frissonna, assaillie par des souvenirs qui menaçaient d'étouffer son assurance nouvellement acquise. La force de son pouvoir fluctuait à chaque instant. Harlow se laissa porter sans mal par les courants de la tempête qui faisait rage en elle. Elle ne risquait plus de perdre le contrôle.

— Axel. Bébé, où es-tu ?

Le son de sa propre voix lui était étranger, grave et sonore, faisant trembler les murs et les portes.

Les miaulements d'Axel se firent plus forts et il y eut un nouveau bruit sourd. Il était enfermé dans la salle de bains du couloir. Elle courut, priant pour ne plus avoir peur et pour trouver la force de surmonter cette épreuve. Harlow tira la porte qui était toujours un peu coincée et l'ouvrit, libérant une odeur putride d'urine et d'excréments félins. Mark n'avait pas pris soin du chat et la baignoire était pleine de ses besoins. Harlow réprima sa rage pour se concentrer sur Axel. Ses yeux croisèrent deux billes de couleur dorée.

Axel était assis sur le meuble, enragé par sa captivité, mais relativement propre, étant donné les circonstances. Toutefois, sa fourrure habituellement soyeuse était terne et il était creux au niveau des côtes. Ce n'était pas flagrant, mais suffisant pour que Harlow sache qu'il n'était pas assez nourri. Mark et Olivia le paieraient, mais pas avant qu'elle ne l'ait sorti de là et qu'elle se soit assurée qu'il était en sécurité. Des larmes coulaient sur son visage Elle l'accueillit les bras ouverts, en pleurs. Axel poussa un cri qui brisa le cœur de Harlow et il sauta dans ses bras avant de se cramponner à elle.

Il avait été un gros matou musclé de huit kilos quand Mark avait mis Harlow dehors, et là, il était tout maigre et bien trop léger. Elle le serra contre elle en courant vers la porte d'entrée et l'escalier. Harlow refusait de regarder derrière eux, consciente qu'il ne lui restait que peu de temps pour s'échapper. Elle vit alors que l'ascenseur montait, mais il ne fallait pas qu'elle se trouve à cet étage quand il s'ouvrirait.

— Tiens bon, mon bébé. On rentre à la maison.

Le chat se blottit contre son visage et ronronna joyeusement tandis qu'elle dévalait l'escalier en courant, ce qui lui fit encore plus mal au cœur. Impossible d'imaginer comment il pouvait être aussi heureux de la voir alors qu'elle l'avait abandonné. Mais peu importait. Tout ce qui comptait, c'était le faire sortir de là.

Un cri retentit plusieurs étages au-dessus d'elle ; c'était certainement la sécurité. Quand des bruits de pas résonnèrent derrière elle, elle accéléra, mais ils gagnaient du terrain et elle avait encore plusieurs étages à descendre. Et que se passerait-il après ? Elle n'avait pas demandé au taxi de l'attendre, et même si elle l'avait fait, il n'aurait pas fui la police pour elle.

Elle serait arrêtée et on la forcerait à rendre Axel à Mark. Quelque part, au fond d'elle, une voix lui rappela qu'il était peu probable que cela arrive, que ses mères étaient des personnes importantes, que Finn pourrait même l'aider, mais l'instinct protecteur qui la guidait passait outre cette logique. Le même instinct la poussa à s'arrêter pour faire quelque chose qu'elle ne pensait même pas possible. Elle ne se posa pas de question, pas maintenant, avec Alex dans les bras et la liberté à quelques étages de là.

— Cramponne-toi, dit-elle à Axel qui observait d'un regard meurtrier les gardes qui descendaient l'escalier.

L'éther crépita autour d'elle, circulant dans les fils de magie sur lesquels elle tirait avec sa main gauche tout en tenant Axel contre elle avec la droite. Des ombres bleu nuit sortirent de ses doigts tandis qu'elle dessinait des sigils de protection, les plus basiques qu'elle connaissait. C'était tout ce qui lui était venu à l'esprit, mais quand elle eut terminé, rien ne se produisit. Les fils de magie ne changèrent pas comme ils étaient censés le faire. En fait, rien n'arriva.

Elle avait réussi à sortir une porte de ses gonds pour entrer, mais n'était pas capable de lancer un simple sort de protection ? Qu'est-ce qui clochait chez elle ?

Elle repensa alors au principe de magie le plus basique : la magie, c'était la volonté tissée dans la réalité. L'éther, c'était le pouvoir, mais la magie, en son cœur, était une question de volonté. Harlow sentit quelque chose remuer en elle et son œil intérieur s'ouvrit dans le limen, le monde entre tous les mondes, où sa forme spirituelle volait comme sur des ailes géantes vers le cœur du limen, l'origine de toute la magie. Il était plein d'ombres bleu d'encre, comme celles qui étaient sorties d'elle. Elles semblaient chanter quand elles la virent approcher. Le pouvoir circulait dans sa forme spirituelle pour imprégner son corps matériel.

Harlow cligna des yeux et se retrouva dans la cage d'escalier. Les gardes les avaient presque rattrapés, elle entendait leurs pieds battre les marches métalliques. Elle n'avait pas le temps de réfléchir, mais elle regarda les ombres qui tourbillonnaient autour d'elle et les supplia à voix basse : « Protégez-nous. »

Par la grâce d'Akatei, tandis que l'éther crépitait une fois de plus, les ombres qui dansaient au bout de ses doigts prirent vie et sortirent d'elle en volutes, emplissant la cage d'escalier jusqu'à ce que la lumière des néons disparaisse entièrement. Les cris des gardes furent étouffés pour ne devenir qu'un rugissement sourd et Harlow put descendre calmement les derniers étages et sortir par la porte de derrière qui donnait sur la ruelle. Elle se retourna et plaqua sa main sur la porte fermée, regrettant de ne pas connaître de moyen de la verrouiller.

Quelque chose vibra doucement sous sa main, une serrure apparut et se ferma de sa propre volonté comme si elle avait toujours été là. Une clé apparut dans sa main et elle la glissa dans son sac, serrant fort Axel contre elle, chaque respiration empreinte d'un soulagement immense. Elle ne pouvait pas expliquer ce qui se passait avec sa magie, mais ils étaient presque hors de danger.

Tandis qu'elle se retournait pour descendre les marches, elle sentit sa double vue s'activer. Un mur de verre, opaque et inquiétant, se dressa devant elle. Axel et elle étaient déjà venus ici, la nuit de sa rupture avec Mark.

— Je n'ai pas le temps pour ça, souffla-t-elle en serrant encore Axel.

Sa double vue refusait de lâcher l'affaire et Harlow eut la sensation distincte de tomber, comme dans un rêve. Les ombres qui avaient empli la cage d'escalier voilaient désormais son œil intérieur, la ramenant à la réalité en dehors de sa connexion à l'éther.

Merci, pensa-t-elle. Quelle qu'elle soit, cette force primitive l'aidait. Le mur de verre avait disparu et elle pouvait de nouveau bouger. À l'intérieur de l'immeuble, elle entendit les gardes crier et tirer sur la porte. Ils finiraient par faire le tour du bâtiment. Si elle ne voulait pas se faire prendre, elle devait partir, tout de suite.

Harlow marcha aussi calmement qu'elle le pouvait jusqu'à la rue et héla un taxi avant de monter à l'intérieur sans jeter un regard en arrière. Comme personne ne la suivait, les ombres disparurent.

— Normalement, les animaux ne sont pas autorisés dans le taxi, mademoiselle, fit remarquer le chauffeur en s'insérant dans la circulation.

— Je comprends, dit Harlow en serrant Axel. Je paierai un supplément.

Le chauffeur la regarda dans le rétroviseur.

— Vous fuyez quelque chose ?

Harlow croisa son regard et elle sut que la peur qu'elle voulait étouffer se voyait dans ses yeux.

— Mon ex.

Il acquiesça et elle perçut de la compréhension dans ses yeux marron. Il y avait encore des gens bien dans ce monde. Des gens qui aidaient ceux qui avaient des problèmes, juste parce qu'ils reconnaissaient ce genre de peur.

— Alors je vais vous ramener chez vous, proposa le chauffeur d'une voix calme.

— Merci, murmura Harlow en lui donnant l'adresse des *Monas*.

Elle enfouit son visage dans la fourrure d'Axel et pleura de soulagement en silence.

— On rentre à la maison, promit-elle à son chat qui s'accrochait à elle et ronronnait dans son oreille.

17

Harlow paya un supplément au chauffeur comme elle l'avait promis, même s'il ne lui avait pas refait de remarque sur Axel. Il l'observa attentivement jusqu'à ce qu'elle ait poussé la porte de la boutique et lui fasse un signe pour lui indiquer que tout allait bien. Le taxi repartit et Harlow entra dans *Les Monas*. Elle prit alors conscience de ce qu'elle avait fait et sentit ses jambes se dérober sous elle. Elle fut surprise de ne voir aucun client. Quelle heure était-il ?

Harlow trébucha sur le tapis de l'entrée, mais retrouva l'équilibre malgré ses tremblements. Larkin leva les yeux du registre et vit sa sœur avancer vers les canapés au centre de la salle principale. Elle croisa son regard avant de s'écrouler par terre alors qu'Axel sautait sur l'un des canapés verts.

— Maman ! cria sa petite sœur.

Harlow essayait de s'asseoir et d'attraper son chat.

Selene accourut de l'arrière-boutique et l'aida à s'installer sur un canapé. Axel bondit sur les genoux de Harlow, crachant devant Selene pour protéger sa maîtresse.

— Verrouille les portes, Larkin, lança Selene d'une voix dure. On est fermés.

Larkin s'exécuta.

— Il reste du monde ?

Selene secoua la tête après avoir sondé la boutique avec sa magie.

— Je ne crois pas. Va chercher Li-li. Maintenant.

Larkin disparut. Harlow avait des vertiges, mais le poids d'Axel la réconfortait.

— Qu'est-ce qui cloche chez moi ?

Elle avait du mal à articuler, sa bouche était sèche.

Selene tint la main de Harlow pour la lui montrer. Tous ses doigts étaient bleu nuit, comme si elle les avait trempés dans un encrier.

— Était-ce déjà arrivé avant ?

Harlow secoua la tête.

— Que s'est-il passé avant que tu n'arrives ici ? Raconte-moi tout, en détail.

Aurelia apparut, accompagnée de Larkin et Thea.

— Les jumelles vérifient qu'on est bien seules. Bon sang, est-ce bien ce que je pense que c'est ?

Elle regardait ses doigts, pas Axel. Harlow était sûre que Mère savait qui était ce chat. Elle trouva ça amusant et rit doucement en caressant le dos affreusement osseux d'Axel.

Selene fit taire sa femme, ne jetant qu'un rapide coup d'œil au chat.

— Raconte-moi tout ce qui s'est passé, Harlow.

— J'ai croisé Mark et la princesse vampire. Elle a menacé de faire du mal à Axel… Alors je suis allée le récupérer.

Elle avait les yeux embrumés et du mal à se souvenir exactement de ce qui s'était passé.

— Continue, insista Selene. Et après ?

— J'ai fait voler la porte. Puis les poliffiers… les polifiers. Les policiers… sont arrivés. Ils sont arrivés et les ombres les ont entourés et je les ai enfermés dans l'immeuble ! Un gentil humain m'a ramenée jusqu'ifi. Jusqu'ici.

Elle avait l'impression d'être ivre. Voilà comment elle se sentait. Aurelia examina ses doigts tachés et les montra à Thea.

— Va chercher le texte de Merkhov et quelque chose à manger pour ce chat. Le quatrième tome de la nouvelle expédition… pour le livre, pas pour le chat. Trouve de la viande pour lui.

Thea acquiesça, sachant apparemment à quel livre faisait référence Aurelia. Thea était si intelligente. Probablement la plus intelligente des intellos qu'il n'y ait jamais eu, sauf Mère, et peut-être certains génies scientifiques. L'esprit de Harlow divaguait.

— J'ai l'impression d'être saoule, dit Harlow, sa voix semblant confuse à ses oreilles.

— On n'a pas besoin du Merkhov pour le confirmer, dit doucement Selene. Je pensais que ma grand-mère était la dernière, mais c'est exactement comme elle l'a décrit, jusqu'aux doigts tachés. Je lui ai demandé de me raconter comment ça s'était passé pour elle la première fois, quand on a décidé d'avoir des enfants… pour que je connaisse les signes.

— Je te crois, dit Aurelia, mais je pense que ça ne sera pas plus mal d'avoir le Merkhov à porter de main. Larkin, s'il te plaît, prépare du thé bien fort. Ta sœur va avoir besoin de quelque chose de revigorant.

Larkin fit ce qu'on lui demandait. Selene aida Harlow à se redresser en tenant fermement son menton entre ses doigts.

— Regarde-moi. As-tu utilisé la magie ? As-tu fait quelque chose avec ?

Harlow agita vigoureusement la tête. Trop vigoureusement. Sa vision était floue.

— Oui, j'ai créé une serrure pour la porte et rempli la cage d'escalier d'ombres. De magnifiques ombres… Elles sont sorties de mes mains ! Je l'ai récupéré, mon bébé. C'est un bon garçon, ça, hein ?

Aurelia rit doucement devant les gazouillis de Harlow, puis redevint sérieuse quand elle s'adressa à son épouse.

— Elle a si bon cœur : elle a fait tout ça pour le chat. C'est pour ça que c'est arrivé ?

Selene secoua la tête tandis qu'Axel malaxait la jambe de Harlow avant de se blottir contre elle pour dormir.

— Peut-être. Parfois, les sentiments protecteurs ou un stress extrême sont le déclencheur. Li-li, cela explique pourquoi son talent s'est manifesté si tard. Les Arpenteuses ne découvrent généralement pas leur pouvoir avant leur vingt-cinq ou vingt-six ans. Parfois même plus tard.

— Arrêtez de parler de moi, dit Harlow, agacée. Je suis là.

Elle sentit qu'on lui mettait un mug dans les mains.

Larkin lui sourit gentiment.

— Bois.

Selene acquiesça pour l'inviter à l'écouter.

— Ça ne sera pas toujours comme ça, mon lapin. La première manifestation d'une Arpenteuse est généralement un peu théâtrale. Ça embrouille un peu. Bois ton thé.

— Le thé résout tous les problèmes, murmura Larkin.

Axel quitta précipitamment sa place et Harlow ouvrit plus grand les yeux pour l'observer manger un plat de poulet. Elle but lentement son thé chaud ; Larkin avait raison, le thé résolvait tous les problèmes. Par chance, tout le monde arrêta de parler pendant qu'elle buvait.

Thea revint avec un gros livre à la reliure en cuir qui semblait avoir subi un grave dégât des eaux. Elle l'avait déjà ouvert quand elle le tendit à Aurelia. Mère en lut quelques pages, puis le tendit à son tour à Selene.

Harlow commençait à se sentir un peu plus elle-même, les vertiges s'atténuant lentement au fur et à mesure qu'elle buvait le thé Duc & Duchesse au parfum réconfortant de lavande, vanille et rose. Ses doigts lui faisaient légèrement mal, mais les taches couleur d'encre commençaient à s'effacer.

Après avoir terminé de manger, Axel remonta sur ses genoux, fit trois tours et enfouit son nez dans sa longue queue. Apaisée par ses ronronnements doux et réguliers, Harlow caressait sa fourrure en mauvais état après ces six mois passés avec Mark. Elle s'occuperait de tout ça – il y avait des experts vétérinaires dans l'Ordre – et s'assurerait qu'il verrait les meilleurs et l'entourerait de son propre sigil de protection qui empêcherait quiconque de lui faire du mal à nouveau.

Harlow s'efforça de se concentrer sur la conversation. Ce que disaient les matères était déroutant, mais au fond d'elle, elle trouvait les idées qu'elles évoquaient enthousiasmantes. Tout prenait sens.

— C'est quoi, une Arpenteuse ? demanda-t-elle quand elle eut terminé son thé.

Larkin était en train de lire le livre, les sourcils arqués, une main devant sa bouche ouverte.

— Un lien entre l'éther et Okairos, murmura-t-elle.

Meline et Indigo descendirent l'escalier.

— Il n'y a personne. On a vérifié deux fois, annonça doucement Indigo à Selene.

Même si les protections étaient faites pour donner ce genre de renseignements avec une extrême précision, les matères avaient appris à leurs filles à ne pas se reposer sur la magie. La magie, comme toutes choses, était faillible.

Meline lut par-dessus l'épaule de Larkin.

— Harlow peut utiliser la magie pure ? Elle n'a pas à tisser les fils ou à utiliser des sorts ?

— C'est ce que Grand-mère a toujours dit. Les sorts et le tissage ne fonctionnaient pas pour elle une fois que ses pouvoirs se sont manifestés. Elle devait tout faire d'instinct. Elle était l'une des dernières d'une lignée de sorcières qui pouvaient accéder à la magie à sa source. Apparemment cela fait des années que ce n'est pas arrivé, mais il n'y a rien de surprenant. Les Illuminés ne les aiment pas trop, comme vous pouvez l'imaginer ; il est probable qu'ils les cachent, s'il y en a.

Toutes ses sœurs parlèrent en même temps. Harlow n'arrivait déjà pas à suivre un fil de conversation, alors plusieurs… Elle essaya d'analyser l'idée qu'elle ne serait plus capable de lancer de sorts ou de tisser les fils de la magie comme elle l'avait fait, mais elles étaient toutes tellement bruyantes. C'était à elle que c'était arrivé, et personne ne lui avait demandé comment elle se sentait.

— Arrêtez. De. Parler. De. Moi, lança Harlow.

Les mèches de magie autour d'elle se rompirent et elle regarda ses doigts tachés de magie foncée. Sa vision s'assombrit légèrement comme si elle avait mis des lunettes de soleil. Les oreilles d'Axel pivotèrent, mais il ne bougea pas. En fait, il semblait même plus détendu.

Tout le monde se tut et se tourna vers elle.

— Oh Harlow, souffla Thea. Tu es divine.

— L'incarnation d'Akatei, lâcha Indigo.

— Chut, ne blasphème pas, la réprimanda sa jumelle.

Mais cette dernière afficha l'appareil photo sur l'écran de son téléphone pour que Harlow puisse se voir comme dans un miroir. Les yeux de Harlow étaient devenus complètement noirs avec de petites galaxies naissantes ou mourantes qui trouvaient leur lumière au fond d'elle. Et les filaments de magie qui tournoyaient autour de ses doigts formaient des vagues qui ondulaient comme une ombre liquide et non comme les fils irisés qu'elle avait l'habitude de voir.

— Pose ça, demanda Harlow à sa sœur.

Sa voix résonna étrangement, comme la sienne, mais avec quelque chose de plus. Ce n'était donc pas seulement dû à l'acoustique de l'appartement. Meline posa aussitôt le téléphone. C'était la première fois qu'elle voyait l'une des jumelles obéir si vite.

— Harlow, calme-toi, dit Aurelia en prenant ses doigts bleu foncé dans les siens. On va tout t'expliquer. Les filles, vous pouvez nous laisser quelques minutes avec votre sœur ?

Lentement, ses sœurs se dispersèrent. Harlow regarda Thea les inciter à monter, et elle sut exactement sur quelle marche sa sœur aînée s'assit pour écouter la conversation. Ce n'était pas ses sens affûtés qui le lui dirent, même s'ils devaient le lui permettre, mais plutôt des années d'expérience en tant que sœur. Elle s'était assise sur cette marche avec Thea des dizaines de fois pour entendre ce qui se passait dans la boutique en dessous, quand elles étaient censées être au lit.

Ce souvenir d'enfance avec Thea lors des réunions de l'Ordre lui permit de se ressaisir. Elle sentit la magie s'évanouir et sa vision redevenir claire si bien qu'elle perçut l'inquiétude de ses mères. Axel poussa un profond soupir dans son sommeil et se tourna sur le côté pour qu'elle puisse lui gratter le ventre.

— Alors, vous allez m'expliquer ce qui m'arrive ?

Selene passa son bras autour d'elle et l'étreignit.

— Ton talent magique s'est manifesté, ma chérie. Et il est un peu différent de ce à quoi nous nous attendions.

— Même si nous aurions peut-être dû voir les signes plus tôt, suggéra Aurelia en feuilletant les pages du livre de Merkhov qui n'avait pas de titre et seulement une couverture en cuir noire abîmée.

Une légère odeur de moisissure se dégageait de ses pages, confirmant qu'il avait été endommagé par de l'eau ou stocké dans un endroit humide.

— Il est dit ici que les Arpenteuses ont souvent tendance à ne pas trouver leur place ou à se sentir mécomprises.

Harlow éprouva un immense soulagement.

— Vraiment ?

Ses idées commençaient à être plus claires.

— Oui, poursuivit Aurelia. Il est aussi dit que les Arpenteuses ont tendance à être compétentes et même douées dans beaucoup de domaines avant que leur magie ne se développe, ce qui peut les troubler davantage. Je suis tellement désolée, Harlow, j'aurais dû relire ce livre plus tôt, sachant que ton arrière-grand-mère était elle-même une Arpenteuse.

— Mais c'est quoi, une Arpenteuse ? Pourquoi je ne peux pas tisser les fils ou lancer de sorts ?

— Parce que tu n'en as pas besoin, ma chérie, expliqua Selene avec un doux sourire. Que s'est-il produit quand tu as tenté de vous protéger, Axel et toi, de la police ? Quand tu as vraiment essayé d'utiliser la magie ?

Harlow se rappela comment son corps spirituel s'était envolé.

— Je suis allée au limen dans mon corps spirituel… mais c'était différent de d'habitude. Je crois que j'avais des ailes.

Aurelia semblait suivre ce qu'elle disait dans le livre.

— Le limen, c'est l'endroit d'où est originaire tout le pouvoir éthéré, c'est le cœur de la magie.

Axel se mit à l'aise sur elle en ronronnant profondément.

— C'est ce que tu voulais dire quand tu as affirmé que je pouvais utiliser la magie à sa source. J'utilise la magie liminale.

— Hmmm, pas exactement. Le limen est plutôt vaste, c'est un monde à part entière avec ses propres règles magiques. Pour utiliser ce qu'on appelle généralement « magie liminale », il faudrait que tu sois une créature du limen. Tu tires simplement la magie de sa source la plus puissante, plutôt que des fils de la réalité. Il n'y a pas d'intermédiaire entre toi et ton pouvoir.

Harlow regardait fixement les chevrons du parquet sous ses pieds. Une centaine de sentiments s'opposaient en elle. Elle ne savait pas si elle avait envie de rire ou de pleurer.

Aurelia passa le livre à Selene en désignant un passage en particulier.

— Ça dit là que le don saute parfois deux ou trois générations, mais que les Arpenteuses naissent généralement à des époques où leurs pouvoirs seront le plus utiles.

Selene ferma le livre sans lire le passage que lui montrait Aurelia.

— Harlow ? Tu vas bien ?

— Bien sûr, Maman. Je vais bien. Je vais toujours bien.

Selene prit le visage de Harlow dans ses mains chaudes.

— Ma chérie, ce n'est pas vrai. Personne ne va toujours bien.

Harlow haussa les épaules en évitant de regarder ses parentes. Elle voulait déranger Axel et le serrer très fort contre son cœur, mais il avait l'air si paisible qu'elle le laissa tranquille.

— Qu'est-ce que ça veut dire tout ça ? Comment les Arpenteuses utilisent la magie si elles ne lancent pas de sorts et ne tissent pas les fils ? Je suppose que c'est un peu différent de vous, puisque je ne connais personne dont le pouvoir s'est manifesté en changeant la couleur de ses doigts.

— Le processus est un peu différent pour chaque Arpenteuse, répondit Aurelia avec un large sourire. Donc il n'y a ni méthodes ni sortilèges. Elle doit apprendre à se faire confiance et suivre son intuition. Et puis, Harlow… Le pouvoir d'une Arpenteuse est aussi puissant que sa volonté. Il y a des limites, bien sûr, mais chaque Arpenteuse doit trouver par elle-même les limites de sa magie.

Cela semblait plutôt effrayant.

— Donc personne ne pourra m'enseigner ?

— Non, ma chérie, j'en ai bien peur, déplora Selene.

Des bruits de pas, suivis de chuchotements, se firent entendre à l'étage.

— Venez, lança-t-elle.

Larkin et Thea se précipitèrent dans la pièce. Thea serrait un autre livre contre sa poitrine.

— Larkin a trouvé ça. C'est le manuel du livre de Merkhov, un recueil de fac-similés des textes sur lesquels Merkhov a travaillé pour écrire son livre. Regardez ça.

Larkin posa un support sur la table basse et elles s'approchèrent pour découvrir le fac-similé d'un triptyque. L'écriture sous chaque image était indéchiffrable, écrite en glyphes que Harlow n'avait jamais vus avant. Les images elles-mêmes étaient difficiles à discerner à cause des dégâts qu'avait subis le livre, mais elle devinait des écailles dans les deux premières et des corps qui ressemblaient à des serpents. La troisième semblait représenter quelque chose d'entièrement différent.

— Ça ressemble presque aux enluminures d'alchimie des humains, murmura Selene. Mais le livre de Merkhov ne parle pas d'alchimie. Il traite de la navigation dans le limen et de ceux qui se déplacent entre les mondes. Thea, tu peux faire quelque chose pour les images ?

Meline et Indigo passèrent leur tête par la porte de l'arrière-boutique.

— On peut entrer ?

Selene leur fit signe de s'approcher et les sept femmes Krane réussirent à toutes s'installer sur le même canapé. Selene caressait les cheveux de Harlow pendant que Thea travaillait. Axel sauta sur le dossier du canapé et étira son long corps avec satisfaction avant de poser son menton sur l'épaule de Harlow en observant l'aînée des sœurs Krane manipuler la réalité.

Thea tira rapidement des fils de magie, ses mains allant par-ci par-là tandis qu'elle les tissait ensemble avec une grâce experte.

— Je n'avais pas prévu de m'attaquer à ces textes avant le mois prochain. Je vais les remonter dans ma liste de priorités, mais... oui, là... C'est déjà mieux.

La première enluminure du triptyque était magnifique. Elle représentait deux serpents qui se mangeaient la queue l'un de l'autre et formaient un cercle autour d'une sphère semi-transparente qui enfermait un œuf géant. Le corps du serpent du haut devait être doré dans le manuscrit original, alors que l'intensité de la teinte bleue du serpent du bas faisait penser à du lapis-lazuli. Les originaux devaient avoir coûté extrêmement cher à produire.

— La couleur du serpent, s'écria Larkin en prenant les mains de Harlow. Elle ne vous fait pas penser à quelque chose ?

Les lèvres de Selene formaient une ligne tandis qu'elle regardait fixement l'éclat métallique du corps du serpent du haut. Thea continuait à travailler et rapidement la première image fut bien plus nette et montra que le serpent doré émettait de la lumière, alors que ce n'était pas le cas de celui du bas. Selene plongea dans les yeux de sa femme un long moment avant qu'Aurelia ne secoue la tête, l'air inquiète.

— Qu'est-ce que c'est ? demanda Harlow. Que pensez-vous que ça représente ?

— Une union, dit doucement Selene. Ta mère croit que ça représente une union.

— De qui ? murmura Indigo.

Thea s'écroula au sol devant Selene.

Tout le monde bougea légèrement pour lui faire de la place et Larkin la rejoignit avec une tasse de thé que sa sœur aînée but avec plaisir. Les matères observaient un calme suspect.

— Le serpent doré représente les Illuminés, c'est ça ? demanda Meline, même si cela ne ressemblait pas vraiment à une question. Et le serpent bleu pourrait représenter une Arpenteuse. Ce n'est pas le bleu pur de l'encre lapis. Ils ont dû le mélanger avec autre chose pour obtenir cette teinte plus foncée. Peut-être de la maurelle ou un peu de vermillon ?

C'était une erreur de penser qu'Indigo et Meline ne se souciaient que des fêtes mondaines et de leur réseau social. Elles s'intéressaient autant aux manuscrits que les autres Krane.

Comme pour le prouver, Indigo adressa un signe de tête songeur à sa sœur.

— Deux serpents, piégés dans quoi… un cercle destructeur ? Mais ils protègent l'œuf… Que penses-tu que les deux autres images montrent, Thea ?

— Cette restauration hâtive m'a un peu fatiguée. Je vais continuer à travailler sur les deux autres, et je suppose qu'on verra à ce moment-là.

— Je les soupçonne de représenter ce qui se passera si une Arpenteuse et un Illuminé se reproduisent, fit remarquer amèrement Aurelia.

Selene poussa le souffle qu'elle retenait depuis trop longtemps avec colère, et le cœur de Harlow se mit à battre plus fort. Si le triptyque original représentait une sorte d'indicateur de ce qui se passerait si une Arpenteuse avait un enfant avec un Illuminé, cela pouvait expliquer pourquoi les McKay voulaient son appariement avec Finn.

— Vous pensez que les McKay ont vu ça ? Qu'ils savent ce que je suis ? De quel livre cela vient-il à l'origine ?

— Je ne connais les réponses à aucune de ces questions, chérie, répondit Aurelia en secouant la tête tandis qu'une tension collective montait entre les sept femmes Krane et emplissait la pièce. Je pense que tant qu'on n'en saura pas plus, il vaudrait mieux garder ça pour nous.

— Si les McKay ont vu ces images…, dit Harlow en envisageant une infinité terrifiante de possibilités. Peut-être même qu'ils en savent déjà plus que nous.

Meline paraissait songeuse, comme si son don pour résoudre les énigmes sociales complexes tournait à plein régime.

— C'est possible, bien sûr, mais si tu veux prendre l'avantage, il va falloir agir comme si tu n'étais pas au courant.

— Exactement, dit Indigo à la suite de sa jumelle. Et si tu veux en apprendre plus, découvrir ce qu'ils savent, tu devrais commencer par te rapprocher de Finn.

Harlow regarda ses deux petites sœurs en plissant les yeux. C'était son plan, bien sûr, mais elles étaient d'excellents stratèges sur le plan social. Mieux valait les écouter.

— Pourquoi ?

Meline bougea sous les jambes d'Indigo.

— Parce que s'ils pensent qu'ils atteignent leur but, ils baisseront probablement leur garde. Là, ils sont vigilants et essaient de vous mettre ensemble. S'ils s'imaginent qu'ils ont gagné, ils pourraient dévoiler leur jeu.

— Vous pensez que Finn est au courant de tout ça ? demanda Larkin, avec inquiétude.

Harlow lisait facilement en elle : Larkin aimait Finn et ne voulait pas être déçue.

Meline et Indigo haussèrent les épaules ensemble.

— Difficile à dire. Il y a des pour et des contre. S'il leur désobéit souvent, probablement pas. Dans ces conditions, ils voudront probablement garder leurs intentions secrètes le plus longtemps possible.

Thea semblait mal à l'aise. Harlow lui donna un petit coup de pied.

— Tu as la tête de quelqu'un qui a un secret, Thea.

Tout le monde se tourna vers l'aînée des Krane.

— Alaric m'a dit des trucs. Beaucoup n'ont rien à voir avec cette conversation et sont intimes… (Elle était visiblement troublée.) Mais si je devais extrapoler, je dirais qu'il n'est pas au courant. Finn déteste ses parents. C'est bien ça, Harlow ?

— C'est vrai. Mais il ferait n'importe quoi pour avoir leur approbation.

L'expressione de Thea indiquait qu'elle avait autre chose à dire.

— Crache le morceau, Thea, bon sang, lâcha Aurelia manifestement agacée.

— Ce n'est pas à moi de le faire. Tout ce que je dirai, c'est que je ne pense pas que Finn aiderait ses parents à faire du mal à Harlow, concéda-t-elle en prenant la main de Harlow. Tu dois lui parler. Il faut qu'il te raconte ce qui s'est passé avant l'université.

— Elle ne peut pas lui dévoiler ce qu'on vient de découvrir, cria Meline. Il fait peut-être partie du camp ennemi.

Harlow se dégagea des bras de sa famille.

— Merci pour vos avis. Si cela ne vous dérange pas, je pense que je vais rentrer chez moi. J'ai besoin de passer quelques jours seule. On se reverra aux Métropolitaines pour le bal de Solon Mai.

Selene l'embrassa sur la joue. Même si elle était très protectrice avec ses enfants, elle avait toujours su quand leur laisser de l'espace.

— On sera là, ma chérie.

Harlow acquiesça, les embrassa une à une pour leur dire au revoir, puis enfila son manteau.

— Viens, Axel, murmura-t-elle tandis que le chat noir descendait du canapé pour la suivre. Rentrons à la maison.

18

Harlow savait que Thea la suivrait, alors elle marcha lentement et attendit sa sœur dans l'allée. Elle enveloppa Axel dans son manteau en lui murmurant qu'il avait eu une dure journée et qu'il devait la laisser le ramener à la maison. Elle entendit bientôt des bruits de pas pressés qui signalaient l'approche de Thea. Elle mettait son manteau et tendait un parapluie pour se protéger de la pluie qui restait suspendue dans les airs au lieu de tomber en grosses gouttes.

— Merci de m'avoir attendue.

Le sourire de Thea n'atteignait pas ses yeux.

Harlow s'abrita sous le parapluie et attrapa le bras de sa sœur, enveloppée par son parfum entêtant d'orchidée et de bois.

— Tu veux nous raccompagner ?

— Ce serait sympa.

Elles marchèrent un moment en silence. Axel ronronnait contre la poitrine de Harlow. Thea semblait perdue dans ses pensées et Harlow savait qu'il valait mieux ne pas bousculer sa sœur quand elle cherchait les bons mots pour s'exprimer. Elle parlerait quand elle serait prête.

— Finn a dévoilé votre plan à Alaric. Il avait peur de ne pas y arriver seul. Alaric n'était pas censé me le dire…

— Mais il l'a fait.

— Oui, avoua Thea, mal à l'aise.

— Est-ce que tu vas dire à Alaric que je suis une Arpenteuse ?

— Non ! Harlow, je ne ferais jamais ça. Tu es ma sœur et… Tu penses vraiment que j'en serais capable ?

— Je crois que je ne sais pas vraiment à quel point vous êtes proches. Pourquoi Finn pense-t-il qu'il ne peut pas s'en sortir seul ? Je suis désolée d'apprendre que feindre de s'intéresser à moi représente une telle épreuve pour lui.

Thea s'arrêta et fit se retourner Harlow avec une force inhabituelle pour qu'elle se retrouve face à elle sous le parapluie. Dans ses yeux brillait une frustration intense.

— C'est ce que tu penses ? Qu'il a besoin d'aide pour savoir comment faire semblant d'être amoureux de toi ?

— Qu'est-ce que je suis censée penser d'autre ?

La voix de Harlow était une ou deux octaves plus haut que d'habitude et ses propres mots l'agacèrent. Axel gronda dans son manteau.

Thea secoua la tête et fit un pas en arrière ; Harlow se retrouva sous la pluie qui tombait à verse maintenant.

— Tu dois lui parler. Écoute ce qu'il a à dire sur ce qui s'est passé entre vous.

— Pourquoi tu ne peux pas me le dire ?

Thea retournait déjà aux *Monas*. Elle ne s'arrêta pas pour lancer par-dessus son épaule :

— Il vaut mieux que tu lui parles. Et de préférence, en personne.

Puis elle se retourna et ajouta :

— Raconte-lui tout, Harlow. Je suis sérieuse. Tout.

Cela allait à l'encontre de ce que les jumelles avaient suggéré. Harlow observa sa sœur qui disparaissait dans la nuit en se demandant ce que Thea savait que les jumelles ignoraient, puis elle reprit son chemin vers son appartement. L'escalier lui sembla encore plus raide avec Axel dans les bras. Il fallait croire qu'il la sentit ralentir parce qu'il sauta et la devança. Quand elle ouvrit la porte, il entra, tout excité de découvrir sa nouvelle maison, et il s'assit.

— C'est un peu vide ici, hein ? dit Harlow. Mais tu verras, il y a plein de trucs à contempler depuis la terrasse.

Elle lui ouvrit la porte-fenêtre et il sortit aussitôt pour s'installer sur l'un des fauteuils en plastique que Harlow avait placés sous le petit auvent qui les abritait de la pluie. Il ronronna joyeusement, comme pour dire : « Ça ira », avant de s'endormir.

Harlow posa son téléphone sur son lit. Elle retira ses vêtements mouillés et enfila un pyjama de soie qu'Enzo avait glissé dans l'un des sacs qu'ils avaient rapportés ici. Elle trouva un carton vide qui ferait une bonne litière, déchira du papier et appela Axel dans la salle de bains où elle posa le carton derrière le lavabo.

— Tu pourras aller là jusqu'à ce que je trouve une vraie litière ?

Il lui répondit en frottant sa tête contre sa jambe. Ils se rendirent ensemble dans la cuisine et elle sortit un bol pour l'eau et un blanc de poulet du frigo avant de le découper et de le poser sur une assiette à côté du bol par terre. Axel en mangea quelques bouchées, puis sauta sur son lit avec un miaulement plaintif. Elle lui obéit et grimpa sur le lit pour se lover dans la pile d'oreillers pendant qu'il se pelotonnait dans les couvertures.

Des larmes brouillèrent la vue de Harlow tandis qu'elle le caressait. Après tant de mois à se sentir si seule, elle avait du mal à croire que son ami était ici avec elle. Sain et sauf. Ils étaient tous les deux en sécurité. Personne ne pouvait entrer dans l'appartement sans qu'elle ne dise expressément le vouloir. C'était le secret de cet immeuble, la raison pour laquelle il l'avait intéressée au départ. Ses protections n'avaient pas d'égal, élaborées dans l'ossature même du bâtiment, complexes et personnalisables, faisant de lui une véritable forteresse. Mark ne pouvait pas les atteindre ici.

Alors que les petits ronflements d'Axel flottaient dans l'air et se mélangeaient aux bruits de la pluie sur la terrasse, les paroles d'Aurelia tournaient dans sa tête : « Le processus est un peu différent pour chaque Arpenteuse, donc il n'y a ni méthodes ni sortilèges. Elle doit apprendre à se faire confiance et suivre son intuition. »

Elle alluma les bougies sur sa table de chevet, puis essaya de se détendre en se concentrant sur sa respiration. Elle écouta les bruits de son appartement, les ronflements d'Axel, et les laissa sortir de sa conscience. Ses yeux se relâchèrent et sa vision s'adoucit jusqu'à ce que sa double vue prenne le relais.

Harlow perçut les filaments de magie qui l'entouraient, les fibres de la réalité qui se tissaient gracieusement ensemble pour créer le monde tel qu'elle le connaissait. La magie était un tout, brillait intensément en Harlow parce qu'elle était vivante et s'évanouissait légèrement dans les objets inanimés, mais elle luisait toujours doucement quand elle y portait attention, comme elle l'avait toujours fait. Désormais, elle voyait l'autre face de la lumière, l'obscurité miroitante qui permettait aux fils de puissance de grandir et conduisait l'éther dans tout Okairos.

Elle savait qu'elle voyait ce qui se situait au milieu, au cours du limen, au-delà de la réalité à l'intérieur de la magie elle-même. Elle laissa sa double vue se concentrer sur cette ombre fertile. Elle l'appelait, sa douce mélodie de plus en plus forte dans ses oreilles tandis que ses doigts se tendaient vers elle presque involontairement. Elle ressentit une pointe de doute, craignant de faire cela seule, et les ombres se dérobèrent devant elle.

Harlow fut tentée d'avoir un mouvement de recul et d'arrêter. Sa peur était là devant elle, presque tangible. Pour la première fois depuis longtemps, elle savait exactement quoi faire. Elle sentait précisément sa peur et ses doutes. Au lieu de les repousser comme à son habitude, elle les accueillit. Les fit entrer dans son cœur comme elle l'aurait fait avec la joie ou le réconfort, et commença à fredonner une chanson pleine de promesse.

— Je ne vous abandonnerai pas, murmura-t-elle.

Son serment fit tourbillonner les ombres qui grandirent en taille et en grâce. Elles ondulèrent comme des vagues de liquide au ralenti vers ses doigts tendus. Quand elles la touchèrent, Harlow se sentit pour la première fois remplie d'un pouvoir illimité. Chaque filament de réalité chantait devant elle, la suppliant d'être modelé, changé, aimé, confectionné. Tout cela parce que la source de la lumière, l'obscurité fertile, s'était établie en son cœur.

— Je ne vous laisserai jamais, dit-elle un peu plus fort cette fois. Je ne me détournerai jamais.

Elle savait maintenant qu'elle ne parlait pas qu'à l'ombre vivante qui teintait ses doigts d'un pouvoir puissant, mais aussi à elle-même, à sa propre partie sombre.

— Vous êtes à moi et je suis à vous, promit-elle aux ténèbres qui chantèrent une promesse à leur tour.

Si elle ne se détournait pas, si elle l'embrassait et le gardait toujours en elle, la magie la garderait aussi. L'ombre liquide dansa sur sa peau, puis sur la fourrure d'Axel. Elle observa, fascinée, sa vision changer pour lui montrer les sources de toutes les petites blessures d'Axel : ses os et ses muscles affaiblis et la malnutrition dont il souffrait.

Elle avait mal au cœur tant elle voulait qu'il se rétablisse. Sous ses yeux, ce désir s'exauça, d'abord à l'intérieur, puis enfin jusqu'à son poil brillant tandis qu'il s'étirait sur le lit et roulait sur le dos. Il ouvrit légèrement ses yeux dorés et poussa un profond soupir, comme s'il se sentait bien pour la première fois depuis des lustres. Les ombres de Harlow dansaient avec joie, fières de leur réussite. L'accès de plaisir, de bonheur et de tristesse douce-amère qu'elle ressentit menaça de la submerger.

Mais elle ne recula pas. Elle ne se détourna pas. Là, dans le noir, elle aussi devenait entière et connaissait une renaissance. Les bougies flamboyèrent. Les ombres la léchaient et elle les absorbait. Harlow Krane était plus elle-même qu'elle ne l'avait jamais été, et elle devenait plus qu'elle n'avait jamais été avant.

19

Harlow passa les deux jours suivants à s'entraîner avec les ombres. Elle put rapidement manipuler la réalité de la même façon que ses parentes ou Thea, mais au lieu de tirer le pouvoir de la tapisserie de magie qui l'entourait, elle le prélevait à sa source. La différence fut d'abord subtile, mais elle sentit en travaillant qu'une capacité profonde existait au-delà de ce qu'elle pouvait comprendre dans l'immédiat.

Elle se créa un meuble, puis le fit disparaître. Décora tout l'appartement, avant de tout enlever et d'effacer toute preuve de ses capacités. Finalement, elle décida de fabriquer une litière pour Axel. Puis son gros projet fut de confectionner un énorme arbre à chat à partir de chutes de bois qu'elle avait trouvées au sous-sol et qu'elle transforma en branches noueuses d'arbustes, donnant l'impression que l'appartement était une forêt enchantée. Le félin grimpa aussitôt dessus pour regarder par les fenêtres.

La seule chose qu'elle ne pouvait pas changer, c'était elle-même. Chaque fois qu'elle essayait d'aller au-delà des petits tours habituels pour améliorer son apparence, les ombres refusaient de coopérer, comme si elles désapprouvaient, mais leur refus cachait quelque chose : le sentiment qu'elle n'était pas encore prête, qu'elle avait d'abord d'autres étapes à franchir. À part ça, son imagination était sa seule limite, ou en tout cas, c'était ce qu'elle pensait. Alors elle tenta de créer un être vivant à partir de rien. Juste un papillon de nuit.

Les ombres se dérobèrent et elle sentit ce qui n'allait pas. Elle leur parla à voix haute pour s'excuser, puis passa du temps en méditation pour communier avec la source de la magie du mieux qu'elle pouvait. Elle n'utilisait pas de mots pour communiquer, mais elle ressentait son désir. Elle ne comprenait pas encore le pouvoir, mais son affinité avec lui grandissait d'heure en heure. Avec le temps, elle comprit qu'elle ne pouvait pas créer la vie à partir de rien, mais elle pouvait insuffler la vie à ce qui existait déjà.

Harlow eut l'impression de maîtriser parfaitement les choses, pour une débutante en tout cas, quand elle construisit à partir d'un carton qu'elle avait trouvé dans des poubelles un modèle réduit de la maison dans laquelle elle rêvait de vivre depuis qu'elle était une toute petite sorcière. Un sourire irrépressible illuminait son visage quand elle contemplait les jardins qu'elle avait conçus, mais son téléphone vibra. Ennuyée par cette interruption, elle s'écarta de sa création pour jeter un coup d'œil à son portable.

Elle avait un message de Finn.

> Prête pour ce soir ? On devrait se rendre au truc au Chêne Blanc, à moins que tu veuilles aller ailleurs.

Elle fut soudain assaillie par l'inquiétude, puis par la peur. Pas à cause de ce cocktail, ni même de Solon Mai. Ils survivraient à ces deux événements mondains. Mais ensuite… Elle redoutait la conversation qu'ils devraient avoir. De nombreux scénarios lui venaient en tête et tous la terrifiaient. Surtout ceux où elle révélait ses désirs secrets.

Elle s'arma de courage pour répondre :

> OK pour Le Chêne Blanc. J'y serai à 19 h.

Quand elle se retourna vers la maison de ses rêves en miniature, elle avait disparu. Elle essaya de sentir les ombres, mais elles ne répondirent pas. Son cœur s'emballa. Elle avait fait tant de progrès si rapidement.

Pourquoi cela arrivait-il maintenant ? Elle regarda son téléphone et réfléchit.

Les ombres n'aimaient pas la peur. Ou peut-être n'arrivait-elle pas à les manier correctement quand elle était effrayée. Elle s'assit pour essayer de comprendre, mais les souvenirs envahirent son esprit. Finn avec ce petit sourire quand elle lui parlait de ses rêves et qu'il dessinait. Ses bras autour d'elle à la fête, leurs baisers secrets. Les rires jusqu'à ce qu'elle ait mal aux côtes à cause de blagues qu'eux seuls trouvaient drôles.

Elle chassa les souvenirs de la nuit où tout avait pris fin et laissa la manière dont son comportement avait changé dès le lendemain les remplacer. La manière dont son regard passait sur elle dans les couloirs du lycée comme si elle n'existait pas. Quand elle l'avait supplié de lui parler et qu'il s'était mis à rire et lui avait demandé ce qu'elle pouvait avoir à lui dire sur un ton impassible qui avait réduit son cœur en miettes si vite qu'elle ne l'avait pas vu venir.

Puis les mois suivants qui ne s'étaient pas limités aux brimades de Petra. Il y avait eu le fait que Finn s'était détourné d'Enzo et elle. Et les appels auxquels il ne répondait jamais. Elle s'était sentie plus seule et malheureuse qu'elle ne l'aurait imaginé possible. Elle était brisée, comme une coquille vide et avait passé les années suivantes à se remplir d'autant de partenaires qu'elle avait pu. Kate Spencer avait constitué un bref répit dans tout ça, mais quand elle était partie à Nea Sterlis, le désespoir de Harlow était revenu. Elle s'était alors tournée vers les drogues, l'alcool et tout ce qui pouvait l'empêcher de ressentir le vide que Finn avait laissé.

Puis un soir, tandis qu'elle vomissait dans un buisson, Mark Easton lui avait tenu les cheveux comme si c'était la chose la plus naturelle au monde. Il avait essuyé la bouche de Harlow avec sa chemise et l'avait raccompagnée chez elle. Quand ils avaient couché ensemble, Harlow s'était sentie vivante comme jamais auparavant, et Mark était fier d'elle. Fier d'être avec elle. En tout cas, au début. Harlow pensait que ce sentiment durerait toujours. Mais bien sûr, ce ne fut pas le cas. Tout alla ensuite de mal en pis.

Pourrait-elle un jour sortir de cette prison d'angoisse ? La douleur qu'elle ressentait était si profonde, si impénétrable, qu'elle ne savait pas si elle pourrait un jour s'en débarrasser. Quelque chose de doux comme de la soie lui effleura les mains. Les ombres voletaient entre ses doigts, soulevant ses bras comme si elles voulaient la réconforter.

— Merci, murmura-t-elle.

L'obscurité en elle répondit en chantant et elle laissa les notes la pénétrer. Entourée par sa magnifique magie noire, Harlow ferma les yeux et plongea dans la tristesse, se laissant sombrer profondément pour la première fois depuis des années.

Harlow ne savait pas combien de temps elle avait disparu, mais quand elle revint à elle, Axel lui léchait les doigts et il était presque 18 h 30. Elle devait se dépêcher si elle voulait retrouver Finn au *Chêne Blanc* à l'heure. D'abord, elle appela un taxi, puis elle envoya un message à Enzo pour savoir ce qu'elle était censée porter.

La petite robe noire. Et des talons.

Cette réponse trop simple la contrariait.

Elle voyait de quelle robe il parlait, mais la redoutait. Après avoir appliqué du fard noir sur ses yeux, elle l'enfila en priant Aphora pour qu'elle lui aille bien. Quand elle se regarda dans le miroir, elle sourit. En fait, elle l'aimait bien.

— Qu'en penses-tu ? demanda-t-elle à Axel qui se contenta de bâiller en s'installant sur les couvertures pour une longue sieste.

Le velours noir l'enveloppait dans de jolis plis qui épousaient ses hanches et sa taille, mettant en valeur sa poitrine grâce au décolleté plongeant. De longues manches couvraient ses bras – il faisait encore trop froid pour porter des manches courtes le soir – et la robe s'arrêtait juste sous ses genoux. Elle n'aurait pas à craindre de choquer quelqu'un accidentellement. Quand elle mit les simples escarpins noirs, elle sourit à nouveau. Elle arrivait à marcher. Enzo avait pensé à tout.

Harlow nourrit Axel, puis descendit l'escalier pour prendre le taxi. Le chauffeur, un humain d'une cinquantaine d'années, la salua avant de se remettre à écouter un podcast d'histoire de l'art. Harlow était nerveuse à l'idée de laisser Axel pour la soirée, mais savait qu'être seul ne le dérangerait pas. Avant que la situation n'aille si mal avec Mark, il était toujours resté seul sans problème.

D'ailleurs, Larkin avait promis de passer voir s'il allait bien. Harlow savait qu'elle stressait trop, mais elle envoya encore un message à sa petite sœur pour le lui rappeler. Elle reçut une réponse quasi instantanée :

> Je suis déjà en chemin avec une pizza et une énorme caisse de jouets et de trucs que Maman lui a achetés. Elle adore déjà ton chat, ça se voit. Arrête de t'inquiéter et amuse-toi bien, Maman-chat.

Harlow la remercia et ferma les yeux en prenant plusieurs grandes respirations, et avant qu'elle ne s'en rende compte, ils étaient devant *Le Chêne Blanc*. C'était le plus important bar à whisky de Nuva Troi, situé dans un entrepôt rénové du centre-ville. Il était toujours branché, mais ce soir, il était éclairé avec des lumières magiques et la musique résonnait jusque dans la rue.

Elle était seule ce soir, ce qui était à la fois une bonne et une mauvaise chose. Les matères et les jumelles étaient allées à une grande fête sur les quais qui semblait faite pour les plus jeunes de la saison et leurs parents. Enzo et Thea, eux, participaient à une fête dans les quartiers chics, dans une salle de dégustation de vin. Elle était contente de ne pas devoir y aller ; elle préférait le whisky si elle devait vraiment boire quelque chose.

Elle s'attarda dehors, nerveuse.

— Tu entres ?

Elle se retourna et fut éblouie par la beauté d'Alaric.

— Oui, et toi ?

— Non, répondit-il avec un sourire. Je me suis emmêlé les pinceaux avec ta sœur. Je pensais qu'elle venait ici, mais elle a dit qu'elle allait à ce truc à *Vin & Tonneau*. Je suppose que j'ai entendu ce que je voulais entendre. Je n'aime pas trop le vin, ajouta-t-il à voix basse avec un air conspirateur et un sourire idiot.

Harlow sourit aussi. Impossible de résister au charme d'Alaric.

— Finn est déjà à l'intérieur, et j'ai appris que ma cousine allait à la fête sur les quais ce soir.

Harlow rit doucement.

— C'est déjà ça.

Il lui serra l'épaule.

— Il faut que j'y aille. Je ne peux pas faire attendre ma copine.

Harlow n'eut pas le temps d'ajouter quelque chose. Il avait disparu.

20

Elle n'était jamais venue au *Chêne Blanc*. C'était l'un des endroits préférés de l'Ordre des Masques. Le bar appartenait à un groupe originaire de Nea Sterlis et avait ouvert à l'époque où elle était avec Marc, mais ils n'étaient jamais venus dans cette partie de la ville. Ils n'allaient jamais nulle part pendant les derniers mois de leur relation, car Harlow aurait pu tomber sur quelqu'un qu'elle connaissait. Elle pensait alors qu'il voulait juste la garder pour lui, mais maintenant, elle voyait les choses différemment. Il voulait qu'elle soit seule, faible et malléable. En entrant dans le bar, elle chassa le souvenir de leur dispute à propos de leur possible venue à l'inauguration du *Chêne Blanc*.

Elle comprit rapidement pourquoi Finn voulait venir ici. Non seulement, le cadre était magnifique avec ses murs de briques et la dizaine de lustres en cristal qui pendaient au plafond, mais *Le Chêne Blanc* n'avait pas fermé le bar au public pour l'occasion et n'avait réservé que l'étage principal pour la soirée des Ordres.

Le bar de l'étage supérieur était encore ouvert et occupé par nombre d'humains bouche bée et de photographes de Section Sept, ainsi qu'une poignée de paparazzi indépendants. Elle résista à l'envie de remonter le décolleté de sa robe ou de se fondre dans l'ombre. Elle s'arma de courage pour la suite : les articles sur les sites people et les commentaires sur les réseaux.

Des photos seraient prises et partagées sans son consentement. Les gens spéculeraient sur ses intentions, parleraient de Finn et elle, de

Mark et elle, tout ça sans qu'elle puisse le contrôler ou l'ignorer. Elle se donnait en pâture en venant ici, dans cette robe, et c'était le plan. Elle devait le faire pour sa famille.

La musique changea et le cœur de Harlow se serra. C'était une chanson qu'elle avait mise dans chacune de ses playlists quand elle était ado. Celle qui lui faisait penser à lui et il devait le savoir. Cette chanson passait ce soir-là. Comme tout l'album en boucle. Quand elle leva les yeux de ses chaussures, la barmaid lui souriait.

— Il a dit que vous auriez peut-être besoin de ça, annonça-t-elle à Harlow avec un grand sourire avant de lui présenter un verre de whisky. C'est notre meilleur, et Finn sait de quoi il parle.

Harlow prit le verre et en but une gorgée en se demandant comment la barmaid pouvait appeler Finbar McKay par son prénom. Le whisky était bon. Profond, complexe, fumé. Ça ne l'arrangeait pas. Elle vida le verre même si cela faisait longtemps qu'elle n'avait pas bu de shots et observa la barmaid qui était petite et musclée, avec des cheveux noirs courts, rasés sur les côtés.

Amusée, elle plissa ses yeux marron alors qu'elle servait à Harlow un autre doigt de whisky.

— J'ai entendu dire qu'on n'a pas besoin de ça pour coucher avec lui.

— Et comment vous sauriez ça ? demanda Harlow, un peu choquée.

La barmaid éclata d'un rire rauque et joyeux.

— Dans ses rêves. Et je ne mange pas de ce pain-là, au passage.

Harlow rit avec elle.

— Moi non plus.

La barmaid s'accouda sur le bar avec un sourire malicieux.

— Si vous changez d'avis sur Finn, restez après la fête.

Harlow se mordit la lèvre pour étouffer le gloussement qui montait en elle.

— S'il ne sait pas bien se tenir, je pourrais vous prendre au mot.

— Vous ne le ferez pas, mais c'était sympa de discuter.

La barmaid salua quelqu'un derrière elle, et quand Harlow se retourna, elle découvrit Finn au milieu de la salle qui plongea son regard intense dans le sien. Il était au téléphone, mais quand il la vit, il raccrocha et glissa son portable dans la poche de son jean en la dévisageant. Quelque chose remua dans le ventre de Harlow et une chaleur se répandit en elle comme des flammes douces.

Puis il se retrouva à ses côtés et elle ne sut pas si la barmaid resta pour entendre ce qu'il lui dit parce que l'odeur de bois d'oud fumé et d'ambre riche, à la fois grisante et familière, la distrayait. Il s'appuya contre le bar, si près qu'elle pouvait sentir la chaleur de son corps, mais en prenant soin de garder une distance convenable.

— Tu veux me tuer avec cette robe, Harls ?

Elle peina à trouver les mots pour répondre, et ceux qui lui vinrent étaient plus durs qu'elle ne l'aurait souhaité.

— Tu es immortel. J'aurais bien du mal à te tuer.

Il se mit à rire tandis que le volume de la musique augmentait, et elle ne pouvait pas s'empêcher de se souvenir de leur dernière nuit ensemble. En particulier avec cette chanson, et alors qu'il se tenait si près d'elle. Elle repensait à son corps au-dessus d'elle, à cette douce douleur de le sentir en elle. À sa manière d'écarter les cheveux de son visage en lui disant qu'il l'aimait.

— Tu veux me tuer avec cette chanson, McKay ?

— Ce n'est pas moi qui leur ai demandé de la passer, répondit-il après avoir dégluti, effleurant la hanche de Harlow du bout des doigts. Mais je ne suis pas désolé qu'ils l'aient fait.

À son tour d'avoir la gorge serrée. Il était trop fort à ce jeu. Si elle ne prenait pas garde, elle succomberait à ses charmes pour de bon, et elle ne pouvait pas se le permettre. Elle regarda le parquet en bois rustique. S'il voulait jouer à ça, elle pouvait en faire autant. Elle fit un pas vers lui en levant lentement les yeux.

— Tu y repenses ? À cette nuit ? demanda-t-elle doucement pour qu'il soit le seul à pouvoir l'entendre.

Pour quiconque les regardait, elle savait que cela ressemblerait à du flirt. Enfin, pas vraiment du « flirt », mais forcément de la drague.

Elle observa sa poitrine qui se soulevait alors qu'il avait du mal à respirer normalement.

— Oui.

Il pressa ses doigts sur la forme arrondie de sa hanche et elle fit glisser sa main le long des boutons de sa chemise. Il s'était habillé pour l'occasion.

— Souvent ?

— J'essaie d'éviter... mais oui.

Elle fit un petit bruit en s'approchant encore, les yeux plongés dans les siens.

— Moi aussi. Je repense à ce que j'ai ressenti en courant sous la pluie. On était trempés.

Un grondement grave fit vibrer la poitrine de Finn et ses yeux luisaient doucement ; elle lui faisait l'effet escompté. Les photographes à l'étage le virent aussi et sortirent leurs appareils. Elle tira délicatement sur sa chemise. Le col était ouvert et il ne portait pas de cravate, alors elle glissa un doigt pour caresser légèrement sa peau.

Il était beau, mais elle n'aimait pas ce look guindé qu'il arborait pour les événements de la saison. Elle aurait probablement préféré qu'il porte sa veste en cuir et ses cheveux ébouriffés. Le voir les ongles vernis comme au lycée lui manquait. Mais elle s'aventurait sur un terrain glissant ; elle devait maintenir le cap. Il valait mieux qu'elle garde le contrôle et que lui soit décontenancé.

Quand elle leva la tête et écarta les lèvres, elle éprouva une sincère satisfaction à voir ses yeux traquer le moindre de ses mouvements.

— Je repense à ce que ça faisait de t'avoir si profondément en moi que j'oubliais que nous étions deux personnes.

— Tu essaies vraiment de me tuer, murmura-t-il d'une voix rauque.

— Et je repense à la façon dont tu écartais mes cheveux mouillés et bougeais en moi, si délicatement et lentement... Tu m'as dit que tu m'aimais. Tu t'en souviens ?

Il acquiesça et porta son pouce au visage de Harlow pour caresser sa lèvre inférieure tandis qu'il faisait glisser les doigts qui étaient appuyés sur sa hanche vers le creux de son dos pour la tirer si près qu'elle pouvait sentir monter son désir pour elle. Il allait l'embrasser.

Mais le pire, c'était qu'elle en avait envie. Ses lèvres lui faisaient mal tant elle attendait un baiser.

Son cœur meurtri s'exprima avant que son corps rebelle ne puisse agir.

— Tu m'as baisée, tu m'as dit que tu m'aimais, puis tu as agi comme s'il ne s'était rien passé entre nous, dit-elle sur un ton doucereux qui ne masqua pas la colère qui grondait dans sa poitrine.

Les appareils photo sur les balcons ne pouvaient pas la percevoir, mais lui, si.

Elle le sentit tressaillir quand elle s'approcha encore et pressa ses seins contre son torse.

— Souviens-toi de ça, McKay. Souviens-toi que tu m'as brisée en un million de morceaux. Souviens-toi que tu as laissé la vicieuse princesse Petra Velarius faire de ma vie un enfer pendant un an. Souviens-toi que je ne pourrai plus jamais te faire pleinement confiance.

— Je sais, lâcha-t-il, à bout de souffle. Crois-moi. Je le sais.

Elle le regarda, vraiment cette fois. Ses yeux gris orage étaient assombris par quelque chose qui ressemblait à de la tristesse, ou peut-être même à du chagrin. Une pointe de culpabilité se planta dans le cœur de Harlow. Elle l'avait vraiment blessé, et bizarrement, elle ne s'y était pas attendue. Tout comme elle ne s'était pas attendue à ce que cet instant soit aussi désagréable. Pendant des années, après ce qui s'était passé entre eux, elle s'était imaginée se déchaîner sur lui comme elle venait de le faire, juste pour le détruire, l'anéantir comme il l'avait anéantie.

Mais cela ne lui procura aucun plaisir. Elle n'avait aucun sentiment de victoire. En fait, elle avait même la sensation d'avoir perdu quelque chose qui était devenu très précieux pour elle ces derniers mois : son estime d'elle-même. Elle ne traitait pas les gens de cette façon. C'était Mark qui le faisait. Harlow était dégoûtée. Horrifiée. Elle voulait lui présenter des excuses, mais était incapable de formuler ces paroles qui auraient dévoilé sa vulnérabilité.

— On devrait y aller, dit-elle sur un ton plus doux. S'ils pensent qu'on part ensemble, l'info se retrouvera sur tous les réseaux en quelques minutes. C'est ce qu'on veut, non ?

Il s'éclaircit la voix et elle se demanda s'il avait entendu les regrets qu'elle n'avait pu exprimer.

— S'ils pensent que je te ramène, ils diront toutes sortes de choses horribles sur toi et personne ne prendra notre relation au sérieux.

Mince, il avait raison. Elle imagina Indigo et Meline lever les yeux au ciel en constatant son manque de perspicacité. Harlow soupira.

— Je n'aurais pas dû dire tout ça.

Il avait toujours la main posée dans le creux de son dos, mais son bras s'était considérablement raidi. Il se détendit un peu tandis qu'elle s'écartait légèrement, mais pas trop pour que sa main ne bouge pas.

Il inclina la tête avec une expression contrite.

— Je n'aurais probablement pas dû agir si vite. Je ne sais pas comment faire avec toi. Ça a l'air bien, puis mal… On devrait parler de ce qui s'est passé entre nous.

Le cœur de Harlow s'arrêta de battre une seconde.

— Pas ici, pas ce soir.

— Non. À Solon Mai, d'accord ? Après le bal.

Elle acquiesça et jeta un coup d'œil au balcon du bar à l'étage. Par chance, la musique avait changé. Apparemment, c'était soirée rétro au *Chêne Blanc* aujourd'hui. Une autre barmaid leur demanda s'ils voulaient boire autre chose.

— Non merci. Puis-je avoir la note ?

— Qu'est-ce que tu fais ? chuchota-t-elle. Je croyais que partir était une mauvaise idée.

— Suis-moi, s'il te plaît.

Elle fronça les sourcils, suspicieuse.

— Tu peux choisir de ne pas me faire confiance. Je le mérite bien. Mais je t'en prie, fais juste comme moi.

Il laissa un énorme pourboire et signa la note avant de récupérer sa carte et de la ranger dans son portefeuille. Puis il lui prit la main et embrassa sa paume. Ses lèvres étaient chaudes et douces et le baiser lent et délicat tandis que ses yeux croisaient les siens.

— Ils vont nous suivre, murmura-t-il en se penchant assez près pour que ses lèvres effleurent le pavillon de son oreille. Maintenant ris et hoche la tête comme si je venais de te demander de faire quelque chose d'amusant.

Elle s'exécuta et le laissa la guider hors du bar sans lâcher sa main. Évidemment, les photographes se bousculèrent pour les suivre.

— Ils nous rattraperont, dit-il quand ils se retrouvèrent sur le trottoir.

Il la regarda dans les yeux en serrant plus fort sa main. Elle avait des papillons dans le ventre et la chaleur se logea dans des zones sensibles. Elle détacha son regard du sien avant de lui demander :

— Où allons-nous ?

Il afficha ce fameux sourire qui faisait mouiller les culottes des filles au lycée. Ce souvenir attira son attention sur ses propres sous-vêtements qui, à sa grande horreur, étaient bien humides après le bref épisode dans le bar.

— Tu verras, dit-il d'une voix douce, empreinte d'un plaisir mystérieux.

Ils marchèrent dans la rue, toujours main dans la main. Dans ce quartier, il y avait des bars et des restaurants partout. Des établissements luxueux dans lesquels elle n'allait jamais. Sur lesquels le *Times* rédigeait des tonnes d'articles comme s'il n'y avait nulle part ailleurs où manger en ville. Quand Finn s'arrêta, ce ne fut pas devant l'un d'eux, mais devant le stand d'un vendeur ambulant humain.

— Finn McKay, s'écria l'homme d'âge moyen au teint pâle, les cheveux roux et doté de fantastiques fossettes. Vous prendrez quoi, la déesse et vous, ce soir ?

— Salut, Brennan, lui dit-il avec un sourire chaleureux. On pourrait avoir deux cornets de glace vanille avec des éclats de chocolat ?

— Vous ne voulez pas en partager un ? demanda Brennan avec un sourire espiègle.

Harlow se demanda à quelle fréquence Finn amenait ses rencards ici. Elle ne pouvait qu'imaginer comme cela semblerait charmant aux yeux de toute la haute société immortelle qu'il avait fréquentée dans le passé. Harlow, pleine de doutes, sentit son cœur s'emballer. Ce n'était pas juste de faire ces hypothèses. Et puis pourquoi se soucierait-elle de qui il amenait où ?

— Non, nous n'en sommes pas encore là, mais la glace vanille aux éclats de chocolat est le parfum préféré de Harls.

Ces mots la frappèrent, lui jetant en pleine figure une volée de souvenirs qu'elle avait essayé de réprimer depuis que les choses avaient mal tourné entre eux. Après tous les examens auxquels elle avait échoué, toutes les fois où elle avait déçu Selene, où elle s'était ridiculisée en participant à des essais pour des pièces dans lesquelles elle n'avait jamais joué, il lui avait apporté une glace à la vanille, sa préférée, saupoudrée d'éclats de chocolat. Elle sentit son menton commencer à trembler, alors elle se mordit la lèvre inférieure.

Brennan leur tendit les énormes cornets et des cuillères en bambou. Tandis qu'ils s'éloignaient, elle entendit les photographes qui les suivaient. Ils n'avaient pas tardé pour les rattraper.

— J'aurais dû être là pour t'offrir ça quand ce connard t'a traitée comme de la merde au lycée.

Elle leva les yeux vers lui et allait dire qu'il n'avait pas besoin de dire quoi que ce soit d'autre ce soir, mais il secoua la tête.

— Je n'aurais jamais dû être ce connard, ajouta-t-il précipitamment. J'ai pas mal travaillé sur moi depuis cette époque, et peut-être que je ne mérite pas ton pardon, mais j'espère au moins que quand je t'expliquerai tout à Solon Mai, tu auras les réponses dont tu as encore besoin…

— D'accord.

Il la regarda à son tour, les sourcils froncés, visiblement surpris.

— Quoi ?

Elle ne voulait pas être rancunière ou faire quoi que ce soit qui lui donnerait l'impression d'être un monstre. Harlow n'était pas du tout sûre de pouvoir faire confiance à Finn et elle savait pertinemment qu'ils ne construisaient rien de réel, mais elle pourrait l'écouter et tourner la page. Elle pourrait essayer de guérir et aller de l'avant. Elle ne savait pas comment ça marcherait avec tout ce qu'elle devait faire pour l'Ordre et sa famille, mais elle ressentait enfin l'envie d'essayer.

— D'accord, répéta-t-elle si doucement qu'elle craignait qu'il ne l'ait pas entendu. On discutera. Je tournerai la page et on décidera de ce qu'on fera ensuite.

Comme il semblait avoir tombé le masque, elle perçut sa surprise. L'espoir illuminait légèrement son visage, vacillant faiblement comme une bougie dans la tempête.

— Ah oui ?

Harlow acquiesça en prenant une grosse bouchée de crème glacée et se mit à marcher vers le métro. Elle ne voulait pas être celle qui éteindrait cette lueur. Pas ce soir, même si elle savait très bien que ce qu'il y avait entre eux ne mènerait jamais à rien.

— Ouais. Tu veux m'accompagner jusqu'à mon arrêt ?

— Oui, répondit Finn avec le sourire.

Le bruit des appareils photo les suivit jusqu'à ce qu'ils disparaissent dans la bouche du métro.

21

Les jours qui suivirent la fête au *Chêne Blanc*, il y eut une avalanche d'articles sur Harlow, Thea et les illuminés qui les courtisaient. Section Sept et les réseaux sociaux cessèrent de parler de Mark et Olivia. Au lieu de cela, des photos d'elle au bar à whisky et dans la rue avec Finn circulaient partout, accompagnées de commentaires sur ses vêtements, d'interrogations sur la façon dont Finn et elle s'étaient connus et qui de Thea ou elle devait être considérée comme le cygne de la saison.

Ils en arrivaient à la conclusion quasi unanime que, malgré la prestation divertissante qu'elle avait offerte avec Finn en tant que couple, le conte de fées de Thea et Alaric était trop beau pour être négligé. Leur histoire d'amour naissante était le sujet de discussion préféré de toute personne qui suivait la saison avec intérêt, ce qui, selon Indigo et Meline, représentait littéralement des millions de personnes. Harlow passa toute la matinée au lit à câliner Axel, à parcourir les sites people et les réseaux en buvant du thé et à rire toute seule devant toutes les spéculations qu'elle découvrait.

Plusieurs fois, elle avait envisagé d'envoyer à Finn les mèmes les plus drôles que les gens avaient faits sur eux, mais elle s'était ravisée. Même s'ils avaient conclu une trêve le soir de la fête au *Chêne Blanc*, elle n'arrivait toujours pas à lui faire entièrement confiance. Elle était presque certaine qu'il n'était pas de connivence avec ses parents, mais ne savait toujours pas s'ils pouvaient être amis, et encore moins quelque chose de plus.

Elle avait pris conscience qu'elle souhaitait tourner la page et tirer un trait sur leur triste passé et cela lui suffisait. Elle voulait aussi se débrouiller pour que les parents de Finn lâchent l'Ordre des Mystères pour de bon. Elle ne devait pas oublier que là résidait son objectif et que son rétablissement n'était pas la priorité.

L'alarme qu'elle avait programmée sur son téléphone pour lui rappeler qu'elle devait y aller s'arrêta de sonner. Elle avait promis de se préparer pour le bal de Solon Mai avec ses sœurs et Enzo chez lui. Avant ça, elle avait essayé de faire une sieste avec Axel, mais avait été obnubilée par son téléphone. Cela faisait une semaine qu'elle dormait mal, entre ce qu'elle voyait sur les réseaux sociaux et sa pratique nouvelle de la magie des ombres. Harlow priait Aphora pour que Thea puisse faire disparaître par magie les cernes sous ses yeux.

L'alarme retentit à nouveau. Harlow l'éteignit et nourrit Axel qui se rendormit rapidement, étendu sur son lit. Il ronronna quand elle l'embrassa, mais ne se réveilla pas. Il allait beaucoup mieux maintenant qu'il pouvait dormir paisiblement et manger de manière régulière. Il avait même commencé à s'amuser avec les jouets que Larkin lui avait apportés, à la grande surprise de Harlow. Axel ne s'était jamais intéressé aux jouets avant, mais peut-être était-ce parce qu'il sentait qu'avec Mark, ils n'étaient pas en sécurité.

Elle rassembla ses affaires et descendit pour arrêter un taxi, ce qui par chance fut rapide. Elle se laissa tomber sur la banquette arrière, épuisée et angoissée à cause de ce qui l'attendait. Alors que la bruine omniprésente à Nuva Troi formait sur le monde une couverture grise confortable, elle s'assoupit un peu dans le taxi.

Quand il s'arrêta sur la rue des Mûriers, elle paya le chauffeur en ajoutant un pourboire généreux et entra dans l'atelier par la porte de derrière. Les parents d'Enzo avaient possédé tout l'immeuble, et à une époque, avaient loué les étages supérieurs comme bureaux. Aujourd'hui, c'était là qu'Enzo résidait, au-dessus de sa boutique.

Harlow posa sa main sur la plaque de métal près de la porte comme Enzo le lui avait dit ; c'était de la technologie magique qui avait dû coûter une fortune à son ami. Chez elle, le mélange de verrous et de protections fonctionnait de façon similaire pour ne laisser entrer que ceux qu'elle voulait, mais cet appareil semblait tout faire tout seul. La porte s'ouvrit et une voix douce annonça : « Bienvenue, Harlow Krane ».

Une musique pop venant de l'étage flottait de manière étouffée dans la cage d'escalier. Harlow prit une profonde inspiration ; ils passaient un bon moment et elle ne voulait pas casser l'ambiance, mais ces derniers jours avaient été épuisants. Elle monta lentement les marches. Elle n'était pas allée à l'étage depuis qu'Enzo avait passé un an à rénover l'immeuble, mais la peinture à la chaux bleue lui était familière. Elle se souvenait de la chambre bleue d'Enzo dans la maison de ville des Weraka comme si c'était hier.

Elle sourit en se hissant à l'étage où elle trouva ses quatre sœurs, Enzo et Riley Quinn en train de danser dans la grande pièce. Harlow hésita un instant. Ils s'amusaient et elle ne savait pas si elle était capable d'en faire de même aujourd'hui. Elle en avait envie, mais tout son corps semblait lourd et mou comme si elle avait une gueule de bois émotionnelle.

Larkin vit Harlow et quitta le groupe pour l'attirer dans le salon. Tout le monde chantait à tue-tête les paroles d'une chanson. Harlow avait l'impression que son corps l'encombrait. Comme si elle avait oublié comment bouger. Larkin lui prit les mains et se mit à se balancer avec elle en chantant d'une manière exagérée qui fit rire Harlow.

Lentement, son corps commença à se détendre au rythme de celui de Larkin. C'était une danseuse déplorable, contrairement à sa sœur qui était athlétique et pleine d'entrain, mais elle commençait à s'amuser. Larkin la fit tourner et Thea lui donna un coup de hanche. Harlow se retrouva rapidement à chanter avec la même insouciance que ses sœurs. Elle sentait la magie contagieuse de l'instant dans ses ombres qui insufflaient du pouvoir aux filaments de magie autour d'eux. Avec sa double vue, Harlow perçut que tout dans la pièce brillait légèrement tandis que le nœud dans sa poitrine se desserrait au son de la musique.

La chanson se termina et fut suivie par un titre plus lent. Enzo baissa le volume alors qu'elle s'approchait pour le saluer. Il était un peu essoufflé quand il la serra dans ses bras et avait l'air tellement heureux que Harlow eut du mal à se retenir de sourire quand il lui ordonna d'aller discuter avec Riley pour qu'iel se sente à l'aise.

Le cœur de Harlow se gonfla de bonheur pour Enzo. Elle connaissait ce regard : il craquait pour le talentueux métamorphe. Riley était dans la cuisine, ses dreadlocks attachées de manière stylée et ornées de jolis peignes dorés. Ses oreilles étaient légèrement longues comme celles de tous les Élus de l'Illusion et portaient des boucles assorties à ses peignes.

— C'est la seule partie qui est prête, dit Riley en désignant sa tête. Thea a été assez gentille pour proposer de s'occuper de mes yeux.

Sa voix était chaude et le flot de ses paroles lent et mesuré, comme si Riley ne connaissait ni l'angoisse ni l'énervement. Ses yeux couleur fauve étaient dotés de longs cils et l'enlumineur doré faisait légèrement scintiller sa peau mate. En dehors des Illuminés et de Thea, Harlow n'avait jamais vu une personne d'une beauté aussi intense. Ou peut-être qu'il s'agissait plus de charme. Quoi qu'il en soit, elle trouvait que son allure prévalait sur son physique et exprimait une grâce véritable venue d'un endroit plus profond.

— Ça me fait plaisir de te revoir, Riley.

Iel la prit aussitôt dans ses bras et Harlow sentit l'électricité de son empathie, rendue plus forte par leur proximité. Harlow n'avait jamais ressenti un tel pouvoir empathique.

— Waouh, c'était incroyable, murmura-t-elle tandis qu'une vague de réconfort apaisait ses nerfs à vif. Quel talent !

— Tu es différente… non ? demanda Riley, les yeux brillant d'intérêt.

Harlow fronça les sourcils, inquiète. Les empathes ne pouvaient s'empêcher de détecter les pensées et sentiments en surface, mais certains empathes très rares pouvaient percevoir des choses plus profondes comme l'étendue des manifestations d'autres immortels.

D'après ses yeux écarquillés et pleins d'émerveillement, Riley devait être au courant pour sa magie des ombres.

— Je ne dirai rien, murmura Riley. Enzo va le deviner aussi. Ton secret est bien gardé avec nous.

— Mais est-il préservé de la Reine Solitaire ? demanda Harlow.

Riley servit à Harlow un mimosa, les yeux pétillants d'un savoir secret.

— Je ne vois pas de raison de le lui dire, pour le moment. Tu le montreras au monde bien assez tôt, je pense.

Tandis qu'elle buvait son verre, Riley ajouta :

— Mais si elle était au courant, tu pourrais lui faire confiance pour garder ton secret.

Harlow ne savait pas trop si c'était l'empathie de Riley qui agissait sur elle ou un sentiment personnel, mais elle croyait ses paroles. Et cela attisa sa curiosité pour la Reine Solitaire. D'après le peu qu'elle avait entendu à propos de l'Ordre Solitaire, poser des questions était mal vu. Les membres de cet ordre étaient notoirement mystérieux. Harlow sentit ses ombres exprimer leur approbation auprès de son esprit de manière chaleureuse et agréable, sans qu'elle ne sache trop l'objet de leur revendication.

Intérieurement, elle leur demanda : *Vous aimez Riley ?*

La réponse fut clairement positive. Sa magie appréciait Riley, et tout le monde dans cette pièce. Ces personnes lui procuraient assurance et force. Elle s'émerveillait de la façon dont Riley communiquait sans mots jusqu'à ce qu'elle remarque ses sourcils levés et son petit sourire.

Alors que Harlow allait s'expliquer, Enzo sortit sa robe de la chambre et la pendit sur un portant avec les autres tenues pour la soirée.

Harlow l'étreignit et s'ouvrit pleinement à son empathie en demandant à ses ombres : *Montrez-lui pour qu'il comprenne.*

— Oh, fit-il, les sourcils levés à son tour quand elle s'éloigna. Oh… Harlow. Ta magie… Elle est magnifique.

Elle sourit quand il l'embrassa sur les joues. Riley passa son bras autour de la taille d'Enzo et ils lui sourirent comme deux parents fiers.

— Vous parlez de moi ? demanda-t-elle après un moment.

Ils acquiescèrent comme s'ils avaient eu une conversation silencieuse.

— Oh ! Pardon, oui, dit Riley avec un sourire éclatant qui illumina son visage.

Enzo déposa un rapide baiser sur sa pommette saillante.

— On a tendance à oublier que les autres ne peuvent pas nous entendre. Désolé, Harls. Riley a raison, ton secret est en sécurité avec nous. Après Solon Mai, j'adorerais voir ce dont tu es capable.

Harlow acquiesça, soulagée qu'ils soient au courant. Elle avait le sentiment qu'elle aurait bientôt besoin d'alliés, en plus de ses parentes et de ses sœurs. D'ailleurs, Enzo avait toujours fait partie de sa famille, et s'il choisissait Riley, iel en ferait partie aussi. Thea dansa jusqu'à eux et arracha Riley des bras d'Enzo pour s'occuper de son look.

Harlow les regarda avec un petit sourire s'éloigner tandis que Riley faisait tournoyer Thea sur la musique. Ils dansaient avec une telle grâce qu'elle se dit qu'ils feraient probablement d'excellents combattants. Elle se demanda d'où venait cette pensée, penchant légèrement la tête alors qu'Enzo se servait un mimosa.

— Je l'aime bien, finit-elle par dire. Mais ça va vite entre vous, non ? Ça te convient ?

Enzo hocha la tête en observant Thea et Riley qui échangeaient leurs idées concernant l'apparence de Riley.

— Les appariements entre empathes sont intenses. La mère de Riley était une sorcière, ce qui, comme tu le sais, est très rare. Même si Riley ne peut pas manier la magie comme le ferait une sorcière, son empathie est plus forte que celle de toutes les personnes que j'ai déjà rencontrées. On s'est immédiatement sentis à l'aise ensemble.

C'était logique, et cette explication fit danser les ombres autour de Harlow. Elles appréciaient les voir ensemble. *Vous êtes sûres que Riley est fiable ?* leur demanda-t-elle. Sa magie tourbillonnait en elle, la réconfortant avec une chaleur rassurante sur laquelle elle espérait pouvoir compter. En tout cas, c'était ce qu'elle voulait.

— Je suis heureuse pour toi, dit Harlow en serrant son ami dans ses bras. Tu veux bien m'aider à enfiler ma robe ?

Enzo la regarda avec un air songeur.

— Tu comptes faire ton maquillage à la main ?

— Pas ce soir, répondit-elle. Ces derniers jours m'ont un peu fatiguée.

Enzo acquiesça et posa son mimosa pour attraper sa robe. Harlow retira sa tenue de jogging et Enzo l'aida à enfiler sa robe en dentelle. Une fois habillée, elle attendit Thea. Indigo et Meline étaient resplendissantes, déjà vêtues de leurs robes de bal en soie damassée noire assorties. Elles ne s'habillaient pas toujours de la même façon, mais ce soir, elles se ressemblaient énormément. La seule différence entre les jumelles étant la couleur de leurs cheveux. Ceux de Meline avaient la même teinte doré miel que Harlow tandis que ceux d'Indigo étaient encore plus foncés que ceux de Thea et Larkin.

— Alors Larkin ne vient pas ? demanda Enzo, inquiet. Pourtant, elle n'a pas l'air déçue.

Larkin aidait tout le monde à appliquer les dernières touches à leurs tenues pour ce soir, mais elle portait son jogging préféré et ses cheveux étaient remontés en un chignon négligé. Elle avait bonne mine et semblait heureuse, loin de l'angoisse qui se lisait sur son visage habituellement avant une fête. Elle croisa le regard de Harlow avec un sourire radieux et décontracté.

— Je pense qu'elle se sent mieux que jamais. Elle t'a parlé de son ressenti sur les relations amoureuses ?

— Oui, répondit Enzo en souriant. Elle est arrivée plus tôt et on a passé l'après-midi à discuter. Je vais la présenter à Avery Hargrove. Tu te souviens d'Avery ?

Harlow connaissait Avery de l'université ; c'était une sorcière avec un don pour la sculpture et qui n'avait jamais eu de relation romantique.

— Oui. Comment va-t-elle ?

— Très bien. Ses sculptures ont du succès à Nea Sterlis et elle repart en tournée cet hiver. Je pense que Larkin et elle auront beaucoup de choses à se dire. Elles ont une conversation téléphonique de prévue la semaine prochaine.

Harlow ressentit un immense soulagement. Elle craignait que sa discussion avec Larkin n'ait pas été à la hauteur, qu'elle n'ait pas su trouver les bons mots et que ça l'ait blessée plus qu'aidée. Elle savait que si Larkin pouvait parler avec quelqu'un qui ressentait des choses similaires, elle pourrait mieux se comprendre.

— J'espère qu'elle fera mieux que moi. Pour que Larkin puisse mieux se comprendre… pour qu'elle ne souffre pas trop, tu vois ?

Enzo acquiesça en mettant un petit canapé dans la bouche de Harlow. C'était divin et elle se rendit compte qu'il fallait qu'elle mange.

— Donne-m'en un autre.

Il obéit, puis elle alla voir Thea. Elle prit la place de Riley sur l'un des fauteuils tapissés bleus à la table d'Enzo. Thea était déjà habillée, vêtue d'une robe simple en velours qui embrassait son corps mince, avec de longues manches qui enveloppaient ses épaules. Une tiare avec des diamants noirs chatoyait dans ses cheveux.

— Je ne l'avais jamais vue, dit Harlow alors que Thea buvait son mimosa.

— C'est un cadeau d'Alaric.

— Elle a l'air d'avoir de la valeur, fit remarquer Harlow en haussant les sourcils.

Thea fit une moue désapprobatrice.

— Je n'en doute pas. Bon, qu'est-ce qu'on va faire de ton visage et de tes cheveux ?

— Quelque chose qui donne l'impression que je sors juste du lit, mais qui reste élégant.

Thea secoua la tête. Elle, bien sûr, était chic et impeccable, avec un maquillage discret, les ongles vernis en rose pâle et les cheveux parfaitement en place.

— J'ai envie d'avoir l'air un peu décoiffée.

Thea acquiesça en tirant les fils de magie si vite que Harlow distinguait à peine ses doigts. Quand Thea lui tendit un miroir pour se voir, elle sourit. Un maquillage smoky subtil couvrait ses yeux et ses cils étaient étirés au-delà de ce qu'elle aurait pu faire avec des produits, mais pas trop pour qu'elle n'ait pas l'air excessivement maquillée. Pour le reste, on avait l'impression de voir sa peau, mais avec un éclat léger.

— Merci, murmura-t-elle. Je suis belle.

— Tu l'es toujours, Harlow. Mais oui, c'est l'une de mes meilleures œuvres.

Enzo tapa dans ses mains pour attirer l'attention de tout le monde.

— Les matères arrivent. Il est temps de se diriger vers les Métropolitaines.

22

Les colonnes en marbre des Archives Métropolitaines des beaux-arts étaient modérément éclairées, mais des lanternes sombres étaient disposées sur les marches pour donner à l'entrée de ce vieux bâtiment majestueux un air de mystère. Les photographes des plus grands magazines people devaient rester sur le trottoir, si bien qu'après avoir passé les flashs et les cris pour se tourner d'un côté ou de l'autre, Harlow put profiter de sa montée de l'escalier.

Elle avait toujours adoré ce bâtiment, et toutes les œuvres d'art qu'il abritait, puisque c'était l'un des rares endroits de Nytra qui ne faisaient pas de discrimination entre les Ordres et les humains. Si l'œuvre était suffisamment bonne, elle était ici, qu'elle soit d'un mortel ou pas. Le personnel de conservation et la direction avaient même commencé au cours des dernières années à engager davantage d'humains. Le progrès était lent, mais il était là.

Tandis que Harlow passait la porte arquée du musée avec sa famille, l'impatience la gagna. Si le gala du Solstice était l'apothéose de la saison, le bal de Solon Mai était considéré comme un moment clé pour la plupart des appariements. Habituellement, c'était le soir où les couples les plus importants de la saison se distinguaient et la course jusqu'au Solstice commençait pour quiconque n'avait pas encore trouvé de partenaire. Elle avait volontairement évité de faire le moindre plan élaboré avec Finn. Indigo et Meline l'avaient avertie à plusieurs reprises que les meilleurs mensonges contenaient un maximum de vérité, alors elle avait décidé de laisser les choses se faire naturellement.

Harlow était consciente du bruit que faisaient ses talons sur le sol en marbre du hall transformé pour ressembler à une forêt enchantée, les branches des arbres se déployant au-dessus d'eux sous un ciel étoilé. Partout, les branches fleuries s'enroulaient autour des colonnes et pendaient des plafonds comme si un énorme fourré avait envahi les Métropolitaines. De minuscules lumières magiques dorées flottaient çà et là, clignotant lentement comme des lucioles un soir d'été, référence au Solstice imminent.

Disséminées entre les colonnes, des centaines de lanternes en verre de différentes formes et tailles brillaient au sol. Cela créait dans l'entrée sombre du musée des dizaines de recoins déjà occupés par des couples. La musique résonnait de manière séduisante de la salle de bal au bout du hall.

Harlow sentit des yeux rivés sur elle, quelque part dans la forêt sombre et sinueuse. Elle s'arrêta pour regarder autour d'elle, sa robe bruissant autour de ses chevilles tandis qu'elle avançait avec cette sensation désagréable d'être observée par quelqu'un qu'elle ne pouvait pas voir. On lui attrapa le bras.

— Tu viens ? lui demanda Thea quand elle se retourna.

Harlow acquiesça et suivit lentement Thea vers la salle de bal où leur famille les attendait. Rapidement, on proposa aux jumelles de danser ; Enzo et Riley suivirent, ainsi que les matères, laissant Thea et Harlow seules à regarder les danseurs. Ici, l'obscurité du hall cédait la place à la luxuriance de fougères et de branches de glycines odorantes. Le sol autour de la piste de danse était couvert de mousse épaisse et de lichen jusqu'à une autre allée d'arbres sombres qui formait un anneau autour de la salle. Les mêmes petites lumières dorées que dans le hall dansaient entre les feuilles et les rameaux. Au centre de la pièce, des couples dansaient, entourés de groupes de personnes qui discutaient.

— Alaric est là, murmura Thea alors qu'une tête noir corbeau se faufilait vers elles.

Elle hésita comme si elle ne voulait pas laisser Harlow seule.

— File, insista Harlow.

Inutile de gâcher la soirée de Thea en lui disant qu'elle se sentait observée encore maintenant. Thea s'inquiéterait alors qu'elle méritait de passer une soirée romantique. Contrairement à Harlow, c'était la raison de sa présence ici.

Le sourire de Thea croisa celui d'Alaric et Harlow sut qu'elle ne l'écoutait plus. Ils gravitèrent l'un vers l'autre, attirés par une force invisible. Alaric prit la main de sa sœur et la guida sur la piste de danse où la foule s'écarta sur leur passage.

Les gens s'arrêtèrent pour contempler les figures qu'ils exécutaient. C'était véritablement les personnes les plus séduisantes dans cette salle, et ils amplifiaient la bonté et la beauté de l'autre. Le spectacle était si doux et si pur que Harlow se surprit à plaquer sa main sur son cœur, oubliant un instant son sentiment d'être observée.

Puis elle vit Finn. Elle ne savait pas comment elle avait pu le manquer. Une fois qu'elle croisa son regard, elle ne vit plus rien d'autre. Il avait quelque chose de négligé : son smoking parfaitement coupé était exactement comme il devait l'être, mais comme toujours, il refusait de porter une cravate. Petra se tenait à côté de lui et essayait de lui parler, mais il ne faisait pas attention à elle.

Était-il possible que ce soit lui qui la scrutait ? Ce n'était pas l'impression de Harlow. Son sentiment à cet instant, alors qu'il la regardait, n'avait rien à voir avec cette menace qui pesait sur elle depuis qu'elle était entrée. Non, c'était différent. La peau sous sa robe chauffait alors qu'ils rivaient leur regard l'un sur l'autre.

Il s'écarta du mur contre lequel il était appuyé et traversa la salle, laissant Petra derrière lui. Il n'utilisa pas sa vitesse extrême comme elle savait qu'il pouvait le faire. Il prit même son temps pour la dévisager, et Harlow sentit le désir serrer son ventre. Il lui prit la main quand il l'atteignit enfin et cela fit battre son cœur dans ses oreilles tandis que ses joues rougissaient sans équivoque.

— On doit faire quelque chose de désagréable, dit-il doucement en déposant un baiser sur la paume de sa main.

— Quoi ?

Elle suivit son regard appuyé. Ses parents se trouvaient au bout de la salle, entourés de gens qui voulaient tous recevoir leur attention. Mais eux surveillaient Finn et Harlow, et leur regard prédateur lui glaça le sang. Elle eut le bon sens de refréner le frisson qu'elle sentit venir, cependant rien ne pouvait amoindrir la peur qu'elle éprouvait à cet instant.

Mais même s'ils la terrifiaient, ce n'était toujours pas leur présence qu'elle avait sentie. Quand elle en prit conscience, elle eut des sueurs froides. La plupart des humains n'avaient pas conscience de la dangerosité des anciens Illuminés puisqu'elle dépassait leur imagination. L'hypothèse générale dans l'Ordre des Mystères était qu'ils avaient vécu trop longtemps et que rien ne pouvait plus assouvir leur désir de plaisir, à part la cruauté et l'humiliation. Personne n'avait d'informations concrètes les concernant, mais les rumeurs qu'elle avait entendues suffisaient à lui donner la nausée.

Voilà pourquoi elle était si troublée par sa conviction que le danger qu'elle ressentait venait d'ailleurs. Finn parlait en tirant délicatement sur son bras pour avoir son attention.

— Il le faut, Harlow. Ils veulent te rencontrer.

Elle savait qu'il n'en dit pas plus parce que ses parents étaient focalisés sur eux. Les Illuminés pouvaient concentrer leur ouïe pendant de brefs laps de temps, et ils écoutaient très probablement chacun de leurs mots.

— Je serais ravie de les rencontrer, dit-elle en s'efforçant de sourire.

Elle se demanda si, comme le soir de la fête du Bosquet, il sentait comme elle que quelque chose n'allait pas.

— Merci, murmura-t-il en pressant la main de Harlow contre sa poitrine avant de la guider à travers la salle.

Comme d'habitude, il semblait parfaitement calme, en tout cas, extérieurement. Son impassibilité l'exaspérait, comme le fait qu'elle se sentait rassurée quand il tenait sa main alors même qu'ils s'avançaient vers deux des plus dangereux immortels d'Okairos.

Harlow devrait l'interroger plus tard. Elle n'osa pas regarder ses parentes ; en fait, elle espérait qu'elles ne les rejoindraient pas. Il valait mieux qu'ils fassent ça de leur côté, mais si elle avait pu, Harlow aurait couru dans les bras réconfortants de ses matères. Elle s'arma de courage pour affronter l'intensité du regard des parents de Finn.

Connor McKay n'aurait pas semblé avoir plus de quarante ans s'il avait été humain, les touches de gris sur ses tempes étaient le seul détail qui montrait qu'il était vraiment un ancien âgé de plus de deux mille ans, si les rumeurs étaient vraies. Elle retrouvait dans ses traits incroyablement séduisants ceux de son fils, mais les similarités s'arrêtaient là. Alors que Finn était prévenant sous son apparence intimidante, Connor était froid et strict, dominant et prédateur. Si c'était possible, la mère de Finn l'était encore plus. Aislin McKay portait une robe de satin noir simple et ses cheveux marron étaient tirés en un chignon sévère. Elle était superbe, et c'était clairement d'elle que Finn avait hérité ses magnifiques yeux, mais cette beauté était noyée dans l'expression de colère pure qu'elle arborait. On aurait dit qu'à tout moment elle aurait pu bondir sur Harlow pour la dévorer.

Finn lui serra la main tandis que les gens qui entouraient ses parents se dispersaient à leur approche.

— Mère, Père, voici Harlow Krane.

Il ne dit pas « Mère » et « Père » sur le ton mignon que ses sœurs et elle utilisaient pour appeler Aurelia et Selene « Mère ». Il les prononça avec dégoût. Les souvenirs de bleus sur ses bras quand ils étaient enfants, ainsi que le nombre de fois incalculable où il n'avait pas été autorisé à déjeuner, ou celles où il n'était tout simplement pas allé à l'école pendant plusieurs jours d'affilée, tournaient dans la tête de Harlow. Il revenait plus pâle, avec des cernes sous ses yeux rouges, sans jamais évoquer ce qu'il avait enduré.

Au lycée, il était clair que ses parents s'attendaient à ce qu'il rejoigne la société d'immobilier de son père, et quand il s'était inscrit à l'université, cela les avait mis en colère, mais Harlow, elle, était fière de lui. Comme Alaric, il avait refusé l'argent de ses parents après ses études. Les rumeurs avaient circulé quand ils avaient monté leur propre entreprise de sécurité, spécialisée dans l'hybridation de la magie et de la technologie. Pourtant, ses parents avaient gardé une emprise certaine sur lui, mais elle ne comprenait pas exactement laquelle.

Harlow tendit les mains pour les saluer et pencha légèrement la tête quand Aislin les prit. Ses paumes étaient glaciales et elle serra si fort que Harlow en eut les larmes aux yeux. Mais sa voix était douce et raffinée.

— Heureuse de vous rencontrer enfin, Harlow. Vous êtes superbe.

Harlow doutait de la sincérité d'Aislin. Elle était si mince qu'on pouvait la qualifier d'émaciée. Les Illuminés appréciaient un certain genre de fragilité féminine, standard de beauté impopulaire auprès de l'Ordre des Mystères et des Élus de l'Illusion, mais qui faisait fureur chez les humains et les vampires. Harlow devinait à sa moue discrète qu'elle mourait d'envie de faire une remarque narquoise. Connor acquiesça, mais ne croisa pas le regard de Finn ou le sien, se contentant d'observer la foule comme si lui aussi sentait une menace cachée.

— Oui, dit lentement Harlow en s'efforçant de dégager ses mains de celles d'Aislin. Enchantée de faire votre connaissance aussi.

Un long moment gênant suivit et Aislin lâcha les mains de Harlow afin de lisser des plis inexistants sur sa somptueuse robe de soirée. Finn ne fit aucun effort pour remplir ce silence et Harlow ne savait pas trop quoi attendre. Elle ne pensait à rien, si ce n'était que ces personnes voulaient qu'elle se reproduise avec leur fils et s'emparer de la maison et du commerce de sa famille. Il n'aurait certainement pas été stratégique de le mentionner.

Aislin afficha un sourire si malveillant que l'estomac de Harlow se noua.

— Vous devriez aller vous amuser, tous les deux. Nous discuterons plus tard.

Connor acquiesça sans cesser d'étudier la foule.

— Oui, nous avons beaucoup à nous dire concernant votre avenir.

Les paroles de ses parents hérissèrent visiblement Finn, mais Harlow ne pouvait pas le lui reprocher puisqu'elle refréna une réaction similaire. Ils auraient pu le formuler de manière aimable, mais ils s'agissaient de menaces à peine dissimulées. Finn prit l'une des mains de Harlow et la caressa doucement avec son pouce.

— Parfait, dit-il sèchement en la serrant un peu plus, comme s'il craignait que l'un de ses parents ne s'empare d'elle.

Il serra si fort la mâchoire qu'elle se demanda si ses dents n'allaient pas se briser.

— Bonne soirée, lança-t-il à ses parents.

Harlow perçut sans peine le respect forcé dans sa voix. Son désir de leur plaire lui paraissait aussi évident que la haine qu'il leur vouait. Encore une fois, elle se demanda ce que ça ferait de ne pas avoir une famille comme la sienne, de vivre dans un monde sans la présence de personnes qui l'aimaient quoi qu'il arrive, d'être seule pour gérer tous ces sentiments complexes qui tourmentaient manifestement Finn tandis qu'ils s'éloignaient.

Alors que ses parents disparaissaient dans la foule, Finn desserra légèrement sa main. Leurs paumes étaient moites, mais elle ne le lâcha pas. Ils venaient de franchir une étape importante. La tension s'atténua suffisamment pour qu'elle comprenne de quoi il s'agissait : de la peur. Ils étaient tous les deux terrifiés.

Soudain, les éventuelles conséquences de leurs actes si les McKay soupçonnaient leur trahison devenaient claires. La peur instinctive en eux était un indicateur du caractère crucial des enjeux de leur situation. Les parents de Finn n'étaient pas des adversaires normaux ; c'étaient des immortels anciens avec des pouvoirs illimités et qui ne s'imposaient aucune restriction. Elle était si obsédée par cet étrange sentiment qu'on l'observait qu'elle avait oublié ce qui pesait sur ses épaules.

Harlow fut prise de vertiges et tituba, mais Finn le sentit et lui prit le bras, la serrant contre lui alors qu'ils s'avançaient vers la piste de danse. Son corps ferme était réconfortant contre ses courbes tandis qu'elle se fondait en lui.

— Je n'ai pas les mots pour te décrire ce soir, murmura-t-il. Tu veux danser ?

Elle sentit ses yeux sur elle et acquiesça, se laissant guider vers la piste. Quand les bras de Finn l'enveloppèrent, elle s'appuya volontiers contre lui, heureuse de le laisser prendre la relève. Il la tenait plus près que nécessaire et son torse effleurait périodiquement sa poitrine. Lentement, la peur commença à se dissiper.

Finn plongea ses yeux bleu-gris dans ceux de Harlow quand elle leva la tête. Elle y trouva un océan de non-dits. Des années de désir semblaient amplifier les sentiments qu'elle essayait de nier. Sa gorge se serra comme toujours quand elle s'autorisait à penser à ce qu'ils avaient perdu à cette époque lointaine, et elle se demanda si ce n'était qu'une amourette de jeunesse. Ou y avait-il plus, quelque chose qui aurait pu perdurer au-delà des papillons des premiers émois d'adolescents ?

Ils restaient silencieux, mais Finn la serrait de plus en plus contre lui. Leur respiration s'accéléra sensiblement, mais pas à cause de l'effort. Il pressa ses doigts contre son dos alors qu'elle se rapprochait encore et le laissait la plaquer si près qu'elle le sentait dur contre elle alors qu'ils tournaient. Chacune de ses terminaisons nerveuses réagissait à son contact et quand il se pencha vers son oreille, son souffle provoqua une vague de chaleur entre ses cuisses qui faillit faire céder ses genoux.

— Je suis content qu'on ait appris ces danses quand on était plus jeunes, dit-il d'une voix grave mais douce, tandis qu'il remontait les doigts le long de son dos jusqu'à ses cheveux. Il n'y a plus assez de sang dans mon cerveau pour qu'il fonctionne correctement.

Harlow savait précisément où était passé son sang. Elle n'avait pas la force de réfléchir tant son contact était envoûtant. Elle avait l'impression d'être en feu alors que la musique prenait de plus en plus de place et pendant un instant, c'était comme s'ils étaient complètement seuls.

Mais bien sûr, ils ne l'étaient pas et ils ne dansaient pas pour le plaisir. Ils avaient une mission à accomplir ce soir. Elle se rappela qu'ils ne faisaient pas ça pour eux, mais pour sa famille, son Ordre et tout l'équilibre des Ordres inférieurs. Pour s'empêcher de se laisser aller, elle observa la foule autour d'eux et remarqua des regards curieux un peu partout. Une nouvelle chanson retentit.

— Ça marche… Tout le monde y croit.

— Croit quoi ? demanda-t-il d'une voix distante.

— Que ma robe t'a séduit.

Elle sentit son rire contre ses seins et de manière plus profonde, dans un endroit enflammé par un désir qu'elle ne pouvait réprimer.

— Il n'y a rien à croire, Harls.

Pour appuyer ses propos, il écarta les jambes de Harlow avec la sienne et pressa son érection contre ses cuisses cachées par les plis de sa jupe. Un gémissement involontaire lui échappa. Il respirait fort tandis qu'il la faisait sortir de la piste de danse pour rejoindre un coin sombre de la fausse forêt. Elle le suivit sans poser de question, consciente que des centaines d'yeux étaient rivés sur eux.

Même s'ils étaient partiellement dissimulés par les fougères et les buissons, elle savait qu'on pouvait voir de la salle de bal qu'il la prenait sur ses genoux. Elle baissa les yeux et constata qu'il avait trouvé un fauteuil niché dans un renfoncement conçu pour un moment intime comme celui-ci.

— Tout va bien ? demanda-t-il avec douceur en enroulant une mèche de ses cheveux autour de son doigt.

— Oui, murmura-t-elle.

La voix de Finn était tendue, et maintenant qu'ils étaient seuls dans la petite alcôve, il ne la regardait pas dans les yeux.

— Ce n'est pas la robe. Même si elle est très jolie.

Elle fronça les sourcils. Elle savait ce qu'il voulait dire, mais n'insista pas. Après tout, ils jouaient la comédie. Elle passa ses bras autour de son cou et sentit les autres invités dans la salle de bal les observer subrepticement, extrêmement curieux d'assister à la suite. Le corps de Finn se contracta sous elle, sa respiration devint aussi difficile que la sienne et ses doigts effleurèrent ses épaules et ses bras.

— Si je t'embrassais, ça irait ? susurra-t-il en approchant sa bouche de la sienne.

Elle acquiesça et il plaça une main sur sa hanche et l'autre dans ses cheveux pour la rapprocher et enfouir son nez dans son cou. Son souffle chaud sur sa peau nue provoqua une vague de plaisir qui lui traversa le corps.

— Qu'est-ce que tu sens bon, gémit-il. Comment c'est possible ?

Quand elle se tourna vers lui, leurs lèvres s'effleurèrent, d'abord légèrement. Ce simple contact fit s'emballer son cœur. Un grondement vibra dans la poitrine de Finn alors qu'il refermait les doigts sur sa hanche et sur sa nuque, lui tirant délicatement les cheveux pour exposer son cou. Une excitation primitive monta en elle et aiguisa ses sens. Elle avait pleinement conscience de ses crocs qui brillaient à la lumière tamisée de l'alcôve.

Harlow se demanda ce qu'elle ressentirait s'il les enfonçait profondément dans son cou, s'il la mordait alors qu'ils bougeaient l'un contre l'autre. Cette pensée troubla sa vision et elle serra les cuisses, piégeant la chaleur torride entre elles. Quand Finn plaqua enfin ses lèvres contre les siennes, ce fut pour un baiser rapide et brutal, comme si on lui avait refusé quelque chose trop longtemps et qu'il avait enfin le droit de le prendre.

Elle resserra ses bras autour de son cou et glissa les doigts dans ses cheveux pour approfondir leur baiser. Elle oublia pendant une courte seconde la salle de bal remplie de personnes qui épiaient chacun de leurs mouvements. Quand la main commença à remonter qui tenait sa hanche sur son flanc, vers ses seins, elle reprit conscience. Elle s'écarta légèrement, à contrecœur. Un plaisir extrême palpitait entre ses jambes et elle ressentit une douleur physique quand elle décolla les lèvres des siennes.

Les yeux de Finn étaient voilés par la luxure et son corps crispé par l'urgence.

— Je suis désolé, murmura-t-il. Je me suis emporté.

Comme Harlow ne pouvait pas parler, elle se contenta d'acquiescer. Elle ne savait pas où s'arrêtait la comédie, mais à l'évidence, le corps de Finn réagissait au sien.

— Si on partait maintenant, je pense que tout le monde comprendrait, non ?

Ses yeux la suppliaient, mais elle n'arrivait pas à deviner pour quoi. Voulait-il arrêter ou aller plus loin ?

— Certainement, murmura-t-elle.

— Je peux te ramener chez moi ou chez toi ? Il faut qu'on parle.

— Chez toi, répondit-elle rapidement.

— Accorde-moi une minute… Me lever risque d'être problématique.

Harlow lui adressa un sourire malicieux.

— Tu peux toujours cacher ça grâce à un charme.

— Tu vois, là, je n'arrive même pas à réfléchir, dit-il en riant. Ton regard, ton odeur… ça m'a…

Il la dévisageait, les yeux pétillants.

Elle fouilla délibérément dans le petit sac qui pendait à son bras et envoya quelques messages à sa famille pour les prévenir qu'elle partait avec Finn. Quand elle leva les yeux vers lui, il se mordait la lèvre inférieure, comme elle. Puis il l'embrassa en caressant ses dents avec sa langue avant de l'aider à se relever.

— Je peux nous faire sortir d'ici rapidement ? lui demanda-t-il.

Quand elle accepta, il la souleva dans ses bras et elle ne sentit qu'une brise légère avant qu'il la repose devant sa voiture. Elle jeta un coup d'œil autour d'eux et découvrit qu'il était garé au fond d'un parking, sans aucune autre voiture en vue. Seules les étoiles éclairaient leurs pas. Les nuages habituels avaient disparu pour dévoiler le scintillement du cosmos.

Elle ne le laissa pas commencer à parler, mais le tira vers elle en glissant les mains le long de son torse musclé. Elle s'attendait à ce qu'il l'arrête, mais au lieu de cela, il enroula ses bras autour de son cou.

— Tout ça, c'était pour eux ? lui demanda-t-elle. Juste pour les gens ?

Il ouvrit brusquement les yeux et le coin de sa bouche remonta pour afficher un sourire plein de malice. En un clin d'œil, il la plaqua contre la voiture, la coinça avec ses cuisses puissantes et enfouit les mains dans ses cheveux.

— C'était pour eux, oui, gémit-il alors qu'elle enfonçait les ongles dans son dos. Mais ça, c'est pour toi.

Son baiser était plus tendre cette fois et aurait même été doux si son érection n'était pas pressée contre elle. La chaleur entre eux s'intensifia quand elle enroula une jambe autour de lui et se plaça de manière à ce que son sexe frotte contre son entrejambe et lui procure du plaisir.

Finn ouvrit la bouche et glissa sa langue de manière suggestive contre la sienne pour évoquer tous les endroits qu'il pourrait toucher. Il saisit son sein tandis qu'il passait le pouce sur son téton dressé, ce bouton dur qui se pressait contre le tissu fin de son body. Elle gémit dans sa bouche alors qu'il l'embrassait plus passionnément en glissant une main sous sa robe, entre ses cuisses désormais écartées pour lui. Quand il caressa le point mouillé qui se formait sur son body, il gémit à son tour.

Elle fut surprise quand il s'interrompit, au lieu d'écarter le body pour enfoncer ses doigts entre son intimité mouillée.

— Ce n'est pas ici que je voulais le faire, murmura-t-il en ralentissant le mouvement de ses doigts. Et il faut qu'on parle d'abord. Ça t'irait si je nous téléportais ?

Elle acquiesça tout en remuant le bassin contre ses doigts qui ne bougeaient plus.

— Vas-y.

Finn écarta ses mains et il l'attrapa par la taille. Il l'embrassa à nouveau et quand elle ouvrit les yeux, ils se trouvaient près d'un lac sombre, une maison faiblement éclairée derrière eux.

— C'est ta maison ? Celle que tu as construite ?

— Oui. Mais je n'ai pas envie d'entrer pour le moment. On peut rester dehors une minute ?

Elle savait qu'en prenant leur temps, ils se rendraient compte qu'ils devaient parler, mais elle en voulait encore. Elle s'écroula par terre et le tira sur elle. Il écrasa sa bouche contre la sienne en remontant sa robe au-dessus de ses cuisses. Elle tendit les jambes et cambra son dos quand il la caressa à travers son body.

Elle glissa une main entre les jambes de Finn et saisit son sexe à travers son pantalon. Il gémit tandis qu'il appuyait plus fortement et décrivait des cercles autour de son clitoris gonflé à travers le tissu fin qui les séparait. Elle le caressa avec vigueur sans pouvoir l'attraper aussi facilement qu'elle l'aurait fait s'il était nu, mais il remuait dans sa main aussi fougueusement qu'elle le faisait dans la sienne.

— Tu es trempée, gémit-il dans sa bouche.

— J'ai envie de te sentir en moi, le supplia-t-elle. Tout de suite.

Il s'écarta d'elle et elle vit dans ses yeux qu'il ressentait la même chose… qu'il voulait s'enfoncer si profondément en elle qu'ils ne pourraient plus distinguer la limite entre leurs deux personnes. Donc sa réponse la surprit.

— Pas tant qu'on n'aura pas parlé. Il faut que tu m'entendes d'abord. Si tu n'as pas changé d'avis après ça, on pourra le faire.

Harlow ne put ignorer son sérieux et s'écarta de lui avec réticence avant de redescendre sa robe sur ses genoux. Elle se releva péniblement et lui tendit la main pour le tirer à côté d'elle, puis pencha la tête avec un air curieux en regardant la maison. Maintenant qu'elle était plus calme, elle la reconnut.

— Pourquoi ta maison me semble-t-elle si familière ?

— Tu vas le découvrir par toi-même, répondit-il en lui prenant la main.

Ils grimpèrent la colline jusqu'à la maison. Plus elle s'approchait, plus un sentiment doux-amer grandissait dans son cœur. Elle reconnaissait chaque pierre, chaque fenêtre.

— C'est la maison de mes rêves ? Celle que tu as dessinée pour moi ?

— C'est trop ?

Elle perçut de la vulnérabilité dans sa voix. La peur qu'elle pense qu'il avait trahi sa confiance. Et peut-être qu'à une époque lointaine, elle se serait mise en colère, mais aujourd'hui, quelque chose avait changé en elle, comme si on avait glissé une clé dans la serrure d'une porte fermée qu'elle n'avait jamais vue. Alors que la porte en elle s'ouvrait, elle regardait l'homme à côté d'elle en souriant.

— C'est merveilleux.

23

La maison était une réplique exacte de celle qu'elle avait imaginée depuis qu'elle était petite. Elle avait toujours rêvé de vivre dans les bois, plutôt que dans une ville animée. Ce n'était pas qu'elle n'aimait pas Nuva Troi, mais parfois, elle avait besoin de calme, de distance. Du toit pointu aux portes arquées, en passant par les fenêtres à petits carreaux, cette bâtisse était la copie de ce qu'elle avait en tête, ou au moins, cela y ressemblait d'ici, dans la nuit.

— Je peux voir l'intérieur ?

Il la tira vers lui, plaquant son dos contre son propre torse pour lui parler.

— Avant d'entrer, j'ai une confession à te faire. Je crois que j'ai construit ça pour toi. D'abord, je me suis dit que c'était juste parce que j'aimais la maison que tu m'as toujours décrite, parce que c'était le genre de maison que j'aurais voulu enfant. Mais une fois qu'elle a été construite, j'ai su qu'il y avait plus que ça.

Harlow attendit que Finn continue, sentant son souffle sur ses omoplates tandis qu'il la serrait contre lui. Elle leva les yeux vers les siens et posa sa tête contre son épaule.

— Comment ça ?

— Je n'ai pas pu la meubler ou la décorer parce que j'espérais qu'un jour ce serait toi qui le ferais comme tu le souhaiterais, même si cela me semble impossible… Je veux que tu saches que je n'attends rien de toi. Si tu ne veux pas de moi, je comprendrai et je te promets que je t'aiderai comme j'ai dit que je le ferais avant de te laisser tranquille... Mais tu es la raison pour laquelle j'ai accepté de participer à la saison. J'espérais te revoir et que les choses puissent changer.

Il déversait ses paroles avec un ton désespéré qu'elle ne lui connaissait pas. Sa voix était empreinte d'émotion tandis qu'il pressait ses mains sur la courbe de son ventre. Elle sentait son érection contre ses fesses, mais ce contact était plus réconfortant que sexuel. Il y avait même quelque chose de mélancolique dans ses caresses.

Elle détourna le regard pour contempler la maison. Une partie d'elle savait qu'ils étaient en train de franchir une étape, mais elle se sentait insouciante. Ici, à cet instant, ce qu'elle était supposée accomplir avec Finn lui semblait bien loin. C'était comme s'ils existaient dans un monde parallèle pour une courte durée, un monde où elle pouvait lui faire confiance, où ils pouvaient avoir une chance.

— Et tes parents ? demanda-t-elle quand même. Ce n'était pas eux qui voulaient que tu y participes ?

Elle le sentit hausser les épaules.

— Si, mais je l'ignorais quand je suis revenu et que j'ai emménagé ici. Tout ce que je savais, c'était que tu avais rompu avec Mark et que c'était le moment si je devais avoir une chance avec toi.

L'entendre mentionner Mark lui coupa le souffle et elle eut l'impression que du poison se déversait en elle. Un souvenir lui revint : Mark la traitant de salope en revenant d'un dîner avec des amis, où elle avait discuté trop longtemps avec l'un de ses collègues sur le commerce de livres rares. Il ne s'était rien passé ; c'était juste un ami, mais il lui avait hurlé dessus pendant des heures quand ils étaient rentrés chez lui. Il disait qu'elle s'était ridiculisée et l'avait embarrassé. Affirmait qu'elle était bien naïve si elle pensait que quelqu'un d'autre que lui voudrait d'elle un jour.

Après ça, il avait commencé à aller dans des bars, à des fêtes, partout en fait, sans elle. Cela ne l'avait pas dérangée au début. Les amis de Mark se méfiaient d'elle, et il était plus facile de simplement rester à la maison avec Axel et profiter du calme. Mais c'était évidemment à cette époque qu'il avait commencé à rencontrer d'autres femmes. À rentrer imprégné de leurs parfums, à avoir des traces de rouges à lèvres. Il ne prenait même pas la peine de le cacher. Puis il avait fini par la mettre à la porte. Ce souvenir enfoui comme si elle n'était pas censée y repenser resurgissait maintenant.

— Où es-tu allée ? demanda Finn avec une voix grave, si posée et différente des cris stridents de Mark, qui la ramena à l'instant présent.

— Je suis désolée, s'empressa-t-elle de dire.

— Pour quoi ?

Il la fit se retourner pour pouvoir voir son visage et l'inclina pour qu'elle le regarde dans les yeux.

— Pourquoi devrais-tu t'excuser ?

Elle haussa les épaules et baissa les yeux.

— J'ai parlé de Mark... C'est le problème ? demanda-t-il.

Harlow haussa à nouveau les épaules et sa respiration se fit tremblante ; elle avait du mal à ne pas céder à la panique. Elle n'aurait pas dû penser à Mark. Pas maintenant.

— Harls, dit Finn d'une voix si douce et gentille qu'elle faillit laisser la panique l'envahir, la peur prendre le dessus, juste pour qu'il la réconforte, lui prouve qu'elle était en sécurité avec lui. Que s'est-il passé entre Mark et toi ? Pourquoi avez-vous rompu ?

— Parce que je n'étais pas assez bien pour lui, répondit-elle avec amertume. On n'a pas rompu. Il m'a larguée. Il m'a virée de notre appartement. Il a gardé mon chat.

Tout le corps de Finn se contracta et ses yeux se mirent à luire de rage.

— Il a gardé ton chat quand tu es partie ? demanda-t-il en entremêlant leurs doigts pour l'amener vers la maison. Viens. On va chercher ton chat. Maintenant.

Le mot « maintenant » lui donna un frisson. Elle avait rarement vu Finn comme ça. Il pouvait être froid, mais il gardait généralement son calme. Là, il était furieux, et si menaçant qu'elle en avait la chair de poule. Un immense pouvoir émanait de lui par vagues et emplissait les tissus de magie qui les entouraient, donnant aux fils les plus proches un éclat aveuglant.

Le Finn vulnérable avait disparu, remplacé par un prédateur immortel, dangereux et d'une beauté terrifiante. Mais Harlow n'était absolument pas effrayée. En fait, c'était même le contraire. Elle était excitée, presque autant que lorsqu'il l'avait émoustillée sans merci dans l'herbe.

Les narines de Finn étaient dilatées. Il sentait son désir. Pourquoi l'avait-elle oublié ?

— Tu es…, commença-t-il, les yeux brillants.

— J'ai déjà récupéré Axel, l'interrompit-elle pour éviter qu'il se rende compte que son empressement à l'aider lui faisait de l'effet. La semaine dernière. Je suis allée le chercher pendant qu'Olivia et Mark n'étaient pas chez eux.

— Vraiment ?

La voix de Finn était tendue comme s'il était déçu de ne pas avoir l'occasion de se défouler violemment sur Mark.

— Oui, il est en sécurité à mon appartement. Larkin reste avec lui ce soir. Je sais que c'est un peu bête, mais elle aime bien passer du temps un peu loin des matères et des jumelles et elle adore les animaux… alors, ça tombe bien, parce que je suis un peu surprotectrice avec lui en ce moment.

— Tant mieux, lâcha-t-il finalement, le souffle court. Tu aurais pu me demander de l'aide.

— Je sais. Mais il fallait que je le fasse seule.

Finn posa les mains sur ses joues et l'embrassa sur le front avec tant de douceur que cela lui fit monter les larmes aux yeux.

— Tu veux rentrer chez toi pour être auprès de lui ? On peut y aller ensemble et passer la nuit là-bas si tu veux. Ou je peux te déposer et repartir. Comme tu veux.

Elle entendait si peu sa voix trembler comme ça que cela rappela à Harlow la conversation qu'ils étaient censés avoir.

— Non, je n'ai pas envie de rentrer. Axel s'occupe de Larkin. Je veux voir la maison… et discuter. Comme on a prévu de le faire.

Il acquiesça, visiblement incapable de parler, et la fit entrer. Comme il l'avait dit, l'intérieur était presque vide, à l'exception de quelques traces de sa vie. Ses vestes, suspendues à des patères dans le débarras près de la porte de derrière. Un mug artisanal, rincé dans l'évier. Un saladier en céramique avec des pommes sur le comptoir en marbre de la cuisine immaculée.

Loin du concept d'espace ouvert que la plupart des gens appréciaient dans les maisons modernes, celle-ci offrait une succession de pièces aux volumes généreux. Chacune avait la taille parfaite pour accueillir de grandes réunions de famille, mais il n'y avait pas de salle de bal, de vaste salle à manger ou de hall grandiose. Juste des endroits douillets pour se réunir en toute intimité.

Elle ne ressemblait à aucune maison d'Illuminés que Harlow avait pu voir. Les murs étaient d'un blanc crème lumineux et cosy à la fois. Le mélange rustique mais élégant de bois, de pierre et de détails architecturaux avait été choisi avec goût. Elle savait exactement comment elle aurait meublé et décoré l'espace, avec des matières et tissus nobles associés à des couleurs claires d'albâtre, d'ivoire et d'or, des livres et des antiquités sur chaque étagère encastrée.

Harlow adorait la beauté sombre de Nuva Troi, mais elle voulait remplir sa maison de lumière réconfortante. Ses ombres s'agitaient pour se mettre à l'œuvre, mais elle les contint. Finn allumait un feu par magie dans chaque cheminée dès qu'ils entraient dans une pièce, et les appliques aux murs produisaient une lumière tamisée partout dans la maison.

— Alors, demanda-t-elle, pas de meubles en dehors d'une table de cuisine ? Où allons-nous nous asseoir ?

— La chambre est meublée…, dit-il, un peu gêné. Mais on peut retourner dans la cuisine et s'asseoir à la table.

Harlow avait la gorge serrée. Il lui donnait l'occasion de faire marche arrière, de ralentir les choses. Mais ce n'était pas ce qu'elle souhaitait. Elle voulait savoir ce qu'il avait à dire, et tout entendre dans la chambre. Quoi qu'il arrive par la suite… elle y était préparée.

— Allons dans ta chambre, finit-elle par dire.

Finn la porta, montant l'escalier et parcourant un long couloir en un instant avant de la déposer dans une pièce au plafond voûté.

Un énorme lit tapissé était installé dans une alcôve ornée de rideaux. Deux gros fauteuils encadraient la cheminée comme s'ils les attendaient. Les murs étaient peints dans le même blanc que le reste de la maison et tous les tissus de la chambre étaient dans des teintes crème et blanc, comme elle aurait pu les choisir. Au-dessus d'une commode simple, près de la porte de ce qu'elle supposait être la salle de bains ou un placard, il y avait neuf esquisses encadrées.

Harlow s'en approcha et, quand sa vue s'habitua à la pénombre et qu'elle put les voir clairement, elle tendit les doigts. C'étaient des dessins de la maison, avec des annotations écrites par elle des années auparavant. Ils avaient travaillé sur ses esquisses pendant l'été entre la primaire et le collège, alors qu'ils rêvaient ensemble d'un endroit plein de lumière et de fantaisie, différent du monde qu'ils connaissaient. Il avait suivi ses instructions à la lettre.

— Tu les as gardées ?

Elle se tourna afin de le regarder. Il se tenait au milieu de la chambre, et pour la première fois, il semblait sans défense, comme si, quelles que soient ses prochaines paroles, elles le briseraient. Il acquiesça lentement, mais ne dit rien. Pourtant, elle voyait dans son regard des sentiments intenses qu'elle ne se souvenait pas avoir déjà vus en lui.

— Mais pourquoi ? demanda-t-elle, les larmes aux yeux. Pourquoi aurais-tu fait ça ?

— Viens t'asseoir.

Il lui prit la main et la guida vers l'un des fauteuils devant la cheminée dont le feu crépita quand elle s'assit. Au lieu de prendre l'autre fauteuil, il s'assit par terre à ses pieds pour être bien face à elle.

— La dernière nuit qu'on a passée ensemble était la plus parfaite de ma vie, commença Finn d'une voix empreinte d'émotion.

Harlow serra sa main dans la sienne, sentant qu'elle aurait besoin de soutien autant que lui. Elle était réticente à l'admettre, mais cette nuit avait été parfaite pour elle aussi, le monde alors plein de possibilités et d'amour. Ils avaient la vie devant eux et cette nuit-là, elle avait naïvement pensé qu'ils la passeraient ensemble.

Elle prit une profonde inspiration pour se calmer, consciente que la suite allait probablement lui faire mal.

— Elle était parfaite pour moi aussi.

Il remarqua le tremblement dans sa voix et posa une main sur sa joue alors que ses yeux s'assombrissaient.

— Quand je suis rentré après t'avoir déposée, mes parents m'attendaient. Mon père arborait son sourire carnassier et ma mère avait l'air folle de joie.

Harlow pouvait les imaginer, après la scène de la salle de bal aux Métropolitaines. Elle sentit la colère en lui et serra encore plus fort sa main, si bien que ses articulations blanchirent.

— Ils avaient des photos de nous, Harls. Je suppose qu'ils nous avaient fait suivre. Elles ne semblaient avoir été prises par un pro… mais je n'ai jamais su de qui elles venaient. Je ne comprenais pas pourquoi ils étaient si heureux. Pendant toutes ces années, ils m'avaient répété que je ne devais pas trop me rapprocher de toi… Ils ont toujours eu des soupçons sur mes sentiments à ton égard. Ils savaient que j'étais amoureux de toi. Bon sang, tout le monde le savait. C'était tellement évident… Donc leur air réjoui… Ça m'a rendu suspicieux.

Elle comprenait sa réaction. Ses parents avaient insulté sa famille tant de fois quand ils étaient plus jeunes qu'elle aurait été choquée aussi d'apprendre que leur relation leur faisait plaisir… Et elle se serait aussitôt méfiée de leurs intentions.

Finn retira sa veste, et Harlow fut distraite par son torse large et les muscles de ses avant-bras tandis qu'il remontait ses manches. Son tatouage représentant une épée, un serpent et des lilas attira de nouveau son attention.

— Continue.

— Ils m'ont demandé de m'asseoir et ont insisté pour que je… Mince, je ne peux pas dire ça.

Honteux, il posa son front sur les genoux de Harlow. Elle résista à l'envie de passer les doigts dans ses cheveux noirs.

— Si, vas-y.

Elle voulait savoir ce qui l'avait éloigné d'elle, ce qui l'avait profondément transformé.

— Ils voulaient que je me reproduise avec toi. C'est comme ça qu'ils l'ont formulé. Comme si tu étais un animal. Me reproduire avec toi jusqu'à ce que tu engendres « une progéniture viable ».

Un sanglot étranglé lui échappa. Elle aurait aimé pouvoir être surprise, mais elle ne l'était pas. Harlow était sûre qu'ils avaient dû tenir des propos encore plus ignobles.

— J'étais tellement dégoûté par la manière dont ils parlaient de toi que je me suis disputé avec eux. Je leur ai dit que je ne t'utiliserais jamais à de telles fins. Je leur ai aussi dit que je t'aimais, que je m'apparierais à toi, m'unirais à toi, mais que je ne te traiterais jamais comme ils me demandaient de le faire.

— Ils voulaient juste qu'on ait un bébé ? demanda-t-elle d'une voix douce.

Étant donné ce qu'elle savait déjà, ce n'était pas vraiment un choc pour elle.

Il releva les yeux vers elle.

— Non… Enfin… Si… Mais par n'importe quel moyen. Que tu y consentes ou pas… Et qui sait ce qu'ils voulaient faire avec notre enfant ?

Elle comprit soudainement. Ils voulaient le forcer à la violer. Elle tremblait de rage. Comment des parents pouvaient-ils demander une telle chose à leur enfant ? Surtout un fils aussi bien que Finn. Mais cela n'expliquait toujours pas ce qu'il avait fait, comment il avait réagi.

— On en avait déjà parlé à l'époque, Finn. Je savais à quel point ils étaient mauvais. J'aurais compris, affirma-t-elle. Tu aurais pu me le dire.

— Vraiment ? J'aurais pu te dire à dix-huit ans que mes parents voulaient que je te mette enceinte, même si c'était contre ton gré ? Harlow, j'étais absolument terrifié. J'avais peur d'eux, de moi…

La colère de Harlow prit le dessus.

— Pourquoi donc aurais-tu eu peur de toi-même ?

Il sursauta comme si elle l'avait giflé et se retourna, accablé par la honte.

— Que les dieux me pardonnent, Harls. Je l'ai envisagé, pendant un instant. J'ai pensé à ce que ça ferait d'avoir un enfant ensemble.

Elle le suivit quand il se leva pour s'accouder à l'âtre, le front appuyé sur l'énorme manteau de la cheminée. Elle passa les bras autour de sa taille.

— Tu as imaginé comment ce serait d'avoir un bébé ?

Il se tourna et des larmes voilaient ses yeux orageux.

— Oui, et vu le contexte, je me suis détesté.

Harlow était perplexe. Ce n'était pas du tout ce qu'elle s'attendait à entendre. Elle avait toujours pensé que les parents de Finn étaient impliqués dans ce qui s'était passé, mais elle s'était dit qu'ils l'avaient convaincu qu'elle était inférieure à lui. Qu'il avait été idiot de tomber amoureux d'une immortelle d'un rang moindre. Chaque choix qu'elle avait fait pendant les années qui avaient suivi était basé sur cette supposition... Pour elle, si la première personne dont elle ait jamais été amoureuse était devenue si cruelle après une nuit passée avec elle, c'était que quelque chose clochait chez elle.

Alors que...

Elle avait bien du mal à saisir l'étendue des conséquences que cette supposition avait eues sur sa vie.

— Je ne suis pas sûre de comprendre. Tu nous as imaginés avoir un bébé, sans me forcer à le faire, mais seulement ce que ça ferait si on avait un enfant ensemble. Tu as aimé ça et ça fait de toi quelqu'un d'horrible ?

Les larmes de honte s'amassaient dans ses yeux.

— Ils pouvaient deviner. Sentir le désir en moi. Harls, ils savaient combien je te désirais, combien je voulais fonder ma propre famille, et je savais à ce moment-là qu'ils ne cesseraient jamais d'essayer de nous manipuler pour mettre leurs plans tordus à exécution.

— Et c'étaient quoi, leurs plans ? demanda-t-elle doucement en pensant au livre de Merkhov.

Devait-elle lui en parler ?

Avant qu'elle n'en dise plus, il répondit.

— Je ne sais pas. Après ça, je ne leur ai pas parlé pendant presque deux ans. J'ai emménagé dans la maison que m'avait léguée mon grand-père, dans le centre-ville, tu te souviens ?

Harlow acquiesça. Elle se souvenait de cet endroit que l'Élu de l'Illusion avait laissé à Finn à sa mort, mais ne se rappelait pas exactement comment le métamorphe était lié aux McKay. Peut-être qu'elle ne l'avait jamais su.

— J'étais déterminé à faire en sorte que tu me détestes, poursuivit Finn. Je ne pouvais pas me faire confiance quand j'étais avec toi, avec toutes ces conneries qui tournaient dans ma tête, et je savais que tu aurais trouvé une solution, un moyen de résoudre tout ça, dit-il en secouant la tête. Mais tu ne sais pas qui ils sont, Harlow. Tu ne sais pas ce qu'ils ont fait. Ce qu'ils pourraient encore faire.

Harlow le lâcha. Elle comprenait enfin et elle n'aimait pas ça. Peut-être qu'il avait commis une erreur dans sa façon de gérer les choses, mais elle en avait commis plusieurs en laissant le comportement de Finn envers elle définir sa propre valeur. Elle n'était pas sûre de pouvoir lui pardonner, ni même se pardonner.

— Qu'est-ce qui est différent aujourd'hui ? Pourquoi est-ce sûr aujourd'hui alors que ça ne l'était pas à l'époque ?

— Ça ne l'est toujours pas, dit Finn en secouant la tête. J'en ai juste assez. J'avais besoin que tu saches ce qui s'était passé et que tu fasses un choix par toi-même. Je t'ai privé de ton libre arbitre.

Elle regardait fixement le feu.

— Au moins, leurs buts sont cohérents, fit-elle remarquer. Je ne sais pas ce que le fait qu'on ait un enfant ensemble signifierait pour eux, mais ça ne peut pas être bon pour le bébé ni pour nous.

— Non, c'est sûr. Mais je suis un adulte aujourd'hui et… Enfin, il y a beaucoup d'autres choses que je devrais te dire, si tu penses que tu pourrais vouloir nous donner une autre chance, mais cela impliquerait d'autres personnes et je devrais te demander de garder beaucoup de choses secrètes, expliqua Finn en soufflant pour retrouver son sang-froid. Aujourd'hui, je peux assurer ta sécurité, ce qui n'était pas le cas avant.

Elle sentait qu'il était sincère, qu'il n'aurait pas tenu ces propos s'il ne pensait pas que c'était vrai. Harlow se laissa retomber dans son fauteuil. Il ne restait plus qu'un sujet à aborder.

— Et pour Petra ?

Il baissa la tête, plein de remords.

— Je ne me suis jamais autant détesté que quand je l'ai laissée vous harceler, Enzo et toi, sans intervenir. Je suis en thérapie depuis que je me suis confié à Alaric.

Cela la surprit, mais pas tant que ça. Alaric était quelqu'un de bien, en tout point. Évidemment qu'il avait essayé d'aider Finn, comme l'aurait fait un grand frère.

— C'était quand ?

— Quand j'avais dix-neuf ans. Il m'a trouvé un thérapeute et je le vois toujours… en visio aujourd'hui, parce qu'il est à Nea Sterlis. James est le père de Riley Quinn, un empathe.

Harlow restait calme. Ses émotions tourbillonnaient en elle de manière déroutante. Elle lui en voulait de ne pas lui en avoir parlé, de ne pas lui avoir tout expliqué. Et en même temps, elle se souvenait de comment c'était d'avoir cet âge, de redouter chaque émotion changeante, d'avoir peur de soi-même et de ses propres désirs. Si elle était honnête, elle était incapable de dire comment elle aurait réagi s'il lui avait révélé tout ça. Mais la manière dont il l'avait laissée tomber et le comportement de Petra avaient encore des effets néfastes qu'elle n'arrivait pas à effacer aujourd'hui.

Il s'agenouilla devant elle, comme pour la supplier.

— Je ne m'attends pas à ce que tu me pardonnes. Et je ne m'attends pas à ce que tu viennes vivre ici, ou te mettes avec moi… Ou quoi que ce soit. Quand je suis revenu ici il y a deux ans, j'avais l'intention de tout te raconter et de te demander qu'on se remette ensemble.

— Mais j'étais avec Mark.

— C'est ça. Et quand j'ai vu les photos de vous deux sur Section Sept, j'ai renoncé. Je me suis installé ici. J'ai fait détruire la maison qu'il y avait sur ce terrain, et quand j'ai commencé à dessiner des plans, c'est ça qui m'est venu. Mais je n'ai jamais imaginé que tu romprais avec Mark, alors je suis retourné à Nea Sterlis. À Yule, tout le monde disait que tu allais te fiancer. Je pensais que tu finirais par l'épouser.

— Moi aussi, murmura-t-elle. Mais les choses ont changé.

— À ce propos... Il y a autre chose que je dois avouer, et tu ne vas pas apprécier.

Harlow haussa les sourcils.

— Tu te souviens d'Avery Hargrove ?

Son cœur se serra. Alors tout était lié à Avery ? Était-il attiré par elle ? Elle éprouva une jalousie qu'elle aurait tant aimé ne pas ressentir. Elle acquiesça, les lèvres pincées.

— Je suis tombé sur elle dans une galerie de Nea Sterlis l'hiver dernier et elle m'a raconté une histoire à propos de Mark Easton que j'ai trouvé préoccupante.

— Quoi ? lança Harlow, surprise.

— Ils étaient ensemble au lycée...

En internat ?

— Oui. Il se montrait si dominant et violent que les parents d'Avery l'ont fait transférer ici.

— Oh..., dit-elle avec une petite voix.

Elle avait toujours pensé que c'était sa faute si Mark agissait ainsi. C'était ce qu'il lui avait répété tant de fois : « Tu fais ressortir le pire de moi, Poupée. Je ne peux pas m'en empêcher. Je t'aime tellement, ça me rend fou. »

— Je savais que je n'avais pas le droit de m'impliquer dans ta vie, Harls, mais Avery m'a prévenu qu'elle avait entendu d'autres femmes, avec qui il avait été, dire que son comportement était de plus en plus violent avec le temps... Quand il était avec Avery, il ne lui a jamais fait de mal, physiquement en tout cas. Mais il lui est arrivé de casser ses affaires, il lui criait souvent dessus...

Sa voix s'atténua alors qu'il sondait les yeux de Harlow. Elle savait ce qu'il voulait lui demander. Mais un vide résidait dans l'esprit de Harlow à l'endroit où aurait dû se trouver la réponse. Elle ne dit pas un mot en attendant qu'il poursuive.

— Je me suis arrangé pour qu'il rencontre Olivia… Plusieurs sources m'avaient informé qu'elle s'intéressait aux riches humains, alors je me suis assuré qu'ils se rencontrent dans les meilleures conditions.

Il poussa un soupir qui aurait pu exprimer une sorte de délivrance, mais il ne semblait pas soulagé. Juste inquiet et légèrement honteux.

— Comment ? demanda-t-elle.

— Tu veux vraiment connaître les détails ? Ça a marché. J'ai interféré et ça a marché, mais pas comme je le pensais… Je pensais que…

Harlow comprit et éclata de rire. Un rire sec et cassant.

— Tu pensais que je le découvrirais et que je le quitterais.

Il acquiesça, les yeux voilés par la culpabilité, comme s'il venait de se rendre compte qu'il l'avait mise dans une situation où elle risquait de souffrir encore plus.

— Mais il s'est passé autre chose, c'est ça ?

— Il couchait avec d'autres femmes avant elle, Finn. Et pourtant, je ne l'ai pas quitté. Je pensais que je ne méritais pas mieux. Puis il m'a mise à la porte et c'est probablement ce qui pouvait arriver de mieux, même si ça a été terrible.

En tout cas, c'était l'impression qu'elle en avait. Le mur de verre entre elle et ce souvenir était toujours aussi opaque. Harlow prit une profonde inspiration.

— Tu m'as aidée. Ça ne s'est pas passé comme tu l'envisageais, mais tu m'as aidée. Je ne sais pas si je l'aurais quitté de moi-même sinon.

Les sourcils froncés, il ne savait pas comment réagir. Finn avait toujours aimé que les choses soient claires, positives ou négatives. Mais là, ce n'était pas le cas. Il avait de bonnes raisons de faire tout ce qu'il avait fait, mais Harlow avait été profondément blessée. Elle sentait qu'il prenait conscience que ses actes avaient eu des conséquences dans sa vie pendant des années.

— Aujourd'hui, j'ai l'impression que c'était lâche de ma part… J'aurais dû venir te récupérer.

— Je ne t'aurais pas suivi, dit-elle d'une petite voix calme. À l'époque, je me serais dit que je ne méritais pas de partir avec toi et d'être protégée comme ça.

— Et aujourd'hui ?

Aucun espoir ne transparaissait dans sa voix.

Peut-être que le plus judicieux aurait été de continuer d'en parler. Jusqu'à ce qu'elle ait toutes les informations. Mais elle en avait appris assez pour ce soir. Elle avait besoin de temps pour tout intégrer, pour mieux comprendre seule, mais elle voulait rester près de quelqu'un qu'elle aimait, quelqu'un qui avait fait des erreurs, mais les avait faites pour essayer de la protéger. La seule chose qu'elle savait, au vu de sa mauvaise expérience avec Mark, c'était que personne n'était parfait. Même l'amour n'était pas parfait et parfois les gens qui faisaient de leur mieux se plantaient. C'était ce qu'elle faisait tout le temps.

Harlow voulait découvrir ce qui se trouvait derrière la porte qu'on lui avait claquée au nez et qui suggérait quelque chose de nouveau. Et même si elle n'était pas encore prête à l'admettre pleinement, elle avait envie d'en franchir le seuil et de faire un pas pour entrevoir l'étendue des possibles de l'autre côté.

— Maintenant, je veux ce que je désire depuis notre dernière nuit ensemble.

— C'est quoi ? lui demanda-t-il en levant les yeux vers elle.

— Une autre nuit avec toi.

Finn contracta la mâchoire.

— Juste une nuit ?

— On commencera par une, et puis une autre... J'ai besoin d'y aller lentement, Finn. J'ai beaucoup travaillé sur moi ces derniers mois. Sur bien des aspects, je suis remise de ce qui s'est passé avec Mark, mais je ne suis pas complètement guérie. Pas encore.

— On peut aller aussi lentement que tu le veux, dit-il en la tirant par terre sur ses genoux.

Il la prit dans ses bras et son odeur sensuelle et familière envahit Harlow tandis qu'il la serrait contre lui.

— Et sinon, à propos de mes parents ? À l'évidence, ils veulent encore aujourd'hui ce qu'ils ont toujours voulu.

Harlow repensa à l'image des serpents dans le livre de Merkhov. Elle aurait dû lui en parler. C'était le moment idéal, mais elle n'y arrivait pas. Sa confiance encore limitée l'en empêchait. Elle pourrait le lui dire dès qu'elle serait sûre de lui.

— Ils peuvent vouloir ce qu'ils veulent, cracha-t-elle, une haine venimeuse pour Aislin et Connor McKay montant dans sa poitrine. Rien ne nous oblige à le leur donner.

Elle leva la tête et vit les yeux de Finn briller en entendant la férocité dans sa voix.

— Ma courageuse.

Elle se leva avec le sentiment d'être plus imprudente que brave, mais elle ne le contredit pas. Elle avait besoin de lui pour avoir une meilleure opinion d'elle-même. Si c'était l'image qu'il avait d'elle, peut-être cela pourrait-il l'aider à se voir autrement. Elle ne pouvait pas dépendre de lui pour être entière, elle devait l'apprendre par elle-même, mais il n'y avait pas de mal à laisser quelqu'un l'aider, si ?

Il la suivit des yeux tandis qu'elle faisait le tour de la chambre, sa robe tournant autour de ses chevilles. Le bal de Solon Mai semblait appartenir à un lointain passé alors qu'il avait eu lieu seulement quelques heures plus tôt. Elle sentit son regard caresser son dos, aussi tangible que ses doigts qui passaient sur les boutons de sa robe. Avec ses mouvements lents, il lui donnait du temps comme elle le lui avait demandé. Elle s'éloigna pour s'appuyer contre l'encadrement de la porte de la salle de bains et le regarda l'observer.

Il ne l'avait pas bien comprise. Elle avait besoin de temps pour son cœur. Elle ne pouvait pas lui rendre ce qu'il éprouvait pour elle pour le moment, pas comme elle l'aurait souhaité, mais il y avait d'autres choses qu'ils pouvaient faire. D'autres moyens de rétablir leur lien de confiance. Elle n'avait couché avec personne depuis Mark et n'en avait même pas eu envie. Mais là, c'était différent : c'était Finn et elle le désirait. Et il était évident qu'il la désirait aussi. Chaque fibre de son être le clamait.

— Viens ici, murmura-t-elle si doucement qu'elle se demanda s'il l'avait entendue.

Il se retrouva à ses côtés en un instant, mais il hésita. Quand ses yeux croisèrent les siens, elle sentit sa respiration se bloquer.

— Tu es sûre ?

— Oui, souffla-t-elle alors qu'il se rapprochait encore. Je suis sûre.

Et elle l'était. Sûre que même s'il faudrait peut-être du temps à son esprit pour digérer leur passé complexe, il s'était montré honnête avec elle. Il lui avait raconté ce qu'il avait fait en prenant le risque de perdre ce qu'il voulait le plus. Au-delà de cela, elle était sûre que ce soir, son corps lui appartenait, à elle et à personne d'autre, et le respect qu'elle voyait dans ses yeux lui disait qu'il était prêt à l'honorer.

Harlow était absolument certaine que cela faisait partie de ce dont elle avait besoin pour avancer, faire confiance à quelqu'un qui la traitait avec respect, qui la regardait de cette façon ce soir et lui laisserait sa liberté demain. Pourtant, il hésitait et ses yeux la sondaient.

Elle tendit les mains vers lui et le tira par la chemise jusqu'à ce qu'elle ait le dos contre le mur et le torse ferme de Finn pressé contre sa poitrine. Il gardait les yeux rivés sur elle tandis qu'elle passait ses bras autour de son cou. Une petite voix lui fit remarquer qu'il ne la touchait pas. Peut-être avait-elle mal interprété ses intentions. Peut-être ne la désirait-il pas. Elle la fit immédiatement taire. Ce n'était pas ça.

Non. Il la laissait mener la danse. Il savait qu'on l'avait trop souvent privée de ses choix, qu'elle s'était retrouvée impuissante face aux vagues qui s'étaient abattues sur elle pendant trop longtemps. Alors il la laissait mener la barque.

Quand Finn pencha la tête vers la sienne, elle leva le menton, la bouche entrouverte. Sa poitrine se soulevait au rythme de la sienne. Ils se touchaient à peine, mais le corps de Harlow réagissait déjà à la proximité du sien. Elle tira sa tête plus près de la sienne et leurs lèvres se rencontrèrent.

C'était un baiser lent, languissant même, alors qu'elle écartait les lèvres pour faire danser sa langue avec la sienne. Elle enfonça ses doigts dans les cheveux de sa nuque tandis qu'il approfondissait leur baiser. Il ne la touchait toujours pas avec ses mains, mais les seins douloureux de Harlow étaient pressés contre son torse tandis qu'elle cambrait le dos, désireuse d'avoir plus de contacts avec lui.

Quand elle se plaqua contre lui, il émit un grondement qui vibra jusqu'au plus profond d'elle. Il écarta ses jambes avec une cuisse et fit remonter ses mains sur ses flancs pour effleurer la courbe de ses seins avant de la saisir par la taille et la serrer contre lui. Elle sentit chaque nerf de son corps s'enflammer à son contact, la chaleur se rassembler entre ses jambes où la cuisse de Finn lui offrait un certain soulagement. Mais il n'allait pas plus loin et se limitait à la chair gonflée de son entrejambe.

Il l'embrassait fougueusement, et chaque coup de sa langue la provoquait, mais il lui offrait sa cuisse et c'était à elle de prendre du plaisir. Elle le tira plus près, écarta un peu plus les jambes et inclina son bassin jusqu'à ce que son érection entre en contact avec elle.

Finn laissa échapper un gémissement grave et guttural alors qu'elle se frottait contre lui. Il saisit ses fesses et la serra contre lui pour l'aider à amplifier la friction entre eux. Il fit descendre sa bouche le long de son cou. Elle gémissait ouvertement maintenant, produisant des bruits pour l'inciter à continuer.

— Jouis pour moi, dit-il d'une voix voilée et grave tandis que sa langue titillait le pavillon sensible de son oreille.

Elle en avait envie aussi, mais elle avait besoin de plus.

— Je te veux en moi.

Il s'écarta très légèrement d'elle pour laisser ses jambes redescendre. Il passa une main sur l'intérieur de son poignet où le sigil gravé sous sa peau, un contraceptif et une protection contre les maladies sexuellement transmissibles, s'illumina. Elle sentit son cœur s'emballer tandis qu'elle lui montrait le sien. Ils allaient vraiment le faire après toutes ces années d'attente, de tristesse… Ce soir, ils recommençaient et empruntaient une nouvelle voie.

Finn esquissa un sourire alors qu'il promenait ses mains sur ses seins, sur ses tétons durs, et dessinait des cercles avec son pouce.

— Retourne-toi.

Elle fit ce qu'il lui demandait, les genoux faibles alors qu'elle se soutenait contre le mur. Il se chargea de défaire rapidement les boutons dans le dos de sa robe tout en embrassant sa nuque.

— Tu es tellement belle, susurra-t-il en faisant glisser sa robe sur ses épaules.

Il la tira contre lui après qu'elle s'était débarrassée de son vêtement et caressa ses seins, avant de descendre sur son ventre. Quand elle tressaillit légèrement, il s'arrêta.

— Tout va bien ?

— C'est juste que...

Elle ne voulait pas penser à Mark maintenant.

— Je..., bégaya-t-elle. J'ai pris du poids quand j'étais avec Mark.

Il se figea un instant, puis la fit se retourner pour qu'elle soit face à lui. Il avait ce regard prédateur, dangereux qu'elle avait déjà vu.

— Et ? demanda-t-il d'une voix douce et fatale.

— Et il n'aimait pas ça.

Son menton se mit à trembler et elle ferma les yeux. Elle allait tout gâcher. Ils prenaient du bon temps, et il fallait qu'elle gâche tout.

Elle l'entendit prendre une grande inspiration, mais sa voix était posée, éternellement calme, quand il dit :

— Harls, ouvre les yeux.

Elle l'écouta. Il avait retiré tous ses vêtements en quelques secondes, grâce à sa vitesse d'Illuminé. Il était époustouflant et elle ne savait pas trop quelle était son intention, mais cela renforça ses doutes sur ce qu'ils étaient sur le point de faire. Elle n'était pas comme à l'époque du lycée : elle n'était plus mince et Mark l'avait souvent accusée de « se laisser aller ».

— Regarde-moi, Harlow, lui ordonna Finn. Regarde comme je suis dur.

Elle le regarda et rougit légèrement. Son sexe était gonflé de désir pour elle et il le caressa avec un petit sourire.

— C'est pour toi. Parce que j'aime ce que je vois... comme tu es maintenant, dit-il en se rapprochant avant d'ajouter d'une voix encore plus grave : Ce n'est pas entièrement vrai, je n'aime pas, j'adore.

Il lui coupa le souffle en la faisant pivoter pour la plaquer de nouveau contre lui, dans la même position que lorsqu'elle avait eu un mouvement de recul. Cette fois, sa peau brûlante était pressée contre elle et seul le tissu fin de son body les séparait.

Il attrapa ses seins et pinça légèrement ses tétons à travers son sous-vêtement tandis que sa bouche retrouvait sa nuque.

— Depuis que je suis tombé sur toi sur la rue des Mûriers, je pense à ton corps, à ce que ça ferait si je te touchais comme ça.

Il descendit légèrement le body, exposant ses seins à l'air frais de la pièce et à sa vue tandis qu'il la contemplait par-dessus son épaule.

— Ils sont parfaits, tu m'entends. Je rêve de les avoir dans la bouche depuis des semaines.

Elle gémit au contact de ses mains chaudes qui contrastaient avec l'air froid. Il descendit encore le body sur ses hanches, révélant son ventre.

— Tu veux bien me laisser te toucher ici ? demanda-t-il quand elle retira son body.

— Pourquoi tu voudrais faire ça ? demanda Harlow d'une voix d'abord dure.

— Parce que j'adore te regarder, te toucher, j'adore chacune de tes formes, et je veux que tu le sentes.

Il pressa son sexe contre la courbe de ses fesses, appuyant ses propos avec une férocité primitive. Quand elle acquiesça, il fit glisser ses paumes sur son ventre en gémissant dans son oreille.

— Ça, ça me rend fou. Je veux enfoncer ma queue en toi, gronda-t-il en caressant sa peau.

Elle sentit une chaleur monter entre ses jambes qu'elle écarta en s'appuyant au mur.

— Vas-y, le supplia-t-elle en inclinant le bassin pour que le bout de son sexe se presse contre l'entrée de son vagin.

— Pas si vite, dit-il en émettant un rire qui lui donna des frissons. Je veux te voir jouir pour moi.

Il lui prit les mains et la retourna pour l'amener sur le tapis en fourrure douce devant la cheminée. Il l'embrassa alors passionnément et l'attira par terre, sur lui. Sa peau effleura la sienne quand elle se plaça sur lui à califourchon, frottant sa moiteur contre son sexe raide d'avant en arrière. Il gémit avant de la faire se redresser.

— Je veux te voir entièrement.

Elle se pencha en arrière et s'abandonna à la chaleur du feu, à la pression de son sexe en érection qui glissait contre la partie la plus sensible de son corps. Il glissa les mains le long de ses cuisses pour les écarter encore tandis qu'il s'enfonçait en elle et que son pouce caressait son clitoris juste avant de plonger entre ses plis mouillés.

Quand il inséra son pouce en elle, elle se cambra contre sa main.

— Bon sang, tu es trempée, grogna-t-il.

Sous elle, son sexe réagit en remuant, jaloux de son pouce. Il étala son désir mouillé sur la zone qu'elle mourait d'envie qu'il touche. Tandis qu'il décrivait des cercles délibérés, elle écarta encore les cuisses et se souleva pour se placer juste au-dessus de son sexe.

Il gémit son nom alors qu'elle descendait lentement sur le bout suintant de sa verge. Il ne retira jamais son pouce de son clitoris. Quand il la remplit complètement, elle commença à bouger sur lui, d'abord lentement. Les yeux de Finn brûlaient de désir alors que les seins de Harlow remuaient à la lueur du feu.

Il se lécha les lèvres, et elle sourit, se pencha graduellement jusqu'à ce que ses tétons effleurent sa bouche. Il enleva sa main de son clitoris quand elle se pressa contre lui. Il aspira tour à tour ses mamelons, pinçant les bouts durs de ses seins avec ses lèvres.

Le ventre de Harlow se contracta d'extase quand Finn s'enfonça de plus en plus en elle alors qu'elle le chevauchait en ondulant habilement pour guider son pénis à un endroit à l'intérieur d'elle qui la fit pousser un cri. Quand il l'entendit prononcer son nom, Finn empoigna ses fesses et la tira contre lui en plaquant sa bouche contre la sienne, entremêlant leur langue au rythme de leurs mouvements fiévreux. Cela n'avait rien à voir avec la première fois. À l'époque, c'était hésitant, doux et tendre. Cette fois, c'était sauvage, désespéré et fou.

Elle n'arrivait pas à en avoir assez de lui, à le sentir assez profondément en elle. Mais quand elle inclina le bassin dans un angle légèrement différent, il fit des va-et-vient si puissants que la vision de Harlow se brouilla et elle exprima son plaisir en criant. Il intensifia encore ses mouvements et des étoiles apparurent devant ses yeux tandis qu'ils atteignaient l'orgasme en même temps.

Quand elle s'écroula contre lui, il la serra dans ses bras. Elle écouta son cœur battre avec le sentiment d'être satisfaite, en sécurité et chérie. Elle eut un frisson alors qu'il jouait avec ses cheveux. Il était toujours en elle et elle sentait son sexe remuer, prêt à recommencer, mais ses caresses étaient apaisantes.

— Tu veux manger un bout ? Ou même dîner ? Je peux nous préparer quelque chose.

Harlow fut surprise par son ton mélancolique. Elle était absolument comblée. Quand elle s'écarta de lui, elle se sentit vide.

— Je reviens, murmura-t-elle en déposant un baiser sur sa joue.

Elle se leva et se rendit à la salle de bains en sentant son regard rivé sur elle.

— Tu trouveras un jogging dans le placard si tu veux enfiler quelque chose.

Ce n'était pas son intention, mais elle se nettoya rapidement et utilisa les toilettes. C'était une belle salle de bains, avec du marbre blanc et une lumière parfaite. En découvrant la grande baignoire, elle soupira.

— Tu as envie de prendre un bain ?

Quand elle se retourna, Harlow trouva Finn appuyé contre la porte de la salle de bains. Nu. Parfait.

— On peut ? demanda-t-elle avec un sourire radieux.

— « On » ? répéta-t-il, un sourire en coin. Oui, bien sûr qu'on peut. Et après, on mangera et on dormira profondément.

Il caressa ses fesses avant de faire couler l'eau dans la baignoire. Elle enroula les bras autour de sa taille et pressa ses seins contre son dos tout en embrassant le point entre ses omoplates qu'elle pouvait atteindre. Elle était grande, mais comme tous les Illuminés, il était encore plus grand ; il devait mesurer presque deux mètres.

— Tu es un vrai tyran parfois.

Finn se tourna et écarta les cheveux de son visage quand elle pencha la tête pour l'embrasser. Le bruit de l'eau qui coulait était réconfortant et lui réchauffait le cœur.

— Tu m'en vois désolé. Je vais m'améliorer. Je m'inquiète quand les gens que j'ai… que j'apprécie ne semblent pas prendre soin d'eux.

— Alors viens prendre soin de moi, dit-elle en s'asseyant sur le rebord de la baignoire.

Il secoua la tête avec un air narquois.

— Les désirs de ma dame sont des ordres.

24

Harlow se réveilla dans un lit vide, enveloppée par la lumière blafarde du matin. Elle fut d'abord confuse, désorientée. Mais quand son corps glissa contre les draps doux de Finn la mémoire lui revint. La douleur agréable entre ses jambes ranima d'autres souvenirs. Et les bruits de douche venant de la salle de bains lui rappelèrent toute la nuit qu'elle venait de passer.

Elle sortit du lit sans attendre que son cerveau se mette en marche. Elle voulait le rejoindre avant de changer d'avis ou même de prendre le temps de réfléchir. Une brosse à dents neuve était posée sur le meuble. Elle se lava rapidement les dents, puis jeta un coup d'œil derrière la cloison où elle put admirer Finn sous la douche.

Quand il la vit, sa peau émit une faible lumière et le ventre de Harlow se serra. Il lui fit un signe du doigt avec un sourire.

— Viens par ici.

Elle s'exécuta et entra dans la grande douche en marbre. Il la tira immédiatement vers lui pour l'embrasser si passionnément qu'elle était contente de s'être brossé les dents. Comme il l'avait clairement fait aussi, elle savait qu'il avait pensé à elle.

De l'eau tombait du plafond en un doux torrent. Il la positionna pour qu'elle lui tourne le dos.

— Bonjour, Harls. Je suis content de te voir.

Elle en eut la preuve quand il se frotta contre ses fesses. Il fit remonter ses mains devant elle et elle remarqua qu'il avait pris un pain de savon sans qu'elle ne s'en aperçoive. Lorsqu'il commença par le passer lentement autour de ses seins et décrivit des cercles avec son autre main autour de son nombril, ses tétons durcirent. Puis il descendit de plus en plus bas, jusqu'à ce qu'il plaque sa paume contre son ventre comme il l'avait fait cette nuit. Ce matin, elle ne tressaillit pas quand ses doigts appuyèrent sur sa chair. Elle sentit l'effet que cela lui faisait de la toucher, de saisir les courbes de son corps. Son sexe remua contre ses fesses tandis qu'un grondement de plaisir caressait son oreille.

Finn approcha la bouche de son cou et ses crocs effleurèrent sa peau. La chaleur monta entre ses jambes quand il titilla son oreille avec ses lèvres et sa langue.

— C'était si bon cette nuit que j'ai cru que c'était un rêve. Je n'avais pas envie de te réveiller… au cas où tu avais changé d'avis…

Harlow se pencha en avant et plaqua les mains sur le carrelage froid de la cloison de douche, laissant l'eau rincer le savon sur son corps.

— Je n'ai pas changé d'avis, dit-elle en se penchant encore en se cambrant et en écartant les jambes. Tu peux sentir comme j'ai envie de toi.

Il émit un grondement grave qui lui donna un frisson avant qu'il ne saisisse ses fesses.

— Je n'arrive pas à croire que tu sois là.

Il y avait tant de tendresse dans la voix de Finn qu'elle se retourna. Ses yeux orageux étaient pleins d'émotion et ses crocs brillaient dans sa bouche entrouverte. Elle l'embrassa en passant sa langue sur les pointes acérées de ses longues canines alors qu'il glissait les doigts entre ses cuisses.

Elle sentit alors un long doigt s'enfoncer en elle, puis deux. Elle bascula son bassin en avant et il plongea ses doigts plus profondément. Quand il les sortit, il les suça lentement.

— J'adore le goût que tu as, susurra-t-il d'une voix grave alors qu'il la guidait sur le siège dans la douche.

Son cœur s'emballa quand il s'agenouilla devant elle. Il l'embrassa sur la bouche en faisant danser sa langue avec la sienne comme une promesse de ce qui allait arriver pendant qu'il renfonçait ses doigts en elle.

Harlow gémit dans la bouche de Finn tandis qu'il remuait ses doigts, d'abord doucement, puis plus brusquement quand elle commença à bouger contre lui. Il plaqua sa bouche sur sa joue et descendit dans son cou, ses crocs éraflant sa peau mouillée. Elle rapprocha son cou de lui.

— J'ai envie de toi, gémit-elle.

— Pas encore…, murmura-t-il. Pas encore.

Il fit descendre sa bouche sur ses tétons et les suça l'un après l'autre pour les dresser tout en utilisant sa main libre pour presser le sein délaissé. Quand il replia ses doigts en elle, elle sentit l'orgasme venir, mais il ralentit la cadence.

Puis il baissa la tête et déposa des baisers sur son ventre et ses cuisses qu'elle écarta encore ; elle voulait désespérément lui permettre de placer sa tête entre ses jambes. Elle sentit son souffle sur la partie la plus sensible de sa peau et cela suffit presque à la faire jouir.

Sa respiration devint encore plus laborieuse quand il plaqua sa bouche sur elle et fit entrer et sortir ses doigts au rythme des mouvements de ses hanches tout en la léchant et la suçant. Le corps de Harlow frémit contre lui, mais il ne s'arrêta pas avant qu'elle ne s'écroule dans ses bras.

— Prête à t'habiller ? demanda-t-il poliment.

— Non, répondit-elle en se levant malgré ses genoux fébriles.

Elle se retourna en s'appuyant de nouveau contre la cloison de la douche et lui adressa un sourire tandis qu'elle écartait les jambes.

— Non, je n'ai pas fini. Pourquoi ? Toi, si ?

Il la prit par les hanches et elle le guida vers son sexe qui était trempé suite aux soins qu'il lui avait administrés.

— Non, gronda-t-il alors qu'il se glissait en elle.

Harlow poussa son bassin vers lui pour accentuer la puissance de ses va-et-vient tandis qu'il passait un bras autour de sa taille, caressait son ventre et descendait jusqu'à son clitoris.

— Plus fort, lui ordonna-t-elle en laissant ses doigts se glisser entre ses jambes.

Il gémit.

— Tu aimes ça ?

— Oui, cria-t-elle alors que des lumières passaient derrière ses yeux quand les ombres de sa magie pénétrèrent dans son champ de vision.

Il la plaqua contre lui, tremblante, et l'embrassa dans le cou. Il ralentit légèrement ses mouvements, et elle le sentit palpiter en elle tandis qu'il respirait dans son oreille.

— Il n'y a rien de meilleur que toi, gémit-il en se renfonçant en elle, ses crocs contre la peau de son cou.

— Mords-moi, le supplia-t-elle en se contractant autour de son sexe.

Il caressa ses cheveux et la pénétra si fort qu'elle vit des étoiles, et même l'éclat du cosmos en jouissant contre lui. Il répéta son nom encore et encore, mais n'enfonça pas ses dents en elle alors qu'elle s'abandonnait contre lui.

Les Illuminés étaient un amalgame des Ordres inférieurs ; ils avaient la capacité de changer de forme comme les membres de l'Ordre des Masques, un talent profond pour la magie comme ceux de l'Ordre des Mystères et une composition corporelle similaire à celle de l'Ordre de la Nuit, ce qui incluait leurs crocs. Harlow savait que quand les Illuminés étaient intimes, ils mordaient souvent leur partenaire, et les rumeurs qu'elle avait entendues concernant le plaisir que procurait cette expérience l'intriguaient.

Finn la fit se retourner dans ses bras, et l'eau chaude les rinça tous les deux avant qu'il ne se lave les cheveux. Elle se sentait somnolente et comblée, mais pas entièrement satisfaite.

— Pourquoi ne veux-tu pas me mordre ? demanda-t-elle doucement.

Il avait un air rêveur comme s'il était aussi enivré qu'elle.

— Je… Je veux que…

Sa peau chaude luisait toujours.

— Je sais que les Illuminés font ça quand ils baisent, fit-elle remarquer.

Elle décela sur son visage une hésitation si fugace qu'elle faillit ne pas la remarquer.

— C'est vrai, tu as raison.

— Alors pourquoi tu ne veux pas me mordre ?

Il s'écarta d'elle.

— On va finir par se transformer en pruneaux. Sortons.

Elle le tira vers elle.

— C'est ma faute ?

— Oui, aboya-t-il en sortant de la douche.

Le corps de Harlow réagit aussitôt au ton de Finn et se figea. Elle rougit de honte. Il resta là, à s'égoutter sur le sol de la salle de bains, les traits crispés par la détresse.

— Ça… ne m'est pas venu comme ça. Sors de la douche, d'accord ?

Il lui tendit la main, mais elle ne bougea pas. Ce n'était pas juste de sa part de s'attendre à ce qu'il garde toujours un ton calme, mais la manière dont il s'était adressé à elle lui rappela Mark, et maintenant, elle était paralysée.

Finn effleura son menton du bout des doigts pour qu'elle lève les yeux vers les siens.

— Je suis désolé d'avoir été sec. Je suis un peu tendu. Tu peux me laisser un moment ?

Sa voix était de nouveau posée, comme s'il savait exactement pourquoi elle était figée ainsi. Elle prit une profonde inspiration et fit un pas en dehors de la douche avant de le laisser l'envelopper dans une serviette chaude et douillette. Il se passait quelque chose qu'elle ne comprenait pas.

— Tu veux que je t'attende dans la chambre ?

— Oui, merci, dit-il en lui serrant le bras. Il y a un peignoir sur la patère là-bas.

Elle le vit et sut que c'était le sien quand elle l'enfila. Il avait son parfum qu'elle inspira pour se réconforter. Harlow alla allumer le feu dans la cheminée et quand Finn sortit de la salle de bains, vêtu seulement d'un pantalon de sport gris, elle s'efforça de rester dans son fauteuil.

— Tu veux t'asseoir avec moi ? demanda-t-il avec douceur.

Elle pensait lui laisser un peu d'espace, mais elle préférait cette idée. Il s'assit dans le fauteuil en face du sien et écarta les bras. Elle se déplaça avec des mouvements lents et prudents au cas où il aurait changé d'avis, mais dès qu'elle fut à sa portée, il l'attrapa et la tira sur ses genoux.

— Je suis désolé de t'avoir parlé comme ça, dit-il en caressant ses cheveux mouillés. Ça n'est pas sorti comme je l'aurais voulu.

— Ce n'est pas grave, répondit-elle d'une voix hésitante. Mark était... imprévisible. Je sais que ce n'est pas ta faute.

Finn déposa des baisers sur ses joues, puis ses lèvres.

— Merci de m'en parler. J'ai un tempérament plutôt constant, mais ça, te mordre... Ça m'effraie.

Harlow fronça les sourcils et pencha la tête pour lui indiquer qu'elle était prête à l'écouter.

— Chaque fois que je suis en toi, j'ai désespérément envie de te mordre, avoua-t-il à voix basse.

— Tu peux, insista-t-elle. Je n'ai pas peur.

— Mais peut-être que tu devrais.

— Tu n'es pas un vampire, plaisanta-t-elle. Les Illuminés ne tuent pas en mordant. Tout ce que j'ai entendu, c'est que ça rend le sexe... encore meilleur.

Ce n'était pas exactement ce qu'elle avait entendu. Ce qu'elle avait entendu, c'était que cela procurait l'un des orgasmes les plus époustouflants qu'on puisse avoir, et franchement, elle en avait envie. Elle en avait envie avec lui.

— Oui, c'est comme ça en général.

— Alors tu as mordu d'autres personnes ?

— Oui, répondit Finn, gêné.

— Mais pas moi, fit-elle remarquer, rougissant à son tour.

— Si je te mords, ce sera différent, expliqua-t-il avant de fermer les yeux et de se pincer l'arête du nez. Mes sentiments pour toi changent la donne. Cela pourrait affecter ma morsure.

— Comment ça ?

— Qu'est-ce que tu sais sur la Revendication ?

Elle n'en avait jamais entendu parler.

— Rien. C'est quoi ?

— Un rituel d'accouplement brutal entre ceux de mon espèce. Je ne savais pas que ça pouvait arriver entre un Illuminé et une sorcière. En fait, je pensais que c'était impossible, sinon, j'aurais été plus prudent, mais cette nuit, j'ai senti le goût du venin la première fois qu'on a fait l'amour et ça m'a fait peur.

— Le venin ?

— Ce n'est pas comme du venin de serpent… Ça ne t'empoisonnerait pas, ça ne te ferait pas de mal, mais cela nous lierait si bien que nous aurions beaucoup de mal à nous séparer.

— Comment ?

— C'est un lien psychique, expliqua Finn, les sourcils froncés. Et si nous n'étions plus amoureux, nous séparer serait douloureux. On aurait besoin de magie pour retrouver nos personnalités d'origine… De magie complexe.

Le cœur de Harlow battait fort.

— Est-ce que tu veux dire que tu es amoureux de moi ?

— C'est compliqué de répondre à ça, dit Finn avec un soupir.

— Essaie, demanda-t-elle si doucement qu'elle n'était pas sûre qu'il l'ait entendue.

— Je suis toujours amoureux de celle que tu étais quand on était jeunes. Je sais que je ne te connais pas aujourd'hui, pas bien en tout cas. Mais on est toujours connectés… mon cœur, mon corps, ils ne font pas la différence que fait mon esprit. Peut-être que c'est ce qui a provoqué mon venin. (Harlow comprit et acquiesça.) Mais je pense que je pourrais l'être à nouveau. Si tu le voulais aussi. Je pense que ce serait possible.

Harlow déglutit. Inutile de se voiler la face : l'idée lui paraissait aussi grisante qu'effrayante.

— Tu n'as pas à me dire ce que tu ressens pour moi maintenant. En fait, je t'en prie, ne dis rien.

Elle comprenait et était contente qu'il lui laisse le temps de réfléchir.

— Donc la Revendication est irréversible ?

— Non, mais l'annuler est une prouesse qui implique une douleur physique. Je te l'ai dit, c'est violent.

— Ça, c'est le mauvais côté. Mais si on était ensemble, qu'on ne cessait pas de s'aimer, ça ferait quoi ?

Finn plongea son regard, où se mêlaient peur et espoir, dans celui de Harlow.

— Cela ferait de notre connexion un bonheur total. C'est pour ça que les Revendiqués se séparent rarement, même s'ils ne s'aiment plus. Ils se contentent de coucher ensemble pour se satisfaire et de continuer comme ça. Mes parents sont ainsi. C'est pour ça qu'ils sont aussi horribles.

Harlow comprenait maintenant : Finn ne voulait pas la piéger ni être piégé. Elle comprenait aussi pourquoi il avait mal réagi. Ce sujet l'effrayait et le rendait vulnérable. Elle passa les doigts dans les cheveux noirs de Finn et bougea sur ses genoux pour l'enfourcher. Il écarta ses cheveux mouillés de son visage.

— Je n'aurais pas dû t'aboyer dessus.

Sous elle, il remonta son bassin pour avoir un contact plus rapproché avec elle tout en promenant ses mains sur ses cuisses. Elle tira doucement les cheveux dans sa nuque et lui inclina la tête en arrière pour effleurer les angles de son visage avec ses lèvres.

— Tu as le droit d'avoir des sentiments. Je comprends tout ce que tu m'as dit.

Elle se blottit contre lui et bougea lentement pendant qu'il glissait ses mains sous son peignoir. Il caressa l'intérieur de ses cuisses avec ses pouces pour l'exciter sans merci.

Harlow laissa échapper un petit gémissement, puis se pencha pour lui mordiller le lobe de l'oreille en murmurant :

— Je ne te demanderai plus de me mordre. Pour le moment.

Quand elle se redressa, les yeux de Finn flamboyaient. Elle était électrisée par la lueur de sa peau et la pression grandissante de son sexe contre elle, et seul le tissu fin de son pantalon de jogging faisait barrière. Elle ouvrit le peignoir et le laissa tomber avant de tirer sur son pantalon en se positionnant au-dessus de lui.

La douleur sourde due à l'excès de sexe de la nuit précédente mélangée à la sensation de le sentir contre elle stimula ses sens.

Il était posé et déterminé alors qu'il la tirait sur lui, étirant son corps légèrement courbaturé. Avec des gestes lents, il la pénétra profondément, les yeux plongés dans les siens.

Une légère odeur de fumée emplit les narines de Harlow et se mélangea au parfum enivrant mêlée et d'ambre de Finn. Le rythme et l'intensité de leurs mouvements grandissaient au fur et à mesure qu'elle ondulait des hanches sur lui. L'air sec et frais contrastait avec leur chaleur moite tandis qu'il la prenait de plus en plus fort. Harlow gémit en se penchant en arrière pour permettre à la courbure du pénis de Finn d'atteindre le point qui lui faisait voir l'univers. Elle garda cependant les yeux rivés sur les siens alors que ses ombres se rassemblaient autour d'elle.

— C'est quoi ça ? souffla-t-il. C'est toi ?

Quand elle acquiesça, la peau de Finn brilla et il écarta les lèvres tandis qu'elle se contractait autour de lui.

— Jouis avec moi, le supplia-t-elle.

Il tira son bassin vers lui et s'enfonça encore en elle alors qu'elle criait et que leurs voix fusionnaient. Au-dessus d'eux, des ombres d'encre se mêlaient à la lumière qui émanait de lui. Harlow savait qu'il était aussi stupéfait qu'elle. Le plaisir déferlait sur eux par vagues de lumière et d'ombre.

Et pendant un instant, elle se vit à travers ses yeux, découvrant les belles courbes des ténèbres et de l'ombre, mystérieuses et séduisantes comme la nouvelle lune. Des larmes coulaient sur leurs deux visages.

— Comment as-tu fait ça ? murmura-t-il en se cramponnant à elle et l'embrassant partout. Comment as-tu canalisé la magie comme ça, Harls ?

25

Harlow ne savait pas trop quoi dire. Impossible de trouver les mots. Cela ne lui était jamais arrivé pendant un rapport sexuel, et elle avait déjà eu des orgasmes vraiment spectaculaires.

— Tu es une Arpenteuse ? demanda Finn, les yeux écarquillés.

— Comment sais-tu ce que c'est ? s'écria-t-elle d'une voix plus cassante qu'elle ne l'aurait voulu.

— Je ne sais pas grand-chose, si ce n'est que les Arpenteuses étaient des sorcières légendaires, une force contre les Illuminés durant la Guerre des Ordres. Les membres de mon espèce en ont profondément peur.

Le cœur de Harlow se serra, mais elle sentit sa magie réagir. Elle l'encourageait en tournant autour de ses bras et de ses doigts de manière douce et agréable. Sa magie appréciait Finn ; elle voulait se mêler à sa lumière à nouveau.

— Et toi ? Tu as peur ? lui demanda-t-elle.

Un grand sourire étira ses lèvres.

— Non, je sais que je devrais, mais ça ne ressemblait pas du tout à ce qu'on m'a appris à craindre.

— Qu'est-ce qu'on t'a appris à craindre ?

— On raconte à tous les enfants illuminés les contes des Arpenteuses, qui éteindront notre lumière avec leur obscurité infinie.

Harlow afficha un faible sourire. Les Ordres avaient plein de contes du genre, principalement destinés à faire peur aux enfants.

Pour les petites sorcières, c'était les incubes qui leur voleraient leur cœur et leur magie. Les métamorphes, eux, racontaient les légendes du dieu Illusionniste, Voltos, qui pourrait leur voler leur capacité à changer de forme.

— Je pensais honnêtement que c'étaient des histoires pour nous convaincre de bien nous comporter. Mais ça… Ça, c'était…

— Époustouflant ? souffla-t-elle.

Il se mit à rire, aussi stupéfait qu'elle.

— Ouais, ça l'était vraiment. Et je me sens plus fort aussi.

— Plus fort ?

— Ouais, regarde ça.

Et sans un mot, ils se retrouvèrent sur les falaises rocheuses au bord de l'océan, loin au-dessus de Nuva Troi, tous les deux nus sous la pluie battante. Harlow riait en tournoyant. Généralement, la téléportation donnait un sentiment étrange, parfois la nausée, mais là, c'était comme si elle avait juste fait un pas.

— C'était si fluide.

— À toi d'essayer, suggéra-t-il en riant.

Elle ferma les yeux un instant et quand elle les rouvrit, ils étaient tous les deux habillés, secs et sous un immense parapluie que Finn tenait au-dessus de leurs têtes. Elle sentit ses ombres chanter dans ses veines et ses doigts étaient tachés de sa belle magie d'encre.

— C'est fantastique, dit Finn en s'approchant d'elle pour enrouler un bras autour de sa taille.

Ils contemplèrent l'océan pendant un moment et écoutèrent la pluie tomber sur le parapluie.

— Qu'est-ce que ça veut dire ? demanda-t-elle.

Il secoua la tête.

— Je ne sais pas, mais j'imagine que ça a un rapport avec ce que mes parents attendent de nous, tu ne crois pas ?

La peur l'envahit, froide et moite comme si la main de la mort agrippait son cœur.

— Probablement.

— Alors les enjeux sont encore plus importants qu'on ne le pensait. Quoi qu'ils veuillent, ce n'est pas ça, Harls. Ou au moins, pas cette version de ta magie. Mes parents ne voudraient pas avoir quoi que ce soit à faire avec ça. Ils veulent un bébé, une créature plus puissante que ce que les Illuminés peuvent produire eux-mêmes. Pas que nous soyons plus forts tous les deux.

Ils restèrent longuement là à observer la pluie, bombardés par des pensées divergentes. L'esprit de Harlow s'emballait et elle aurait aimé que Thea réussisse à restaurer davantage le livre de Merkhov. La pluie battait plus fort sur le parapluie maintenant et des vagues s'écrasaient sur les rochers en dessous d'eux. Elle se pelotonna dans les bras chauds de Finn.

Il déposa un baiser sur ses cheveux.

— Harlow, que penses-tu qu'il se serait passé si je t'avais Revendiquée pendant que cela arrivait ?

Quelque chose de merveilleux ? Quelque chose de terrible ? Harlow n'en savait rien. Elle prit une profonde inspiration en regardant la pluie. Elle ne pouvait pas lui cacher le texte de Merkhov plus longtemps.

— Il faut que je te montre quelque chose. Tu peux nous emmener aux *Monas* ?

Il acquiesça, la prit dans ses bras et, quelques instants plus tard, ils se retrouvèrent dans l'allée derrière la cour. Cette fois, elle sentit une légère nausée.

— Ouf, lâcha-t-elle. Ça se dissipe.

— Tu vas bien ?

— Ça va. Entrons.

Il la suivit en tenant toujours le parapluie qu'elle avait créé. Elle fut soulagée de constater qu'ils étaient toujours habillés. Donc sa magie, elle, ne se dissipait pas. Elle sentit les ombres soupirer avec indignation, presque comme si elles lui disaient : *Évidemment, idiote.*

Ce n'était pas exactement qu'elles lui parlaient, mais elle était tellement connectée à sa magie qu'il était facile de sentir ses pulsations sentientes. Elle se doutait déjà que la magie était une force indépendante, mais maintenant, elle le savait intimement.

Quand ils entrèrent dans la maison, Aurelia attendait dans l'entrée, les bras croisés, l'air inquiet. Ils avaient manifestement activé l'une de ses protections quand ils étaient arrivés, et elle les avait observés.

— Tu lui as dit ?

Comment savait-elle toujours tout ? Enfants, les filles Krane n'avaient jamais rien pu cacher à leurs mères. Selene et Aurelia semblaient toutes les deux avoir un septième sens réglé précisément pour prédire les intentions de leurs filles. Harlow rit en constatant que cela n'avait pas changé.

— Pas exactement… Disons plutôt qu'il a… vu ?

Aurelia réprima à peine un sourire narquois.

— Le texte de Merkhov mentionne bien que quelque chose pourrait se passer. Avez-vous…

Harlow la fusilla du regard, les joues brûlantes.

— Mère. Je t'en prie. Je n'aborderai pas ce sujet avec toi.

Derrière elle, Finn rit doucement. Elle lui jeta un regard noir par-dessus son épaule, mais il redoubla d'hilarité. *Petit con arrogant.*

— Il faut que Finn voie l'enluminure.

Aurelia acquiesça et renifla pour dissimuler son sourire.

— Bien sûr.

Mais elle ne bougea pas. Elle regarda Finn, les yeux plissés, le jugeant avec un regard froid.

Finn inclina légèrement la tête.

— Enchanté de vous rencontrer, Archichancelière Krane. Officiellement, je veux dire.

Aurelia lui tendit la main et Finn la prit pour embrasser la bague qui indiquait qu'Aurelia présidait en tant qu'archichancelière de l'Ordre des Mystères.

— Sois le bienvenu dans notre maison, Finbar McKay.

— Merci, murmura-t-il si doucement qu'Aurelia sembla se méfier.

— Montez. Je vais chercher Maman et le livre.

Harlow prit la main de Finn et emprunta l'escalier pour l'amener dans le bureau d'Aurelia. C'était une petite pièce avec des bibliothèques vert foncé remplies de livres. Le bureau en acajou de Mère était couvert de piles bien rangées de papier et une petite lampe en laiton fournissait une lumière douce. Une table de bibliothèque ancienne était installée devant les immenses fenêtres à petits carreaux qui baignaient de lumière naturelle la pièce.

— Comment cela se fait-il que je me sente chez moi dans chaque pièce de la maison de tes parentes ? murmura Finn tandis qu'il parcourait des yeux les dos des livres sur les étagères.

Sa voix était empreinte d'une mélancolie déchirante. Harlow ne savait pas trop quoi dire, alors elle déposa un baiser sur sa main qu'elle tenait toujours dans la sienne.

Selene s'éclaircit la voix.

— Aurelia prépare du thé. Je ne crois pas que nous nous soyons déjà rencontrés.

La main de Finn trembla. Il comprit aussitôt. Aurelia était politiquement la Krane la plus puissante, mais Selene était le cœur de la famille, l'ultime test à passer. Harlow écarquilla les yeux quand il posa un genou au sol et baissa la tête. C'était une position d'allégeance que les Illuminés n'adoptaient que lorsqu'ils prêtaient serment. Une coutume ancienne qu'elle ne s'attendait pas à le voir appliquer, et encore moins aujourd'hui.

— Je promets, commença-t-il en prenant la main tendue de Selene, qu'elle est en sécurité avec moi. Rien de ce que veulent mes parents n'arrivera. Je la protégerai.

Harlow prit une inspiration soudaine. Son cœur s'emballa tandis que ses ombres chantaient avec plaisir. Elle voulait les faire taire… Il prêtait serment à sa mère. Rien de tout ça n'aurait semblé possible encore deux jours plus tôt.

— Je te prends au mot, dit Selene d'une voix douce et égale. La prochaine promesse que tu feras, tu la feras à elle.

Finn acquiesça, la tête toujours basse.

— Si elle veut de moi, je prêterai tous les serments qu'elle me demandera de prêter.

Une boule monta dans la gorge de Harlow, pleine d'appréhension. Ça allait trop vite, non ? Où était-ce leur destinée naturelle après leur lourd et long passé commun ? Elle essaya de chasser cette impression que les murs se refermaient sur elle. Aucune des promesses de Finn n'exigeait qu'elle en fasse en retour, pas encore en tout cas.

Quand Selene demanda gentiment à Finn de se lever et l'embrassa sur les joues, la claustrophobie de Harlow se dissipa et elle comprit. Elle n'était pas la seule concernée. Finn voulait que sa famille lui fasse confiance. Non, il avait besoin que les Krane lui fassent confiance parce que trop peu de personnes l'avaient fait avant dans sa vie, sauf peut-être Alaric. Il n'y avait pas de confiance dans sa relation avec ses parents. Finn avait toujours voulu une famille comme celle de Harlow et, connaissant l'enfance qu'il avait eue, elle ne pouvait pas le lui reprocher.

Quand Harlow glissa sa main dans celle de Finn, il la serra fort.

— Merci.

Elle ne savait pas trop qui il remerciait ou s'il était simplement reconnaissant.

Tandis qu'ils s'installaient dans les fauteuils autour de la table de la bibliothèque, elle se demanda ce que ça pouvait faire de vivre avec des parents en qui on ne pouvait pas avoir confiance et qui ne vous faisaient pas confiance non plus. Elle se demanda si quelqu'un dans la famille de Finn l'avait sincèrement aimé. À en voir ses épaules basses, elle se dit qu'il pensait probablement la même chose.

— Je suis contente que tu sois là, dit-elle tandis que Selene se levait pour aider Aurelia qui arrivait avec le plateau de thé.

Thea la suivait, le texte de Merkhov à la main.

— Moi aussi, répondit-il, un tremblement immanquable dans sa voix.

C'était aussi important pour lui qu'elle imaginait que ça le serait.

Alors que Selene posait le plateau, Aurelia ouvrait le livre sur un support sur la table.

— Je crois que tu voulais montrer l'enluminure à Finn.

Il se pencha en avant. Thea avait bien travaillé. L'image était presque entièrement restaurée : les corps des serpents arboraient des couleurs vives, mais l'œuf et la sphère semblaient encore un peu ternes, même s'ils étaient déjà beaucoup plus nets. L'amélioration la plus notable était la manière dont la lumière et les ombres émanant des serpents s'entremêlaient. Cela rappelait bizarrement ce qu'ils avaient vécu dans la chambre de Finn quelques heures plus tôt. Il se figea et fronça les sourcils avec un air pensif qui devait probablement intimider les gens qui travaillaient avec lui.

— Où avez-vous eu ça ?

Personne n'eut l'occasion de répondre à Finn. Il continua à parler dans un flot de paroles excitées.

— Cela représente l'union entre une Arpenteuse et un Chevalier des Serpens, c'est bien ça ?

Il se rapprocha pour voir l'œuf. Lui qui avait généralement bonne mine pâlit.

— Oh, lâcha-t-il.

— Un Chevalier des Serpens ? demanda Harlow en serrant le genou de Finn sous la table.

Il acquiesça et la regarda un bref instant.

— Une secte de guerriers illuminés. Ils sont arrivés dans le convoi originel pour protéger les ambassadeurs. Notre histoire nous raconte qu'ils se sont battus contre les Arpenteuses dans la Guerre des Ordres.

Harlow n'avait jamais eu connaissance de cette partie de l'histoire de la Grande Guerre, mais elle comprenait que les Ordres inférieurs et un contingent d'humains s'étaient dressés contre les Illuminés pour essayer de les forcer à retourner dans leur propre royaume. Manifestement, ça n'avait pas marché. Si les Illuminés peinaient à se reproduire, ils étaient toujours aussi puissants et il n'y avait pas eu de guerre à Okairos depuis. Peu de temps après celle-là, la pauvreté avait été éradiquée et la régulation stricte de la vie humaine avait commencé. C'était un lourd prix à payer pour la paix, selon Harlow, mais bien sûr, ce n'était pas ce qu'en avait retenu l'histoire. Le simple fait d'avoir cet avis était pratiquement de la trahison.

— Les Arpenteuses et les Chevaliers des Serpens étaient ennemis ? demanda Harlow qui essayait de comprendre comment son peuple avait été impliqué dans l'histoire.

— C'est ce que les Illuminés nous ont fait croire, répondit Thea en adressant à Finn un regard appuyé, mais Harlow remarqua qu'il détourna rapidement les yeux. Cependant on n'a pas vu ou entendu parler des Chevaliers depuis la fin de la guerre. En réalité, ils n'existent pas.

Visiblement mal à l'aise, Finn remua sous le regard de Thea. Ils partageaient un secret, Harlow en était sûre et cela lui nouait l'estomac. Il regardait fixement ses mains.

— Ce n'est pas exactement le cas.

Selene riva aussitôt les yeux sur Finn pour le prier de poursuivre.

— Quand Alaric et moi étions à l'université, il s'est passé quelque chose… Nous avons reçu les clés d'un puits de science ancien, une invitation de la part de Chevaliers de l'ancien temps pour revigorer leur société. Ça n'avait rien à voir avec tout ce qu'on nous avait raconté avant.

— Qui avait envoyé les clés ? demanda Harlow.

— On ne l'a jamais su.

Étant donné que Finn et Alaric dirigeaient une entreprise de sécurité, ce n'était pas rien. Quel genre d'organisation pouvait cacher des secrets à des gens comme Alaric ? Thea se rassit dans son fauteuil, l'esquisse d'un sourire sur les lèvres.

Aurelia et Selene échangèrent un regard inquiet.

— Tu peux nous en dire plus ? Sur les Chevaliers ?

— Oui, répondit Finn. Comme vous avez trouvé ceci et à cause de ce que cela implique… Je pense que je peux.

Il prit la main de Harlow et l'embrassa en lui adressant un petit sourire. Elle trouva qu'il avait l'air anxieux, mais cette impression se dissipa rapidement. Il masquait trop bien ses émotions.

— Les Chevaliers des Serpens ont combattu auprès des Arpenteuses durant la guerre, pas contre elles, et en guise de punition, ils ont été exécutés quand les Illuminés ont gagné. Le jour de son exécution, leur commandant a eu une vision dans laquelle un jour, les Chevaliers et les Arpenteuses seraient réunis et cela mènerait à un événement appelé « les représailles », même si nous n'avons jamais su ce que cela voulait dire, puisqu'il a été exécuté avant de pouvoir l'expliquer.

— Comment sais-tu tout ça ? demanda Aurelia, le soupçon creusant les rides aux coins de ses yeux.

— Les derniers mots des Chevaliers avaient été magiquement transférés dans la chambre des coffres de Nea Sterlis dont nous avons reçu les clés, répondit Finn.

Selene prit une profonde inspiration.

— Donc tu es un Chevalier ? Et Alaric aussi ?

— Oui, ainsi que Petra. Avec quelques autres, nous avons un réseau à travers Nytra… Cian Herrington me seconde et m'aide à gérer nos projets spéciaux.

On aurait dit que Finn était soulagé de parler de quelqu'un d'important pour lui, même si Harlow n'avait jamais entendu le nom de Cian.

— Te seconde ? lui demanda-t-elle.

Quel était donc le rôle de Finn, exactement ?

— Je suis le commandant des Serpens, répondit-il doucement. Mais nous nous battons très peu aujourd'hui, et Alaric, qui est techniquement le troisième dans la hiérarchie, gère la plupart de nos activités plus viles.

— Qui consistent en quoi, exactement ? demanda Aurelia en se penchant en avant.

Finn ouvrit la bouche pour donner une réponse, mais Selene l'interrompit.

— Où est Thea ? demanda-t-elle, légèrement paniquée.

Tout le monde s'arrêta et regarda autour d'eux. Thea avait disparu.

— Je suis juste là, dit quelqu'un à la porte.

Tous les yeux se tournèrent vers l'élégante silhouette à l'entrée du bureau.

— Alaric est ici aussi. Je suis allée lui ouvrir. On s'est dit que vous pourriez avoir besoin de nous deux aujourd'hui.

Alaric s'avança.

— Bonjour, les Krane ! Finn, dit-il d'une voix enjouée avec un signe de la main si caractéristique qu'on aurait pu croire qu'ils se réunissaient pour bruncher, pas pour discuter du genre de soulèvement qui pourrait leur coûter la vie.

Finn, dérouté, salua Alaric.

— Qu'est-ce que tu fais ici ?

Alaric traversa la pièce et tapota le texte de Merkhov.

— La même chose que toi. Je protège la femme que j'aime.

Thea sourit à Alaric avec tant de fierté que Harlow sentit de nouveau la boule dans sa gorge. *C'est donc à ça que ressemble l'amour ?*

— Thea ? demanda Harlow. Que se passe-t-il ?

Aurelia invita Thea et Alaric à prendre les places qui restaient autour de la table et rangea le texte de Merkhov pour servir le thé. Thea se pencha au-dessus de la table pour prendre la main de Harlow.

— Je suis désolée. Je ne pouvais pas tout te raconter, chuchota-t-elle. On voulait attendre de découvrir si Finn et toi pouviez trouver des réponses seuls.

Harlow fronça les sourcils.

— D'accord, on a trouvé des réponses. Mais pouvez-vous expliquer ce qui se passe ici ?

Finn avait l'air légèrement agacé, comme si Alaric lui avait volé la vedette, mais il se rassit dans son fauteuil. Quand ils furent tous confortablement installés, Alaric regarda Finn, une question dans les yeux. Finn acquiesça, mais Harlow remarqua qu'il avait toujours l'air troublé. Il lui vint alors à l'esprit qu'il avait probablement rarement été interrogé ou défié. Sauf par ses parents, bien sûr.

Alaric sourit de nouveau à Thea.

— Thea et moi nous sommes connus à l'école, comme nous tous, mais à l'université, nous avons refait connaissance.

Les joues de Thea rosirent comme si elle se souvenait de quelque chose de particulièrement agréable.

— Nous faisions tous les deux des recherches sur les Chevaliers des Serpens et leur conflit avec les Arpenteuses.

— Pourquoi ? demanda brusquement Selene.

Thea afficha une grimace contrite.

— Parce que je savais qu'il était possible que l'une de nous devienne une Arpenteuse. Je savais que ce ne serait pas moi parce que j'avais montré tous les signes précurseurs de manifestation : je n'étais clairement pas une Arpenteuse. En fait, j'ai pensé pendant un moment que ce pourrait être Larkin.

— Moi aussi, murmura Alaric. Et comme j'avais déjà prêté serment, je voulais en savoir plus à propos de nos anciennes alliées et quels avaient pu être nos buts communs.

Thea poursuivit fluidement comme s'ils étaient appariés depuis des années, ce qui était le cas, se dit Harlow, s'ils avaient repris contact six ans plus tôt.

— Alaric avait un livre dont j'avais besoin et on a commencé à discuter. Aucun de nous ne connaissait l'intérêt personnel de l'autre pour l'histoire ancienne à cette époque, mais en faisant des recherches, nous sommes tombés amoureux.

Harlow sentit son cœur se briser. Thea lui cachait des secrets depuis si longtemps. Que cela signifiait-il ?

Alaric continuait de parler.

— Finalement, nous avons trouvé le livre dont est originaire le triptyque. L'enluminure dans le texte de Merkhov est une copie d'une partie du Parchemin d'Akatei.

Aurelia retint son souffle.

— Non. Vous l'avez vu ? Tous les deux ?

Thea sourit à sa mère, et la ressemblance entre elles était si forte qu'elles auraient pu être jumelles à cet instant.

— Nous l'avons en notre possession. En partie en tout cas. Il était dans les archives de la famille Velarius, mais nous avons déposé l'original dans le Coffre.

Aurelia semblait troublée, voire abattue, comme si elle estimait que Thea aurait dû révéler tout ça à l'Ordre des Mystères. Et peut-être que c'était vrai. Harlow avait du mal à savoir. Elle ne pouvait pas nier sa douleur à l'idée que Thea lui ait caché tant de choses.

Selene se pencha vers Alaric, tout en caressant la main de sa femme pour la consoler.

— Tes parents savent que vous l'avez ?

— Non. Mes parents sont plus favorables aux Ordres inférieurs et aux humains que beaucoup d'Illuminés, mais je ne leur fais pas assez confiance pour ça. J'ai pris garde de cacher mon intérêt pour ce sujet, surtout après avoir rencontré Thea.

— Venez-en au fait, tous les deux, intervint Finn. Dites-leur.

Thea affichait un visage toujours aussi calme, mais ses yeux exprimaient sa culpabilité.

— Quand nous avons été sûrs que je n'étais pas une Arpenteuse, j'ai prêté serment. Je fais partie des Chevaliers des Serpens.

— Quoi ? Qu'est-ce que ça veut dire ? dit Aurelia d'une voix grave et menaçante.

L'Ordre des Mystères était toujours la priorité d'une sorcière.

Thea riposta sans faire usage de sa politesse habituelle.

— Ça veut dire que j'aide, Mère. J'aide à faire en sorte que les choses soient telles qu'elles devraient être sur Okairos. Ou au moins ici à Nytra.

Alaric prit le poing serré de Thea dans le sien.

— Ce que Thea essaie de dire, c'est que les Chevaliers s'emploient à trouver un moyen d'apporter plus d'équité dans le monde, comme nous l'avons toujours fait. Nous savons qu'historiquement des membres de tous les Ordres étaient Chevaliers, même des sorcières.

Thea acquiesça, nerveuse. Quand Alaric serra la main de Thea contre sa poitrine, Harlow remarqua l'énorme diamant noir qui brillait sur la bague à l'index gauche de sa sœur. Elle n'était pas seulement appariée, elle était liée.

Harlow lui attrapa la main.

— Explique-nous ça. Maintenant.

— Oh, murmura Thea. J'ai oublié de l'enlever.

Le sourire d'Alaric aurait pu éclairer toute une ville.

— On l'a officialisé la nuit dernière : une prêtresse d'Aphora a pratiqué le rituel.

Harlow haussa les sourcils si haut qu'elle put sentir son cuir chevelu bouger. Elle jeta un coup d'œil à Selene qui avait prévu les rituels de liaison de ses filles depuis leur enfance. Maman bouillonnait et les voiles de son énergie tempétueuse emplissaient la pièce. Chacune des filles Krane était censée se marier dans le Quartier du Temple de Nea Sterlis, à une date déterminée par l'un des astrologues de l'Ordre des Mystères, avec des semaines de célébration avant et après le rituel proprement dit. Une cérémonie clandestine dans un temple obscur de la ville n'était pas ce qu'elle avait programmé...

Alaric sembla sentir qu'il était en danger et s'empressa de poursuivre l'explication, mais Harlow remarqua que ses mains tremblaient tandis que Thea les prenait dans les siennes.

— Si quelqu'un découvre ce que nous faisons, nous serons tous en grand danger, comme vous le savez... Alors pour assurer notre sécurité, on a franchi cette étape et on s'est liés...

Il bafouillait, probablement à cause de l'intensité du regard noir de Selene. Thea l'interrompit en ajoutant :

— Nous aimerions beaucoup faire les célébrations que tu as prévues à une date ultérieure, Maman.

— Félicitations, dit sèchement Selene, ignorant complètement la remarque de Thea. Mais je vous en prie, expliquez-nous pourquoi tous ces secrets étaient nécessaires.

Thea acquiesça avant de poursuivre rapidement.

— Jusqu'à ce que la magie de Harlow se manifeste, ce n'étaient que des spéculations. Le Parchemin d'Akatei semble indiquer que l'union d'un Chevalier des Serpens et d'une Arpenteuse inaugurerait une nouvelle ère de magie... qui, selon nous, mettrait fin à la mainmise des Illuminés sur Okairos.

— Thea et moi croyons qu'un cinquième Ordre sera formé à travers cette union, ajouta Alaric, et que l'œuf symbolise un nouveau départ ou un nouveau pouvoir.

Harlow pensa à la facilité avec laquelle Finn et elle avaient fait usage de leur pouvoir plus tôt dans la journée. Cela pouvait-il expliquer pourquoi c'était possible ?

— Mais nous ne savons pas comment, reprit Alaric. Le triptyque est incomplet dans le Parchemin d'Akatei aussi.

Était-ce pour ça que Finn s'intéressait autant à elle ? Harlow avait le sentiment que les murs recommençaient à se refermer sur elle. Cette fois, elle n'arriva pas à les ralentir ou les arrêter. Son cœur battait de manière erratique et ses mains transpiraient.

— Tu étais au courant ? demanda-t-elle en se tournant vers Finn. Est-ce pour ça que tu étais si impatient de t'allier avec moi ?

Finn se tourna vers elle, choqué.

— Non ! Enfin, j'étais au courant pour ta sœur et Alaric, bien sûr. Mais pas pour le Parchemin, expliqua-t-il avant de fusiller Alaric du regard. Pourquoi ne m'en as-tu pas parlé ?

— Nous ne voulions pas perturber vos propres choix. Ce n'est pas une prophétie, Finn. C'est la clé pour résoudre les problèmes que notre peuple a causés en arrivant ici. C'est la seule solution, et tant que nous ne savions pas pour Harlow, nous ne voulions pas compliquer la situation entre vous.

— Oui, ajouta Thea. Mais on pense que tes parents sont au courant, Finn. C'est pour ça qu'il fallait qu'on vous le dise, aujourd'hui.

— Si mes parents savaient tout ça, vous ne pensez pas qu'ils voudraient nous séparer, Harlow et moi ? demanda Finn.

C'était une question cohérente puisqu'il semblait improbable qu'ils veuillent contribuer à quelque chose qui mènerait à la fin de l'autorité des Illuminés.

Thea et Alaric échangèrent un regard.

— En fait, ce n'est que notre interprétation du parchemin.

Aurelia leva les yeux au plafond. Thea et elle étaient souvent en conflit concernant l'interprétation de textes qui reposaient sur l'iconographie et le symbolisme. Généralement, c'était une excentricité charmante dans leur relation. Aujourd'hui, cela rendait Harlow malade. Aurelia pinça l'arête de son nez.

— Que dit-il vraiment, Thea ?

Thea baissa les yeux.

— Si ma traduction est correcte, il dit que l'association du Chevalier avec l'Arpenteuse produira un pouvoir incomparable.

Nous croyons que les deux autres enluminures montrent le procédé, comme pourrait le faire un texte d'alchimie.

— Mes parents pensent que ça veut dire que nous aurons un enfant, dit Finn d'une voix froide qui exprimait une rage mortelle. Et que cet enfant sera la créature la plus puissante de l'histoire, non ?

— C'est probable, dit Alaric avec un soupir. Mais ce n'est pas la seule interprétation possible.

— Ça n'a pas d'importance, intervint Selene. Si c'est ce qu'ils pensent, Harlow est en danger, comme l'enfant qu'elle et Finn pourraient avoir ensemble. Il nous faut voir le reste du triptyque, d'une façon ou d'une autre.

Harlow avait la nausée. Ils parlaient tous du fait qu'elle allait avoir un bébé et personne ne prenait la peine de la regarder ou de lui demander ce qu'elle en pensait.

Thea continua à parler.

— On pense que les McKay pourraient posséder les parties manquantes du parchemin, ou au moins les avoir vues. Tatyana Merkhov a disparu, vous le saviez ?

Selene pinça les lèvres.

— Oui. Un avion qui s'est écrasé, je crois.

— Nous pensons qu'elle a été tuée à cause de ce qu'elle savait et ce qu'elle a publié dans ce livre, expliqua Thea. Il est impossible de le trouver intact, comme vous le savez. On a eu de la chance de tomber sur une copie dans notre dernière acquisition. Je pense que le propriétaire de ce lot ne savait pas ce que c'était.

— Probablement pas, concéda Aurelia en haussant les épaules. Ce n'était pas un collectionneur. Il s'occupait juste d'une succession.

— Tatyana a manifestement vu le Parchemin quand il était complet, poursuivit Thea. Elle savait ce que montrait le triptyque. Et elle n'était peut-être pas la seule.

— Et vous pensez que ce sont les McKay et les Velarius qui l'ont tuée ? demanda Harlow.

— Ça me semble plausible, répondit Alaric. On doit agir comme si c'était le cas, au moins jusqu'à ce qu'on en sache plus.

Toutes ces informations donnaient le tournis à Harlow, et son attention rebondissait d'une pensée à une autre. La pièce lui semblait toute petite. Le plafond était-il plus bas que quelques minutes plus tôt ?

Finn leva une main.

— Vous voulez bien nous excuser, Harlow et moi, quelques minutes ?

Il ne l'avait même pas regardée, et pourtant, il savait qu'elle se sentait accablée par toute cette conversation. Tous les yeux se tournèrent vers Harlow. Sa peau était froide, mais à l'intérieur, on aurait dit que ses muscles étaient en feu.

La main de Finn se referma sur la sienne et il se leva de son fauteuil dans un mouvement si fluide qu'il la détourna presque de sa lutte interne.

— Tu viens avec moi sur la terrasse ?

Elle se leva sans rien dire, son corps suivant simplement les indications que lui donnait Finn. Se lever, marcher derrière lui, le suivre sur la terrasse, s'écrouler dans un gros canapé en rotin, boire un verre d'eau fraîche. Quand elle se ressaisit, il était assis à ses pieds et la pluie tombait à l'extérieur de la terrasse couverte transformant la cour en un mélange de verts, violets et dorés.

— Tu paniquais, dit-il en tirant une couverture en coton sur ses genoux.

Elle acquiesça, mais ne pouvait pas parler. Ça faisait beaucoup à intégrer.

— Les matères vont tuer Thea pour ne pas avoir fait leur rituel de liaison en grande pompe.

C'était bon d'alléger un peu l'atmosphère, cela lui permettait de réfléchir. Finn rit doucement.

— Tu sais que nous ne sommes pas obligés d'aller si vite, hein ? La nuit dernière était fantastique, et ce matin absolument phénoménal, mais rien ne pourrait me pousser à précipiter les choses, à part toi.

Harlow fronça les sourcils.

— Quelles sont tes attentes maintenant ?

— Je n'en ai pas. Ma seule préoccupation, c'est ta sécurité. Crois-moi quand je te dis que si cela implique de rester loin de toi, je ferai ce choix. Avec tout ce que Thea et Alaric ont appris, peut-être que ce serait mieux.

Il ne la regardait pas dans les yeux, mais elle remarqua les tremblements dans ses mains qui semblaient être réservées aux siennes. Était-ce ce qu'elle voulait ? Mettre fin à leur relation pour assurer sa sécurité ? Elle se souvint de ce qu'il avait dit sur le fait que ses parents voulaient la forcer à faire quelque chose qu'elle ne désirait pas.

— Je pense… Je pense que j'ai juste besoin d'un peu de temps, dit calmement Harlow.

— Je vais y aller alors, dit Finn en se levant. Alaric pourra me raconter tous les secrets que Thea et lui gardaient pour eux. Je prendrai de tes nouvelles demain, si ça te va ?

Elle le vit dans ses yeux et l'entendit dans le ton coincé, presque professionnel de sa voix. Il pensait qu'elle faisait marche arrière, qu'elle ne voulait plus du tout de lui. Sa main glissa dans celles de Finn.

— J'ai besoin de respirer, Finn. C'est tout. Juste pour trouver mes repères, d'accord ?

Elle tira sur son bras jusqu'à ce que son visage soit au niveau du sien. Un léger sourire fit remonter le coin de sa bouche.

— Et à propos de ce qui s'est passé ce matin ?

— Tout était fantastique, s'empressa-t-elle de dire. Pour dire la vérité, tout cela m'excitait beaucoup avant que ça ne prenne ces proportions. Quand ce n'était que toi et moi, et pas les Arpenteuses et les Chevaliers.

Finn s'accroupit pour plonger ses yeux dans les siens.

— C'est toujours toi et moi. Tu as entendu Alaric ; ce n'est pas une prophétie, c'est une solution. Et nous ne sommes pas obligés d'être la solution si tu ne le veux pas.

L'idée qu'il parte, la laisse seule, la laisse choisir, lui serra la gorge. Elle avait l'impression de manquer d'air. Harlow ferma les yeux.

— J'ai besoin de temps pour que mon esprit intègre tout ça. Voilà comment je me sens.

Elle enroula les bras autour de lui. Il l'embrassa sur le front et disparut. Quand elle se retrouva seule, elle réfléchit au fait que Finn la connaissait depuis presque toujours. Qu'il savait qu'elle avait besoin de temps seule pour traiter les informations importantes tranquillement. Le fait qu'il la respectait assez pour prendre ses distances si elle le lui demandait était encore plus significatif. La graine de la confiance se planta profondément dans son âme et prit racine.

Ses ombres louaient les progrès qu'elle faisait, et elle les laissa danser autour de ses doigts tandis qu'elle repensait à la situation. Si elle avait besoin de temps au calme pour que son cerveau digère les informations, elle savait que lui devait adopter une approche plus active. Finn avait besoin d'agir au lieu de réfléchir. Cela pourrait éventuellement causer un conflit entre eux, mais s'ils surpassaient cette épreuve, se donnaient assez d'espace… il était possible qu'ils en ressortent plus forts ensemble.

Harlow prit plusieurs longues respirations et finit par ouvrir les yeux. Thea poussa la porte de la terrasse et lui mit un mug de thé dans les mains avant de s'installer à côté d'elle sur le canapé. Harlow laissa le bruit de la pluie noyer tout le reste pendant qu'elle essayait de trouver sa propre voie pour redevenir elle-même.

26

— Pourquoi penses-tu que Finn et moi pourrions faire quelque chose pour l'équité du monde ? demanda Harlow à sa sœur après un certain temps.

Elle appréciait sa compagnie, mais elle n'arrivait pas à analyser ses sentiments quand Thea l'observait, alors autant lui poser des questions pour obtenir des réponses.

— À cause du Parchemin d'Akatei.

— Explique-moi clairement, Thea. Je suis fatiguée.

— Le Parchemin d'Akatei n'est pas un texte écrit. C'est principalement des images et quelques inscriptions vagues dans une variété de langues anciennes difficiles à traduire. La plupart des images peuvent paraître similaires à celles qu'on a l'habitude de voir dans les textes d'alchimie humains, qui doivent être contemporains au Parchemin, mais ça va plus loin que ça. Alaric et moi pensons que c'est l'histoire des Illuminés… ce qu'ils étaient supposés faire quand ils sont arrivés ici.

— C'est-à-dire ? demanda Harlow, de plus en plus épuisée.

— Activer la magie de ce royaume… pour tous.

Harlow avait mal à la tête.

— Ce n'est pas ce qu'ils ont fait, en quelque sorte ? Je veux dire, les membres des Ordres sont leurs enfants et nous sommes tous magiques dans une certaine mesure, non ?

— Oui, mais ils n'étaient pas censés venir ici et avoir des enfants. Ils étaient supposés venir et libérer la magie pour tout le monde, la rendre accessible pour tous. Au lieu de cela, ils l'ont gardée en grande partie pour eux et en ont déversé un tout petit peu sur le reste du monde.

Thea était manifestement frustrée par la lenteur d'esprit de Harlow et son ton était presque condescendant. Harlow avait aussi l'impression distincte que Thea ne lui disait pas tout. Elle gardait des secrets à propos d'Alaric et des Illuminés et Harlow ne pouvait s'empêcher de se sentir trahie.

— Et comment auraient-ils dû faire ? demanda Harlow sur un ton cassant.

Thea avait l'air perplexe.

— On ne sait pas. Encore une fois, le Parchemin est une série d'images et je suis incapable de restaurer la plupart d'entre elles, en plus du fait qu'une partie essentielle est manquante. Elle a été endommagée magiquement.

— Comment Merkhov a-t-elle mis les mains dessus ?

La question de Harlow était plus une interrogation personnelle, mais les yeux de Thea s'illuminèrent.

— C'est une très bonne question. Et j'espère qu'on aura la réponse quand on en découvrira plus sur le triptyque.

Harlow se retint de lever les yeux au ciel.

— Merveilleux.

Thea soupira, apparemment agacée par l'agressivité de Harlow. Il y eut une longue pause avant qu'elle ne demande :

— Tu vas me féliciter ?

— Bien sûr. Je suis heureuse pour vous deux.

Contrairement à Selene, elle ne tenait pas particulièrement aux rituels de liaison sophistiqués ou aux célébrations sur plusieurs jours. Mais elle était blessée parce que Thea lui avait caché tout ça.

— J'aurais juste aimé que tu m'en parles plus tôt. Pourquoi avez-vous attendu si longtemps ?

Thea haussa légèrement les épaules avec un air désemparé.

— Je n'étais pas sûre de le faire, honnêtement. Quand j'ai découvert tout ça, tu vivais avec Mark et ça ne semblait pas être le bon moment.

Mark. Bien sûr Thea ne voulait pas révéler à Harlow quoi que ce soit tant qu'elle était avec lui. Quand elle était avec Mark, on la jugeait indigne de confiance, même si elle avait gardé pour elle tous les secrets des Ordres. Harlow replia ses genoux contre sa poitrine et posa son front sur ses mains.

— Je vois. C'est logique. Je n'essaie pas d'être désagréable. C'est juste que ça fait beaucoup pour moi, et apprendre que tu savais tout ça… en plus de la véritable raison pour laquelle Finn m'a quittée… ça fait beaucoup à digérer, tu comprends ?

Harlow détestait l'impression qu'elle avait de s'écrouler quand la situation la dépassait. Elle sentait les larmes monter dans ses yeux et savait que dans peu de temps, elle allait craquer. Elle devait sortir. Elle ne voulait pas qu'on essaie de la réconforter pour le moment.

— Je vais rentrer chez moi. On se verra demain, dit-elle en adoptant un calme qu'elle ne ressentait pas.

— D'accord, répondit Thea avec douceur.

Ses yeux lumineux étaient pleins de larmes, mais Harlow était incapable de dire quelque chose de gentil. Elle ne voulait pas la blesser, mais sa sœur l'avait laissée imploser en lui cachant volontairement des éléments importants. D'autant plus que Thea était la mieux placée pour savoir combien Finn l'avait blessée.

Quand Harlow se leva, Thea lui attrapa la main.

— Je suis vraiment désolée, Harlow. J'ai fait une erreur en gardant tout pour moi. J'aurais au moins dû t'encourager à parler à Finn. Avec Alaric, on aurait dû insister plus pour que vous discutiez.

Harlow voulut retirer sa main, mais Thea refusait de la lâcher.

— Non. Tu aurais dû me dire ce que tu savais. Je sais que tu es désolée maintenant, mais tu étais au courant de mon état avant que je rencontre Mark. Tu savais et pourtant tu ne m'as rien dit.

Thea serra sa main et des larmes coulèrent sur son visage.

— Je sais. Je suis tellement désolée.

Harlow récupéra finalement sa main, exaspérée par les larmes de Thea, par son audace pour dire qu'elle était désolée et pour attendre son pardon.

— Ne t'excuse pas. Tu as choisi d'être loyale… envers Alaric et les Chevaliers. Pas envers moi, quand je mourais littéralement de solitude et de tristesse.

C'était Thea qui l'avait sortie de l'hôpital. Elle était la seule au courant, en dehors de Mark. Elle le lui avait dit aussi. Quelle erreur. Par la suite, il lui avait ressorti sa fragilité à toutes les sauces, lui rappelant qu'elle avait perdu le contrôle une fois, et que s'il ne la surveillait pas, ça pourrait encore lui arriver.

À chaque battement de cœur, elle avait mal comme si on appuyait sur un hématome. Alors elle se mit à courir, passa devant Aurelia et Selene dans le couloir, descendit l'escalier et se retrouva dans la ruelle. Elle se rendit compte qu'elle n'avait pas son téléphone lorsqu'elle fut sur la rue des Mûriers pour se rendre chez Enzo.

Tant pis. Sa vue était si brouillée par les larmes qu'elle ne vit pas Kate Spencer au coin de la rue.

— Hé, Lo. Qu'est-ce qui ne va pas ?

Lo. Kate était la seule à utiliser ce surnom. Une autre vague de sanglots submergea Harlow. Par Akatei, que faisait donc Kate Spencer ici ?

— Je… Je…

Elle ne pouvait pas lui dire ce qui n'allait pas. Elle le savait, même si une partie récalcitrante en elle voulait tout raconter.

— Je me suis disputée avec Thea.

— Oh mince, lâcha Kate en la tirant sous un auvent pour qu'elles s'abritent de la pluie. Je suis désolée de l'entendre.

Kate ne lui demanda pas si elle allait bien. La plupart des gens l'auraient fait, mais pas Kate. Elle ne posait jamais de question dont la réponse était évidente. Harlow avait toujours apprécié cette qualité chez elle.

— Tu veux aller boire quelque chose ? On pourrait aller prendre un thé… ou même un whisky ?

Harlow acquiesça et laissa Kate la guider, quitter la rue des Mûriers pour prendre le boulevard des Lupins où il y avait un pub que Harlow aimait bien et qui s'appelait *Les Trois Faisceaux de Genêts*.

Quand elles se glissèrent sur les banquettes en tartan rouge, Harlow aurait pu s'imaginer quatre ans en arrière, quand elles se retrouvaient ici après le travail. Le pub était toujours le même, avec son bois foncé et ses lumières magiques flottantes. Après que Kate lui avait adressé quelques mots, une serveuse leur apporta quatre shots de whisky et deux mugs de thé noir fumant au caramel.

Kate versa un shot dans chacun de leur mug, puis elles avalèrent les deux autres avant de rester assises dans un silence confortable à boire leur thé parfumé. Même un peu mouillée, Kate était magnifique. Ses cheveux châtains courts avaient été coupés récemment et dégageaient son joli visage au maquillage parfait, comme toujours.

Elle enleva sa veste en cuir et Harlow faillit s'étouffer quand elle vit qu'elle portait le tee-shirt d'un concert auquel elles avaient assisté ensemble. Harlow ne réfléchit pas avant de parler.

— Qu'est-ce que tu fiches ici ?

Kate afficha un grand sourire.

Le boulot. En dehors de ta dispute avec Thea, qu'est-ce qui t'arrive ?

Harlow parcourut le bar du regard pour éviter de croiser celui de Kate.

— Je fous tout en l'air, comme d'habitude.

Le sourire cavalier de Kate se transforma rapidement en un air inquiet.

— C'est bizarre de dire ça.

Harlow étouffa un rire hystérique.

— Non, ça c'est bizarre.

— Lo, tu es la personne la plus carrée que je connaisse. Qu'est-ce que tu racontes ?

— Tu ne lis toujours pas les sites people ?

— Je les lis. Mais quel est le rapport ? Tu es toujours aussi élégante et belle. Qu'est-ce qu'on a à faire des conneries que peuvent dire les rédacteurs de Section Sept ?

En souriant, Kate révéla ses crocs luisants. Elle flirtait légèrement.

— Puis j'ai entendu dire que tu voyais mon pote Finn McKay en ce moment. C'est plutôt bien joué de ta part.

— Tu connais Finn ? demanda Harlow en rougissant légèrement.

— Ouais, nous avons beaucoup surfé ensemble quand je suis retournée à Nea Sterlis. Mais je suis un peu jalouse.

— Tu ne sors pas avec des hommes, fit remarquer Harlow, étonnée.

Le rire de Kate ressemblait aux cris d'une meute de chiens sauvages.

— Je parlais de toi, Lo. J'ai appris qu'Easton et toi aviez rompu, mais le temps que je réagisse, Riley Quinn m'informait que c'était trop tard.

— Oh.

Kate lui prit la main.

— Lo, on s'amusait bien toutes les deux, mais ce n'est pas comme entre Finn et toi, n'est-ce pas ?

Harlow plongea le regard dans les yeux verts de Kate et se souvint de la courte période où elles étaient sorties ensemble.

— Non, il s'est passé beaucoup de choses entre Finn et moi. Mais on s'amuse aussi. Beaucoup.

Kate embrassa le bout de ses doigts avant de soupirer.

— J'aurais aimé que ça dure plus longtemps, mais je pense que ça se serait mal terminé. J'aime ce qui reste entre nous. C'est toi qui as trouvé quelqu'un d'autre et ça fait une histoire super romantique à me raconter… Si j'étais revenue plus tôt, elle ne se serait pas appariée avec le mec le plus beau de la planète…

Harlow se mit à rire, ce qui était évidemment le but. Kate était douée pour la faire rire. Le peu de temps qu'elles avaient passé ensemble, elle l'avait passé soit à baiser comme des lapins soit à rire à en avoir mal aux côtes. Honnêtement, Kate était l'une des meilleures amies qu'elle ait jamais eues, et ça, ça lui manquait plus que tout.

Quand elle s'arrêta de rire et recommença à respirer normalement, elle lui demanda :

— Est-ce que tu es partie parce que tu savais qu'on n'allait pas bien ensemble ?

— Non, répondit Kate. Il était temps pour moi de rentrer pour intégrer l'entreprise familiale. Te quitter a été un supplice.

Ça avait été dur pour Harlow aussi, mais elle se doutait depuis le début de leur relation qu'elle ne durerait pas éternellement. Kate avait toujours été encline au polyamour, ce qui n'était pas du tout le cas de Harlow. Contrairement à la plupart des humains, elle n'émettait aucun jugement sur cette pratique, mais cela ne lui correspondait pas. Cette divergence aurait fini par poser problème.

— Tu veux sortir t'amuser un peu ? demanda Kate en vidant son mug.

Ça aurait été sympa de se changer les idées, de faire quelque chose de normal, mais Harlow était épuisée. Elle avait l'impression qu'elle pourrait dormir pendant des jours, et elle avait envie de voir Axel.

— Non, merci. Je vais rentrer chez moi me reposer. Je peux utiliser ton téléphone pour appeler un taxi ?

Kate sortit son téléphone de sa poche.

— Pas de réseau. Je vais demander au barman d'appeler pour toi, d'accord ?

— Merci, dit Harlow. Je vais faire un tour aux toilettes.

Une fois là-bas, elle sourit à son reflet dans le miroir. Elle était contente d'être tombée sur Kate. Cette conversation avait refermé une porte et faisait de celle que Finn avait ouverte une possibilité attrayante. Mark lui donnait toujours le sentiment que personne n'avait jamais voulu d'elle à part lui et que personne ne voudrait jamais d'elle, mais aujourd'hui, elle comprenait qu'il s'agissait de mensonges pathétiques. Il devait lui mentir et la manipuler constamment pour la modeler et qu'elle reste avec lui. Il était pitoyable.

Quand elle revint à la table, Kate avait remis sa veste.

— Il faut que j'y aille. Ton taxi sera là dans cinq minutes. Je suis en ville pour quelque temps. On se croisera certainement lors d'événements de la saison, si tu y participes encore.

— Nous serons au gala du Solstice, répondit Harlow, émerveillée par la facilité avec laquelle elle dit le « nous ».

Kate l'embrassa sur la joue.

— On se verra là-bas alors. Réconcilie-toi avec Thea, d'accord ? Elle est pleine de bonnes intentions.

Harlow avait utilisé la même expression pour décrire le comportement impoli et bégueule de Thea un millier de fois. Entendre Kate l'utiliser à son tour lui serra la poitrine. Elle acquiesça et regarda son ex partir.

Kate était une personne si bien, si libre, mais Harlow ne regrettait pas que ce soit fini entre elles. Peut-être qu'elle aussi était libre aujourd'hui, ou pas loin de l'être. Elle voulut régler la note, mais Kate s'en était déjà chargée. Tandis qu'elle traversait le bar pour rejoindre le taxi qui l'attendait dehors, elle se sentit observée, comme aux Métropolitaines. Sa peau picotait sous la pression d'yeux mystérieux, et elle prit conscience qu'elle avait oublié d'en parler à qui que ce soit. Soudain, cela lui sembla être une erreur.

Elle se retourna lentement et s'accroupit pour faire semblant d'arranger sa chaussure. Personne de suspect ne la regardait dans le bar. Des sorcières qu'elle connaissait lui firent signe avec un sourire timide, mais amical. Elle les salua à son tour. Le reste du bar était vide. Son imagination lui jouait peut-être des tours. Ses ombres gonflaient en elle d'une manière nouvelle.

Montrez-moi, leur demanda-t-elle. *Qu'est-ce que je ne vois pas ?*

C'était là, et ça s'enfuyait… elle percevait un mouvement au fond du bar. La grosse porte de service se refermait, très lentement. Quelqu'un était là et les avait observées. Mais qui ? Elle ne pouvait rien y faire pour le moment.

27

Dès qu'elle se glissa sur la banquette arrière du taxi, elle sut que quelque chose n'allait pas. Les portières se verrouillèrent aussitôt et il n'y avait pas de poignées à l'intérieur. Quand le chauffeur se retourna, elle vit les yeux d'un vampire, froids et laiteux, un signe qu'il avait bu du sang humain frais. Les vampires qui se servaient à la banque avaient les mêmes yeux que tout le monde.

L'estomac de Harlow se noua instinctivement. Ce n'était pas illégal de boire le sang d'humains consentants, mais elle doutait qu'Athan Sanvier, le cousin d'Olivia et baron de la Maison de Remiel, la famille la plus puissante de l'Ordre de la Nuit, se souciait du consentement. Il avait la réputation d'être cruel sans que cela ne décourage les humains, mais elle était terrorisée. Être seule avec Athan Sanvier était la dernière chose au monde qu'elle aurait choisie.

— Salut, petite sorcière, lança-t-il d'une voix traînante. Il paraît que tu as besoin d'un taxi. Je serais ravi de te servir.

— Laisse-moi sortir, Athan, dit-elle, la gorge serrée. Ou tu vas avoir des problèmes.

Il ne réagit pas et fit démarrer le taxi. Elle se maudit d'avoir quitté *Les Monas* sans son téléphone.

— Olivia est-elle au courant de ce que tu fais ?

Athan sourit dans le rétroviseur.

— Je suppose que tu veux dire : « Est-ce que Mark est au courant », non ?

Honnêtement, cela n'était pas venu à l'esprit de Harlow, mais maintenant, elle avait la nausée. Irait-il vraiment si loin pour se venger d'elle parce qu'elle avait récupéré Axel ? Ça ne devait pas le déranger tant que ça. Il ne s'occupait même pas de ce chat.

Athan sourit à nouveau : il n'avait clairement pas l'intention de lui répondre. Harlow se sentit gagnée par la panique, son sang palpitant dans ses veines si fort que cela noyait toutes ces pensées. Harlow essaya de retrouver son sang-froid.

Réfléchis, Harlow, s'ordonna-t-elle. Le soleil était bas dans le ciel, ce qui voulait dire qu'elle n'avait que quelques minutes pour s'échapper sans qu'Athan ne puisse la suivre facilement.

— Où m'emmènes-tu ? demanda-t-elle.

Athan secoua la tête, toujours avec le sourire. Cela en disait long sur le plaisir qu'il prenait à faire du mal. Le vice n'était pas une caractéristique propre aux vampires, Kate et sa Maison en étaient la preuve, mais le vampirisme semblait amplifier certains traits de personnalité plus que d'autres, et l'agressivité et le sadisme en faisaient partie.

Dans le cas d'Athan, la rumeur disait qu'il aimait infliger le genre de souffrance psychologique qui brisait les gens et les rendait amers pour des années. Pas étonnant que Mark l'ait envoyé. C'était tout à fait logique. Si elle ne pouvait pas être contrainte comme une humaine, il pourrait toujours la torturer, si c'était ce qu'il voulait. Les sorcières n'étaient pas entièrement immunisées contre les magies vampiriques et il était certainement assez fort pour la dominer physiquement. Le cœur de Harlow s'emballa.

— Tu ne veux pas faire ça, Athan, le mit-elle en garde à nouveau. Tu ne veux pas avoir des problèmes avec les Illuminés.

Athan éclata de rire.

— Quand on en aura fini avec toi, les Illuminés ne pourront absolument rien me faire.

C'était une remarque bizarre, mais Harlow n'avait pas le temps d'y réfléchir. Elle leva les yeux au ciel avec un air plus brave qu'elle ne l'était.

— Ne sois pas idiot, Athan. Tu ne peux pas faire plus que me torturer et tu le sais.

Le meurtre entre les Ordres inférieurs était si sévèrement puni qu'il n'y avait pas eu un seul incident de ce genre depuis plus d'un siècle.

— Qui a parlé de torture ?

Elle remarqua qu'il tapotait le volant comme si ce qu'il avait prévu de faire l'excitait tant qu'il ne pouvait s'empêcher de gigoter.

— Tu pourrais bien adorer ce qu'on pourra te faire... J'imagine qu'une créature roulée comme toi doit être dévergondée.

Son sang se glaça. Elle n'était pas sûre de ce dont il parlait, mais le ton de sa voix était trop confiant et empreint de vengeance. Il se passait autre chose ici et elle doutait sérieusement qu'elle aimerait quoi que Athan Sanvier puisse lui faire.

— Laisse-moi sortir, insista-t-elle.

— Je me demande comment tu seras quand on t'aura transformée, dit-il en l'ignorant. Tu ne pourras plus lancer de sorts, bien sûr, mais ton nouveau pouvoir sera si beau. Promets-moi de coucher avec moi au moins une fois, d'accord ?

Harlow eut des sueurs froides tandis que les pièces du puzzle s'assemblaient. Ce à quoi il faisait allusion était impossible. Ni Athan Sanvier ni les vampires de la Maison de Remiel, malgré leur immense pouvoir, ne pouvaient la transformer en quoi que ce soit, et certainement pas en succube. C'était pourtant ce qu'il sous-entendait, non ? Harlow essaya de se convaincre que son imagination allait trop loin, qu'il y avait une explication rationnelle à tout ça. C'étaient juste des vampires après tout, et les vampires n'avaient pas la capacité de transformer les autres immortels.

S'il y avait une explication rationnelle, je ne serais pas piégée dans un taxi avec Athan Sanvier, pensa-t-elle.

S'il avait simplement voulu parler avec elle, il n'aurait pas utilisé ce taxi. Cela ne présageait rien de bon. Une partie de son esprit tentait de convaincre l'autre que la peur panique qu'elle ressentait était injustifiée et irrationnelle. L'autre partie hurlait : « Sors ! Sors ! Sors ! » Elle devait se faire confiance, même si c'était extrêmement dur pour elle. Elle se tourna vers ses ombres, vers le pouvoir noir de sa nouvelle magie, mais elle était paralysée.

Harlow avait trop peur. Elle aurait tant aimé pouvoir se téléporter, mais elle n'était pas encore assez puissante pour se déplacer dans l'espace en un clignement d'œil. Les ombres s'agitaient en elle et au-delà du voile de la réalité. Elle les sentait essayer de l'aider de l'intérieur du limen, de l'apaiser. Elle ne devait pas bannir la peur ; elle devait l'accepter et la maîtriser. Harlow regarda par la vitre pour la première fois pour tenter de se repérer. Ils se dirigeaient vers les quartiers chics, le quartier de la Maison de Remiel, avec ses hautes tours où la centaine de vampires les plus puissants de Nuva Troi travaillait et résidait.

Une fois qu'il l'aurait emmenée à l'intérieur, elle serait soumise à la volonté des vampires, et cela n'augurait rien de bon pour elle. *Aide-moi*, pria-t-elle sa magie. Une étincelle d'ombre la ramena dans la voiture ; elle la sentit dans ses doigts. Elle sentit les fils de la réalité autour d'elle. La voiture ralentit à un feu rouge et elle vit le soleil se coucher et darder ses rayons sur la 55e Avenue. Pour la première fois aujourd'hui, la pluie s'était arrêtée.

Harlow pénétra dans son corps spirituel afin d'invoquer assez de pouvoir pour créer le plus simple des sorts. Même si la peur la saisissait, elle comprenait qu'elle n'avait pas besoin d'une solution tapageuse, juste son intelligence et quelque chose de sûr. Quand la poignée de la portière apparut, elle lui demanda d'être déverrouillée, éternellement déverrouillée, impossible à verrouiller.

— Merde, murmura-t-elle en regardant devant le taxi, vers le soleil.

Elle injecta autant de panique qu'elle le pouvait dans sa voix, ce qui n'était pas difficile, son cœur battait si fort qu'elle avait du mal à réfléchir.

— Qu'est-ce que c'est que ça ?

Athan suivit son regard, ses yeux sensibles éblouis par la lumière l'empêchant de bien voir. Quand il chercha ses lunettes de soleil dans la boîte à gants, elle en profita. Elle attrapa la nouvelle poignée et ouvrit la portière avant de courir droit vers la ligne lumineuse que créait le soleil couchant sur la 55e Rue. Elle savait qu'elle ne pourrait pas lui échapper très longtemps. Et si près de la Maison de Remiel, il devait y avoir des vampires partout. Il était probablement déjà en train de les appeler s'il n'agissait pas seul.

Elle sortit de l'ombre du trottoir pour rester au milieu de la rue où la lumière dorée du soleil flamboyait. Même si les vampires pouvaient techniquement quitter le confort de leur maison durant la journée, la moindre lumière rendait l'usage de leurs pleins pouvoirs difficile. Mais quand le soleil disparaîtrait, ils seraient presque aussi rapides et forts que les Illuminés. Dans l'obscurité, elle repéra les renforts d'Athan se rassembler. Ils la traquaient par groupes de trois ou quatre.

Il n'agissait donc pas seul. La Maison de Remiel soutenait tout ça, quoi que ce soit. Elle réfléchit désespérément aux options qui s'offraient à elle. Les voitures klaxonnaient de partout en déviant leur trajectoire pour l'éviter. Elle ne pouvait pas rester ici plus longtemps, mais avec les grands immeubles qui bloquaient la lumière partout sauf au centre de la rue, c'était l'endroit le plus sûr pour elle, malgré la circulation.

Le soleil descendait encore et sa lumière se refléta dans un petit miroir fixé au mur de l'un des immeubles. C'était un drôle d'endroit pour mettre un miroir, mais elle suivit le rai de lumière des yeux. Il traçait un chemin étroit entre les ombres du trottoir à travers la rue pour atteindre la porte d'un café qui se dressait là comme un phare.

Harlow n'eut pas le temps de se poser de questions puisque le feu de signalisation passa au vert et les voitures autour d'elle se remirent en route. Elle commença alors à courir en suivant le minuscule rayon de lumière jusqu'à ce qu'elle pose les mains sur la porte en bois du café d'une étrange couleur gris pâle. Elle sentit les vampires se rapprocher, mais elle se précipita à l'intérieur.

Dans le petit vestibule, elle se retrouva face à deux grosses portes faites dans le même bois gris que celle de l'entrée. Pouvait-il s'agir de frêne blanc ? Il n'y en avait pas eu à Nytra depuis des siècles, et il était extrêmement rare, puisqu'il pouvait tuer les vampires et blesser grièvement les Illuminés. Les poignées de porte en laiton avaient la forme de serpents avec d'épaisses écailles texturées comme celles d'un dragon.

Curieux. Elle jeta un coup d'œil par la fenêtre près de la porte d'entrée. Le flot de lumière semblait s'étendre et gagner en puissance alors que le soleil descendait.

Les vampires reculaient comme s'ils étaient repoussés par le café, mais elle vit alors la vraie raison de leur distance : les fenêtres du café reflétaient la lumière du soleil sur la rue, et des centaines de miroirs sur les bâtiments alentour créaient des faisceaux similaires qui menaient tous ici. C'était vraiment étrange.

Elle se tourna pour réexaminer les portes. Elles étaient incrustées de motifs complexes en argent. C'était un ouvrage magnifique, et quand elle fit appel à sa double vue, elle perçut les sorts dessus. L'argent avait été modelé en sigils anciens qui empêchaient toutes créatures de l'Ordre de la Nuit de les franchir sans permission explicite. Elle était impressionnée par le travail de magie qui avait dû coûter extrêmement cher et faisait appel à des techniques passées de mode depuis plusieurs siècles.

Mais cette magie était puissante. Même quand il ferait nuit noire, les vampires ne pourraient pas entrer. Elle poussa l'une des lourdes portes et entendit la douce musique d'un piano.

Les plafonds du café s'élevaient haut au-dessus d'elle et elle découvrit que si la façade du bâtiment ne présentait que quelques fenêtres étroites, celles à l'arrière étaient d'immenses arches de verre et d'acier qui donnaient à l'ensemble l'apparence d'une serre spacieuse. À l'arrière du bâtiment, il y avait un jardin rempli de plantes luxuriantes. À l'intérieur, d'énormes scheffleras s'épanouissaient dans de magnifiques jardinières décorées de paysages forestiers. Les murs de plâtre étaient peints en blanc et divers fauteuils en rotin agrémentés de coussins et tissus couleur crème étaient disposés autour de tables en marbre et en verre. Le résultat était une pièce éclectique, enchantée et rassurante.

La clientèle était principalement humaine, même si quelques métamorphes étaient installés autour d'une table dans un coin isolé.

Les gens discutaient tranquillement ou lisaient des livres, et Harlow remarqua que tout le monde s'occupait de ses affaires. Ce n'était pas un endroit pour voir et être vu. Le café était magnifique, mais elle était surprise de constater que ce n'était pas un lieu à la mode sur les réseaux sociaux. Elle ne l'avait même jamais vu et elle était légèrement étonnée que personne ne soit sur son téléphone ou n'utilise d'appareil électronique.

— Puis-je vous aider ?

Harlow se tourna vers la personne à l'accent mélodieux des territoires du nord qui venait de lui parler. C'était un Élu de l'Illusion, une grande créature agile vêtue d'un costume trois-pièces bleu marine avec un visage pâle et des cheveux courts blond polaire.

Elle la trouva très belle. Ses yeux étaient pleins d'astuce et de danger, mais infiniment calmes. Elle se demanda ce qu'ils pouvaient cacher comme alternae. Sûrement une forme puissante et discrète à la fois, peut-être un félin. Harlow prit le risque de croire que cette personne l'aiderait.

— Il faut que j'appelle Finn McKay, tout de suite, s'il vous plaît. Puis-je utiliser votre téléphone ?

Elle ne savait pas exactement pourquoi elle avait prononcé le nom de Finn. Peut-être parce que tout le monde avait entendu parler de lui, mais au fond d'elle, elle savait qu'il y avait une autre raison.

Le métamorphe acquiesça légèrement et regarda par la fenêtre avec un vague air de dégoût le groupe de vampires qui se réunissait. Au moins trois bandes se rapprochaient du café.

— Bien sûr, mademoiselle Krane. Je vais le contacter.

Harlow se rapprocha et respira profondément, remarquant à peine la mention de son nom. Elle n'avait jamais vu de vampires agir ainsi, pas en plein jour en tout cas. Bien sûr, elle avait entendu des histoires à propos de ce genre de comportement la nuit, de la part de membres des maisons les moins régulées, celles qui laissaient des nids se développer et toutes sortes d'autres agissements incontrôlés, mais rien de cela au sein de la cultivée Maison de Remiel. Et pourtant, on ne pouvait le nier, ces bandes étaient sur le territoire de Remiel et ces vampires la chassaient.

— Mademoiselle Krane, dit doucement le métamorphe. M. McKay est au téléphone.

Elle suivit son regard, puis lui mit le téléphone dans la main en la rassurant.

— Les vampires ne peuvent pas entrer dans cet établissement. *Le Havre* est un lieu sûr, à l'abri de l'Ordre de la Nuit.

Harlow acquiesça même si ces paroles lui semblaient confuses.

— Allô, murmura-t-elle. J'ai des problèmes.

— Tu es blessée ?

La voix de Finn était si glaciale et meurtrière qu'elle trembla, même si elle savait que ce ton ne lui était pas destiné.

— Non. Athan Sanvier m'a enlevée, mais il ne m'a pas fait de mal. Et maintenant…

Elle n'eut pas besoin d'en dire plus, parce qu'il était là. Il était dehors, avec Alaric, et ils massacraient les vampires rassemblés devant le café. Des humains s'arrêtèrent pour assister à la scène, mais il devait être difficile pour eux de comprendre ce qui se passait. Leur vision était limitée par rapport à la sienne, et même elle avait du mal à voir Finn et Alaric quand ils se déplaçaient. Pour un œil humain, cela devait donner simplement l'impression que les têtes des vampires se détachaient de leurs corps et roulaient par terre avant de se transformer en poussière au moment de leur mort.

C'était horrifiant, mais l'horreur de Harlow était tempérée par autre chose. L'excitation, oui, mais quelque chose d'encore plus profond aussi, quelque chose d'intensément satisfaisant. Quand le tumulte cessa, un représentant de la Maison de Remiel, vêtu d'un costume de luxe sombre, apparut dans l'ombre, l'air furieux. Alaric s'adressa à lui, et Harlow ne put se rappeler quand elle l'avait vu afficher un regard aussi dur. Tout son pouvoir émanait de lui et ses yeux noirs et menaçants luisaient faiblement.

Où était Finn ? Elle le chercha partout, en vain.

— Salut, Harls.

Sa voix résonna dans son dos. Elle sentit la légère pression de ses doigts sur son épaule, timide tandis qu'elle se retournait et se jetait dans ses bras.

— Que voulaient-ils ? murmura-t-elle.

— Alaric cherche à le découvrir, mais ils t'ont traquée… et c'est inacceptable. La Maison de Remiel sera sanctionnée et une enquête va être menée dès maintenant.

Ses paroles étaient froides, dures même, mais ses bras étaient chauds autour d'elle.

— Tu vas bien ? ajouta-t-il d'une voix plus douce.

Elle secoua la tête. Les bruits dans le café reprirent. Elle avait oublié le restaurant et la personne qui l'avait aidée jusqu'à maintenant.

— Peut-être que vous et Mlle Krane aimerez aller à l'étage, suggéra le métamorphe.

— Oui, merci, Herrington, répondit Finn.

C'était donc Cian Herrington. Harlow comprit immédiatement pourquoi Finn en avait parlé avec tant de vénération. Il y avait quelque chose de sauvage et immensément puissant dans sa présence. Elle voulut aussitôt faire plus ample connaissance.

— Harls, je te présente Cian Herrington, dont je t'ai déjà parlé… Nous travaillons ensemble sur le Projet Havre.

Cela expliquait les poignées de porte. Harlow serra la main de Herrington.

— « Le Projet Havre » ?

Souriant, Herrington les guida à travers le café jusqu'à l'escalier.

— Oui, les Chevaliers des Serpens ont créé des refuges dans les quartiers où résident les vampires… des lieux dans lesquels ils ne peuvent pas entrer… et où les humains sont en sécurité.

— Vous avez fait ça pour les humains ? demanda Harlow, incrédule.

— Oui, Alaric, Herrington et moi avons lancé le Projet Havre il y a deux ans. Nous rachetons des établissements et créons des endroits comme celui-là, ici et à Nea Sterlis, dans l'espoir d'aider les habitants. Les cafés sont ouverts jour et nuit, et les appartements au-dessus sont mis à disposition de ceux qui ont besoin d'une aide plus poussée.

Harlow acquiesça, les suivant dans l'escalier étroit.

— Et les humains… ils sont au courant ?

Herrington ouvrit une porte au dernier étage et les invita à entrer. La pièce était décorée simplement, mais avec élégance en teintes de gris. Un mur était couvert de bibliothèques. Il y avait un bureau installé devant les fenêtres qui s'étendaient du sol au plafond et deux canapés en velours couleur étain face à face à l'autre bout de la pièce.

— Je vais nous faire monter des rafraîchissements pendant que tu lui expliques la situation, dit doucement Herrington. Je suppose que Ric sera là dans quelques minutes. Thea nous rejoindra ?

Finn n'était pas perturbé par son changement de ton. En bas, Herrington les avait accueillis de façon excessivement formelle. Ici, Alaric était « Ric » et Thea était Thea et pas Mlle Kane. Harlow se demanda à quel point ils se connaissaient. Bien, supposa-t-elle, puisqu'ils étaient tous Chevaliers.

Elle était reconnaissante pour leur aide, mais se sentait laissée pour compte. Ils faisaient le genre de travail dont elle rêvait depuis son adolescence, et sa sœur n'avait pas pris la peine de l'impliquer ou même de lui en parler.

— J'imagine qu'elle n'est plus très loin, répondit Finn en lançant un regard à Harlow. Alaric l'a appelée dès qu'on a su que tu étais ici.

— Elle connaît cet endroit ?

Bien sûr. Quelle question stupide.

— Le Projet Havre était son idée, répondit Finn avec un sourire.

Le menton de Harlow trembla. Ils participaient tous à ce projet depuis deux ans… peut-être même plus. Et pendant tout ce temps, qu'avait-elle fait ? Essayé d'avoir une vie humaine avec Mark ? Mark.

Bon sang, ça faisait mal de penser qu'il l'avait piégée. Qu'il voulait qu'on la torture ou la tue ? Ou pire. Mark était cruel, mais ça n'avait aucun sens. Harlow se rendit compte qu'elle tremblait seulement quand Finn enveloppa ses épaules avec une couverture en laine douce.

— Tu es choquée.

Oui, c'était clair.

— Tu peux me raconter ce qui s'est passé ?

Il s'assit à côté d'elle sur le canapé, à une distance respectueuse, s'efforçant de lui laisser de l'espace. Elle comprit combien il avait peur quand il évita son regard.

— Athan ne m'a pas fait de mal. Mais… je pense que c'était ce qu'il avait prévu.

Finn acquiesça et elle le vit trembler aussi. Les vibrations qui secouaient son corps n'étaient pas dues au choc ou à la peur, mais à la rage. Il y avait dans ses yeux cet éclat menaçant qu'elle avait vu dans ceux d'Alaric, une faible lumière émanant de ses iris. Ce n'était pas comme la lumière dorée que diffusait sa peau quand ils étaient au lit ensemble, ou la lueur pure qui était née de leur union. C'était quelque chose de différent. De mortel et froid.

— Tu veux bien me prendre dans tes bras ? lui demanda-t-elle.

En un instant, il la tira sur ses genoux, les bras autour de son dos et de ses hanches, ses jambes entourant son corps. Il délaça ses chaussures et les enleva avant de couvrir les pieds de Harlow avec la couverture qui avait glissé. Il passa ses mains dans ses cheveux et tira délicatement sur les nœuds.

Harlow ferma les yeux et laissa tomber sa tête sur l'épaule de Finn. Elle écouta les battements de son cœur tandis qu'il caressait sa hanche et l'extérieur de sa cuisse. Lentement, les tremblements s'arrêtèrent et elle prit conscience de la chaleur du corps de Finn et de ses doigts hésitants dans ses cheveux.

Elle avait eu extrêmement peur, mais elle s'était échappée grâce à son pouvoir, elle avait trouvé cet endroit et maintenant, elle était en sécurité. Harlow leva la tête vers Finn et remarqua le voile d'inquiétude dans ses yeux, mais aussi ses narines qui se dilataient. Il sentait son excitation grandissante avant même qu'elle n'en ait elle-même conscience. Mais en se calmant, elle voulut remplacer sa peur d'avoir été piégée dans le taxi avec Athan Sanvier par un autre sentiment. Elle entrouvrit la bouche tout en passant son doigt sur la lèvre inférieure de Finn et la ligne carrée de sa mâchoire.

Il frémit légèrement à son contact et, quand elle passa son pouce sur le centre de sa gorge, elle le sentit déglutir. Le rythme de sa respiration augmenta légèrement comme la sienne et la chaleur qui grimpait en elle devint torride lorsqu'il glissa sa main derrière son genou et à l'intérieur de sa cuisse. Ses mains étaient chaudes sur sa peau nue.

— Risque-t-on d'être interrompus ? demanda-t-elle doucement.

Ses yeux orageux, assombris par le désir, ne quittèrent pas les siens tandis qu'il continuait à remonter à l'intérieur de sa cuisse et utilisait discrètement son téléphone avec son autre main.

— Ils vont nous laisser… discuter un peu, répondit-il avec un petit sourire presque triste. Tu vas vraiment bien ?

— Non, tu veux bien m'aider ? J'ai toute cette énergie… les restes de la peur et de l'angoisse… J'ai juste besoin de me sentir en sécurité.

— Et tu te sens en sécurité avec moi ?

Il semblait incrédule. Il ne savait pas si elle lui faisait confiance ou pas.

— Oui, murmura-t-elle. J'étais furieuse que Thea ait gardé tous ces secrets, et je comptais aller chez Enzo pour discuter, mais je suis tombée sur Kate Spencer sur le trajet. Elle m'a traînée aux *Trois Faisceaux de Genêts* pour prendre un verre et papoter… elle m'a demandé de sortir avec elle, mais j'ai dit non… Et j'avais oublié mon téléphone, alors elle a appelé un taxi pour moi…

— C'est Kate qui a appelé le taxi ?

Il y avait de nouveau cette froideur dans sa voix.

— Non, c'est le barman qui l'a fait. Je ne pense pas que Kate soit impliquée.

La bouche habituellement sensuelle de Finn dessinait une ligne fine.

— Je te trouve bien gentille.

Elle pencha légèrement la tête en se souvenant de la présence qu'elle avait sentie dans le bar et au bal.

— Je ne crois pas. Il y avait quelqu'un d'autre là-bas, qui m'observait. Au bal aussi. Qui que ce soit, je pense que cette personne me suit.

Il interrompit sa caresse à l'intérieur de sa cuisse.

— Comment le sais-tu ? demanda-t-il avec curiosité.

— Je le sens, c'est comme une sorte de pression sinistre. Je ne sais pas comment le décrire autrement. Je pense que mes ombres m'aident à utiliser mon instinct naturel, mais je ne sais pas si ça a du sens.

Finn acquiesça avec un air songeur.

— Oui, d'après ce que m'a dit Alaric à propos des recherches qu'il a faites avec Thea sur les Arpenteuses, ça a du sens. Il semblerait qu'elles développaient un instinct presque surnaturel concernant leur environnement. Thea pense que ça pourrait être la conséquence d'un contact très proche avec l'éther. Plus tu l'utiliseras, plus tes sens seront aiguisés.

Elle laissa tomber sa tête, soudainement lourde, contre son épaule.

— J'ai l'impression que cette journée a duré des années.

Il rit doucement et la serra contre lui.

— Ce n'est pas le cas ? Athan t'a-t-il dit quelque chose ?

— Pas vraiment. J'ai eu l'impression qu'il me menaçait de me transformer en succube.

Cela fit rire Finn ; apparemment, cette idée lui paraissait aussi ridicule qu'à elle.

— C'est toujours un beau connard. A-t-il dit autre chose ?

— Il a dit quelque chose à propos de Mark qui m'a fait penser que c'étaient lui et Olivia qui avait tout organisé.

— Ils forment un couple horrible, affirma Finn avec un soupir. Ils sont tellement mesquins et Athan a toujours fait tout ce qu'Olivia lui demandait. Je suis désolé… qu'il se soit enfui.

— Peut-être qu'il voulait me punir pour avoir récupéré Axel et l'avoir mis dans l'embarras. Ce genre de chose l'a toujours agacé… Oh mince, il faut qu'on appelle Larkin et prenne de ses nouvelles.

Finn la rassura.

— Je l'ai déjà fait. Axel et elle vont bien. J'ai envoyé mes hommes surveiller ton immeuble.

— Tes hommes ? Tu as des « hommes » qui font des trucs comme ça ? Des larbins ?

— Je t'en prie, n'appelle pas Arebos et Nox comme ça quand tu les rencontreras. Ils seraient extrêmement offensés.

Elle n'avait jamais entendu ces noms avant.

— Qui sont-ils ?

Le visage de Finn se ferma un instant, comme s'il ne pouvait pas répondre. Puis il s'ouvrit comme par miracle, comme s'il venait de prendre conscience qu'il n'était pas obligé de lui cacher tout ça.

— Des Chevaliers, des frères. Ils se surnomment les Spectres. Ce sont des métamorphes, mais dans le sens le plus technique du terme.

— Comment ça ? demanda-t-elle, le souffle coupé.

— Ils se fondent dans leur environnement.

Harlow ne pensait pas qu'il pouvait vraiment vouloir dire ce qu'il disait.

— Ils deviennent vraiment invisibles ?

Devenir invisible n'était pas dur, en théorie, si on voulait juste tromper les humains. Mais les Immortels avaient une vue perçante et une double vue très développée. Devenir invisible aux yeux des membres des autres Ordres était pratiquement impossible, à moins de pouvoir se fondre dans les bruits de fond de la vie quotidienne.

— Où as-tu donc trouvé de telles créatures ?

— C'est eux qui m'ont trouvé. Je te raconterai ça une autre fois.

Il marqua une pause comme s'il se demandait si c'était une bonne idée de lui poser cette question.

— Mark peut-il être contraint ?

Harlow prit une profonde inspiration. Elle imagina soudain la multitude de façon dont la relation de Mark avec Olivia pouvait mal tourner. Cela faisait longtemps qu'un humain avec une notoriété comme celle de Mark Easton n'avait pas été impliqué dans un tel scandale.

— C'est possible. J'avais fait faire une amulette de protection pour lui, mais je ne suis pas sûre qu'il la porte toujours. Il pense probablement qu'il n'en a plus besoin avec Olivia.

— Depuis que la Loi Anti-Contrainte a été adoptée, on dirait que les humains ne se protègent plus autant, fit-il remarquer.

C'était vrai. Autrefois, les humains pratiquaient toutes sortes de rituels pour être moins vulnérables aux attaques de l'Ordre de la Nuit, mais aujourd'hui, ils se sentaient protégés par une loi qui n'était que symbolique. Il y avait très peu de moyens de prouver la contrainte.

— Comment es-tu sortie de la voiture ?

On aurait dit qu'il lui faisait subir un interrogatoire, mais elle le comprenait. Ses souvenirs de la rencontre risquaient de s'atténuer avec le temps, et chaque détail pourrait les aider à identifier précisément la nouvelle menace qu'ils devaient affronter.

— J'ai invoqué une poignée et demandé qu'elle soit déverrouillée, murmura-t-elle en remuant légèrement sur ses genoux.

Elle se redressa et passa une jambe de l'autre côté pour être à califourchon sur lui. Il fit remonter ses mains sur le haut de ses cuisses, sous sa jupe.

— C'était une solution élégante, dit-il avec un sourire.

Elle prit soudainement conscience qu'elle l'avait vraiment échappé belle. Sa magie ne s'était pas encore pleinement manifestée et elle s'était retrouvée seule avec un vampire qui voulait lui faire du mal. L'après-midi aurait pu se terminer très différemment. Finn sentit son humeur changer.

— Tu veux commencer à t'entraîner avec tes ombres ? Je pourrais t'aider à apprendre à combattre avec elles pour que tu n'aies plus rien à craindre de monstres comme Athan Sanvier.

— L'entraînement nous fera-t-il transpirer ? demanda-t-elle sur un ton délibérément taquin.

Elle avait désespérément besoin d'être soulagée de toute cette tension et du stress qui perdurait en elle.

Il remit les mains dans ses cheveux qu'il tira délicatement pour lui mordiller le cou.

— Probablement. Ne t'inquiète pas, je suis prêt à te laver après la séance, dit-il avant d'embrasser son visage et de la serrer dans ses bras. Je suis désolé que les choses aient pris cette tournure avec ta famille aujourd'hui. Je ne voulais pas que tu apprennes l'existence des Chevaliers ou l'implication de Thea de cette façon. Je pensais que j'aurais plus d'un jour pour m'assurer que tout allait bien entre nous avant de te parler de tout ça.

Harlow se détendit dans ses bras, la tête posée sur son épaule et le visage dans son cou, apaisée par le rythme régulier de la respiration de Finn.

— Je ne suis pas en colère contre toi, expliqua-t-elle. Je suis en colère contre ma sœur. Elle aurait dû tout me raconter il y a longtemps.

Il ne dit rien, mais la serra plus fort. Il lui vint à l'esprit que leur comportement ressemblait à celui d'un couple. Finn la réconfortait. Ils faisaient des projets ensemble. Ils étaient censés prétendre, mais ils ne jouaient plus la comédie. C'était réel. Les prémices d'une relation, mais d'une vraie relation.

— Vous avez vraiment tué ces vampires ? murmura-t-elle.

— À ton avis ?

Elle rit doucement.

— Je sais que je devrais être horrifiée, mais…

— Tu ne l'es pas. Et tu ne devrais pas l'être. Ils ont violé toutes les règles selon lesquelles nous vivons.

Il ne dit rien, mais elle sentit qu'il y avait quelque chose. Quelque chose qu'il hésitait à lui dire.

— Tu sais, ce qui s'est passé suffira probablement à calmer les vampires… Et je crois que je pourrai utiliser cet incident pour convaincre mes parents qu'ils doivent se reconcentrer sur l'Ordre de la Nuit plutôt que sur les sorcières.

Elle croyait savoir où il voulait en venir et n'aimait pas trop ça.

— Et donc ?

— Si tu voulais mettre fin à tout ça, ce serait possible. Tu pourrais t'éloigner. J'ai le sentiment que la Maison de Remiel a monté ça aujourd'hui à cause de notre relation. Je ne sais pas trop encore pourquoi, mais je le découvrirai… Peut-être qu'il serait plus sûr pour toi de tout arrêter maintenant.

Son cœur se mit à battre très fort et elle s'écarta de lui pour le regarder dans les yeux.

— C'est ce que tu veux ?

Les yeux de Finn s'adoucirent.

— Non. C'est la dernière chose que je veux, mais j'ai l'impression que tu es en danger et je ne peux pas le supporter.

Elle posa les mains sur ses joues.

— Merci.

— De quoi ?

— De ne pas le supporter. D'être venu dès que je t'ai appelé. De me faire confiance. D'être digne de confiance. Merci pour tout.

Il détourna le regard et son visage sembla tordu par une douleur profonde.

— J'ai l'impression de ne pas mériter tout ça.

— Je sais, mais tu te trompes, protesta Harlow, le cœur serré. C'est la vérité. Ma vérité en tout cas.

Il la tira contre lui et la serra si fort qu'elle eut du mal à respirer.

— J'aimerais qu'on puisse avoir une histoire d'amour normale, dit-elle en lui caressant les cheveux.

— Une histoire d'amour ? Tu veux dire que… ?

— Je ne vais pas lutter plus longtemps contre ce que je ressens, souffla-t-elle. Je pense que les événements d'aujourd'hui ont prouvé qu'on avait besoin l'un de l'autre.

Il acquiesça.

— Inutile de faire de grandes déclarations.

— D'accord.

Quelqu'un frappa à la porte et la tête de Thea apparut.

— Vous êtes habillés ?

28

Harlow acquiesça et quitta les genoux de Finn pour venir se blottir dans le creux de son bras tandis que Thea s'installait sur le fauteuil en face du canapé.

— Alaric et Cian sont en bas avec Veronica Morova. Elle n'est pas très contente de la façon dont vous vous êtes occupés des hommes de la Maison de Remiel aujourd'hui.

— Alors ils auraient dû essayer de ne pas kidnapper ma…

Il s'interrompit avant de rougir.

Thea haussa les sourcils.

— Finis ta phrase, Finn.

Harlow gloussa en voyant les joues de Finn s'empourprer encore.

— C'est une conversation qu'on devrait plutôt avoir en privé…, marmonna-t-il.

Harlow sourit et tapota les muscles fermes de son ventre.

— C'est bon. Tu peux m'appeler ta petite amie. Je l'autorise… Ou tu allais m'appeler ta « chérie » ?

Ce fut à Thea de rire maintenant alors que Finn ne savait plus où se mettre. C'était adorable de le voir aussi gêné devant deux sorcières moqueuses. Elle déposa un baiser sur sa joue et glissa sa main dans la sienne, avant de caresser sa paume avec son pouce pour qu'il se souvienne à quel point elle aimait être son amante. Elle sentit un frisson de plaisir, et quand il lui retourna son geste, elle sut qu'il avait compris.

Comme Thea leur parlait des vampires, Harlow essaya de se concentrer.

— Je pense qu'ils vont discuter un moment. Apparemment, Berith est furieuse et ils ont envoyé Veronica pour apprendre ce que les Illuminés vont faire. Cian essaie d'aider Alaric, mais pour être honnête avec vous, je pense qu'ils sont trop gentils.

— Je devrais peut-être aller aider, suggéra Finn avec une grimace.

— Ce serait pas mal, répondit gentiment Thea.

Finn se leva et déposa un doux baiser sur les lèvres de Harlow.

— Je reviens vite.

Elle acquiesça et ne dit rien tandis qu'il quittait la pièce, se focalisant délibérément sur ses mains. Harlow ne pouvait pas se résoudre à regarder Thea.

— Tout ça est arrivé parce que tu étais en colère contre moi, fit remarquer Thea sur un ton légèrement accusateur.

Harlow était contrariée par ses paroles, même si c'était techniquement vrai. Mais si Thea voulait être condescendante, elle pouvait l'être aussi.

— Parce que je suis en colère contre toi, la corrigea Harlow.

— Normal. Je t'ai caché des choses, mais peux-tu me le reprocher ?

Quand elle leva les yeux, Harlow fut surprise de voir sur le visage de Thea cet air arrogant qui lui rappela celui de la plupart des Illuminés. Tout l'Ordre des Illuminés affichait constamment cette expression, comme s'ils savaient tout mieux que tout le monde.

— Tu te transformes en l'un d'eux, c'est ça ?

Thea avait l'air perplexe.

— Les Illuminés. Tu es exactement comme eux. C'est à force de passer tout ce temps avec Alaric ? C'est pour ça que tu es comme ça ? Froide et sans cœur ?

Harlow avait réussi à mettre sa sœur en colère. Elle l'avait compris en voyant le rose de ses joues lui monter aux oreilles, mais sa voix glaciale le confirma.

— Tu étais une épave, Harlow. Quand je t'ai récupérée à l'hôpital, je ne savais même pas comment te garder en vie. Tu te souviens des semaines que j'ai passées avec toi cet été, dans la cabane ?

— Je n'oublie pas que tu m'as aidée, dit Harlow en soupirant. Et je t'en suis reconnaissante.

L'été après le départ de Kate pour Nea Sterlis, Harlow avait été emportée dans une spirale qu'elle ne pouvait contrôler. Elle buvait trop, prenait trop de drogues. Mais ce n'était pas pour s'amuser : elle essayait d'apaiser la douleur. Et cette nuit-là, elle avait trop abusé d'une substance. Elle ne savait même pas laquelle, mais ça en faisait trop à la fois. Elle n'avait pas l'intention d'en finir, pas vraiment, mais quand elle s'était sentie partir, cela ne l'avait pas gênée plus que ça. Harlow ne se souvenait pas comment elle avait atterri à l'hôpital.

— Quand je t'ai fait sortir de l'hôpital, tu n'as pas voulu me parler, rappela Thea, sans la regarder. Ils ont dit que tu n'avais pas prononcé un mot en soixante-douze heures, sauf pour passer un coup de téléphone.

Harlow ne s'en souvenait pas très bien. Assommée par les médicaments administrés à l'hôpital, elle n'en avait plus repris après sa sortie. Elle n'avait pas voulu rester dans l'excellent établissement où l'avait déposée la personne qui l'avait trouvée. Donc après soixante-douze heures d'observation, ils n'avaient pas pu la garder contre son gré. Elle avait appelé Thea qui était venue la chercher, et elles n'avaient jamais parlé de ce qui s'était passé à qui que ce soit. Elles avaient dit aux matères qu'elles allaient passer l'été dans le Nord, et personne n'avait posé de questions.

— Notre été avait mal commencé, mais on a passé un bon moment finalement, non ? demanda Harlow en essayant de ne pas sembler agacée, mais c'était lassant d'être la sœur qui gâchait toujours tout.

Après une semaine ou deux, son envie de mourir avait disparu et elle gardait de cet été des souvenirs dorés et doux-amers. Thea et elle se baignaient chaque jour dans le lac, faisaient la sieste, lisaient des livres, cuisinaient ensemble et quand elles avaient recommencé à rire ensemble, Harlow avait su qu'elle s'en sortirait. Qu'elle allait vivre. Elle avait continué à boire pendant encore deux ans après cet épisode, mais elle n'avait plus jamais touché aux drogues.

Thea avait les traits tirés par la douleur comme si elle ne savait pas si elle devait poursuivre. Harlow avait l'impression qu'elle allait lui donner un cours sur la santé mentale, mais elle en avait entendu assez et interrompit le fil de pensées de sa sœur.

— Désolée d'être une emmerdeuse, Thea. Désolée de ne pas être parfaite comme toi. Mais cet été n'était pas si pourri. On s'est bien amusées.

Thea tressaillit, comme si elle avait reçu une gifle.

— Amusées ? murmura-t-elle en se levant pour marcher jusqu'à la fenêtre et regarder dehors, les bras croisés. Quand on est arrivées à la cabane, tu me disais chaque jour à quel point tu avais envie de mourir, Harlow. Tu te souviens de ça ?

La respiration de Harlow se bloqua. Non, elle ne s'en souvenait pas. Thea la regardait avec une tristesse infinie.

— Tu disais que personne ne pourrait jamais t'aimer. Que tu étais fondamentalement défaillante. Plus tard, c'est ce qui m'a motivée à faire des recherches sur le Parchemin d'Akatei, sur l'histoire des Arpenteuses… mais à l'époque…

Il n'y avait rien de surprenant à tout cela, même si elle ne s'en souvenait pas. Ces pensées l'avaient accompagnée pendant très longtemps.

— Mais tu savais, tu connaissais Alaric et tu savais la vérité sur Finn. Tu savais tout ça, tu savais ce que je traversais, et pourtant, tu ne m'as pas dit la seule chose qui aurait pu tout arrêter.

Un long silence s'installa entre elles tandis que Thea essayait manifestement de se calmer. Elle avait couvert sa bouche avec ses mains, et quand elle reprit la parole, ses mots furent étouffés.

— Mais je ne le savais pas à l'époque… Je ne savais pas ce qui t'aurait aidée ou blessée… (Sa voix se cassa.) J'avais si peur de te perdre, Harlow. Et si je…

Thea s'écroula et des sanglots agitèrent ses épaules basses.

Harlow se figea. Elle n'avait jamais vu sa sœur craquer comme ça, jamais. Mais elle était incapable de bouger du canapé.

— Je ne savais pas ce que je pouvais te dire ou pas, mais tu as commencé à aller mieux et j'ai juste… je ne pouvais pas rouvrir cette blessure. Et si tu avais rechuté parce que j'avais rouvert une blessure qui aurait dû rester fermée ? Et si je t'avais perdue à jamais parce que j'avais fait une erreur ?

Thea prononça tous ces mots en un flot ininterrompu à genoux. Harlow bougea enfin quand elle prit conscience que Thea était en fait une personne. Pas une créature parfaite et toujours sous contrôle qui n'échouait jamais et avait réponse à tout. C'était juste une personne, une personne qui avait peur et se trompait. Harlow ne savait pas ce que Thea aurait dû faire ou ne pas faire à cette époque, mais elle comprenait que sa sœur avait agi au mieux. Et cela lui suffisait. Elle prit Thea dans ses bras et elles pleurèrent ensemble.

— Je suis tellement désolée, Harlow, murmura Thea en enfonçant les doigts dans le dos de sa sœur. Il n'y a personne au monde que j'aime comme je t'aime. Tu comprends ? Je ferais n'importe quoi pour te protéger. N'importe quoi.

Harlow les berçait toutes les deux.

— Je sais, Thea. Je sais.

— Puis il s'est passé tout ça avec Mark et je t'ai laissée tomber. Je n'ai pas assuré ta sécurité. Maman m'a dit que tu avais raconté à Larkin comment tu avais récupéré Axel… Je suis tellement désolée.

Thea sanglotait si fort que Harlow avait du mal à la comprendre.

— Ce n'est pas ta faute, la rassura Harlow. J'aurais dû suivre une thérapie… comme ils me l'avaient conseillé à l'hôpital. Je me suis laissée emporter par ma douleur et j'ai payé le prix fort.

Thea pleurait un peu moins.

— Tu n'es pas obligée d'être avec Finn si ça te fait du mal, Harlow. Tout le monde comprendra. On trouvera un autre moyen d'arranger les choses.

— Ce n'est pas un problème. Plus maintenant.

Thea leva les yeux. Elle avait le visage bouffi. À part Larkin et Meline, les Krane n'étaient pas jolies quand elles pleuraient.

— Ah bon ?

— Non, j'ai de vrais sentiments pour lui. Il est temps pour moi d'aller de l'avant et je pense que je veux le faire avec lui.

— Tu en es sûre ?

Harlow regarda le bureau autour d'elle et pensa au café en dessous et aux appartements et bureaux à cet étage. Les tâches que les Chevaliers des Serpens devaient effectuer étaient le genre de travail qu'elle avait toujours voulu faire. Et elle avait envie de le faire avec sa sœur et Alaric… et surtout, avec Finn.

— J'en suis sûre.

Thea plissa ses yeux gonflés et d'autres larmes en coulèrent.

— Est-ce que tu vas vraiment bien ?

— Oui, dit Harlow en étreignant de nouveau sa sœur. Oui, je vais mieux maintenant.

À cet instant, tandis qu'elle serrait sa sœur dans ses bras, elle comprit que c'était vrai. Elle allait mieux, et ce n'était pas grâce à Finn, à sa magie qui se manifestait ou à autre chose encore. C'était grâce au travail qu'elle avait fait sur elle-même. Au temps qu'elle avait pris pour elle. À ces mois passés seule dans son appartement vide, avec sa douleur au lieu de la fuir. Elle n'était pas tout à fait guérie, et peut-être qu'elle ne le serait jamais, mais elle allait mieux. Elle se sentait plus forte.

— Tu me le promets ? demanda Thea tandis que ses sanglots se calmaient.

— Oui. J'ai dépassé ce stade et c'est grâce à toi. Grâce à cet été-là. Je ne l'oublierai jamais.

Elles s'appuyèrent contre les fenêtres, blotties dans les bras l'une de l'autre en se tenant les mains.

Après une longue pause silencieuse, Thea dit :

— Peu importe ce qui se passera, avec qui nous nous apparierons, tu seras toujours la personne la plus importante dans ma vie. Avec Larkin, les nunuches, Enzo et les matères. Tu le sais, ça, hein ?

Harlow sourit et lâcha une main de Thea pour essuyer le flot de larmes sur la joue de sa sœur.

— On peut laisser entrer Alaric dans notre cercle, dit Harlow. Il peut faire partie de la famille. Puis un jour, tu auras des bébés et ils seront tout aussi importants. On peut s'agrandir. L'amour est un puits infini.

— Il y a assez de place pour nous tous dans cette famille.

— Même pour Finn ?

— Oui. Et peut-être Cian Herrington et Riley Quinn aussi.

D'autres larmes coulèrent sur les joues de Thea alors qu'elle acquiesçait.

— Alaric et moi allons avoir besoin d'une très grande salle à manger dans notre nouvelle maison.

— Oui, dit Harlow en s'appuyant contre l'épaule de sa sœur. Je n'en doute pas.

29

Les semaines qui suivirent s'écoulèrent dans le flou, occupées par les événements de la saison et l'enquête qui visait à découvrir dans quel but la Maison de Remiel avait enlevé Harlow. Finn et Harlow s'étaient rendus au brunch annuel de la saison à l'hôtel *Palace* et s'efforçaient d'être vus partout, des cafés les plus en vogue à l'épicerie du coin. Quand elle était avec Finn, tout lui semblait normal, mais dès qu'elle allait quelque part seule, elle avait ce sentiment effrayant d'être surveillée comme au bal de Solon Mai et dans le bar.

Finn et Thea l'avaient dissuadée d'appeler Mark pour lui dire ses quatre vérités. Et ce qui était peut-être encore plus parlant, c'était que Mark ne l'avait pas appelée non plus, lui qui adorait pourtant se vanter quand il la punissait. Et même si Harlow fouillait Internet à la recherche d'informations à son sujet, rien ne disait qu'il avait été vu ces derniers temps, avec Olivia ou qui que ce soit d'autre. Il n'y avait aucune nouvelle publication sur ses réseaux ou ceux d'Olivia, ce qui était inhabituel. Contrairement à Athan qui mettait le monde au courant des prouesses de son équipe de rugby.

Quelques journalistes people émettaient l'hypothèse qu'Olivia et Mark étaient cloîtrés dans un nid d'amour quelque part en sous-entendant subtilement que l'humanité de Mark pourrait connaître bientôt une « amélioration ». L'idée que Mark puisse vivre une éternité en tant que vampire donnait la nausée à Harlow, mais c'était une théorie plausible qui aurait expliqué pourquoi toute la Maison de Remiel vaquait à ses occupations habituelles.

Dans les journaux ou sur les sites people, on n'avait pas évoqué l'attaque de vampires ou l'altercation qui avait suivi devant *Le Havre*. Harlow était aussi impressionnée qu'horrifiée par la manière dont Alaric gérait la situation. Son entreprise de sécurité avait contacté toutes les personnes impliquées et les avait « dissuadées de parler ».

Les ressources mobilisées étaient immenses, et après en avoir parlé avec lui, Thea et Finn, Harlow avait commencé à comprendre qu'il se passait beaucoup de choses à Nytra, et Okairos de manière globale, dont personne n'était au courant, parce que les Illuminés effaçaient simplement les traces de ces événements avec de l'argent et des menaces. Parce que même si Alaric et Finn étaient riches et privilégiés, leurs parents et le reste des Illuminés avaient encore plus de pouvoir, plus d'argent, plus de tout. Si bien qu'imaginer essayer de résister lui avait donné le vertige quand elle avait pris réellement conscience de leur situation.

Harlow passa presque toutes ses nuits chez Finn, suffisamment pour qu'il achète une litière et un stock de nourriture pour chat et qu'ils fassent visiter la maison à Axel. Le félin adorait les nombreuses fenêtres, et ils semblaient apprécier la compagnie l'un de l'autre. Ils faisaient ensemble le tour de la propriété deux fois par jour, et c'était le seul moment où Axel sortait. Harlow prenait un réel plaisir à les regarder marcher ensemble et envoyait à ses sœurs et Enzo des vidéos et des photos d'eux en train de se promener presque chaque jour.

La maison commençait à se remplir lentement de meubles qu'elle et ses ombres fabriquaient. Juste un fauteuil par-ci par-là pour le confort. Elle voulait acheter la plupart de leurs affaires de manière traditionnelle, et d'ailleurs, elle n'était pas sûre d'être prête à emménager officiellement. C'était un peu tôt pour ça, mais ici, elle se sentait bien et en sécurité.

Par contraste, ce n'était pas le cas dans son appartement qui avait été son refuge. Elle faisait confiance aux protections de son immeuble, mais les quelques fois où Axel et elle étaient passés pour récupérer des affaires ou simplement pour être seuls le temps d'un après-midi, elle avait eu ce sentiment désormais familier d'être observée. Quand elle ressentait cette pression sinistre, ses ombres s'affolaient pour tenter de dénicher son origine, en vain. Elle n'éprouvait jamais ça chez Finn et ils s'étaient accordés sur le fait qu'il valait mieux ne pas prendre de risques.

Donc elle était partie pour rester, « pour un long séjour agréable » comme ils l'avaient nommé, mais les rumeurs disaient qu'ils « jouaient au papa et à la maman ». Elle s'en fichait. Ils pouvaient dire ce qu'ils voulaient maintenant. Les heures que Finn et elle passaient à discuter étaient à la fois une nouveauté et un rappel de leur enfance. Ils semblaient ne jamais être à court de sujets de conversation ; ils s'intéressaient à des sujets si différents et variés. Grâce à son esprit analytique, Finn avait toujours un coup d'avance, et la perception large de Harlow leur permettait d'envisager les choses sous des dizaines d'angles différents. C'était agréable de discuter avec quelqu'un qui écoutait attentivement quand elle parlait et qu'elle avait envie d'écouter en retour.

Elle n'était pas rentrée chez elle depuis plus d'une semaine et n'était pas non plus passée sur ses réseaux. La vie était particulièrement douce, à l'image qu'elle se faisait du bonheur conjugal. Elle savait que ça ne durerait pas, mais elle en profitait pleinement. Surtout lorsque, après avoir fait une grosse lessive, Finn rangea les vêtements de Harlow dans la moitié vide de son immense dressing. Debout devant ce spectacle, elle s'émerveillait des piles qu'il avait faites, quand il lui apporta son téléphone.

— Tu es vraiment très doué pour le pliage, fit-elle remarquer d'un ton songeur.

Il sourit, mais son expression n'atteignait pas ses yeux alors qu'il lui mettait son téléphone dans les mains.

— Alain Easton t'a appelée sept fois au cours des cinq dernières minutes. Je ne voulais pas être indiscret, mais ton téléphone vibrait sans arrêt. J'ai eu peur que ce soit ta famille.

— Ce n'est pas grave. Merci.

Elle l'embrassa sur la joue et, à ce moment-là, le téléphone vibra à nouveau. C'était le père de Mark.

— Tu veux être seule ? demanda Finn.

— Non.

Elle décrocha en sortant du dressing et alla s'installer dans l'un des fauteuils de la chambre. La pluie formait un épais rideau derrière les fenêtres, donnant à la chambre une atmosphère verdâtre lugubre.

— Bonjour, monsieur Easton. Que puis-je faire pour vous ?

— Harlow ?

— Oui, monsieur Easton.

— As-tu des nouvelles de Mark ? demanda-t-il d'une voix tremblante. Est-il avec toi ?

— Non, répondit Harlow en regardant Finn, assis par terre. Non, je ne l'ai pas vu.

— Cela fait deux semaines que je n'ai aucune nouvelle. Seize jours pour être précis. C'est comme s'il avait disparu.

Harlow n'aimait pas ce qu'elle entendait.

— Avez-vous appelé l'Unité des personnes disparues ?

— Oui, oui. J'ai appelé. Ils disent qu'ils s'en occupent, mais je n'ai aucune nouvelle. Tu sais comment c'est…

Il marqua une pause. L'UPD n'était pas toujours appliquée quand il s'agissait de la disparition d'un humain.

— Je me demandais si toi ou ta famille pourriez… Eh bien… Si vous pourriez m'aider.

— Que redoutez-vous, monsieur Easton ?

Harlow n'avait pas vraiment besoin de poser la question. Elle savait.

— Je pense que c'est évident, Harlow. Je crains qu'il soit mort.

— Quelque chose pourrait le suggérer ?

— Il sort avec une vampire, Harlow. Je n'approuvais peut-être pas ta relation avec Mark, mais je n'avais pas peur que tu le tues. Peux-tu m'aider ou pas ?

Il était vraiment inquiet. Alain Easton n'était pas un très bon père. Il avait négligé son fils quand il était enfant, préférant se consacrer à son travail et à ses relations extraconjugales, d'après Mark. Mais il l'aimait. Son inquiétude faisait peur à Harlow.

— Je vais voir ce que je peux faire. Je reviendrai vers vous.

— Inutile de mettre les formes, Harlow. Je pourrai supporter tout ce que tu découvriras.

— Je sais, monsieur Easton. Je vais voir ce que je peux faire.

Il raccrocha et Harlow verrouilla son téléphone avant de le poser sur la table faite d'un morceau de bois pétrifié. Elle et Finn se regardèrent longuement avant de parler.

Si un humain aussi important que Mark Easton était tué par des vampires, cela ne pouvait pas être effacé aussi facilement qu'une altercation entre la Maison de Remiel et les Illuminés. Il y avait trop de facteurs en jeu : la nouvelle se répandrait et bouleverserait l'équilibre provisoire entre les Ordres et le monde humain. Et, comme toujours, cela résulterait en la mort d'humains, d'Immortels et de membres des Ordres inférieurs. Les Illuminés sortaient toujours de ce genre de situations indemnes et apparemment plus puissants qu'avant.

— Soit il est mort, soit il a été transformé. Tu le sais ? dit finalement Finn.

— Honnêtement, j'en suis arrivée à la même conclusion.

Il se leva.

— Je ne suis pas en très bons termes avec la Maison de Remiel, évidemment, mais je vais demander à Cian de passer quelques coups de fil. La diplomatie, c'est plus son truc. Peut-être qu'avec Veronica Morova, ça donnera quelque chose. Elle, au moins, est à peu près raisonnable.

Harlow acquiesça et lui embrassa la main quand il passa devant elle. Elle savait qu'il descendait pour s'enfermer dans son bureau et qu'il n'appellerait probablement pas seulement Cian, mais aussi ses autres contacts. Peut-être même les mystérieux Nox et Arebos qu'elle n'avait toujours pas rencontrés. Il descendit l'escalier.

Quand la porte de son bureau fut refermée, elle reprit son téléphone et envoya deux messages.

Le premier à Riley Quinn :

Alain Easton vient de m'appeler. Mark a disparu. Des idées ?

Finn et Alaric hésitaient à partager les informations sensibles avec Riley parce que la Reine Solitaire restait un facteur inconnu, mais Harlow avait répété encore et encore que les ressources de l'Ordre Solitaire représentaient un potentiel inexploité et si Enzo faisait confiance à Riley, ils devraient en faire de même. C'était important. Il fallait qu'ils trouvent Mark et maîtrisent la situation avant qu'il n'y ait des victimes.

Elle s'arma de courage et envoya le deuxième message à Mark. Ça valait le coup d'essayer pour voir s'il répondait.

> Ton père s'inquiète pour toi. Il appelle la cavalerie. Si tu ne veux pas que des tonnes de gens partent à ta recherche, réponds-moi.

Puis elle attendit. Elle attendit si longtemps qu'elle s'endormit dans son fauteuil. Quand elle se réveilla, le soleil se couchait et son téléphone vibrait sur ses genoux. Elle entendit les doux bruits que faisait Finn au téléphone dans son bureau en bas. Elle attrapa son portable et le déverrouilla.

Le message venait de Riley, pas de Mark.

> J'ai quelques indics sur le terrain. Rien pour le moment, mais tu devrais parler à Petra Velarius. En privé. Sans Finn.

Quelle étrange suggestion.

> Harlow : Pourquoi ?
> Riley : Propose-lui juste d'aller boire un café avec toi au Cerbère au centre-ville et demande-lui de t'aider.

Harlow allait lui expliquer toutes les raisons pour lesquelles ça ne marcherait pas. Pourquoi Petra Velarius était la dernière personne au monde à qui elle demanderait de l'aide, et comment Petra ne se montrerait certainement pas en ville. Mais elle se contenta de répondre :

> Harlow : Je doute qu'elle veuille m'aider.
> Riley : Si tu lui demandes de te rejoindre au Cerbère pour parler de Mark, elle t'aidera. Je te contacterai si j'apprends quoi que ce soit. Je n'insisterai jamais assez sur le fait que tu ne dois pas en parler à Finn. Tu n'as qu'à m'utiliser comme couverture.

Maintenant, c'était carrément bizarre, mais elle avait confiance en Riley.

> OK. Merci.

Elle envoya un message à Meline pour voir si elle avait le numéro de Petra, ce qui était le cas. La petite sœur arrêta de poser des questions quand Harlow lui dit que c'était pour savoir quel était son coiffeur. Tout le monde enviait les cheveux de Petra Velarius et elle aimait garder pour elle les endroits où elle faisait sa mise en beauté.

Quand elle eut le numéro, elle hésita. Était-ce une bonne idée ? Petra la détestait et elle détestait Petra. Elle écouta Finn… Oui, il était toujours au téléphone. Elle se mordit la lèvre et rédigea un message.

> C'est Harlow. Mark a disparu. Peux-tu me retrouver au Cerbère dans une heure pour parler ?

Petra avait activé l'accusé réception et Harlow vit l'instant où elle lut le message. Il y eut une longue pause, puis des points de suspension se mirent à clignoter pour indiquer qu'elle était en train de répondre.

> J'y serai dans trente minutes. Ne sois pas en retard.

Harlow était sous le choc. Elle regarda le legging et les chaussettes confortables qu'elle portait avec une chemise en flanelle de Finn. Ça ferait l'affaire. Elle envoya un message à Riley pour assurer ses arrières avec Finn, et elle enfila la paire de bottes fourrées rangées sous la table d'appoint. Elle n'avait pas la tenue la plus tendance, mais Petra ne pouvait pas la détester plus qu'elle ne la détestait déjà. Le but de Harlow n'était pas de l'impressionner après tout.

Elle descendit l'escalier en courant et enfila son imperméable en passant sa tête par la porte du bureau de Finn. Axel endormi sur ses genoux, il avait les pieds sur le bureau et le téléphone à l'oreille.

— J'ai rendez-vous avec Riley en ville. On a peut-être une piste. Tu vas quelque part ?

Il coupa le micro de son téléphone et secoua la tête. Même s'il fronça un peu les sourcils en l'entendant mentionner Riley, il ne commenta pas sa décision de lui parler de ce qu'il se passait.

— Tu peux prendre ma voiture.

— Non ! Elle est trop rapide.

— L'autre est dans la grange. Les clés sont sur le crochet.

Elle ne savait pas de quelle voiture il parlait. Il garait généralement son modèle de sport dans le garage accolé à la maison, à côté de sa moto. La « grange » était son atelier et elle n'y était allée qu'une fois pour voir s'il voulait déjeuner.

Elle sortit. Il commençait enfin à faire un peu plus chaud, mais la brise était encore fraîche. À l'intérieur de la grange, il faisait bon, et quand elle alluma les lumières dans la partie garage, elle sourit. Le vieux SUV bleu de Finn avec les panneaux de bois sur les portières était là. C'était la voiture avec laquelle elle avait appris à conduire. Aucune des matères ne conduisait, mais Finn s'était assuré qu'elle sache conduire quand elle avait quinze ans, et il l'avait accompagnée pour obtenir son permis.

C'était aussi la voiture dans laquelle ils avaient fait l'amour pour la première fois et la revoir ranima un flot de souvenirs. La Woody était encore en super bon état et elle rugit quand Harlow tourna la clé. Elle avait été révisée récemment, et un étui à CD était posé sur le siège passager avec un bout de papier plié glissé sous l'élastique qui le tenait fermé. Elle l'ouvrit et lut :

« J'ai pensé que tu aurais besoin d'une bande originale. La Woody ne se connectera pas à ton téléphone, mais j'ai fait des compilations. F »

Il avait prévu de lui donner la Woody. Elle n'arrivait pas à y croire, mais Finn avait toujours su combien elle aimait cette grosse voiture et comme elle lui donnait le sentiment d'être en sécurité sur la route. Elle afficha un sourire de gratitude, mais se sentait légèrement coupable de lui avoir menti sur qui elle allait voir. Elle serait honnête plus tard, une fois qu'elle saurait pourquoi elle devait garder le secret. Elle écouterait les CD une autre fois. Elle mit le livre audio d'une nouvelle romance sur le haut-parleur de son téléphone pour lui tenir compagnie tandis qu'elle conduisait jusqu'au centre-ville.

Elle eut du mal à trouver une place pour se garer, et Petra sortait du café quand elle arriva à la hâte.

— Je suis vraiment désolée, s'excusa Harlow. C'est la galère de se garer dans ce quartier.

Petra pinça les lèvres, comme si elle essayait de réprimer le dégoût qu'elle ressentait en voyant la tenue de Harlow.

— J'espère que tu ne t'es pas changée avant de venir. Ce serait un drame si c'était la cause de ton retard.

— Non, dit Harlow en levant les yeux au ciel. Je suis venue aussi vite que j'ai pu. Et ma tenue est très bien.

Petra, qui portait ce qui ressemblait à des vêtements haute couture, donna l'impression de vouloir protester, mais elle se contenta de hausser les épaules.

— Tu veux entrer ou on marche ? Il s'est arrêté de pleuvoir pour le moment.

Harlow regarda le ciel gris.

— Oui, on peut aller marcher un peu.

Elles avancèrent vers le fleuve en silence. Finalement, Petra prit la parole.

— C'est Riley Quinn qui t'a dit de me contacter ?

Harlow acquiesça tandis que Petra s'asseyait sur un banc en bordure d'un parc. Elle hésita un instant, mais s'assit finalement à côté de Petra qui sentait fantastiquement bon. Son parfum lui évoquait à la fois un magasin de luxe et une serre pleine de fleurs odorantes. Son look était impeccable, bien sûr ; son trench sur mesure couvrait complètement sa tenue, elle était parfaitement maquillée et ses longs cheveux étaient attachés en queue-de-cheval comme à son habitude.

— Riley m'a vue ici avec Olivia Sanvier il y a quelques mois. Je pensais venir incognito par ici, mais il y avait Riley. Je ne savais pas que notre cercle l'intégrerait comme ça à l'époque.

Harlow fronça les sourcils, perplexe.

— Pourquoi craignais-tu d'être vue en train de prendre un café avec Olivia ?

— On n'était pas en train de boire un café quand Riley nous a vues.

Il fallut un instant pour que Harlow comprenne.

— Oh… oh. Mais en quoi est-ce important ?

Petra prit une inspiration tremblante.

— Les Ordres inférieurs et les humains sont tellement plus libres sur ces sujets… Mais as-tu déjà remarqué qu'il y a peu d'Illuminés comme moi ?

— Comme… toi ?

— Je suis la seule à m'intéresser aux femmes, Harlow. Il n'y a pas d'Illuminées saphiques. Et encore moins dans ma famille.

— Mais non, dit doucement Harlow.

Le joli visage de Petra afficha une grimace.

— Mais c'est interdit. Mes parents ne m'autoriseraient jamais à m'apparier avec une femme.

— Ils sont au courant et t'empêcheraient d'être qui tu es ?

— Non, bien sûr que non. Ils ne savent pas et ne le sauront jamais. À moins que vous le leur disiez. Toi ou Riley Quinn.

Il y eut un long silence entre elles.

— Je ne ferais jamais ça, dit finalement Harlow. Je ne ferais jamais un truc comme ça à qui que ce soit. Pas même à toi.

Petra essuya une larme et détourna le regard. Sa bouche dessinait une ligne peu séduisante. C'était la première fois qu'elle ne paraissait pas sublime.

— Je l'aurais bien mérité.

Harlow ne savait pas trop quoi dire, mais elle avait été sincère. Elle ne dévoilerait jamais un secret comme celui-là, pas même sur sa pire ennemie. Et même si elle n'aimait pas Petra, ce n'était certainement pas sa pire ennemie. Plus aujourd'hui.

— Sais-tu quelque chose qui pourrait nous aider à trouver Mark ?

Petra soupira et tendit à Harlow un bout de papier.

— Cherche-le ici. C'est la résidence sécurisée d'Olivia. Elle couche et mord souvent là-bas. Si elle a transformé Mark, c'est là qu'elle l'a emmené pour accomplir sa transition.

— Merci, dit Harlow en prenant le papier avant de se lever.

Elle sentit alors de nouveau la pression d'un regard sur elle : quelqu'un l'observait avec de mauvaises intentions. Prudemment, elle parcourut les alentours avec sa double vue, ce qu'elle aurait aimé avoir fait les autres fois où elle avait eu cette sensation. Mais elle ne trouva aucun indice. Elle n'arrivait pas à déterminer la source de cette impression alors qu'elle ne s'atténuait pas.

— Je suis désolée, tu sais ? dit doucement Petra quand elle se leva.

— Pour quoi ?

— Pour les trucs que je t'ai faits au lycée. Ça me rend malade quand j'y pense.

Harlow se rassit, le souffle coupé.

— Vraiment ?

— J'ai toujours été jalouse de toi et Finn. Avant qu'il ne te rencontre, nous étions proches. Puis il vous a rencontrés, Enzo et toi, et tout a changé entre nous.

Harlow fut momentanément distraite par la confession de Petra, mais elle ressentit la présence, plus proche qu'avant. Elle essaya de paraître naturelle, de continuer à discuter aussi nonchalamment que possible tout en projetant sa double vue plus loin.

— Nous aurions pu tous être amis.

Petra afficha une nouvelle grimace.

— Mes parents ne l'auraient pas permis. Je dois être parfaite, et cela signifie être au-dessus de tout le monde.

Sa double vue revint bredouille à nouveau. Il n'y avait rien dans le parc qui semblait capable de causer un tel sentiment, juste les Immortels et humains habituels et leurs enfants. Contrariée, elle utilisa un ton plus sévère qu'elle ne l'aurait voulu.

— Et donc tu m'as harcelée ?

Petra ouvrit la bouche avant de la refermer. Et de fermer les yeux aussi.

— Ce n'est pas la raison pour laquelle je l'ai fait. Je sais que tu ne me croiras pas, mais ça n'a rien à voir avec toi.

Harlow accorda toute son attention à Petra. Quelle que soit la source de son sentiment de menace, elle ne pouvait pas comprendre.

— Tu as raison. Je n'y crois pas.

— Il n'y a rien que je puisse dire pour justifier ce que je t'ai fait subir, Harlow. Rien pour m'excuser. Mais je suis désolée.

Harlow resta assise, hébétée, sans voix. Petra semblait sincère. En fait, elle semblait même torturée.

— Si ça n'avait rien à voir avec moi, alors pourquoi as-tu fait ça ? Je pensais que c'était parce que tu étais amoureuse de Finn... Mais si ce n'était pas ça, alors pourquoi ?

Petra se leva et entra dans le parc. Harlow se dépêcha de la suivre et en profita pour sonder davantage les environs, mais toujours rien. Petra marcha vite jusqu'à ce qu'elles se retrouvent près de la cascade au centre du parc. Le bruit était si fort ici que Harlow craignait de ne pas entendre Petra si elle parlait. Quand cette dernière se retourna, elle comprit à son regard que c'était justement le but.

Petra se pencha, plaça sa bouche près de l'oreille de Harlow, et dit rapidement :

— Aislin McKay m'a surprise dans sa dépendance avec Melisandre Marilier quand on était en sixième année.

Harlow écarquilla les yeux. Soudain, les choses prenaient tout leur sens.

— Elle a menacé de le dire à mes parents si je ne faisais pas tout ce qu'elle me demandait. Et ce qu'elle m'a demandé, c'était de suivre Finn et vous surveiller, tous les deux.

— Tu as pris des photos de nous, n'est-ce pas ?

Petra acquiesça.

— Et quand Finn a refusé de faire ce qu'on lui demandait, Aislin a dit que je devais te malmener et te rendre si malheureuse que Finn serait forcé de prendre ta défense. Elle pensait que vous vous réconcilieriez. Mais peu importe combien j'étais cruelle, Harlow. Il n'est pas intervenu. Je vous ai blessés tous les deux, et j'ai détesté chaque seconde de cette époque.

Harlow comprit maintenant pourquoi Finn n'était pas intervenu, mais elle était toujours blessée. Tous les trois avaient été victimes du complot tordu des McKay. Ça la rendait malade.

— Je suis vraiment désolée, Petra. Je suis sûre que si Finn avait été au courant, il aurait fait quelque chose… Il t'aurait aidée…

Petra éclata d'un rire sec et cassant.

— Il était au courant, Harlow. J'étais là la nuit où ses parents ont partagé leur plan ignoble selon lequel il devrait t'imprégner. Et il était au courant pour Melisandre et sa mère… Il savait tout. Pas pour les photos, je n'aurais pas supporté de lui en parler. Mais il savait le reste. Je pense qu'il était même au courant de la raison pour laquelle je te tyrannisais, ou au moins, il avait des soupçons. Mais il avait juste peur d'eux.

— On était des gamins, dit doucement Harlow. On n'était que des gamins.

Elle savait que Petra pouvait l'entendre.

— À l'époque oui, mais pas aujourd'hui, Harlow. Aislin McKay fait toujours flotter ce que je sais au-dessus de ma tête et il ne lui a pas dit un mot. Il n'a jamais essayé de l'arrêter. Je ne te dis pas ça pour te faire du mal. Je te dis ça parce que je connais les enjeux pour toi, et si tu espères que Finn McKay se dresse contre ses parents… Eh bien, je l'aime profondément, c'est mon commandant et je mettrais ma vie entre ses mains, mais tu dois savoir dans quoi tu t'engages, Harlow.

Cette dernière fronça les sourcils, profondément troublée par une émotion qu'elle pensait avoir laissée derrière elle.

— Qu'est-ce que tu ferais à ma place ? demanda-t-elle.

Petra sembla surprise par cette question et son front habituellement si lisse se froissa d'une manière que Harlow pensa nouvelle pour elle.

— Comment ça ?

— Si tu étais moi et que tu craquais de nouveau pour lui, qu'est-ce que tu ferais ?

L'Immortelle secoua la tête, sa queue-de-cheval noire caressant son dos. Ses yeux marron luisaient dans la lumière lugubre du parc. C'était la seule chose qui indiquait à Harlow qu'elle ressentait quelque chose de profond.

— Honnêtement, je ne sais pas. Ça me fait mal aussi. Je n'ai pas de bonne réponse.

Une bourrasque printanière tiède porta la brume de la cascade jusqu'au visage de Harlow. L'hiver arrivait à sa fin, mais son cœur était plus froid que quelques mois plus tôt. En fait, tout le corps de Harlow était gelé. Elle était incapable de bouger, de réfléchir. Elle était paralysée dans la douleur de l'instant et ne savait pas quoi faire.

Petra lui pressa le bras.

— Je suis désolée. Vraiment. J'espère sincèrement que tu comprendras que c'est mon seul moyen de faire amende honorable… Te dire toute la vérité.

Puis Petra disparut, utilisant sa vitesse d'Illuminée pour laisser Harlow seule dans le parc. La pression des yeux qui l'observaient s'intensifia, mais Harlow ne pouvait se résoudre à essayer d'en chercher la source encore une fois ; elle était anéantie par ce que Petra lui avait appris. Il se remit à pleuvoir, mais Harlow ne bougea pas. Elle ne pouvait pas. Elle resta juste là, sous la pluie, à réfléchir à ce que Petra avait dit en essayant d'ignorer ce sentiment qu'elle était suivie et la colère qui lancinait dans sa poitrine comme une blessure infectée.

30

Harlow ne se souvenait pas de son trajet de retour, seulement de la colère qui montait en elle tandis qu'elle prenait virage après virage dans la Woody. Quand elle se gara dans l'allée de la maison de Finn, elle était rongée par la rage. Une rage ancienne, une rage qu'elle aurait dû laisser partir depuis longtemps, mais dont elle semblait ne pas réussir à se débarrasser pour de bon. C'était une constante dans sa vie, le fil qui liait chacun de ses horribles choix.

Elle savait que tout n'était pas parfait avant le collège. Elle avait toujours eu des problèmes d'estime de soi. Cela devait avoir un rapport avec le fait qu'elle était coincée entre quatre sœurs toutes extraordinaires à leur façon, alors qu'elle n'avait jamais rien accompli de spécial. Mais c'était à cette époque que tout s'était écroulé, quand elle avait explosé en morceaux trop petits pour les recoller… Elle avait contemplé ce désastre et abandonné.

Elle ne pouvait pas se pardonner cet abandon et elle transférait trop facilement ce manque d'empathie pour elle-même sur Finn. Elle marcha lentement vers la maison en essayant de laisser la pluie battante la calmer, mais rien ne pouvait apaiser la tempête en elle. Finn, Alaric et Thea étaient assis dans le salon, dans des fauteuils qu'elle avait fabriqués à partir de bois trouvé dans la cour la veille. Ils levèrent les yeux et furent certainement surpris par son apparence.

Finn se leva aussitôt, mais Harlow tendit la main devant elle.

— Ne t'approche pas de moi.

Il recula comme si elle venait de le gifler.

Elle s'avança dans la pièce.

— Tu savais ce qu'elle traversait, dit-elle d'une voix aussi tranchante qu'une lame alors qu'il avait l'air perdu. Petra. Tu savais et tu n'as rien fait pour arrêter tes parents.

Finn fit un pas vers elle.

— Harls… Je peux tout t'expliquer…

Elle fit un pas en arrière en secouant violemment la tête. Cela lui provoqua une douleur à l'arrière de son crâne si intense qu'elle fut tentée de crier.

— Non. Sauf si tu comptes affirmer qu'elle m'a menti. Elle m'a menti ? (Le ton glacial de sa propre voix la surprit.) Est-ce que tu savais ce qu'elle vivait, et ce qu'elle vit encore aujourd'hui ? Tu ne sais pas ce que ta mère lui fait subir ?

Il baissa la tête, honteux, et Alaric et Thea étaient visiblement mal à l'aise, mais Harlow eut l'impression qu'ils ne comprenaient pas vraiment de quoi il s'agissait. Qu'ils posent la question. Elle éclairerait leur lumière.

— De quoi parle-t-elle, Finn ? demanda Alaric d'une voix douce alors qu'il touchait le bras de son ami.

Finn commença à parler, mais Harlow l'interrompit en hurlant.

— Ne t'avise pas de révéler son secret. Pas ici. À personne.

Il tressaillit avant de se faire tout petit.

— Elle ne t'a pas menti. J'étais au courant.

— Quand elle me harcelait, tu savais pourquoi elle le faisait ?

— Je m'en doutais, précisa-t-il.

Elle s'étrangla en réprimant un sanglot.

— Tu savais combien ça la faisait souffrir de faire ça ?

— Oui, avoua-t-il d'une voix neutre, résignée. C'est pour ça qu'on est restés amis.

On aurait dit que la panique gagnait Thea. Elle serra le bras d'Alaric si fort que Harlow voyait ses articulations blanchir. Harlow était sûre qu'elle redoutait ce qui allait se passer, et elle aurait aimé pouvoir épargner cette scène à sa sœur. Bon sang, elle aurait aimé pouvoir s'épargner elle-même.

Mais les mots qui s'échappèrent de sa bouche en flots étaient destinés à blesser plus qu'à exposer sa vulnérabilité.

— Tu savais que j'ai essayé de mettre fin à mes jours à cette époque ? À cause de la manière dont elle m'avait traitée ? À cause de la manière dont tu me traitais et dont tous les autres ont suivi à cause de vous deux ? Quand je suis arrivée à la fac, les gens ont continué à me traiter comme de la merde à cause de vous.

Ce qu'elle disait était vrai, mais ce n'était pas juste, et elle le savait. Pourquoi balançait-elle tout ça ? Pourquoi le disait-elle comme ça ? Mais elle ne pouvait pas revenir en arrière, pas maintenant. Son cœur battait la chamade alors qu'elle paniquait de plus en plus ; elle n'avait jamais perdu le contrôle comme ça.

Personne ne dit rien. Axel se frotta contre ses jambes et elle le prit dans ses bras.

— Je veux rentrer chez moi.

C'était comme si quelqu'un d'autre prononçait ces mots. Elle aurait préféré ne pas parler à Finn de cette manière. Elle était en colère dans le parc avec Petra, mais elle n'avait pas imaginé rentrer à la maison et lui faire ce genre de scène. Son cœur battait fort et elle avait l'impression qu'un pic à glace s'enfonçait dans son crâne.

Thea lâcha Alaric et se précipita au côté de Harlow pour lui prendre le bras. Alaric écarquilla les yeux, choqué. Il bougea pour se rapprocher de Thea en signe de soutien à la femme qu'il aimait.

Finn se laissa tomber dans son fauteuil. Il n'était pas bien, mais Harlow n'était pas sûre que cela lui fasse quelque chose.

— Comment pourrais-je te faire confiance maintenant que je sais qu'une personne que tu aimes est personnellement persécutée par ta mère ? Tu aimes Petra, non ? C'est l'une de tes meilleures amies ? Une camarade en tant que Chevalier ?

Il acquiesça sans rien dire.

— Alors qu'est-ce qui cloche chez toi ? cria-t-elle en serrant Axel contre elle. Comment as-tu pu la laisser souffrir comme ça ?

— J'ai peur, riposta-t-il en criant à son tour avant de se calmer. J'ai tellement peur d'eux.

Une partie d'elle, bien enfouie sous cette rage, comprenait. Elle aussi avait peur des parents de Finn. Mais elle ne savait pas si elle pourrait le lui pardonner, parce que s'il y avait une seule personne qui pouvait se dresser face à eux, c'était lui.

— Alors comment pourrais-je m'attendre à ce que tu m'aides s'ils veulent me faire du mal, ou s'en prendre à ma famille ?

Finn se leva et s'avança vers elle comme s'il allait la toucher, mais elle leva une main.

— Non. Ne fais pas ça. Je rentre et je ne veux pas que tu me suives ou m'appelles. Je suis sérieuse.

Elle se dirigea vers la porte et Thea et Alaric la suivirent. Elle avait honte de ce qu'elle venait de faire, même si sa fierté ne la laisserait pas se retourner pour présenter des excuses. Elle n'aurait pas dû agir ainsi. Oui, elle était en colère, peut-être même que c'était justifié, mais se comporter de cette façon n'était pas bien. Essayer de l'humilier et de le réprimander de cette manière n'était pas digne de celle qu'elle voulait être. Pourquoi ne pouvait-elle pas simplement faire demi-tour, s'excuser et discuter clairement de la situation ?

Harlow était encore coincée, piégée dans une situation dans laquelle elle ne voulait pas être sans voir d'issue de secours. Elle avait l'impression qu'il lui était impossible de revenir en arrière, mais elle pouvait encore faire quelque chose de bien. Avant qu'ils ne puissent la suivre dehors, elle se tourna vers Alaric et le regarda dans les yeux, ces yeux qui ressemblaient tant à ceux de Petra dans leur façon de briller et d'exprimer les émotions.

— J'ai déconné.

Il échangea un regard avec Thea, mais ne réagit pas. Elle sentait qu'il désapprouvait et elle savait qu'elle le méritait. Elle désapprouvait elle-même.

— Reste avec lui, lui demanda-t-elle. Prends soin de lui. Moi, je ne peux pas, mais toi, si.

Les yeux d'Alaric s'adoucirent et il la serra dans ses bras.

— Tu es une femme bien, Harlow Krane. Je me réjouis que tu deviennes bientôt ma sœur.

— Je ne suis pas si bien que ça, dit-elle en acceptant le câlin de Thea. Tu peux nous ramener à la maison ?

Sa sœur lui prit la main et l'accompagna jusqu'à la voiture d'Alaric. Elles montèrent et roulèrent en silence dans la ville.

— Tu veux en parler ? demanda Thea.

— Non. J'en ai déjà dit plus que je ne l'aurais dû.

— Il semble que tout ce que tu as dit était vrai, fit remarquer Thea avec un soupir. Il l'a admis.

Axel frotta son visage contre le sien en ronronnant.

— Mais pourquoi lui ai-je crié dessus comme ça ?

Thea lui lança un regard de côté.

— Pourquoi ?

Harlow essuya les larmes qu'elle ne retenait plus.

— Je ne sais pas. J'ai juste… Explosé… C'était comme si toute cette colère amassée sortait de moi. Je pensais que ça allait mieux…

Sa respiration était saccadée.

Thea tendit la main pour prendre la sienne.

— Harlow, Harlow. Il te pardonnera. Vous discuterez et les choses s'arrangeront.

Elle secoua la tête, si furieuse et honteuse qu'elle n'arrivait pas à bien réfléchir.

— J'ai juste envie d'être seule. Ça va ?

Quand Harlow vit que Thea s'inquiétait, elle se sentit encore plus mal.

— Bien sûr.

Ça n'allait pas du tout pour Thea.

Elles s'arrêtèrent à un passage à niveau où les barrières se baissaient. Harlow se souvint de la raison pour laquelle elle était venue en ville au départ. Elle fouilla dans sa poche et tendit à Thea le bout de papier que Petra lui avait donné.

— À cette adresse, il y a la résidence sécurisée d'Olivia Sanvier. Petra dit que Mark pourrait s'y trouver.

Thea sortit son téléphone et envoya un message.

— Alaric va s'en occuper. Si Mark est là-bas, il le trouvera.

Harlow acquiesça. Elle ne ressentait qu'une douleur profonde qui ranimait toutes ses vieilles blessures et l'engourdissait. Dans le passé, elle serait partie acheter de l'alcool, ou aurait appelé l'un de ses nombreux contacts pour se procurer de la drogue, mais là, elle voulait juste rentrer chez elle, se glisser dans son lit et pleurer. Sa colère incontrôlable s'atténuait au fur et à mesure qu'elle s'éloignait de chez Finn. La honte et la confusion prenaient sa place. Elle avait mal aux mains tant elle serrait les poings.

Quand elle s'en rendit compte, elle desserra lentement les poings et s'efforça de respirer profondément. Peut-être que Thea avait raison et que Finn lui pardonnerait si elle lui présentait des excuses, ou au moins admettait qu'elle se trompait. Elle serra Axel, sortit son téléphone de sa poche et envoya un message. Juste un, parce que son intégrité l'exigeait.

J'ai dit des choses que je n'aurais pas dû dire. Ce n'était pas ta faute si je me suis fait du mal. S'il te plaît, donne-moi le temps de mettre de l'ordre dans ma tête.

Elle observa les petits points qui clignotaient et attendit une réponse qui n'arriva pas. Il faisait ce qu'elle lui avait demandé : il lui donnait du temps. Un sentiment de solitude la rongeait et après l'avoir accompagnée si longtemps, il était vorace. Elle s'enfonça dans son siège et se laissa dévorer.

31

Harlow passa exactement une semaine à pleurnicher sur ce qui s'était passé, le téléphone éteint sauf pour y jeter un œil une fois par jour comme elle l'avait promis à Selene, avant qu'Enzo ne débarque devant sa porte. Il tenait une pizza et un sac de burgers et de frites au parmesan de *Gastro Lupo*.

— Comme tu ne répondais pas au téléphone, j'ai tout apporté, dit-il en forçant le passage pour entrer dans son appartement.

Elle regarda derrière lui, s'attendant presque à voir Riley Quinn ou ses sœurs, mais il était seul.

Axel tourna autour de ses jambes pour l'accueillir en ronronnant tandis qu'Enzo sortait les plats et versait de l'eau dans des verres. Il jeta un coup d'œil dans son vaisselier et son réfrigérateur et secoua la tête.

— En fait, tu te punis pour avoir été dégueulasse avec Finn, c'est ça ?

Harlow resta bouche bée. Était-il en colère contre elle ? Axel se percha à côté d'Enzo dans la cuisine et tous les deux lui jetèrent un regard noir.

— Qu'est-ce que je vous ai fait ? marmonna-t-elle.

Enzo secoua la tête et leva les mains en l'air.

— Pourquoi as-tu tant de mal à comprendre ? Quand tu fais ça, quand tu te retires comme ça… ça fait souffrir tous ceux qui t'aiment.

Harlow s'assit sur son lit, le cœur serré.

— J'avais besoin d'être seule.

Son meilleur ami leva les yeux au plafond.

— Ouais, et moi ? Ta période avec Mark ; c'était une chose. D'ailleurs, j'assume de ne pas avoir fait ce qu'il fallait quand ça allait mal, mais tu ne peux pas disparaître comme ça à nouveau. Tu comprends ?

Elle avait gardé les yeux rivés sur ses mains pendant qu'il parlait, mais quand elle entendit le tremblement dans sa voix, elle leva la tête. Une douleur profonde se reflétait sur le visage d'Enzo. Harlow se leva d'un bond et le prit dans ses bras. Elle n'avait pas besoin d'être empathe pour savoir ce qu'il pensait et comme il se sentait seul sans ses parents.

— Je suis désolée. Tu as raison. J'ai été une mauvaise amie.

Il l'étreignit à son tour et elle sentit le doux réconfort de sa magie l'envelopper.

— Pourquoi n'appelles-tu pas Finn pour lui dire tout ça ?

Harlow s'écarta avec un soupir. Elle sortit sur la terrasse. L'air était chaud et parfumé aujourd'hui, la faible lumière du soleil passant à travers le brouillard habituel qui flottait sur la baie d'Ambracia. Enzo la suivit et s'assit lourdement dans l'unique fauteuil en plastique, en mastiquant bruyamment ses frites au parmesan. Elle lui en piqua deux avant de répondre.

— Parce que c'est compliqué. J'ai mal géré les choses et honnêtement, je ne sais pas vraiment pourquoi je me suis mise autant en colère, mais ce que j'ai dit tient debout. Riley t'a raconté ce que Finn a fait ?

Enzo sourit en s'affalant dans le fauteuil.

— Ce fauteuil est horrible, dit-il avec mépris pour le plastique bon marché. En fait, c'est Petra et Finn qui me l'ont dit. Riley ne raconte jamais rien.

Harlow se figea.

— Petra et Finn ?

Il lui tendit l'assiette.

— Assieds-toi et dis-moi que ça vaut le coup de garder ce fauteuil.

Elle éclata de rire. Ce fauteuil était vraiment horrible ; l'autre était tombé en morceaux quelques jours plus tôt, mais celui-ci tenait bon.

Elle laissa sortir ses ombres et pensa aux fauteuils en plastique qu'il y avait à la cabane et qui étaient beaucoup plus confortables. Le fauteuil se transforma sous Enzo et il se retrouva assis sur une réplique exacte de ceux de la cabane.

— C'est mieux ? demanda-t-elle.

— Beaucoup mieux.

Quand elle commença à manger des frites, Enzo décida qu'il pouvait continuer à parler.

— Petra et Finn nous ont invités à dîner, Riley et moi. Toute ta famille était là, en fait, et Cian Herrington aussi.

L'estomac de Harlow se noua. Ils s'étaient tous réunis sans elle ?

Enzo remarqua la tête qu'elle faisait.

— Tu as dit non à tout, Harlow. On avait besoin de discuter de ce qui se passait et on ne pouvait pas t'attendre.

Elle s'assit par terre et posa ses pieds sur les genoux d'Enzo.

— Normal. Et donc ?

— Pas de nouvelles de Mark, ni d'Olivia. Personne ne les a vus.

Harlow s'y attendait.

— Le père de Mark est introuvable aussi.

— Quoi ?

— Si tu regardais les infos, tu serais au courant. Il a disparu.

— Ça sent mauvais, dit Harlow.

— Ouais... Et ça empire... Finn a confronté ses parents à propos de Petra.

Harlow leva les sourcils si haut que ça lui fit mal à la tête.

— Vraiment ?

— Oui. Et ça ne s'est pas bien passé. Les McKay ont révélé son secret aux parents de Petra. Ils l'ont déshéritée et lui ont coupé les vivres. Ils lui payaient son appartement et sa voiture. Je suppose qu'elle a été virée de son travail dans leur entreprise aussi.

Harlow ne savait pas trop quoi penser de tout ça.

— Elle va bien ?

— C'est bizarre, répondit-il, le regard dans le vague. Elle m'a insupporté pendant presque toute notre vie. J'ai toujours préféré l'éviter...

Mais elle est différente aujourd'hui. Elle a été gentille pendant le dîner chez Alaric. Au passage, la cuisine était excellente. Elle vit là-bas pour le moment. Elle est toujours un peu… brusque parfois, mais peut-être que c'est juste sa façon d'être.

— Personne ne devrait avoir à vivre ce qu'elle a vécu, dit Harlow d'une voix douce. Je suis contente que Finn l'ait défendue. Il l'a prévenue avant de le faire ?

Enzo acquiesça et se pencha pour voler une poignée de frites.

— Oui, il lui a demandé d'abord et je crois qu'elle a dit qu'elle préférait affronter les conséquences que penser qu'elle ne comptait pas assez pour lui pour qu'il se dresse face à ses parents. Ils ont réglé leurs problèmes.

La respiration de Harlow se bloqua dans sa gorge et elle se mordit la lèvre.

— Je peux te donner un conseil, Harlow ?

— Oui, répondit-elle, les yeux baissés.

— Tu devrais faire pareil. Tu n'as pas à être en colère à sa place. Elle t'a raconté tout ça parce qu'elle avait besoin d'en parler, et elle pensait t'aider. Je pense qu'elle se sent sincèrement mal que ça t'ait mis tant en colère contre lui.

Harlow eut l'impression de perdre sa voix, alors elle toussa.

— Je ne sais pas vraiment pourquoi j'ai pété un câble comme ça. J'essaie de comprendre depuis des jours. Je veux dire, j'étais en colère contre lui, mais là, j'ai complètement perdu le contrôle…

— Tu gardais ça en toi depuis longtemps.

Harlow posa l'assiette de frites.

— Ouais, mais je sais bien que Finn et Petra ne sont pas les raisons pour lesquelles ça s'est si mal passé. C'est ma faute. Ça fait déjà quelque temps que je travaille là-dessus. Il y a un truc qui cloche.

Enzo haussa un sourcil.

— Tu es sûre que tu ne refoules pas juste quelque chose ?

Elle se contenta de hausser les épaules au lieu d'essayer de le convaincre. Il n'y avait qu'un moyen de le savoir.

— À toi de me le dire. C'est toi l'empathe.

Il lui tendit une main.

— Si tu veux vraiment savoir, rentrons.

Elle prit sa main et se releva.

— Tu ferais mieux d'emporter l'assiette ou ton chat va manger les frites. Je ne pense pas que l'ail soit très bon pour lui.

Consciencieusement, Harlow ramassa l'assiette, suivit Enzo à l'intérieur et rangea le plat dans le four avant de s'asseoir avec lui par terre. Axel et lui étaient installés juste où le soleil passait à travers le brouillard.

— Il t'aime bien.

Axel vint se placer sur ses genoux pendant qu'Enzo lui prenait les mains.

— Respire avec moi et essaie de ne pas résister. Comme ta colère est probablement profondément ancrée, ça risque de me prendre du temps pour la trouver.

Harlow acquiesça et ferma les yeux pour essayer de concentrer son attention sur l'air qui entrait et sortait de ses poumons. Elle sentit la pression de la magie d'Enzo qui pénétrait son esprit. Les empathes, même aussi talentueux qu'Enzo, lisaient les sentiments en surface sans effort, mais devaient sonder plus profondément pour découvrir des émotions plus anciennes ou quelque chose qui n'était pas consciemment ressenti.

Elle se détendit en considérant les recherches d'Enzo comme une connexion entre eux, un lien magique forgé par leurs années d'amitié, et ressentit la pression s'atténuer. Au lieu de percevoir l'empathie d'Enzo comme une attaque, c'était comme si elle recevait un visiteur.

Quand il lâcha ses mains, il soupira.

— C'était fantastique, Harlow. As-tu utilisé ta magie pour faciliter mon passage ?

— Je crois.

Ils baissèrent tous les deux les yeux sur les doigts de Harlow qui étaient tachés de bleu.

— Qu'as-tu trouvé ? lui demanda-t-elle.

L'expression d'Enzo se voila.

— C'est étrange. J'ai repéré l'endroit où résident tes émotions envers Finn et Petra… Et tout ce que j'ai trouvé, c'est un profond puits de tristesse. Un peu de haine contre toi-même, mais pas de rage, pas même de la colère… En tout cas…

Il ne finit pas sa phrase et creusa les joues, ce qui donna l'impression que ses pommettes déjà proéminentes étaient encore plus saillantes.

— Quoi ? insista-t-elle, angoissée à l'idée de savoir ce qu'il avait trouvé.

— C'est comme s'il restait quelque chose. Pas une émotion résolue, c'est différent… dit-il avant de soupirer. Je n'arrive pas à bien l'expliquer.

Harlow lui adressa un sourire encourageant. Parfois Enzo s'énervait quand il n'arrivait pas à être aussi précis qu'il l'aurait voulu. Elle avait toujours trouvé qu'il valait mieux ne pas interrompre le cours de ses pensées quand il était comme ça.

— Les émotions résolues sont comme des blessures guéries. Elles laissent des cicatrices argentées. Je peux déterminer leur nature, leur profondeur, et très souvent, les dégâts qu'elles ont causés. Mais là, c'était autre chose… Un vestige de rage, mais ça ne ressemblait à rien d'autre en toi.

Quand son regard revint vers elle, elle y vit de la peur.

— Qu'est-ce que ça veut dire ?

— Je préfère ne pas faire de supposition.

Elle tendit un bras et lui prit la main.

— Essaie. S'il te plaît.

Enzo fit la grimace.

— On dirait que ça ne t'appartient pas, Harlow. Ta colère, même ta rage, est complètement différente. Les émotions de chacun ont des similarités, mais une signature propre. Celle-là ne t'appartient pas.

Elle savait qu'il ne voudrait pas y répondre, mais elle devait lui poser cette question.

— D'où ça pourrait venir ?

— J'aimerais parler à James Quinn, le père de Riley, avant de te donner une réponse. Lui et la mère de Riley sont des experts en la matière. C'est une chercheuse spécialisée en parapsychologie et ils travaillent souvent ensemble sur des cas comme ça. Ça te va si je leur parle de ce que j'ai vu en toi ?

Harlow n'appréciait pas qu'Enzo pense qu'elle puisse être gênée par sa suggestion, mais elle n'avait pas vraiment d'autre choix. Si quelque chose en elle ne lui appartenait pas, elle devait découvrir comment c'était arrivé là et ce qu'elle devait en faire. Sinon, elle ne pourrait pas avancer avec Finn.

— Bien sûr.

Elle devait changer de sujet. L'idée qu'un reste de rage étranger couvait en elle était dérangeante.

— Comment ça se passe avec Riley ? ajouta-t-elle.

Le visage d'Enzo s'illumina avec un magnifique sourire qui réchauffa le cœur de Harlow.

— Trop bien. Iel est super.

Harlow ne put s'empêcher d'afficher le même sourire.

— Et tout est bien ?

Enzo se couvrit la bouche et remua les sourcils.

— Oui. Tout est super bien. Je n'ai jamais connu mieux.

Ils éclatèrent de rire et se couchèrent par terre avant qu'Enzo ne lui attrape les doigts.

— Appelle Finn. Je pense que tu lui manques vraiment.

— Je ne peux pas, murmura-t-elle d'une voix soudainement rauque. Pas avant de savoir ce qui cloche chez moi. D'où vient toute cette colère. Et si je perds encore mon sang-froid ?

— Tu vas encore perdre ton sang-froid, Harlow, affirma-t-il avec une grimace. Ce garçon est exaspérant. Les gens perdent leur sang-froid, se battent, se mettent en colère. Puis ils s'excusent, se réconcilient... C'est la vie, tu comprends ?

Elle faillit mentir et dire qu'elle comprenait.

— Pas vraiment. Tu sais, il y a beaucoup de choses que je n'ai dit à personne concernant ma relation avec Mark.

— Je m'en doutais. Mais je peux te dire que quand je cherchais ta colère, j'ai vu beaucoup de guérison. Tu fais un bon travail, chérie. Tu vas y arriver. Je te le promets.

Elle roula sur le dos et regarda fixement le plafond. Le blanc dans sa mémoire correspondant à la nuit où Mark l'avait mise dehors se rappela à elle.

— Il y a quelque chose dont je n'arrive pas à me souvenir. Tu peux m'aider ?

Enzo s'assit.

— Je sais… Je l'ai vu. Je ne peux pas t'aider pour ça, Harlow. Je suis désolé. Riley pourrait, peut-être, mais je ne suis pas sûr que ce serait une bonne chose.

La gorge de Harlow se serra et une larme coula sur sa joue.

— Pourquoi ?

Enzo essuya sa larme avec son pouce.

— Parce que parfois, les trucs comme ça sont enfouis pour une bonne raison. C'est délicat de les déterrer. Mais je peux défaire certaines des barrières qui les entourent, si tu veux. Comme ça, quand tu travailleras dessus, ça sortira sans danger.

— D'accord, dit Harlow en se rasseyant. J'aimerais beaucoup.

Il lui reprit les mains et se mit au travail.

32

Harlow passa les jours suivants chez elle, mais répondit aux messages et aux appels de ses sœurs et des matères. Enzo avait dit qu'il reviendrait vers elle quand il aurait des nouvelles des Quinn sur les vestiges étranges de l'émotion étrangère en elle. Elle essayait de ne pas se poser trop de questions sur son origine car l'idée que quelque chose l'influence sans qu'elle puisse le détecter était absolument terrifiante. Elle prenait les choses heure par heure, mais parfois, elle avait le sentiment qu'elle pourrait rester bloquée éternellement et n'arrivait pas à renforcer sa confiance en elle.

Toujours pas de messages de Finn. Et pourquoi y en aurait-il ? Elle lui avait demandé de lui laisser de l'espace et c'était ce qu'il faisait. Quand l'interphone sonna, elle sursauta, une boule dans la gorge.

Elle appuya sur le bouton, le cœur battant.

— Qui est-ce ?

— Petra… Velarius. Je peux monter ?

Comme si quelqu'un d'autre à Nuva Troi oserait se nommer Petra, pensa Harlow avec un sourire en coin.

— Bien sûr, pose ta main sur la plaque de métal à côté de la porte et monte. Appartement 2.

La lumière sur l'interphone s'alluma et Harlow appuya sur le bouton vert à côté pour approuver la présence de Petra, puis courut dans la salle de bains pour se brosser les dents et enfiler un sweat-shirt propre. Quand elle ouvrit la porte, elle fut surprise par l'apparence de Petra. Elle portait sa traditionnelle queue-de-cheval, mais au lieu d'être lissés et brillants, ses cheveux formaient des ondulations naturelles, et son maquillage était léger. Quant à sa tenue…

— J'avais oublié que tu étais allée à l'UNT aussi, dit Harlow en voyant leurs sweats identiques.

— C'est le week-end, fit remarquer Petra en rougissant. J'essaie de paraître…

— Cool ? suggéra Harlow.

— Décontractée, la corrigea-t-elle en riant. En fait, mes parents ont gardé la plupart de mes affaires quand ils m'ont éjectée de leur vie et mise à la porte de ma maison.

— C'est mesquin.

— C'est ma mère et mon père. Mais crois-le ou non, je me sens mieux. Ils me détestent, mais maintenant, je peux être moi.

Harlow fut tentée de la serrer dans ses bras, mais elle n'était pas sûre de sa réaction.

— Je te proposerais bien quelque chose à manger ou à boire, mais en fait je n'ai rien.

Les yeux de Petra pétillèrent quand elle vit Axel.

— Oh ! Tu as un petit chat !

Harlow observa avec émerveillement Petra Velarius s'agenouiller par terre en faisant de petits bruits de claquement de langue devant Axel, qui regarda Harlow comme pour lui demander : « Qu'est-ce qu'elle veut, cette Immortelle ? »

— Tu aimes les chats ? demanda Harlow en sortant des friandises d'un tiroir pour les tendre à Petra. Tiens, c'est son péché mignon.

Petra prit les friandises en fronçant légèrement le nez, mais afficha un immense sourire quand Axel les prit une par une dans sa main.

— Mes parents ne m'ont jamais laissé avoir d'animaux. Ils les trouvent sales. J'ai toujours voulu un chat. Une grosse bête poilue qui m'aimerait telle que je suis.

Harlow comprenait. Petra Velarius avait passé sa vie isolée par le secret et des parents qui se souciaient plus de convenances ridicules que le reste du monde avait abandonnées plusieurs siècles plus tôt.

Libérée de tout ça, c'était une fille un peu triste, qui visiblement aimait les chats, et les femmes. Harlow secoua légèrement la tête. Quelle honte que ses parents préfèrent qu'elle soit riche, parfaite et malheureuse plutôt que la personne douce qui se tenait devant elle et donnait à Axel des friandises.

Le chat poussa le sachet de friandises dans la main de Petra et grimpa sur ses genoux.

— Il veut que tu le caresses, dit Harlow. Ce qu'il préfère, c'est qu'on le gratte derrière les oreilles et sous le menton.

Petra s'exécuta avec un sourire radieux. Quand il se mit en boule pour dormir, elle leva les yeux vers Harlow qui s'était assise sur le lit en face d'eux.

— Alors ? demanda Harlow.

Petra soupira.

— Je... Je pensais t'aider quand je t'ai raconté tout ça sur Finn.

Harlow leva une main.

— S'il te plaît. Ne t'excuse pas. C'est moi qui ai eu tort en me mettant en colère comme ça. Je veux dire, ne te méprends pas, j'étais énervée... Mais j'ai perdu mon sang-froid et c'était une erreur.

— Pourras-tu lui pardonner ?

— Tu lui as pardonné, toi ?

Petra sourit.

— J'ai pardonné à Finn avant même qu'il me le demande, et tout s'est arrangé. Quand il a dit à ses parents de tous nous laisser tranquilles, c'était vraiment courageux de sa part. Je savais que les McKay révéleraient mon secret à mes parents. Ils sont comme ça, ils appliquent leurs menaces. On le savait tous les deux et je lui ai donné la permission de le faire quand même. Il était temps pour nous deux de couper le cordon. Alaric l'a fait il y a longtemps quand il a monté son entreprise, même si lui et Pasiphae sont en bien meilleurs termes que Finn ou moi ne le seront jamais avec nos parents respectifs.

— Attends... Comment ça, il leur a dit de nous laisser tranquilles ?

— Il les a envoyés balader, Harlow. Il a fermé le compte en banque qu'ils avaient ouvert à son nom, et il leur a dit que s'ils ne vous laissaient pas tranquilles, toi et le Quartier des Antiquaires, il leur causerait des problèmes. Comme tu l'imagines sûrement, il connaît un certain nombre de leurs secrets. J'ai essayé de le convaincre de venir ici pour te le dire lui-même, mais il n'a pas voulu. Il m'a demandé de ne pas te le dire non plus, ce qui, bien sûr, m'a forcée à venir directement ici pour faire l'exact opposé. Il est un peu bête parfois.

Petra rit doucement et Harlow ne put s'empêcher d'en faire de même.

— Oui, c'est vrai, hein ?

— Alors tu vas lui pardonner ? demanda Petra.

Harlow poussa un gros soupir.

— Je ne suis pas en colère contre lui. Je suis en colère contre moi. C'est compliqué.

Petra acquiesça en caressant délicatement Axel pour ne pas le réveiller.

— Je comprends. Mais il est amoureux de toi, Harlow. Je pense qu'il n'a jamais cessé de t'aimer. Il soulèverait des montagnes pour te protéger. Il accepterait d'être malheureux s'il le fallait. Il est un peu trop concentré parfois et ne se rend pas toujours compte des dommages collatéraux qu'il cause, mais c'est un homme bien.

— Tu n'as pas besoin de m'en convaincre, Petra, dit Harlow. Je le sais déjà.

— D'accord, mais on dirait bien que j'ai fichu la merde entre vous et je voulais voir si je pouvais arranger les choses, expliqua-t-elle avant de regarder autour d'elle. C'est sympa ici.

Harlow sourit, un peu surprise que Petra apprécie, mais Enzo avait raison : elle était différente maintenant qu'elle était libérée de ses parents.

— Merci. Cet endroit m'a fait du bien.

— Tu veux venir dîner chez Finn ce soir ? On se réunit pour parler de trucs que ta sœur a découverts sur le Parchemin d'Akatei.

— Elle a restauré les images du livre de Merkhov ? demanda Harlow.

Pourquoi Thea ne lui avait-elle pas envoyé de message ?

— Non, je crois que quelque chose l'en empêche. Tu viendras ?

Harlow acquiesça.

— Je dois y aller, annonça Petra en regarda Axel. Qu'est-ce que je fais ?

Harlow se retint de sourire et enleva le chat des genoux de la magnifique Immortelle. Il couina vaguement quand elle le reposa dans les couvertures sur le lit. Petra se leva et observa de nouveau son appartement.

— Cet endroit est vraiment beau, Harlow. Et quelle vue.

Harlow la remercia à nouveau en la raccompagnant jusqu'à la porte.

— Tu veux que je passe te prendre pour aller chez Finn ? demanda Petra.

— Non, ça ira. Mais merci.

Elle ne pouvait pas supporter l'idée d'essayer de gérer son stress et de faire la conversation avec Petra pendant presque trois quarts d'heure dans une voiture, mais il n'y avait pas de manière sympa de le dire. Alors elle trouva autre chose pour lui témoigner sa sympathie.

Tandis que Petra passait le seuil de la porte, Harlow posa une main sur son bras.

— Je peux te faire un câlin ?

Petra était interloquée.

— Pourquoi ? lâcha-t-elle avant de plaquer sa main sur sa bouche. C'est grossier de ma part. Désolée. Je…

— Je suis vraiment contente que tu sois venue, Petra.

— Ah bon ?

— Oui. En sixième année, je rêvais souvent qu'un jour tu arrêtes d'être aussi méchante avec moi et qu'on soit amies. Tu trouves ça bizarre ?

Les yeux de Petra se remplirent de larmes.

— Pas vraiment. Je faisais le même rêve. Dans le mien, mes parents étaient au courant pour moi et s'en fichaient, et je devenais amie avec toi, Enzo et Finn.

Son menton trembla. Harlow comprit que cette solitude poursuivait Petra encore aujourd'hui.

Harlow tendit la main et tira sur le sweat de Petra, ce qu'elle n'aurait jamais imaginé faire même un mois plus tôt.

— Câlin ?

Petra acquiesça et Harlow la prit dans ses bras. Quand Petra enroula les siens autour d'elle, Harlow sentit sa respiration tremblante la traverser.

— Tu vas avoir une vie entièrement différente maintenant, une vie où tout est vrai.

Petra s'écarta et adressa à Harlow un sourire mouillé.

— On y arrivera. Toutes les deux.

— On a déjà commencé. À ce soir.

Petra lui fit un petit signe en descendant les premières marches.

— Dix-neuf heures. Soirée décontractée. Ne sois pas en retard.

33

Petra avait dit que c'était un dîner décontracté, et elle ne doutait pas que ça voulait vraiment dire décontracté, contrairement aux événements de la saison. Pourtant, elle resta devant le portant à vêtements au milieu de son appartement pendant une éternité à essayer de décider quoi porter. Le temps s'était assez réchauffé ces derniers jours pour que les pulls soient trop chauds, mais elle aurait froid avec des vêtements plus légers.

Finalement, elle choisit une chemise à carreaux dans un tissu incroyablement doux, glissée dans un jean large vintage. Harlow attacha ses longs cheveux en queue-de-cheval et décida de ne pas se maquiller. Tout le monde savait qu'elle traversait une période difficile ; inutile de faire semblant que tout allait bien.

Son interphone sonna alors qu'elle était en train de donner à manger à Axel et réfléchissait à appeler un taxi.

— Oui ?

— Une livraison pour Harlow Krane. J'ai besoin d'une signature.

Une livraison ?

— Je descends.

Elle enfila des bottines et descendit ce qui lui sembla une infinité d'étages. Avant d'atteindre le rez-de-chaussée, elle hésita. Et si c'était un piège de la Maison de Remiel ? Elle ralentit, respira profondément et fit appel à ses ombres. Elle n'était pas complètement convaincue qu'elle saurait les utiliser pour se défendre, mais elle voulait être parée.

Quand elle arriva dans le hall, elle vit un coursier humain, habillé en tenue de ville, qui tenait une enveloppe et un bloc-notes. Son vélo était garé dehors et il le regardait avec un air angoissé. Elle poussa un soupir. C'était juste un gamin qui avait peur de se faire voler son vélo.

— Salut, dit-elle en s'avançant. Je suis Harlow.

Le gamin la regarda et acquiesça.

— Ouais. Exactement comme sur les photos.

Elle plissa les yeux.

— Quoi ? dit le gamin avec un sourire. Tout le monde suit ces bêtises. Mais vous êtes ma préférée. J'espère que vous allez gagner. Signez ici.

Il lui tendit le bloc-notes et elle signa en essayant de ne pas être vexée que sa vie personnelle soit réduite au fait de « gagner » Finn McKay. Le gamin lui avait donné une enveloppe cartonnée et était déjà ressorti et remonté sur son vélo. Elle émit un rire nerveux ; c'était ridicule d'être reconnue sans avoir rien fait de particulier… Contrairement aux jumelles, elle ne travaillait pas pour être vue. Elle ouvrit l'enveloppe et allait vider son contenu sur la console dans le hall de son immeuble quand le couple de métamorphes du troisième étage arriva du parking et passa devant elle.

— Vous utilisez enfin votre place ? dit le vieil homme avec un clin d'œil. J'adore les classiques.

— Bonjour, Phil. Marisa, répondit Harlow sans trop savoir de quoi parlait le vieux monsieur.

Marisa leva les yeux au plafond et coinça une mèche de ses cheveux noirs ondulés derrière son oreille.

— Arrête un peu, Phil. Harlow a mieux à faire que parler de voitures anciennes avec un vieux bonhomme comme toi.

Harlow sourit. Ils étaient mignons tous les deux, mais elle n'avait aucune idée de ce dont ils parlaient. Elle leur fit un petit signe de la main quand ils entrèrent dans l'ascenseur, avant de se reconcentrer sur l'enveloppe. Elle la retourna et une clé tomba sur la table avec un message dont elle reconnut aussitôt l'écriture.

Si je ne peux pas être ton chauffeur, je peux au moins te fournir la voiture.

Finn

Elle regarda à nouveau la clé, puis se précipita vers le parking. L'appartement était associé à une place pas loin de la porte et elle repéra aussitôt la Woody. Il savait qu'elle aurait besoin d'être seule sur le trajet parce qu'elle avait toujours été anxieuse avant toute sorte de rendez-vous. Ce n'était pas le genre de cadeau généreux dont se seraient vantés la plupart des Immortels. C'était une vieille bagnole pour la plupart des gens, mais la Woody comptait beaucoup pour elle, et Finn le savait.

Elle avait laissé son téléphone et son sac en haut, alors elle se dépêcha de remonter à son appartement.

Elle s'empressa d'envoyer un message à Finn.

Merci.

Elle ne savait pas quoi dire d'autre.

Il le lut tout de suite et lui répondit.

De rien.

Harlow attendit, mais il ne dit rien d'autre et elle ne savait pas comment réagir. Elle reposa son téléphone, l'estomac noué. Axel enroula sa longue queue autour de sa jambe comme pour la réconforter.

— Tu ne peux pas venir, bébé. Pas ce soir. Je reviens vite.

Elle porta le chat et il frotta son visage contre le sien, puis utilisa l'épaule de Harlow pour sauter sur son arbre et se coucher dans le hamac qu'elle avait créé pour lui devant la fenêtre. Quand il dormait et qu'elle entendait ses petits ronflements, elle était jalouse de ne pas être née chat.

Son téléphone vibra sur la table. C'était Finn.

Je suis nerveux à l'idée de te voir. J'ai changé de tee-shirt quatre fois. Ça va avec celui-là ?

Une photo arriva juste pendant qu'elle lisait le message. C'était un selfie dans sa salle de bains avec un jean et un tee-shirt gris sur lequel était écrit dans une police faussement vintage : « Ma copine est une sorcière ».

Harlow éclata de rire. S'il essayait de briser la glace entre eux, c'était réussi. Elle sentit un certain soulagement et respira un peu mieux. Elle lui répondit.

Harlow : Où l'as-tu trouvé ?
Finn : Un vendeur sur la 55ᵉ. Il en avait même avec ta tête dessus, mais j'ai pensé que ça faisait trop.

Elle souffla et tapa un autre message.

Tu as probablement raison. Les humains sont tellement bizarres.

Elle reçut son message suivant avant d'envoyer celui-là.

Je plaisante. Je l'ai pris.

La photo qu'il lui envoya la fit rire aux larmes. Quelqu'un avait imprimé une caricature d'elle sur un tee-shirt avec la légende : « Harlow Krane : de mal fagotée à fabuleuse ».

Je porte lequel ce soir ?

Harlow répondit aussitôt.

Le premier.

Le deuxième était trop gênant, même pour un dîner de famille. Son soulagement quand elle constata qu'il ne lui faisait pas la tête fut tempéré par sa crainte que la rage étrangère qui restait peut-être en elle s'éveille.

Elle patienta pendant que les petits points clignotaient.

Finn : Conduis prudemment.

« À tout à l'heure », lui répondit-elle avant de glisser son téléphone dans son sac.

Tandis qu'elle verrouillait sa porte et se dirigeait vers la voiture, elle se sentait étrangement encore plus nerveuse. Elle savait que le tee-shirt était destiné à la faire rire et alléger l'atmosphère, et ça avait marché, mais où en étaient-ils ? Une partie d'elle voulait tout envoyer balader et mettre les choses au clair, mais elle craignait que cette chose en elle ne l'incite à avoir des réactions différentes des siennes.

De plus, elle était perturbée par les souvenirs qu'elle avait perdus. Elle avait l'impression que tout était lié à ça, même si elle ne savait pas comment. Peut-être que les débloquer permettrait de tout comprendre, mais en attendant, il valait mieux ne pas faire plus de mal à Finn qu'elle n'en avait déjà fait.

Le réservoir de la Woody était plein et elle avait été nettoyée depuis la dernière fois qu'elle l'avait conduite. Elle sentait le parfum fumé de Finn. Elle appuya sur le bouton « play » du lecteur de CD qui contenait déjà quelque chose. C'était une copie de la compilation qu'il lui avait faite au lycée, avec toutes ses chansons préférées. Il était difficile de ne pas être nostalgique tandis qu'elle traversait la ville, la pluie battant le pare-brise. Son esprit dériva pendant qu'elle conduisait, et elle arriva à la maison de Finn en un rien de temps. Elle resta assise dans l'allée un moment. Tout le monde était déjà arrivé et elle allait débarquer au milieu d'un groupe de personnes qui savaient qu'elle s'était ridiculisée la dernière fois qu'elle était venue ici.

Les joues brûlantes, elle se mordait l'intérieur de la bouche pour essayer de garder un semblant de calme. Quelqu'un tapota légèrement à la vitre, la faisant sursauter. Cian Herrington se tenait là, avec ce qu'elle pensait être son interprétation d'une tenue « décontractée », mais qui consistait en fait en un pantalon slim et une chemise indécemment déboutonnée jusqu'au milieu du torse. Ses cheveux qui étaient argentés la dernière fois étaient aujourd'hui couleur lavande, et ses yeux légèrement maquillés.

Harlow ouvrit sa portière.

— Salut, dit-elle en descendant.

Cian sourit.

— Je t'aime bien.

Harlow fut décontenancée par cette affirmation brusque.

— Quoi ?

— Tu es passionnée et honnête. Finn est sorti avec plein de personnes versatiles pour essayer de t'oublier. Mais tu es imprévisible, ce qui est différent de versatile, et j'aime ça.

Harlow esquissa un sourire.

— Eh bien, je suis sûre que je t'aimerais aussi, si nous apprenions à mieux nous connaître.

Cian pencha la tête sur le côté et plissa les yeux.

— Tu veux dire quand nous apprendrons à mieux nous connaître.

La gorge serrée, Harlow jeta un coup d'œil à la maison.

— Vous avez l'air plutôt proches. Avec Finn, je veux dire. Et…

Cian affichait un grand sourire et son expression était si féroce que Harlow fut tentée de faire un pas en arrière.

— Et rien. Toi et Finn allez régler vos problèmes. C'est une bonne chose que tu l'aies défié. Il n'est pas habitué à ça. Ses parents sont les seuls à lui dire non, mais ils le font par malveillance. Et toi ? Pourquoi l'as-tu fait ?

Harlow se mordit la lèvre, se demandant pourquoi cette conversation avait lieu. Mais quand elle regarda dans les yeux clairs de Cian, elle comprit. C'était sa façon de protéger Finn et de la tester. Elle était contente que quelqu'un la teste, que quelqu'un tienne assez à lui pour s'assurer qu'elle était assez bien, et le fait que Cian la trouve acceptable lui faisait plaisir.

— Tout d'abord, je n'aime pas la manière dont je l'ai fait. Je ne suis pas fière de perdre mon calme comme ça. J'y travaille.

— Bonne analyse.

— Mais je l'ai fait parce qu'entendre l'histoire de Petra m'a beaucoup blessée. Je ne pouvais pas ne rien faire.

Cian acquiesça à nouveau.

— Et à propos de la manière dont les humains sont traités par les Ordres ? Tu peux ne rien faire ?

Harlow ne put s'en empêcher : elle regarda autour d'elle, craignant de dire ce qu'elle allait dire à voix haute.

— Non. J'ai attendu toute ma vie de trouver un moyen de faire les choses que vous faites avec les Chevaliers. Peu importe ce qui se passera entre moi et Finn sur un plan personnel. On doit trouver un moyen de changer la situation.

Le sourire de Cian était maintenant positivement féroce. Harlow se dit soudainement qu'elle ne voudrait jamais avoir à se battre contre Cian. Elle était tentée de poser une question très déplacée, mais elle se retint. Les Élus de l'Illusion détestaient être interrogés sur leur alternae, mais elle avait très envie de savoir quelle créature se cachait sous la forme humanoïde de Cian. Elle avait le sentiment que c'était splendide. Le sourire de Cian s'étendit encore et le cœur de Harlow faillit s'arrêter de battre quand ses pupilles disparurent et qu'elle perçut grâce à sa double vue l'image d'une immense bête argentée couverte d'écailles.

— Tu es un Argent ?

Cian se contenta de rire doucement en lui prenant le bras.

— Mais c'est que tu es plutôt maligne.

Harlow resta presque muette tant elle était stupéfaite. Presque.

— Comment… Comment c'est possible ?

Il n'y avait pas eu de naissance de métamorphes héraldiques depuis plus de cinq cents ans, puisque les Illuminés les avaient éradiqués au cours de campagnes massives lorsqu'ils s'étaient battus contre eux lors de la Guerre des Ordres. Les Argents étaient les plus féroces des dragons de feu, et les plus dangereux. Un Argent seul pouvait décimer des légions entières de soldats illuminés.

— Nous ne sommes pas aussi rares que tu peux le penser. Bien sûr, nous devons choisir prudemment qui connaît notre secret.

— Je ne le dévoilerai jamais à personne, s'empressa d'affirmer Harlow en serrant le bras du métamorphe.

— Je sais, dit doucement Cian. Je ne t'aurais pas laissée le voir sinon. Il y a un monde au-delà de ce que tu penses être la vérité, Harlow. Ce soir n'est que le début.

Arrivée devant la porte d'entrée, Harlow prit une profonde respiration. Penser qu'il y avait des mystères qu'elle n'avait pas encore découverts, même après vingt-cinq années de vie de sorcière, la transportait de joie. Quand elle posa la main sur la porte, Cian la retint.

— Tu sais que les Arpenteuses ont combattu avec les métamorphes héraldiques dans la guerre ?

— Non, je ne sais pas grand-chose d'eux. Tous ceux qui étaient contre les Illuminés n'étaient-ils pas ensemble ?

Cian poussa un petit soupir de frustration.

— Bien sûr, mais je veux dire que les Arpenteuses se battaient carrément au sein de nos unités.

À la manière dont iel utilisa le mot « nos », Harlow se demanda si Cian y avait participé. Si Cian pouvait avoir un âge assez avancé pour que ce soit possible.

— Elles se battaient au sein de nos unités parce qu'elles aussi pouvaient changer de forme, poursuivit Cian.

Thea le lui aurait dit si elle l'avait su, n'est-ce pas ?

— Je n'avais jamais entendu ça avant.

Cian appuya une épaule contre le mur de maison.

— Normal. C'est un secret. Ce n'était pas le cas de toutes, remarque. Beaucoup d'Arpenteuses ne pouvaient pas se transformer. Mais certaines, oui.

— Quels étaient leurs alternae ? demanda Harlow en utilisant le mot de l'Ordre des Masques pour désigner leur forme non-humaine.

— C'était des Fériants, répondit Cian avec un soupir.

Harlow n'avait jamais entendu ce mot auparavant, mais elle réfléchit à son étymologie. « Férir » qui voulait dire frapper, ou « féral », « féroce »… Toutes ces origines étaient probables.

— Je ne connais pas ce mot, finit-elle par admettre.

L'Argent passa devant elle pour ouvrir la porte de la maison.

— Tu en sauras plus, en temps voulu, je suppose. J'ai appris il y a très très longtemps qu'il valait mieux ne pas apprendre leur boulot aux Arpenteuses.

Son ton sans réplique indiquait que Harlow n'obtiendrait pas d'autres réponses, alors elle mit ses nouvelles informations de côté pour l'instant. D'après ce qu'elle entendait, toute sa famille, ainsi qu'Enzo et Riley Quinn, discutaient bruyamment dans la cuisine.

Avant que Cian ne disparaisse, Harlow l'arrêta dans l'entrée.

— Tu sais que Riley Quinn est avec l'Ordre Solitaire, n'est-ce pas ?

— Oui, je sais. Finn espère que cette soirée prouvera notre bonne volonté à la Reine. Peut-être pour former une alliance.

Harlow poussa un soupir de soulagement.

— J'ai l'impression que c'est quelqu'un de bien.

Cian acquiesça avec un air songeur.

— Oui, de nombreux Solitaires se sont engagés pour les mêmes raisons que les Chevaliers ont été formés. Ils sont bien plus disposés à causer le chaos que nous, mais peut-être que nous avons besoin de ce genre d'énergie aujourd'hui.

Harlow ne savait pas grand-chose à ce sujet. Elle avait passé une grande partie de sa vie d'adulte à essayer de se contrôler. Elle ne savait pas du tout comment se battre pour la justice ou opérer des changements sociétaux, seulement qu'elle voulait apprendre et espérait que ses efforts aujourd'hui n'arrivaient pas trop tard pour que les choses s'améliorent, aussi bien pour les Immortels que pour les Humains.

Cian rejoignit le groupe autour de la table et Finn remarqua qu'elle restait dans l'encadrement de la porte. Il était décoiffé, comme toujours, et le cœur de Harlow fit des bonds dans sa poitrine quand il avança vers elle. Le tee-shirt du vendeur ambulant lui allait bien, moulant ses bras et son torse musclés. Elle savait que ce n'était probablement pas volontaire de sa part, mais avec les mains dans les poches de son jean, il contractait ses biceps d'une manière excitante qui lui rappela la raison de sa présence ici.

— Salut, Harls.

Elle aurait juré qu'il se déplaçait au ralenti, et tout ce qui était beau chez lui s'amplifiait au fur et à mesure qu'il s'approchait.

— Salut, McKay, répondit-elle, incapable de prononcer autre chose à cause de sa bouche sèche.

Petra pencha la tête et leva deux pouces en l'air d'une manière qui ne lui ressemblait pas du tout.

Finn suivit le regard étonné de Harlow et secoua la tête en voyant sa meilleure amie.

— Désolé pour ça. Et pour le fait qu'elle soit venue chez toi tout à l'heure. Je ne le lui ai pas demandé… En fait…

— Je sais, l'interrompit Harlow. Elle m'a dit que tu lui avais demandé de ne pas s'en mêler, mais je suis contente qu'elle ne t'ait pas écouté.

— Tu lui as fait un câlin ? demanda Finn en l'amenant dans la bibliothèque, à l'écart des regards indiscrets.

Ses sœurs tendaient le cou pour essayer d'entendre ce qu'ils disaient. Il ferma la porte et les bruits venant de la cuisine se turent aussitôt, comme si la porte les avait isolés dans un monde à part. Il n'y avait pas encore de livres sur les étagères, ni de meubles dans la pièce. Quelque chose dans ce vide inspira à Harlow de la tristesse contrairement à l'infinité de possibilités qui s'offraient à eux une semaine plus tôt.

— Petra te l'a dit ?

Finn acquiesça en s'asseyant sur le banc devant la fenêtre avant de l'inviter à s'installer à l'autre extrémité. Il était assez long pour qu'ils ne se touchent pas, et ça aussi, ça la rendit triste, comme un potentiel gâché.

— Ouais, elle avait l'air plutôt ravie en fait.

Son sourire s'effaça tandis qu'il passait ses mains dans ses cheveux noirs, les dressant sur sa tête dans tous les sens. Elle remarqua qu'il ne les avait pas fait couper récemment. Il ne s'était pas rasé non plus. Avec son tee-shirt et son jean, il ressemblait à son Finn, pas la personne qui essayait de plaire à ses parents et aux Ordres pendant la saison.

Son cœur battait fort dans sa poitrine, la faisant douter de son instinct qui lui disait de rester loin de lui.

Quand il parla, elle perçut la tension dans sa voix, mais aussi sa détermination.

— Harls, je pensais que je la protégeais, mais je ne lui ai jamais demandé ce qu'elle voulait. Je me suis basé sur des suppositions, et c'était nul de ma part.

Harlow acquiesça, les jambes pliées et les coudes appuyés sur les genoux pour accueillir son menton. C'était extrêmement cool qu'il admette qu'il s'était trompé. Une petite voix en elle lui suggéra que ce n'était probablement pas facile, mais qu'il faisait des efforts. Et cette voix lui donnait de l'espoir ; s'il l'avait fait, peut-être qu'elle pourrait apprendre à en faire de même.

Il tendit les doigts vers elle, avant de les reposer aussitôt sur ses genoux.

— Tu es exactement comme quand on avait dix ans et qu'on apprenait à jouer aux échecs.

Elle afficha un faible sourire en se remémorant ces moments. Elle avait envie de pleurer, mais elle ne savait pas trop pourquoi.

— Je n'aurais pas dû te crier dessus comme ça, dit-elle après ce qui sembla être une longue pause gênante.

— Peut-être pas, dit-il en haussant les épaules, mais ce que tu as dit était vrai. J'ai été lâche sur toute la ligne.

— Mais ça a changé quelque chose entre nous, hein ? lui dit-elle en se demandant s'il le sentait aussi.

— Oui, je pense que oui.

Elle le savait. C'était trop beau pour être vrai. Elle lui avait crié dessus et, après avoir passé sa vie à être traité comme de la merde par des personnes censées l'aimer, il faisait ce qu'il fallait en traçant des limites fortes et en s'éloignant d'elle.

— Alors c'est fini, conclut-elle dans une infinie tristesse.

Il fronça les sourcils et tous les muscles de son corps se contractèrent.

— Attends… qu'est-ce que tu veux dire ?

— Je suppose que tu veux mettre fin à tout ça. Qu'on soit juste amis… On pourra toujours travailler ensemble, mais…

Il se pencha vers elle, mais toujours sans la toucher.

— C'est ce que tu veux ? Arrêter ce qu'on faisait ?

Harlow serra la mâchoire.

— Et toi ? Qu'est-ce que tu veux ?

Il baissa les yeux et tira sur son tee-shirt. « Ma copine est une sorcière. »

— Je pensais que ce que je voulais était assez clair.

L'air se bloqua dans la gorge de Harlow sans pouvoir descendre dans ses poumons. Elle devait mal comprendre.

— Tu veux toujours ? Tu veux toujours… de moi ?

Ses yeux gris s'écarquillèrent.

— Tu as pensé que t'énerver contre moi me ferait renoncer à toi ?

Les yeux de Harlow se remplirent de larmes, mais elle était incapable de répondre.

— Harls, dit-il d'une voix grave et douce en attrapant son menton et caressant sa lèvre inférieure avec son pouce si tendrement qu'elle crut qu'elle allait sangloter. Tu as le droit d'être en colère. J'espère que nous ne passerons pas notre temps à hurler et nous aboyer dessus, mais si ça doit arriver, ça arrivera. On se réconciliera et on ira de l'avant.

Harlow regarda fixement un point sur l'appui de fenêtre derrière la tête de Finn pour éviter ses yeux.

— J'ai envie de tout ça, concéda-t-elle, la gorge serrée. Mais c'est juste que je… je…

Finn lui fit légèrement lever la tête pour qu'elle le regarde.

— Quoi que ce soit, tu peux me le dire. Je ne vais pas piquer une crise et me fâcher. S'il te plaît, parle-moi.

Elle voulait tout lui raconter, mais elle n'y arrivait pas. Et si les Quinn décidaient que toute cette colère était bien à elle ? Si elle partageait ses craintes maintenant, et qu'Enzo se trompait, elle donnerait l'impression de se trouver des excuses pour son mauvais comportement, et ce n'était pas ce qu'elle souhaitait. Elle voulait prendre ses responsabilités. Alors elle le garda pour elle ; elle était habituée à garder des secrets. Les secrets l'avaient toujours protégée dans le passé.

Elle trouva un compromis entre la vérité et ses secrets.

— J'ai besoin de plus de temps pour intégrer ce qui s'est passé avec Mark. Il y a quelque chose dans ma mémoire, ce blanc au sujet de la nuit où nous avons rompu. Il faut que je découvre ce qui s'est passé et que je lâche prise avant de pouvoir entamer une nouvelle histoire avec toi.

— D'accord, dit-il doucement.

Elle vit la déception dans ses yeux et il lâcha son visage, sa main retombant lentement sur ses genoux.

— Je peux te poser une question qui me fera passer pour un minable ?

— Tu peux tout me demander, dit-elle, détestant la tension dans sa voix.

— Si j'étais différent, si je n'avais pas tout gâché avec l'histoire de Petra et tout le reste, est-ce que tu ressentirais la même chose ?

— Oui. Ce n'est pas en rapport avec toi. Ni à cause de toi. Ce n'est que moi.

— D'accord.

Harlow se leva.

— On devrait y aller.

Il lui attrapa la main.

— Harls.

Elle regarda sa main qui reposait dans la sienne avant de remonter les yeux jusqu'aux siens.

— On est toujours ensemble, hein ?

Elle acquiesça, mais quelque chose l'empêchait de parler. Ça lui semblait mal de s'enfuir, mais elle savait qu'avant de pouvoir avancer avec Finn, elle devait se souvenir de cette nuit avec Mark et découvrir ce qui affectait si bizarrement ses émotions. Alors elle devait trouver un moyen de se libérer. Même si elle aurait adoré pouvoir le faire avec lui, elle n'en était pas capable pour le moment et il méritait mieux que ce qu'elle pouvait lui offrir après tout ce que sa famille lui avait fait subir.

Il pressa ses lèvres contre la paume de sa main.

— J'attendrai aussi longtemps qu'il le faudra, Harlow.

Elle acquiesça et détourna le regard pour pouvoir s'éloigner. Il la suivit dans la cuisine où Thea avait étalé des photos imprimées sur la table. Tout le monde était regroupé dans l'alcôve qui pouvait à peine contenir les onze Immortels. Cian et Finn tirèrent deux fauteuils qui étaient devant la cheminée pour les mettre autour de la table.

Finn alluma le feu pour conjurer le froid du soir alors qu'un gros orage avait éclaté comme prévu. Thea expliquait qu'ils pourraient manger une fois qu'elle leur aurait montré ce qu'elle avait découvert dans sa copie du Parchemin d'Akatei.

— Coucou, dit-elle quand elle vit Harlow.

Riley lui sourit dans les bras d'Enzo. Harlow parcourut la table des yeux et son regard s'arrêta sur Petra qui portait encore le sweat de l'UNT et un legging.

— Salut tout le monde.

Les matères lui sourirent. Le fait qu'elle s'isole et se sente observée les inquiétait, mais elles avaient respecté son choix de rester chez elle. Harlow était contente de les voir ici ce soir.

La porte de derrière s'ouvrit brusquement et tout le monde sursauta. Deux grandes silhouettes entrèrent et retirèrent leurs capuches en refermant la porte. Finn posa sa main sur l'épaule de Harlow ; elle n'avait pas remarqué qu'il se tenait si près de lui.

— C'est juste Nox et Arebos.

Sans leurs capuches, les Spectres s'avérèrent ne pas être les créatures horribles que Harlow craignait de rencontrer. En fait, ils avaient une beauté éthérée indéniable. Ils étaient grands et de constitution robuste, avec la peau couleur ambre, des cheveux bruns et des yeux brillants d'un éclat pénétrant. Le plus grand des deux avait de longs cheveux attachés en demi-queue et ceux de l'autre étaient coupés court avec les côtés rasés, mais sinon, ils partageaient les mêmes traits ciselés. Ils étaient clairement frère et sœur, mais Harlow ne pensait pas qu'ils étaient jumeaux.

— Salut, lança la plus petite. Nous avons parcouru le périmètre deux fois. Les protections sont OK. Personne ne peut entrer, affirma-t-elle avant de croiser brièvement le regard de Harlow. Je suis Nox. Et voici mon frère, Arebos.

— Tu peux m'appeler Ari, dit son frère en ne la regardant que fugacement lui aussi.

Ses yeux s'attardèrent sur Meline qui leva son nez de son téléphone. Ari lui sourit et elle rougit joliment.

Nox leva les yeux au plafond.

— C'est un séducteur incorrigible. Fais gaffe.

Indigo leva à son tour la tête en entendant le ton sarcastique de Nox et évalua immédiatement les Spectres. Harlow secoua la tête. Les nunuches avaient toujours été attirées par leurs opposés, et il y avait là deux personnes qui n'auraient pas pu être plus différentes d'elles : les Spectres pouvaient se rendre invisibles, et les jumelles ne pouvaient pas être plus voyantes. Indigo se redressa sur sa chaise et son pull tomba au ralenti sur son épaule. Harlow était certaine qu'elle s'était entraînée à faire ça. Apparemment, cela eut l'effet escompté, puisque Nox l'observait, la bouche légèrement ouverte en passant une main dans ses cheveux.

— Je n'y crois pas, marmonna Harlow à Thea.

Thea secoua la tête avant de répondre :

— Tu t'attendais à quoi ? Elles ont attendu toute la saison pour trouver des personnes assez dangereuses pour rendre Maman furieuse et on les leur sert sur un plateau.

En effet, Selene fusillait Arebos du regard tandis qu'il s'appuyait contre l'alcôve pour mener une douce conversation avec Meline qui chuchotait si bas que Harlow ne pouvait pas comprendre ce qu'ils se disaient. À l'évidence, Arebos y arrivait puisqu'il riait alors qu'elle lui souriait derrière ses longs cils. Il se baissa un peu pour tapoter son téléphone contre le sien. Ils échangeaient déjà leurs numéros ?

Harlow soupira.

— Si tu nous racontais ce que tu as à nous dire avant qu'ils ne se fiancent ?

Thea se retint de rire, puis s'éclaircit la voix pour attirer l'attention de tous.

— Bon. Parlons de ce qu'Alaric et moi avons découvert quand nous avons examiné l'endroit où le triptyque devrait se trouver sur le parchemin.

Thea désigna une section de l'imprimé sur la table qui représentait un frêne blanc avec un Argent endormi pelotonné entre ses racines.

— Dans la chronologie du parchemin, Alaric et moi pensons que ce que le triptyque représente vient avant le dragon de feu qui, comme nous pouvons le voir, se réveille et rejoint les autres créatures héraldiques de la phase suivante.

Larkin se pencha et montra des volutes décolorées autour de l'arbre.

— Vous pensez que c'est la même représentation de l'éther qu'on a vue sur le triptyque ?

— Oui, répondit Alaric. On pense que le triptyque est le catalyseur de tout ce qui se passe dans le reste du parchemin.

— Et ça, ça représente quoi ? demanda Harlow en examinant les formes humanoïdes dépeintes dans de petites bulles dans les branches, similaires à celles que Thea avait restaurées dans la première image du triptyque.

Certaines bulles étaient fissurées et d'autres flottaient au-dessus de l'arbre.

Alaric sourit.

— C'est la partie excitante. On pense qu'il pourrait s'agir d'humains. Si on arrivait à découvrir ce qui se passe dans le triptyque, Thea et moi pensons qu'on pourrait élucider le secret de ces bulles fissurées.

— On dirait qu'ils libèrent les humains, d'une certaine manière, ajouta Riley en étudiant les images. Mais si c'est le cas, quel est l'intérêt de ces bulles ?

Thea répondit, mais Harlow n'entendit pas ce qu'elle dit. Elle regardait Finn, qui était tourné vers elle, comme s'il se posait la même question qu'elle. Finn leva une main.

— Je suis désolé de t'interrompre, Thea. Mais à l'origine, tu as dit que tu pensais que le triptyque pouvait avoir un rapport avec ce qui se passait quand une Arpenteuse et un Chevalier… euh… unissaient leurs forces, non ?

— Oui, on pense que toi et Harlow pourriez détenir la clé.

Finn passa une main dans ses cheveux, les décoiffant à la perfection. Harlow s'efforça de rester concentrée.

— Et l'arbre ? Que représente-t-il ?

— L'arbre représente presque toujours la toile d'éther dans le monde, répondit Aurelia. Les racines et les branches sont un moyen facile de représenter les fils de magie sur lesquels tirent les Immortels.

Finn contracta sa mâchoire.

— Quand Harlow et moi sommes arrivés à la fête du Bosquet, nous avons tous les deux vécu quelque chose d'étrange. Avec tout ce qui s'est passé ensuite, je n'y pensais plus…

— Que s'est-il passé ? demanda Aurelia d'une voix cassante.

Harlow vint se placer juste à côté de Finn.

— C'était comme si on était isolés du reste de la foule. Dans une sorte de bulle de réalité bizarre que seuls nous percevions. Et on a tous les deux entendu un cri.

— Puis la magie a semblé gonfler avant de nous ramener dans notre réalité habituelle. C'était troublant.

— On dirait que vous avez assisté à un rituel de l'autre côté du voile, fit remarquer Selene, les sourcils froncés.

Aurelia prit la main de sa femme.

— J'ai peur que des rituels noirs puissent être associés à la saison. L'Ordre des Mystères enquête à ce sujet depuis presque un siècle, mais nous n'arrivons pas à détecter exactement ce qui se passe. Nous croyons depuis longtemps que les Illuminés encouragent la saison année après année pour une raison.

Thea soupira.

— Pourquoi n'avez-vous jamais rien dit ?

— Toi et tes sœurs êtes à peine des adultes, répondit Aurelia. Ce n'est pas le genre de chose qu'on dit à des enfants.

Les cinq sœurs Krane jetèrent un regard furieux à leurs mères qui le rendirent à leurs enfants jusqu'à ce que chacune détourne les yeux. Harlow fut la dernière à rompre le contact visuel avec Selene.

— Bon, y a-t-il autre chose qu'on devrait savoir ?

— Je suis sûre qu'il y a beaucoup de choses que nous savons qui sont liées à tout ça. Votre mère et moi avons presque mille ans, faire le tri prendra du temps. Et nous devrons rapporter ça à l'Ordre à un moment ou à un autre, vous comprenez ?

Cela sembla déranger Finn.

— Je pense qu'il vaudrait mieux qu'on garde ça pour nous pour l'instant.

— Nous aussi, Finbar, intervint Aurelia. Mais au final, quand nous déciderons ce qui devra être fait, nous aurons besoin de l'approbation du Haut Conseil de l'Ordre des Mystères. C'est comme ça, si vous voulez des alliés.

— Oui. Je comprends.

Un long moment passa, ponctué par le tic-tac lent de l'horloge au-dessus de la cuisinière. Arebos rompit ce silence pesant en observant les images sur la table. Puis il se tourna vers Thea.

— De quoi parle le parchemin ?

Thea sourit, reconnaissante pour ce changement de sujet.

— Personne ne le sait, même si les différents Ordres ont formulé de nombreuses hypothèses au fils des ans.

Cian tapota l'image au-dessus de l'arbre où les créatures héraldiques étaient éveillées et volaient en formation.

— Les miens croient que cela signifie qu'un jour, l'Élu Héraldique se réveillera et rejoindra à nouveau nos forces contre les Illuminés.

— Cette interprétation est sensée, dit Aurelia. Mais si je puis me permettre, que représente l'alternae ? Je ne l'ai jamais vu dans les représentations des Héraldiques auparavant.

Elle montrait un oiseau aux couleurs sombres qui volait en formation avec les guerriers héraldiques : des dragons de feu, des alicornes, des griffons et des chimères. Il ressemblait à un mélange d'aigle et d'oiseau du paradis, mais s'il était bien à l'échelle de l'enluminure, il devait faire la taille d'une personne. Ses plumes étaient vert émeraude foncé, bleu et noir sur l'image.

— C'est la Fériante, répondit Cian en regardant Harlow.

Elle retint son souffle alors que Selene se couvrait la bouche.

— C'est donc ça, une Fériante ?

— Oui. Ce n'est pas du tout un métamorphe héraldique, mais une sorcière.

Indigo secoua la tête.

— Mais les sorcières ne peuvent pas changer de formes. Ce n'est pas dans notre nature.

— C'était pourtant le cas de certaines d'entre vous, il y a longtemps, expliqua Cian sans quitter Harlow des yeux. Et peut-être que ça arrivera encore.

— Comment ? demanda Harlow, plus sûre que jamais que Cian avait participé à la Guerre des Ordres. Comment font-elles ?

— C'était secret, répondit Cian. Pas parce qu'elles ne nous faisaient pas confiance, mais parce que c'était un savoir dangereux. Avec la Légion Fériante, nous avions de bonnes chances contre les Illuminés. C'est pourquoi les Héraldiques et les Arpenteuses étaient éliminés de manière systématique. Sans eux, nous ne pouvons espérer monter la moindre force contre l'Ordre des Illuminés.

Harlow lança un regard à Finn. Elle savait ce qu'il pensait, parce qu'elle pensait la même chose. Les Chevaliers des Serpens avaient été éliminés de la même manière. Cela pouvait-il avoir un rapport avec le triptyque et leur union ? Elle ne pouvait se résoudre à poser la question. Pas maintenant, alors que leur relation était encore meurtrie, et elle vit dans ses yeux qu'il ressentait la même chose. C'était comme s'ils se faisaient la promesse silencieuse d'attendre, juste un peu, avant d'aborder ce sujet.

— Et vous pensez que c'est ce que nous devrions faire ? demanda sèchement Aurelia, spécifiquement à Thea et Alaric. Combattre les Illuminés ?

Thea commença à rassembler ses papiers.

— Oui, Mère, répondit-elle d'une voix calme, mais déterminée. Je le pense. Je pense que l'Ordre des Illuminés a empoisonné Okairos pendant trop longtemps. C'est pour cette raison que nous vous avons demandé de tous venir ce soir, pour commencer à former une alliance… pour établir un plan et agir contre eux avant que quelque chose de terrible n'arrive.

— Comme quoi ? demanda Aurelia, dissimulant mal son hystérie. Nous avons vécu près de deux mille ans sans le genre de pauvreté, de guerre ou de conflits majeurs qui tourmentent les autres mondes. Selon vous, que pourrait se passer maintenant ?

Indigo, qui avait les yeux rivés sur son téléphone, le tourna vers l'assemblée.

— Quelque chose comme ça ?

Une vidéo sans son passait : c'était clairement le bâtiment de la Maison de Remiel à Nuva Troi. Il était en feu, assailli par une foule d'humains qui se faisaient massacrer par les vampires en haute définition sur l'écran.

— Qu'est-ce que c'est ? hoqueta Selene.

— Une diffusion en direct d'un café de l'autre côté de la rue, répondit Indigo. Des humains se sont rassemblés devant la Maison de Remiel en exigeant de savoir où étaient Mark et Alain Easton, qui ont apparemment tous les deux disparu. La rumeur courait déjà partout aujourd'hui. Et la situation a dégénéré. Apparemment, ils ont mis le feu au bâtiment et maintenant, les vampires les tuent pour se venger.

Les images étaient prises de l'intérieur du *Havre*. Harlow jeta un coup d'œil à Finn dont les traits étaient tirés. Il lui serra le bras, juste une fois. Elle eut l'impression de se déplacer au ralenti quand elle leva les yeux vers lui. Elle savait ce qu'il allait dire, ce qu'il allait faire. Le temps reprit son rythme normal et elle eut le sentiment d'avoir raté une occasion, même elle ne savait pas trop de quoi.

— On doit partir, annonça Finn en regardant Alaric qui acquiesça. Allez-y, vite, dit-il aux Spectres. Cian ?

— Je gère la situation ici… après avoir appelé des renforts pour vous.

Riley Quinn leva les yeux de son téléphone.

— L'Ordre Solitaire envoie de l'aide aussi. Nous sauverons autant d'humains que nous le pourrons. Pouvons-nous utiliser vos abris ? Il y en a un de l'autre côté de la rue, c'est ça ?

— Oui, répondit Cian. Organise-toi avec Nox et Arebos. Vous pourriez y aller ensemble.

Alaric embrassa Thea.

— Reste ici. Les protections assureront votre sécurité. On revient vite.

Elle acquiesça, mais Aurelia se leva.

— Nous devrions aider.

— S'il vous plaît, restez ici, leur dit Finn. Passez des coups de téléphone s'il le faut, mais les Chevaliers sont bien préparés pour ce genre de choses et je pense que l'Ordre Solitaire aussi.

Riley acquiesça et déposa un rapide baiser sur la joue d'Enzo.

— Je ne me jetterai pas dans la bataille, mon amour. Promis. J'irai au *Havre* et j'attendrai là-bas. Les Erynes seront rapidement là.

— Erynes ? demanda Harlow tandis que Alaric et Finn se téléportaient.

— Tu peux les considérer comme la Garde de la Reine, si tu veux, répondit Riley avant de l'embrasser sur la joue. On revient vite.

Puis Riley et les Spectres disparurent. Tout était allé si vite que Harlow avait la tête qui tournait. Il y avait tant de choses qu'elle ne savait pas encore à propos des Chevaliers.

— Il faut que j'y aille aussi, déclara Petra en se levant à son tour. Mais il y a des trucs sympas à manger dans le réfrigérateur et dans le four. Vous devriez manger quelque chose et vous reposer.

— Où vas-tu ? demanda Harlow, inquiète.

Petra lui prit la main.

— Je dois les aider, Harlow.

— Tu vas te battre ?

Petra éclata de rire.

— Je ne suis pas aussi délicate qu'il y paraît, dit-elle avant de se tourner vers le reste de la table. Prévoyez de dormir ici. Personne ne part avant que Finn ne dise que c'est réglé. Cian, Harlow, vous pouvez vous occuper d'installer tout le monde ?

Harlow et Cian acquiescèrent. Harlow se tourna vers l'Argent alors que Petra se téléportait.

— Si tu dois passer des coups de fil, je peux m'occuper de ma famille. Les chambres sont à l'étage ?

— Elles sont toutes prêtes pour les invités. Il y a peu de meubles, mais vous devriez trouver tout le nécessaire. Et je crois savoir que s'il y a besoin d'autre chose, tu pourras t'en occuper, non ?

— Oui, confirma Harlow alors que Cian disparaissait dans le bureau de Finn.

Petra revint par un portail, Axel dans les bras. Le chat était calme, comme s'il savait qu'il voyageait avec une amie.

— J'ai pensé que tu voudrais qu'il soit ici avec toi.

Harlow prit son chat, profondément reconnaissante envers Petra et heureuse de l'avoir invitée à entrer chez elle plus tôt, ce qui avait permis aux protections de la reconnaître.

— Merci, dit-elle tandis que Petra redisparaissait par un portail qui donnait sur la Maison de Remiel.

Larkin soupira.

— Bon, ben c'est super.

— Je suppose qu'on ferait aussi bien de manger, fit remarquer Selene en se levant.

Harlow regarda autour d'elle. Ses mères sortaient des plats de lasagnes et du pain à l'ail du frigo et les réchauffait au four. Sa famille était en sécurité. Elle n'avait pas trop de crainte pour les Chevaliers, surtout après avoir vu Finn et Alaric décimer les vampires qui l'avaient traquée, mais l'angoisse la saisissait quand même. Que se passerait-il quand ils agiraient vraiment ? Quand ils auraient réuni toutes les informations nécessaires et prendraient la décision d'agir ? Tandis qu'elle s'asseyait pour manger à la table de la cuisine de Finn, entourée de sa famille, elle se demandait combien de soirées comme ça il leur restait.

34

Le lendemain matin, Harlow était assise, enveloppée dans une couverture avec Axel dans l'alcôve de la cuisine, et buvait du thé en attendant le retour des autres. Alors que la pluie incessante battait les fenêtres de la cuisine, elle avait lancé une playlist de musique douce au piano sur les haut-parleurs de la maison. Petra lui avait envoyé un message tard dans la nuit pour lui dire que les Chevaliers se dirigeaient vers *Le Havre* pour installer les survivants humains et de ne pas les attendre. Harlow n'avait pas réussi à suivre son conseil, même si tous les autres étaient allés se coucher peu après minuit.

Axel roula sur le dos en ronflant bruyamment tandis qu'elle parcourait les sites d'actualités et de ragots. Les articles parlaient de l'incendie de la Maison de Remiel comme s'il s'agissait d'une attaque injustifiée sur les vampires. Elle leva la tête et cligna des yeux ; elle regardait son écran de téléphone depuis si longtemps qu'ils étaient secs. La petite lampe en céramique sur le comptoir de la cuisine projetait une lueur dorée dans l'obscurité. Harlow tira sur les fils de magie autour d'elle pour réchauffer son thé et contempla la pluie.

Il n'était pas surprenant que les Illuminés s'associent aux vampires pour effacer la vérité sur ce qui se passait, mais Harlow était quand même déçue. À un moment ou à un autre, cette tactique se retournerait contre eux. Trop d'humains finiraient par voir la violence perpétrée par les Ordres Immortels et ils s'y opposeraient. Harlow craignait les conséquences que leur feraient subir les Illuminés quand cela arriverait.

S'ils pouvaient se préparer un peu mieux avant que les choses n'aillent si loin, peut-être pourraient-ils empêcher des bains de sang. Elle avait téléchargé trois livres sur la Guerre des Ordres sur la liseuse de Finn et avait passé la nuit à les feuilleter pour essayer de se faire une idée de ce qui s'était passé à l'époque. Le problème, c'était qu'ils étaient tous écrits selon la perspective des Illuminés. Harlow avait besoin de meilleures histoires, de meilleurs rapports de ceux qui avaient résisté aux Illuminés dans le passé. Elle se demanda brièvement si la salle des coffres des Chevaliers à Nea Sterlis contenait des documents qui pourraient l'aider.

Harlow avait suivi un double cursus en histoire et en littérature à l'UNT, et elle avait toujours prévu d'obtenir un diplôme dans l'une des deux matières quand les choses se calmeraient. Au fond de son cœur, elle était une chercheuse, et à une époque, elle avait même été curieuse à l'excès. Cette curiosité était morte quand elle s'était mise avec Mark, mais elle la sentait renaître en elle, elle sentait ce besoin profond d'en savoir plus… de démêler les fils de l'Histoire et des histoires pour comprendre où cela les mènerait.

Axel leva la tête et sauta sur l'appui de fenêtre. Il avait entendu quelque chose. Harlow alla jeter un coup d'œil, mais ne vit rien avant que Petra et Alaric ne se téléportent dans la cour avec Nox et Arebos. Tous les quatre étaient propres et portaient des vêtements différents de la veille, mais ils avaient l'air épuisés.

Elle courut les accueillir dehors et les serra dans ses bras.

— Où sont Finn et Cian ?

Ari lui expliqua qu'ils étaient restés au *Havre*, avec Riley et les humains, et que même s'ils avaient sauvé plus d'une dizaine de personnes des vampires, les survivants étaient profondément traumatisés par l'attaque. Finn était resté pour les aider à s'installer. Quand Ari eut terminé, il posa sa main sur l'épaule de Harlow pour la réconforter et elle vit une profonde empathie dans les yeux noirs du métamorphe charismatique avant qu'il n'entre dans la maison.

Nox la salua d'un signe de tête solennel comme si elle comprenait le silence de Harlow, en suivant à l'intérieur Petra et Alaric qui avaient l'air complètement vidés.

Harlow envisagea d'envoyer un message à Finn pour lui demander s'il allait bien, mais les autres devaient être affamés et fatigués, alors elle s'affaira à leur préparer le petit déjeuner pour qu'ils puissent rapidement aller se coucher. Une voix en elle lui disait que c'était ce que Finn aurait fait en premier et cette pensée lui réchauffa le cœur. Elle apportait enfin une aide concrète et honnête. Ses ombres dansaient en elle tandis qu'elle rentrait dans la maison qu'elle considérait de plus en plus comme son foyer, malgré cette douleur sourde dans son cœur.

Les jours suivants passèrent rapidement, puisque tout le monde était occupé, à la fois à se préparer pour la suite et à aider les survivants humains à disparaître de Nuva Troi. Les jumelles apprirent à utiliser leurs talents pour les réseaux à des fins plus sombres et secrètes. Tout le monde s'accordait pour dire que savoir ce que la Maison de Remiel et les Illuminés préparaient était la priorité numéro un, et les jumelles apprenaient si vite que Harlow se demandait si elles ne fréquentaient pas le dark Web depuis déjà un certain temps.

Les Krane décidèrent de rester chez Finn pour le moment, en tout cas jusqu'au Gala du Solstice. Les jumelles inventèrent un problème de poltergeist aux *Monas* pour justifier leur absence et la fermeture de la boutique. Tout le monde savait que se débarrasser de fantômes violents n'était pas une mince affaire.

— Ça nous donne du temps pour trier les informations et décider comment procéder, expliqua Indigo.

Finn était d'accord. Les Chevaliers avaient travaillé ces dernières années sur de petits projets subversifs, mais jamais rien d'aussi sérieux que les activités perfides qu'ils devaient affronter aujourd'hui. Il était essentiel de procéder avec prudence, réunir autant d'informations que possible pour juger qui, dans les Ordres inférieurs, était digne de confiance.

Arebos et Larkin nouèrent une amitié inattendue, Ari lui enseignait des techniques de combat rapproché tandis qu'elle lui apprenait à jouer aux échecs. Les matères allaient et venaient pour évaluer la loyauté des anciens de l'Ordre des Mystères et parlaient de stratégie avec Finn et Cian jusque tard le soir. Thea s'enfermait dans la bibliothèque presque toute la journée pour essayer de comprendre pourquoi elle n'arrivait pas à restaurer les images manquantes sur leur copie du Parchemin d'Akatei.

Étrangement, ils voyaient peu Riley Quinn et quand Harlow avait interrogé Enzo, il avait gentiment refusé de partager ce qu'il savait à propos de l'implication de l'Ordre Solitaire dans l'attaque ainsi que sur l'aide qu'ils avaient apportée dans le sauvetage. Harlow avait compris quand Enzo avait choisi de quitter la maison de Finn pour rejoindre Riley : la seule question qui comptait, c'était s'il se sentait en sécurité avec Riley. Quand il lui avait répondu oui et l'avait serrée dans ses bras, elle n'avait pas insisté. Il n'avait toujours pas reçu de nouvelles des parents de Riley à propos du résidu de colère qu'il avait trouvé en elle, mais il lui avait promis de l'appeler dès qu'il en saurait plus. C'était tout ce qu'ils pouvaient faire sur ce front.

Finn et Harlow dormaient séparément et elle avait remarqué qu'il faisait attention à ne pas se retrouver seul avec elle, même si elle le surprenait en train de l'observer de temps en temps. Elle savait qu'il arrivait à Axel de dormir avec lui. Ils avaient renoncé au reste des événements de la saison et lancé la rumeur que, trop occupés à organiser les célébrations pour l'union d'Alaric et Thea, ils ne pouvaient participer à des cocktails. Les sites people les avaient crus et spéculaient sur le lieu où se tiendrait la cérémonie et si ce serait Enzo qui confectionnerait la robe.

Harlow avait demandé à Cian si les Chevaliers avaient des documents objectifs sur la Guerre des Ordres, et iel lui avait fourni tout ce qu'ils possédaient à Nuva Troi en lui promettant de lui rapporter les journaux des commandants des Chevaliers qui se trouvaient dans les coffres de Nea Sterlis après le Solstice. Le matin du Gala, elle parcourait un texte très ardu sur la physiologie des métamorphes héraldiques depuis presque deux heures et commençait à avoir l'impression que ses yeux allaient sortir de sa tête.

— Hé, tu m'écoutes ? demanda Meline en claquant des doigts devant le visage de sa sœur.

Harlow leva la tête. Elle avait du mal à se concentrer sur plusieurs choses en même temps.

— Non, désolée.

Meline soupira.

— Je disais que je pense que Finn devrait s'intéresser à ces trois entreprises humaines de technologie. Il est possible qu'elles soient dirigées par des membres de l'Ordre Solitaire et…

Les paroles de sa sœur se brouillèrent. Quand Indi et Meline étaient-elles devenues des adultes ? Elles avaient vingt ans, après tout ; Harlow, elle, n'était certainement pas aussi maligne à leur âge. Elle adressa un sourire chaleureux à sa sœur ; c'était bête de continuer à les appeler les nunuches, alors qu'elles étaient loin de l'être.

— Meli, je n'ai aucune idée de ce dont tu parles. Peut-être que tu devrais en discuter avec Finn ?

— Discuter de quoi ? demanda-t-il dans l'encadrement de la porte de la bibliothèque.

Meline remarqua le regard intense qu'il adressait à Harlow et la petite boîte en velours qu'il tenait à la main avant de secouer la tête.

— Rien. On verra plus tard. Je suis sûre qu'Ari est dans le coin.

Harlow leva les yeux au plafond tandis que sa sœur quittait la pièce.

— Dois-je m'inquiéter pour ces deux-là ?

Finn secoua la tête.

— Arebos et Nox sont super. Tes deux sœurs sont entre de bonnes mains. Même si ce n'est qu'un flirt. Je ne travaille pas avec des personnes qui traitent leurs partenaires comme de la merde.

Harlow esquissa un petit sourire.

— Qu'est-ce que tu as là ?

— Je me suis dit que je ferais mieux de te montrer ça avant ce soir, répondit-il en rougissant. Pour que tu puisses l'essayer et que je sois sûr que ça te va.

Comme ils envisageaient encore une fausse demande au gala, elle savait ce qu'il y avait dans la petite boîte, même s'ils n'en avaient pas parlé spécifiquement.

— D'accord, dit-elle en essayant de contenir les tremblements dans sa voix.

Harlow était assise dans un fauteuil qu'elle et ses ombres avaient créé. Elle avait passé du temps à confectionner des meubles ces derniers jours pour offrir un minimum de confort à la maisonnée puisqu'ils passaient énormément de temps ensemble ici. Finn prit une position inconfortable sur l'accoudoir de son fauteuil.

— Je ne sais pas trop où me mettre pour te tendre ça.

— Je crois que tu es censé mettre un genou à terre.

Il lui sourit, un sourcil levé.

— Je sais quoi faire ce soir. Mais tout de suite… C'est un peu gênant.

— Contente-toi de me le donner.

Il s'exécuta, puis se leva pour traverser la bibliothèque vide jusqu'aux fenêtres qui donnaient sur le jardin où Alaric, Arebos et les jumelles se lançaient un frisbee. Le soleil avait percé l'obscurité matinale et les bruits joyeux dehors étaient réconfortants.

Harlow ouvrit l'écrin et son cœur fit un bond quand elle vit la bague. Elle était sobre, loin du style sophistiqué et surchargé de la plupart des bijoux des Illuminés. Un saphir serti sur un anneau en or. La pierre était grosse, mais pas ostentatoire. Elle glissa la bague à son doigt ; elle lui allait à la perfection. Elle résista à l'envie de la contempler plus longtemps que nécessaire.

Elle la replaça rapidement dans sa boîte qu'elle referma brusquement. Elle roula des épaules, la gorge serrée. Elle se rappela que ce n'était pas un geste romantique. Ils travaillaient ensemble, rien de plus, jusqu'à ce qu'elle ait mis de l'ordre dans sa vie. Et à ce rythme, si elle n'avait pas de temps pour elle, elle ne savait pas quand ça arriverait.

Finn se retourna et prit une grande respiration.

— Alors, elle te va ?

— Oui, répondit-elle simplement car elle avait peur de dire quoi que ce soit d'autre.

Si elle prononçait un mot de plus, elle lui dirait qu'elle était parfaite. Que le bleu profond de la pierre lui rappelait ses ombres, et sa confection simple correspondait exactement à ce qu'elle avait toujours espéré. Elle lui tendit l'écrin avec regret.

— Parfaitement. Bien joué.

Il récupéra la bague et, si elle ne le connaissait pas aussi bien, peut-être qu'elle aurait pu croire qu'il avait l'air calme et posé, mais elle perçut le léger tremblement dans ses doigts lorsqu'il attrapa la boîte. Il était aussi affecté qu'elle par la situation.

— Très bien. Je devrais aller me doucher.

— Super, répondit-elle en faisant mine d'être captivée par son téléphone.

Le poids fantôme de sa bague sur son doigt la hantait tandis qu'elle l'écoutait monter l'escalier. Elle sentit l'attraction entre eux aussi vivement que si c'était une corde qui s'enroulait autour de sa bobine.

Elle ferma les yeux. Elle avait pris sa douche une heure plus tôt et Thea s'occuperait bientôt de son visage, ses cheveux et ses ongles. Sa robe était suspendue en haut dans la chambre que Larkin et elle partageaient, mais elle n'était pas pressée de l'enfiler. Elle était magnifique, bien sûr, mais tout dans cette soirée était une épreuve pour elle, contrairement à ce qu'elle pensait quelques semaines plus tôt.

Même si elle savait qu'ils feraient probablement semblant ce soir, les possibilités étaient encore ouvertes. La situation n'était pas aussi compliquée. Elle rit doucement. Cela avait-il été simple un jour ? Elle ferma les yeux pour retrouver une respiration régulière et se remémora une fois de plus la nuit où Mark et elle avaient rompu.

Elle essayait chaque jour d'en revoir plus, et comme l'avait fait remarquer Enzo, certains détails étaient de plus en plus clairs au fur et à mesure que les nœuds autour de la tache noire dans son esprit se démêlaient, mais elle n'avait toujours pas accès à l'ensemble de son souvenir. Elle était sûre aujourd'hui qu'elle ne pourrait pas aller de l'avant tant qu'elle n'aurait pas affronté ce que son cerveau voulait lui faire oublier.

Alors qu'elle s'enfonçait plus profondément dans les méandres de son esprit, aidée par sa magie des ombres, elle eut une image claire : Mark et elle étaient en train de se disputer, comme cela arrivait souvent. Il lui avait demandé pour la millième fois de lui révéler quelque chose qu'elle n'avait pas le droit de dire sur l'Ordre des Mystères. Mais quoi ?

Et ça se passait là, juste devant elle. Elle regardait la scène comme si c'était celle d'un vieux film. Ils apparaissaient sous ses yeux. Lui et elle. « *Comment oses-tu me parler comme ça ?* » Lui et elle. « *Pour qui tu te prends ?* » Elle attrapait Axel, disait qu'elle allait se coucher, puis… Rien, elle n'arrivait pas à se souvenir d'autre chose. Un mur de verre noir se dressait devant elle. Elle tapa dessus jusqu'à ce que ses poings lui fassent mal, mais il restait immuablement en place.

Harlow revint dans son esprit conscient. Elle baissa les yeux sur ses mains où elle ressentait une douleur lancinante. Des bleus couvraient ses poignets, manifestation physique de sa vision. Pourquoi ne pouvait-elle pas se souvenir ?

Elle monta le long escalier et ses sœurs s'agitèrent autour d'elle dans un brouillard de gestes qu'elle remarqua à peine. Son esprit était bloqué devant la vitre, avec le reflet de ses yeux qui brillaient dans le noir.

La voix de Thea pénétra ses pensées tandis qu'elle tenait délicatement les mains de Harlow devant son visage.

— Que s'est-il passé ici ?

Harlow leva la tête.

— J'ai essayé de me souvenir de la nuit de ma rupture avec Mark.

— Et quand tu t'es souvenue, ces bleus sont apparus ?

Harlow acquiesça, les yeux pleins de larmes.

— Chaque fois que je retourne dans ma mémoire, c'est comme s'il y avait une vitre entre moi et ce dont je n'arrive pas à me souvenir. J'ai frappé la vitre avec mes poings dans ma vision à l'instant, raconta-t-elle avant de soupirer, lasse. Je n'aurais pas dû essayer, mais Finn m'a montré la bague pour ce soir… et je me suis dit…

— Je sais ce que tu t'es dit, affirma Thea en secouant la tête, mais tu ne te souviens pas de ces marques ?

— Non, répondit Harlow, les sourcils froncés. Mais qu'est-ce que tu veux dire par là ?

Thea les leva face au miroir devant lequel s'était assise Harlow. Thea avait terminé ses cheveux et son maquillage.

— Quand je t'ai trouvée, tu frappais la porte de service de l'immeuble de Mark en sanglotant. Tes mains et tes bras étaient meurtris, exactement comme ça. Je n'oublierai jamais la forme de ces bleus. Sur tes genoux et tes jambes aussi. Tu étais pleine d'ecchymoses… tu m'as dit que tu étais tombée…

Harlow secoua la tête. Elle ne se souvenait de rien de tout ça. Elle s'était juste réveillée à la maison, dans le grenier, dans son ancien lit à côté de celui de Thea le lendemain matin, les yeux bouffis. Elle n'avait pas été blessée.

— Tu ne te souviens vraiment pas ?

— Non… Raconte-moi.

Thea s'accroupit devant elle et la regarda avec ses yeux lumineux.

— Je t'ai demandé comment tu t'étais fait mal et tu as dit que tu étais tombée dans l'escalier en sortant. Tu m'as raconté que tu pleurais tellement que tu avais trébuché. Je t'ai demandé pourquoi tu tambourinais à la porte, mais tu étais dans une telle détresse que je ne comprenais pas ce que tu me racontais.

Thea soupira comme si ce souvenir était physiquement douloureux.

— Je t'ai tout de suite emmenée chez une guérisseuse, poursuivit-elle. Kylar Bane. Tu ne te souviens pas ?

— Non. Attends, Kylar Bane ? La guérisseuse qu'ils ont trouvée dans le fleuve l'hiver dernier ?

— Oui. Tu veux dire que tu ne te rappelles pas l'avoir rencontrée ? Je t'ai laissée seule avec elle pendant un moment, parce que tu n'arrêtais pas d'essayer de me raconter ce qui s'était passé et tu étais si bouleversée qu'elle n'arrivait pas à soigner tes blessures.

— Je ne me souviens pas. Je me rappelle juste m'être réveillée le lendemain.

— Merde, jura Thea. Je n'ai jamais pensé à te poser la question… Mais c'est bizarre qu'elle ait été tuée peu de temps après t'avoir soignée, non ? À l'époque, j'ai pensé que c'était parce qu'elle aidait des humains à avoir des enfants en dehors du programme, mais là…

— Ça fait trop pour être une coïncidence, conclut Harlow. On devrait se pencher sur la question. J'en parlerai à Finn demain. Mais d'abord, on doit survivre à cette soirée.

Thea enroula ses bras autour de sa sœur.

— Est-ce que Mark t'a fait du mal, Harlow ? Je suis désolée, je sais que j'aurais dû te poser la question plus tôt. Mais est-ce que c'est ce qui s'est passé ?

Harlow baissa les yeux.

— Il ne m'a jamais frappée. Mais il cassait des choses qui avaient de la valeur à mes yeux. Ce n'était pas comme s'il piquait une crise et balançait le premier verre qui lui tombait sous la main. Il choisissait des trucs qui comptaient pour moi et les cassait.

Thea serra sa main encore plus fort.

— Et une fois, je l'ai réveillé après qu'il avait passé la nuit avec une autre femme. Il était censé se rendre à une réunion avec son père. Il allait être en retard. Alors j'ai essayé de le réveiller, mais il ne bougeait pas. Je l'ai secoué, j'avais peur qu'il y ait quelque chose qui cloche. Je lui ai jeté un verre d'eau à la figure et il s'est réveillé.

— Tu n'es pas obligée d'en parler si c'est trop dur.

Harlow secoua la tête.

— Je veux le dire. Il s'est réveillé si vite que je n'ai même pas eu le temps de réagir. À un moment, il était comme mort, et la seconde d'après, il me plaquait contre le mur, les mains autour de mon cou. Il me traitait de salope et ses yeux étaient vides. Je pense qu'il était encore saoul, ou peut-être défoncé, je ne sais pas vraiment. Mais j'ai réussi à m'échapper et je me suis enfermée dans la salle de bains avec Axel. Je suis restée là pendant des heures jusqu'à ce qu'il parte.

— Comment s'est-il justifié ?

Harlow supposa que c'était une question logique, mais cela prouvait bien que Thea n'avait jamais été traitée de cette façon. Harlow était à la fois envieuse et heureuse que sa sœur n'ait pas de cadre de référence. Thea avait passé la majeure partie de sa vie d'adulte à être chérie par un seul homme qui était profondément bon, malgré les parents et l'enfance qu'il avait eus. Alaric ne penserait jamais à maltraiter Thea, juste pour le plaisir de la rabaisser.

Comme ce doit être merveilleux d'être innocente comme elle, pensa-t-elle avec mélancolie.

— Il ne l'a pas fait. Il a fait comme si ce n'était pas arrivé quand je l'ai interrogé. Les autres fois, quand il a cassé mes affaires, il s'est excusé, mais cette fois-là, il a agi comme si j'avais tout inventé.

— Oh, Harlow, dit Thea avec une pitié insupportable dans la voix. C'était quand ?

Harlow rebaissa les yeux.

— Environ un mois avant qu'il ne me mette à la porte.

— Pourquoi ne nous as-tu rien dit ? À moi ou aux matères ?

Harlow se mit à rire avant de regarder sa sœur dans les yeux.

— Parce que chaque fois que je lui disais que j'allais en parler à quelqu'un, il me répondait : « Leur dire quoi ? », puis il me rappelait que tous ceux qui m'avaient aimée un jour m'avaient abandonnée. Qu'il était le seul à être resté. Il me le rappelait encore et encore jusqu'à ce que j'arrête de protester.

Le corps de Thea se contracta quand elle entendit les propos de Harlow, ces choses que Thea pensait sûrement ne jamais pouvoir arriver à des filles comme les Krane, ayant vécu une enfance heureuse, au sein d'une famille aimante. Elle devait mettre fin à cette conversation. Elle devait arrêter de penser à tout ça et jouer son rôle lors de la terrible soirée qui les attendait.

— Je pensais que personne ne comprendrait quand j'étais dans cette situation. J'ai mis des mois à en prendre conscience moi-même. Mais ça va aujourd'hui, affirma Harlow en se levant et en défroissant son peignoir. Je vais m'habiller. Tu peux me laisser une minute ?

Thea semblait vouloir dire autre chose, mais elle se contenta d'acquiescer et de quitter la pièce. Harlow enleva son peignoir et enfila la robe qu'Enzo avait confectionnée pour elle avec tant d'amour. Elle était d'un bleu saphir profond, si foncé qu'elle était presque noire, avec un décolleté qui plongeait entre ses seins. Elle était très simple, à l'exception des manches qui tombaient sur ses épaules et traînaient par terre derrière elle en une magnifique cascade de plumes. Quand elle l'avait vue pour la première fois, elle l'avait adorée. Ce soir, elle était impatiente de la retirer pour se pelotonner dans son lit avec Axel.

Elle luttait avec la fermeture Éclair quand Thea revint.

— Oh, dieux merci, tu es revenue. Je n'arrive pas à…

Elle regarda par-dessus son épaule et vit Finn. Il portait son smoking, mais sa chemise était encore ouverte.

— Thea m'a demandé de venir t'aider, dit-il d'une voix dure, même si elle voyait l'émerveillement dans ses yeux. Tu veux me tuer avec cette robe ?

Rechercher ses souvenirs cet après-midi l'avait tant épuisée que Harlow avait à peine l'énergie de ressentir la moindre émotion. En tout cas, elle n'en avait pas pour plaisanter, alors elle se contenta d'un faible sourire.

— Tu es immortel. Même si je le voulais, je ne pourrais pas te tuer.

— Harls, commença-t-il en lui caressant la joue. Thea a dit…

— S'il te plaît, murmura-t-elle avant de se retourner. Je t'en prie. On peut éviter le sujet pour le moment ?

Elle croisa son regard dans le miroir et quand il remarqua le vide dans le sien, il acquiesça. Elle sentit ses doigts chauds et doux tandis qu'il remontait la fermeture de sa robe. Il passa les bras autour de sa taille et elle n'avait pas la force de décider si c'était une bonne ou une mauvaise idée.

— Repose-toi sur moi.

— Quoi ?

— Repose-toi sur moi. Maintenant, ce soir. Laisse-moi t'aider.

Il la tira contre lui et la serra dans ses bras.

— Laisse-moi te protéger.

Le poids qu'elle ressentait sombra lentement en elle alors qu'elle se détendait contre son torse. Il ne lui demandait pas de lui parler, de tout lui raconter. Il ne lui demandait rien. Il voulait juste qu'elle l'autorise à être là pour elle, et pour sa vie ; elle ne voyait rien de mal à accepter son offre. Toutes les raisons qu'elle avait de garder ses distances s'évanouirent peu à peu quand elle le laissa la tenir dans ses bras. Ses ombres dansaient avec joie et sa volonté de faire les choses seule faiblit, comme si sa magie s'animait à l'idée même de le laisser l'aider.

Étrange, songea-t-elle tandis qu'elle fondait dans l'étreinte de Finn. Il restait immobile derrière elle, pas tendu, mais comme s'il craignait de la déranger alors qu'elle se détendait. Je me sens vraiment mieux.

Ils pourraient faire ce qu'ils avaient à faire ce soir. Faire semblant, si telle était leur mission, et demain… Demain, elle pourrait le laisser l'aider. Ils pourraient appeler les Quinn ensemble, leur demander ce qui serait nécessaire pour débloquer ce souvenir et la libérer, découvrir ce qu'était ce résidu d'émotion et la dénouer. Elle savait que Finn l'aiderait et elle en avait assez de faire les choses seule. Quand elle avait pris cette décision, cela semblait être un bon plan, mais maintenant, elle savait qu'elle avait besoin d'aide et il lui offrait la sienne. Ce soir, ils participeraient au final de la saison, et demain ils pourraient reprendre les rênes de leur avenir.

— D'accord, dit-elle en glissant ses mains dans les siennes avant de se retourner dans ses bras pour se mettre face à lui. Je me reposerai sur toi.

Elle ne voulait pas préciser de délai particulier. Elle pensait ce qu'elle disait. Elle compterait sur lui. Quoi qu'il arrive par la suite, ils l'affronteraient ensemble.

Les yeux de Finn pétillaient d'une joie indescriptible.

— Laisse-moi récupérer ma veste et on pourra y aller.

Elle acquiesça et se laissa retomber dans son fauteuil, épuisée. Harlow ne savait pas comment ils survivraient aux prochaines heures, mais elle était déterminée à en finir, parce que demain, son avenir pourrait enfin commencer.

35

Le Gala du Solstice se tenait chaque année dans les immenses jardins botaniques de Nuva Troi. Ce soir, le Jardin était éclairé par des milliers de minuscules lumières flottantes qui donnaient aux centaines de topiaires et massifs éparpillés un peu partout une allure encore plus surréaliste que d'habitude. Quel que soit l'endroit où Harlow posait le regard, les fleurs étaient épanouies et emplissaient l'air d'un parfum naturel capiteux. Les iris créaient un lit bleu à l'entrée de l'élégant jardin d'hiver. Finn gardait sa main fermement posée dans le creux du dos de Harlow alors qu'ils avançaient dans la foule.

Le reste de la famille arriverait séparément. Ils avaient décidé que, comme la grande distraction de la soirée serait la demande de Finn, il valait mieux ne pas rester ensemble. Ainsi, les autres observeraient plus facilement la réaction de la foule, et surtout des McKay et des Velarius, quand Harlow dirait oui.

— Lo, tu es superbe.

Lorsqu'elle se retourna, Harlow tomba sur Kate Spencer qui était superbe elle aussi, en combinaison blanche couverte de milliers de sequins étincelants. Son corps mince et athlétique était mis en valeur par sa cape qui tombait de ses épaules musclées jusqu'au sol.

Finn sourit et les deux femmes s'étreignirent.

— Ça me fait plaisir de te voir, Kate. Pourquoi on n'est pas sorties boire un verre ?

Kate dévorait Harlow des yeux.

— J'ai entendu dire que tu étais occupée.

Finn tenait Harlow de manière détendue et elle les regarda interagir. Ils semblaient sincèrement s'apprécier. Cette pensée réchauffa le cœur de Harlow. Cela signifiait que si Finn et elle se mettaient ensemble, Kate et elle pourraient être amies. Rien de ce genre n'était possible avec Mark. Il s'était même montré encore plus jaloux quand il avait compris que son attirance n'était pas limitée par le genre. Tout le monde était alors devenu suspect à ses yeux. Elle avait perdu le fil de la conversation entre Finn et Kate tandis qu'elle observait la foule qui tournait autour d'eux.

Dans la serre, il faisait plus chaud pour elle et il y avait trop de gens, trop d'agitation. Le sentiment désormais familier qu'elle était observée lui donnait la chair de poule malgré la température élevée. À côté d'elle, Finn se raidit comme s'il sentait lui aussi que quelque chose clochait. Il baissa les yeux sur son bras nu et renforça la pression de ses mains sur la taille de Harlow.

Kate suivit des yeux le regard de Finn.

— Qu'est-ce qui ne va pas ? demanda-t-elle à voix basse.

— Je ne sais pas encore, murmura Finn. Et si vous alliez danser pendant que je vais nous chercher à boire ?

Harlow acquiesça en s'émerveillant de la facilité avec laquelle il faisait confiance à Kate. La rapidité avec laquelle il avait adopté une attitude amicale. Comment était-ce possible ? Kate glissa ses bras autour de la taille de Harlow et elles rejoignirent les danseurs au centre de la salle.

— Qu'est-ce qu'il y a entre toi et Finn ? demanda doucement Harlow en gardant un visage agréable.

— Jalouse ? demanda Kate, étonnée.

Un petit rire échappa à Harlow.

— Non. Ça me fait plaisir.

— À moi aussi, dit Kate avec le sourire.

L'énergie dans la salle changeait. Harlow sentit une vague d'anxiété déferler sur elle avant de se sentir agressée. Elle se demanda si Kate pouvait lui mentir, si Finn et elle lui cachaient des choses. Peut-être qu'ils avaient eu une relation à Nea Sterlis, quand Finn était à Aphelion. Tandis qu'elles tournaient sur la piste de danse, ses soupçons grandirent. Elle rougit. L'avaient-ils prévu ? Tout cela n'était-il qu'un stratagème pour l'humilier ?

Ses ombres dansaient en elle pour l'apaiser et étouffer le feu qui montait à l'intérieur. Elle cligna des yeux. Kate l'observait attentivement, visiblement inquiète.

— Qu'est-ce qu'il y a, Lo ?

Harlow essaya de rester calme, mais elle se sentait perdre le contrôle de ses émotions.

— Honnêtement, je n'en sais rien. Tu n'aimes toujours que les femmes, hein ?

Kate émit un rire fort et franc.

— Je viens juste de me demander s'il n'y avait pas eu quelque chose entre toi et Finn…

L'inquiétude dans les yeux de Kate se renforça.

— Ça ne te ressemble pas. Tu as toujours fait trop confiance, selon moi.

Les mots d'Enzo résonnaient dans sa tête : « *C'était autre chose… Un vestige de rage, mais ça ne ressemblait à rien d'autre en toi.* » Bien sûr. Ce qui se passait maintenant était similaire à ce qui s'était produit au parc avec Petra. Une petite graine de ses propres sentiments avait poussé, s'était épanouie à un niveau irrationnel dont elle n'avait pas réellement conscience. Mais cette fois, c'était le cas et les émotions qui la traversaient étaient réelles.

Quelque chose remua au fond de sa mémoire, comme si au-delà de la compréhension de sa conscience, les choses commençaient à se démêler et s'assembler pour dessiner un tableau plus grand. Les paroles d'Enzo se répétaient en boucle dans sa tête, et soudain, elle pensa au livre qu'elle avait parcouru le jour où elle avait visité l'atelier d'Enzo pour la première fois. C'était quoi déjà ? *Us et coutumes du Lilu* ? Elle ne put s'empêcher de paniquer, et même si elle essayait de rester calme, Kate devina qu'elle était bouleversée.

Avant que son amie ne l'interroge, elle la devança.

— Quelle créature immortelle peut changer les émotions d'autres créatures immortelles ? dit-elle doucement en sachant très bien que Kate avait la réponse.

Les empathes pouvaient apaiser les émotions, ou transmettre une partie de leurs propres sentiments à ceux dont ils étaient proches, mais ils ne pouvaient pas vraiment changer ce que ressentait quelqu'un ou rendre leurs sentiments plus intenses. Ce qui se passait en elle actuellement était différent, menaçant et mauvais.

— Non..., souffla Kate. C'est interdit. Même la Maison de Remiel ne peut pas faire un incube. C'est impossible... Les Illuminés s'en sont assurés ; ils cherchent le Gène-I dans les contrôles obligatoires lors des donations mensuelles. Des familles humaines entières ont été anéanties parce qu'un de leur membre portait le Gène-I.

Harlow résista à l'envie de demander à Kate comment elle le savait. Pour des raisons évidentes, les vampires en savaient toujours plus sur le fonctionnement de la Banque de Sang de la Nuit, et ce qu'on faisait des renseignements récoltés. Elles n'avaient pas le temps pour cette conversation.

— Combien de temps faudrait-il à un humain pour effectuer la transformation complète ?

Kate fit tourner Harlow au rythme de la musique et cette dernière ne put s'empêcher d'être impressionnée par son calme apparent.

— Environ six mois. Peut-être neuf pour que l'incube atteigne sa pleine puissance, et jusqu'aux dernières semaines de transformation, ça ne se voit pas. Mais Harlow, même s'ils le pouvaient, pourquoi le feraient-ils ? Les incubes étaient incontrôlables, quasiment inarrêtables, même pour les Illuminés.

Harlow acquiesça, puis tira Kate hors de la piste de danse.

— On doit retrouver Finn. Maintenant. Il n'est pas près du bar.

— Dis-moi ce qu'il se passe, lança Kate en l'attrapant par le bras.

— Athan Sanvier et la Maison de Remiel ont essayé de m'enlever il y a quelques semaines. Il a sous-entendu qu'il pouvait me faire des choses horribles. Me « changer ».

Harlow cherchait Finn dans la salle, ou Alaric, ou n'importe qui de sa famille, mais il n'y avait personne. Kate la regarda l'air songeuse.

— D'accord, mais on le saurait si Athan était un incube. C'est un vampire de la pire espèce, mais Harlow… Ce n'est pas quelque chose qu'il pourrait cacher. Pas pendant des centaines d'années. Et d'ailleurs, que ferait-il pour… Non !

Harlow secoua la tête alors que Kate prenait conscience de ce qu'elle avait elle-même compris.

— Seul un incube peut transformer une sorcière en succube. Je pensais qu'il était cruel et utilisait nos plus grandes peurs contre moi, mais peut-être qu'il disait la vérité…

Écarter ses menaces si vite avait été une bêtise. Harlow traversa la foule. Si aucun membre de sa famille ni aucun Chevalier n'étaient ici, peut-être qu'ils étaient dehors. Elle essayait de paraître décontractée, mais elle sortit en tirant Kate par le bras pour atteindre la pelouse de la colline au-dessus du lac.

— Et seule une sorcière peut devenir une succube, murmura Kate derrière elle. Merde, pourquoi n'ai-je pas vu ça venir ?

— Pourquoi aurais-tu dû le voir venir ? demanda Harlow, perplexe.

Elle ne put identifier l'émotion qui passa sur le visage de Kate à la lueur de la lune et elle n'avait pas le temps de s'en préoccuper. Harlow entendit des bruits de lutte en provenance du lac. Elle allait se diriger vers eux, mais Kate l'arrêta.

— N'y va pas sans renfort. Attends ici, je vais chercher de l'aide, d'accord ?

Harlow acquiesça et Kate la poussa doucement derrière un énorme chêne. Elle tapota le nez de Harlow avec un air grave.

— Tu me promets que tu vas attendre ?

Elle acquiesça encore et Kate utilisa sa vitesse vampirique pour disparaître dans le jardin d'hiver en un clin d'œil. Dès que Harlow sut qu'elle ne pouvait plus la surveiller, elle partit vers le lac. Il était hors de question qu'elle abandonne sa famille. Si ses proches avaient des ennuis, elle trouverait un moyen de les aider.

Ses talons s'enfonçaient dans la terre meuble, alors elle retira ses escarpins et les cacha sous un lilas. Elle avança furtivement vers le lac en faisait régulièrement des pauses pour s'accroupir derrière un buisson et tendre l'oreille. Elle était sûre d'entendre la voix de Maman, mais elle n'arrivait pas à distinguer ce qu'elle disait.

Derrière une haie, elle les aperçut enfin : des individus encapuchonnés retenaient trois des personnes qu'elle aimait le plus au monde. Ses sœurs et Enzo n'étaient pas là, ni Alaric, remarqua-t-elle avec soulagement, mais il y avait les matères... et Finn.

Comment pouvaient-ils le maîtriser? Pourquoi Finn ne les téléportait-il pas ailleurs?

Elle cligna des yeux pour essayer de mieux voir. Les agresseurs devaient s'y mettre à deux pour neutraliser Finn, mais il ne se débattait pas. L'un d'eux pointait ce qui ne pouvait être qu'un pieu de frêne contre son cœur. La poitrine de Harlow se serra. Il n'en mourrait pas, mais s'ils l'enfonçaient, difficile de dire ce qu'il pourrait arriver. Aucun Illuminé n'avait subi cela depuis si longtemps qu'on ne savait pas exactement comment il serait affecté.

Harlow fit quelques pas en arrière, pensant retourner à la serre pour trouver Alaric, et peut-être Kate, même si elle ne savait pas exactement comment cette dernière aurait pu les aider. Mais elle se heurta à quelque chose... Non... Quelqu'un.

— Salut, Poupée. Heureux que tu aies pu te joindre à nous.

Mark. Il enfonça vicieusement les doigts dans ses bras et tout devint noir.

36

Quand Harlow revint à elle, elle était dans les vapes. Une odeur âcre de bois brûlé emplissait ses narines. Elle avait mal à la tête comme si elle avait bu toute la soirée. Elle peina à ouvrir les yeux et découvrit que ses bras étaient attachés. Elle entendait des voix qui se disputaient, légèrement étouffées.

Une voix féminine se plaignait.

— Tu étais censé tous les attraper, pas juste Finn et elle.

Était-ce Olivia Sanvier ?

— On n'a juste besoin d'eux.

C'était Mark. Elle n'en avait aucun doute. Harlow essaya de se débattre tout en s'efforçant d'ouvrir les yeux. Ils étaient lourds, trop lourds.

— Mais maintenant, ils savent qu'on les a enlevés. Ce n'était pas le plan. Aurelia Krane peut nous causer des problèmes.

— Vous craignez la mauvaise personne, dit une voix groggy.

Finn.

Harlow finit par réussir à ouvrir les yeux, mais sa vue était floue. Elle vit Mark mettre à Finn un revers assez puissant pour que son corps recule et tire sur les chaînes qui le contraignaient. Il avait du sang sur le visage et des hématomes commençaient à apparaître. Comment Mark pouvait-il être assez fort pour le blesser ? Aucun humain ne pouvait frapper un Illuminé assez fort pour lui faire un bleu.

Ils se trouvaient dans une pièce sombre. Tout ici était sale... Non, couvert de suie. Étaient-ils dans la Maison de Remiel qui avait brûlé ? Elle inspecta les alentours comme elle le pouvait avec la faible lumière. Ses yeux n'arrivaient toujours pas à faire le point comme si elle avait été droguée. Au loin, elle apercevait de petites fenêtres en hauteur. Ils se trouvaient dans un sous-sol. Probablement dans la cave de la Maison de Remiel, étant donné le velours rouge des fauteuils installés autour d'une table calcinée au centre de la pièce. Elle n'était pas souvent entrée dans la Maison de Remiel, mais le velours rouge était omniprésent et inoubliable. Sa gorge lui fit mal quand elle déglutit.

Lorsque Mark se tourna vers elle, tout son corps se glaça. Comment avait-elle pu se montrer aussi stupide ? Pourquoi n'y avait-elle pas pensé plus tôt ?

Mark s'était transformé en une créature cauchemardesque. Ses yeux autrefois marron avaient pris une teinte rouge terne et sa peau était pâle avec un sous-teint gris anormal. C'était le monstre sous le lit que les petites sorcières craignaient : un incube qui pouvait voler leur cœur. Non, ce n'était pas vrai. Ce n'était qu'une histoire pour les enfants.

Elle se tritura le cerveau pour se rappeler exactement le danger qui pesait sur elle, mais son esprit était trop embrouillé... Puis tout lui revint. Il pouvait la transformer en succube, une créature dont le seul but était de séduire et vider ses victimes de leur force vitale. Toute sa magie disparaîtrait, tout ce qu'elle était disparaîtrait.

La peur l'envahit et s'intensifia jusqu'à ce qu'elle vomisse de terreur, la bile brûlant sa gorge irritée. Elle avait déjà vomi aujourd'hui ? Elle baissa les yeux et vit que sa robe était tachée.

— Poupée, tu as sali ta jolie robe, fit remarquer Mark avec un sourire diabolique.

Il ne restait rien du garçon qui lui avait tenu les cheveux quand elle avait vomi à l'université. Elle pensait que c'était un monstre quand ils avaient rompu, quand il ne l'avait pas laissée récupérer Axel, mais elle ne savait pas à quel point il pouvait être mauvais jusqu'à maintenant. Aucune explication n'était nécessaire pour comprendre qu'il était prêt à lui faire du mal. Elle jeta un coup d'œil au visage ensanglanté de Finn. Il voulait leur faire du mal.

Quand elle vomit à nouveau, Finn voulut se précipiter vers elle, mais les chaînes qui liaient ses mains au-dessus de sa tête firent un bruit métallique qui heurta les oreilles de Harlow.

— Apportez-lui de l'eau, grogna-t-il.

— Non, dit Mark en le frappant une nouvelle fois. Cette petite salope n'a qu'à baigner dans sa crasse.

— Qu'est-ce que tu m'as fait ? demanda Harlow d'une voix rauque.

Elle devait le distraire pour l'empêcher de frapper Finn.

Mark se tourna vers elle, ses horribles yeux rouges se plissant pour se concentrer sur elle. En une fraction de seconde, il se retrouva devant elle et lui caressa la joue avec ses doigts gris et glacés. Il était presque aussi rapide qu'un Illuminé et c'est à peine si elle l'avait vu se déplacer.

— Je ne t'ai rien fait, Poupée… pas encore. Tu dois être réveillée pour le rituel. Mais maintenant que tu as ouvert les yeux, on va pouvoir commencer.

Olivia Sanvier sortit de l'ombre et enroula les bras autour de la taille de Mark. Son visage n'exprimait que la perversité.

— Maintenant que la grosse vache est réveillée, à quels jeux pourrait-on jouer ?

Mark sourit, mais ne répondit pas. Harlow vit quelque chose dans son expression qui trahissait ses véritables pensées. Olivia l'agaçait-elle ?

La vampire fit un pas en avant.

— Elle est déjà si pathétique, avec son stupide chat, et ses vêtements de vieilles… Bon sang, même Enzo Weraka n'a rien pu faire pour la rendre glamour, cracha Olivia avant de plonger ses yeux dans ceux de Harlow. Pourquoi es-tu aussi pitoyable, Harlow ?

Des larmes chaudes coulèrent sur les joues de Harlow. Elle était furieuse, et souvent, quand elle était en colère, elle pleurait. C'était une faiblesse qu'elle détestait, mais là, cela semblait utile. Alors que les larmes tombaient sur sa robe, elle vit la révulsion que cela évoquait à Olivia. Elle pourrait utiliser les larmes pour les tenir à distance.

Elle devait trouver un moyen de les sortir de là avant qu'Olivia et Mark ne commencent le rituel infernal pour la transformer. Elle devinait avec dégoût que son premier repas de succube était censé être Finn. Elle ne le laisserait pas faire.

— Beurk. Elle pleure.

Olivia la gifla et ses ongles griffèrent la joue de Harlow jusqu'au sang.

— Pour quelle raison pourrais-tu chialer, sale gosse gâtée ?

Finn émit un rugissement guttural. C'était comme s'il luttait contre une force invisible. Mark manipulait ses émotions. Harlow ne savait pas comment exactement fonctionnait le pouvoir des incubes. Elle savait juste qu'ils pouvaient contrôler ce qu'une autre personne ressentait et que les Illuminés n'y étaient pas immunisés. Il torturait Finn. Si seulement elle avait creusé le sujet, lu attentivement *Us et coutumes du Lilu* quand elle l'avait eu sous les yeux. Ou les dizaines de livres des *Monas* qui exploraient le tabou des créatures les plus dangereuses de l'Ordre de la Nuit.

Harlow étouffa un sanglot quand Olivia lui donna un coup dans le ventre. Elle se plia et laissa sa tête retomber en avant. Elle devait réfléchir, gagner du temps. En apparence, elle pleura encore plus fort pour provoquer Olivia. À l'intérieur, ses ombres s'agitaient. Les cris de rage et de douleur de Finn éveillèrent quelque chose en elle qui semblait bloquer les effets du pouvoir de Mark.

Si elle pouvait les distraire, elle serait capable de se libérer. Et puis quoi ? Elle ne s'était pas entraînée à utiliser ses ombres en combat. Elle ne savait même pas par où commencer. La peur la saisit. Elle était tentée d'abandonner, mais ses ombres n'aimaient pas ça. Alors elle accepta sa peur et embrassa l'idée d'être effrayée. Elle était effrayée parce que l'homme qui l'avait blessée, les personnes qui avaient fait du mal à Axel, faisaient souffrir Finn.

Et elle aimait Finn. Elle était amoureuse de lui. Son avenir était avec lui, à accomplir ce qu'il avait commencé à faire avec les Chevaliers des Serpens, et ces deux-là ne les priveraient pas de tout ça. Sa magie enflait en elle tandis que sa peur se transformait en autre chose. Quelque chose qu'elle pourrait utiliser.

Olivia lui donna un coup de poing dans la mâchoire. Soit elle n'y allait pas très fort, soit quelque chose dans la magie de Harlow la protégeait de l'impact de ses coups. Finn ne s'en tirait pas aussi bien. Ce que Mark lui faisait subir l'épuisait. Sa peau commençait à se ternir, perdant son éclat habituel, symbole de son pouvoir. Elle se demanda pendant combien de temps ils l'avaient torturé avant qu'elle ne se réveille. Il était évident que Mark et Olivia comptaient le tuer et la transformer en une bête sauvage, mais pourquoi ? Cela dépassait le simple plaisir sadique.

— Pourquoi faites-vous ça ? demanda-t-elle en injectant autant de peur que possible dans sa voix.

Elle ne savait pas encore exactement ce qu'elle allait faire. Elle devait continuer à les distraire pour détourner l'attention de Mark loin de Finn.

— Tu es vraiment aussi bête ? demanda Olivia en riant.

Harlow sanglota doucement et baissa les yeux comme si elle la craignait.

— Pourquoi ?

Olivia attrapa son menton et enfonça ses ongles dans sa peau.

— On va vous empêcher, toi et le jeune prodige ici présent, de créer la petite abomination que veulent les Illuminés.

C'était donc ça ? L'Ordre de la Nuit croyait, comme les McKay, que Harlow et Finn pouvaient engendrer une créature puissante. Tout cela prenait étrangement sens. L'Ordre de la Nuit ne comptait pas juste les tuer, ils voulaient transformer Harlow en succube pour prouver qu'ils en étaient capables. Pour prouver qu'ils pouvaient encore créer les Immortels les plus chaotiques qu'Okairos avait jamais connus et semer la terreur sur le monde. Ce n'était qu'un jeu de pouvoirs stupide entre les Immortels.

Mark se retourna alors que Finn s'écroulait, suspendu par les bras avec les chaînes. Quand il ferma les yeux, Harlow s'efforça de ne pas céder à la panique et observa patiemment sa poitrine. Ses poumons se gonflaient, mais sa respiration était superficielle. Quand le téléphone d'Olivia vibra, elle sortit de la pièce. Harlow n'entendit plus qu'une voix étouffée alors que ses pas s'éloignaient. Elle se tourna vers l'intérieur de son esprit. Il fallait qu'elle fasse quelque chose, maintenant, pendant qu'Olivia n'était pas là. Qu'elle utilise sa magie pour les sauver tous les deux.

La voix de Mark interrompit sa concentration.

— Pas de bébés pour toi, Harlow. Juste une éternité de baise et de morsure.

Pendant un très bref instant, celui lui inspira du plaisir. Mais ses ombres opposaient une résistance à la source et elle comprit lentement. Mark l'avait suivie pour influencer ses sentiments. Pour planter la graine du doute et bien d'autres choses en elle. Mais maintenant que ses ombres savaient d'où venait la menace, elles la combattaient. Elle se sentit presque aussitôt mieux, mais elle ne devait pas le montrer. Elle sentait l'influence du pouvoir de Mark, son intention, et cambra le dos en gémissant doucement.

Mark réagit comme elle l'avait escompté.

— Exactement comme ça, Poupée, grogna doucement Mark avec un sourire séducteur. Attends de voir toutes les manières dont je pourrais te faire crier de plaisir.

Finn leva légèrement la tête et croisa le regard de Harlow. Il souffrait toujours, mais elle vit que, comme elle, il exagérait. Mark se retourna vers Finn en souriant, ses nouveaux crocs brillant à la faible lueur d'une lanterne alors qu'il lui tapotait la joue.

— Pauvre petit chéri, peut-être que j'y suis allé trop fort la dernière fois. Cette petite démonstration a dû le mettre très en colère.

Mark marcha jusqu'à Harlow pour lui caresser la joue.

— Tu m'as manqué, Poupée. Mais maintenant, on va être ensemble pour l'éternité. Plus d'Ordre des Mystères. Plus de stupides sorcières. Juste toi et moi.

Olivia revint dans la pièce, manifestement furieuse étant donné la manière dont elle fusilla Harlow du regard.

— Et moi.

Mark sourit. Pendant un bref instant, elle eut l'impression de revoir ce camarade de fac dont elle était tombée amoureuse.

— Bien sûr, Liv, dit-il d'une voix douce.

Trop douce. Harlow ne comprenait pas pourquoi Olivia n'entendait pas le mensonge dans ses paroles. Elle, elle le connaissait trop bien. La princesse vampire faisait la moue, alors il s'avança vers elle pour la calmer avec des caresses et des mots.

— On la brisera ensemble. On l'épuisera, puis on la transformera. Et puis...

Il caressa la joue d'Olivia avant de l'embrasser dans le cou.

— Puis on lui servira McKay.

Ses doutes se confirmèrent. Mark promenait ses mains sur le corps d'Olivia.

— Tu verras, Liv. Ce sera marrant.

— Oui, répondit Olivia d'une voix empreinte d'un besoin d'approbation désespéré en enroulant son corps autour de celui de Mark.

Qui était pathétique maintenant ? Quoi qu'il en soit, cette interaction donnait à Harlow du temps pour pour qu'elle trouve une manière de les sortir de là. Elle plongea dans son esprit comme elle l'avait fait quand elle avait invoqué ses ombres, mais le mur de verre qui cachait le souvenir effacé de la nuit où Mark l'avait mise à la porte apparut devant elle.

Dans la réalité, Mark passa les bras autour de la taille d'Olivia et glissa une main à l'avant de son pantalon.

— C'est bon, bébé ? ronronna-t-il en lui faisant lécher le sang de Harlow sur ses doigts.

— Oh oui, gémit la vampire. Plus fort.

Ils ne regardaient pas Harlow, trop obsédés l'un par l'autre. Dans son esprit, Harlow se tenait devant la cloison de verre. Les ronces avaient désormais disparu. Les bruits mouillés que faisaient Mark et Olivia tandis qu'il lui donnait du plaisir l'empêchaient de se concentrer.

— Dis-moi comment tu lui as fait mal, le supplia Olivia. Raconte-moi la chute dans l'escalier de la pauvre petite sorcière.

— La ferme, dit Mark d'une voix glaciale.

Tout le corps de Harlow réagit si violemment à son ton qu'elle faillit ne pas se rendre compte de ce qu'avait dit Olivia. *« La chute dans l'escalier de la pauvre petite sorcière. »*

Quelle chute ?

Comment ça ?

Dans son esprit, le mur de verre se brisa en un million d'éclats et elle se glissa sans mal dans son souvenir pour le revivre.

Ils se trouvaient sur l'escalier de service de l'appartement de Mark. Leur appartement. Au-dessus, les lunes décroissaient, émettant à peine assez de lumière pour voir. La lumière vacillante à la porte lui faisait mal à la tête. Ses yeux étaient gonflés et fatigués à force de pleurer. Elle portait un sac de vêtements en bandoulière et Axel miaulait dans sa caisse de transport.

— On peut sûrement trouver une solution, non ? le suppliait-elle. On n'est pas obligés de faire ça.

Mark secouait la tête.

— Tu les préféreras toujours à moi, Poupée. Mes questions étaient innocentes, mais tu m'as prouvé que je ne pouvais pas te faire confiance.

— Innocentes ? Tu m'as demandé de découvrir comment faire un succube, Mark, disait-elle d'une voix dure.

Elle n'avait même pas essayé de prendre un ton plus plaisant. C'était une erreur qu'elle commettait plus fréquemment ces derniers temps, et elle savait qu'il le lui faisait payer.

Quand il tendit brusquement la main, elle fit un pas en arrière, manquant de tomber dans l'escalier en béton. Il la rattrapa avant qu'elle ne tombe et lui arracha la caisse d'Axel des bras.

— Merci, disait-elle doucement, mais toujours pas sur un ton qu'elle savait plus appréciable

Elle ne voulait plus s'écraser. Ils pouvaient régler leur problème de manière plus saine, elle le savait. Leur relation l'était avant, non ? Il vivait juste une mauvaise passe.

— Ce n'était qu'une question, Poupée, murmurait-il. Mais tu as réagi de manière exagérée, comme toujours. Tu fais toujours tout un plat de pas grand-chose.

Une partie d'elle le crut immédiatement. Gobait tout ce qu'il lui disait. C'était elle qui surréagissait, c'est ça ? Mais il y avait un éclat dans les yeux de Mark qui l'effrayait. Quelque chose était différent chez lui. Quelque chose de fondamental avait changé, mais elle ne savait pas quoi. Elle penchait la tête en le regardant. Elle savait qu'il voyait quelqu'un d'autre. Il l'avait déjà fait avant, mais cette fois, il y avait quelque chose de différent… mais quoi ?

Mark l'observait tandis que son corps se recroquevillait et s'éloignait de lui. Quelque chose clochait chez lui… La rage montait dans ses épaules et ses muscles contractés. Une rage qui dépassait tout ce qu'elle avait vu en lui, qui émanait de lui par des vagues qui ressemblaient presque à de la magie. Comment avait-elle pu manquer ça ? Que voyait-elle maintenant ?

— Va-t'en, grogna-t-il en la poussant.

Ses pieds quittèrent le sol et son dos heurta les marches en béton tandis qu'elle dévalait l'escalier jusqu'à ce que son crâne émette un gros craquement en touchant le sol. Quand elle leva les yeux, il était rentré et avait emporté Axel. Que s'était-il passé ? Quel était ce pouvoir qu'il avait émis ? L'avait-elle imaginé ? Il lui avait pris sa clé et elle n'avait aucun moyen de rentrer maintenant. Pas sans utiliser la magie, et elle avait trop peur d'utiliser ses pauvres pouvoirs contre lui.

Elle baissait les yeux sur ses jambes meurtries en pleurant et remontait les marches en rampant. Il l'attendait certainement de l'autre côté de la porte. Il avait déjà fait des choses similaires avant pour lui donner une leçon. Si elle le suppliait suffisamment, il lui ouvrirait la porte et elle pourrait récupérer Axel. Harlow arrivait péniblement à la porte et frappait en le priant de lui ouvrir.

Harlow ouvrit lentement les yeux, l'esprit clair. Il était déjà en train de se transformer à l'époque. Olivia et les autres personnes impliquées dans ce cauchemar devaient l'avoir transformé peu de temps après qu'ils avaient commencé à sortir ensemble. Comment avait-elle pu ne pas s'en rendre compte ? Y avait-il eu d'autres signes ? Elle secoua un peu la tête. Ce n'était pas le moment de s'en vouloir. Elle se sentirait coupable plus tard.

Mark et Olivia s'envoyaient toujours en l'air devant elle. Sa mémoire était revenue trop tard. Elle voulait crier, mais cela n'aurait servi à rien. Ses ombres s'agitaient en elle et prenaient vie.

Mais non. Il n'était pas trop tard, maintenant elle était libre. Quelque chose qui était resté fermé depuis cette nuit-là s'était ouvert, et elle était enfin libérée de Mark Easton, une bonne fois pour toutes. Elle avait peur d'utiliser sa magie sur lui à l'époque, mais ce n'était plus le cas. Le problème, c'était de comprendre comment utiliser ses ombres au mieux.

— Prends-moi maintenant, le supplia Olivia. Sous ses yeux.

— Non, répondit Mark d'une voix dure. Transformons-la et on pourra la regarder détruire McKay.

Olivia fit la moue tandis qu'elle frottait ses fesses contre le corps de Mark en se remuant de manière suggestive contre sa main. Harlow savait qu'elle n'avait pas beaucoup de temps. Mark parviendrait à ses fins parce que c'était toujours ce qu'il faisait. Elle se tourna vers ses ombres qui attendaient patiemment tout au fond d'elle.

Supprimez les chaînes, leur demanda-t-elle avec une assurance nouvelle. *Supprimez les chaînes pour Finn et moi.*

Les fils d'éther entourant les chaînes se séparèrent, doucement, lentement pour les désintégrer.

Olivia poussa un nouveau cri.

— Baise-moi, bébé. Devant elle.

Mark retourna Olivia et la pencha au-dessus de la grande table au centre de la pièce. Harlow n'avait pas le temps de les observer trop attentivement ; ses bras étaient libres, les chaînes avaient vraiment disparu. De l'autre côté de la pièce, Finn trébucha, mais se redressa rapidement. Il était bien plus mal qu'elle. Elle comprit pourquoi : des éclats de bois de frêne sortaient de son torse.

Il secoua la tête une fois et baissa les yeux. Il n'eut pas besoin de dire quoi que ce soit pour que Harlow comprenne. Il ne pouvait pas l'aider à les battre ni les téléporter à l'extérieur ; le frêne l'affectait trop. Si un Illuminé au sommet de sa puissance avait du mal à combattre un incube, comme le pourrait-elle seule ?

— Je t'ai dit ce que je voulais, Olivia, gronda Mark.

Et avant qu'Olivia, ou Harlow, ne s'en rende compte, il arracha la tête de la princesse vampire de ses épaules. Son corps se désintégra en poussière. Harlow assista à la scène du coin de l'œil parce qu'elle observait Finn et voyait l'impuissance dans ses yeux se transformer en détermination. Il lui fit signe de s'approcher de lui.

Elle n'avait pas le temps de réfléchir à l'horreur du geste de Mark, ni de prendre conscience du fait que Finn et elle seraient probablement ses victimes suivantes. Elle devait agir. C'était risqué. Mark avait toujours la tête tournée, mais tout mouvement l'informerait qu'ils étaient libres. Harlow fit confiance à Finn et courut vers lui, atterrissant dans ses bras quand elle trébucha sur le bord de sa robe. Il la redressa et la fit se retourner face à Mark qui pivotait lui aussi.

Quand il découvrit qu'ils s'étaient libérés, Harlow lut la surprise sur le visage de l'incube. Puis il se mit à rire.

— Je ne sais pas comment tu t'es débarrassée de ces chaînes, Poupée, mais peu importe. Tu ne pourras pas t'échapper. Et toi non plus, McKay. Et maintenant qu'Olivia n'est plus là, on va pouvoir s'amuser un peu.

Finn passa ses bras autour de la taille de Harlow et approcha sa bouche de son oreille.

— J'ai découvert comme les Arpenteuses se transformaient. Tu me fais confiance ?

Elle acquiesça une fois, consciente qu'il faisait référence à la Fériante. S'il savait comment l'aider à se transformer, cela pourrait être leur seule chance. Sinon, même avec ses ombres, elle savait qu'elle ne pourrait pas le battre.

Mark pencha la tête et plissa les yeux.

— Qu'est-ce que tu chuchotes à l'oreille de ma poupée, McKay ?

— Je dis adieu, dit Finn d'une voix claire et forte.

Mark éclata de rire en se laissant tomber dans un fauteuil à moitié brûlé. Cela ne l'inquiétait visiblement pas.

— Est-ce que je dois le tuer en premier, Poupée, ou tu veux qu'il nous regarde après que je t'aurai transformée ?

Mark n'était plus le même. Vu la facilité avec laquelle il avait tué Olivia, la transformation en incube allait peut-être au-delà de l'amplification des qualités personnelles, positives ou négatives, commune chez les vampires. Mais bien sûr, il était possible que ce soit la véritable personnalité de Mark.

Finn serra plus fermement la taille de Harlow en prenant soin de tenir son dos loin des éclats de bois qui sortaient de sa poitrine.

— Je suis désolé, Harls, murmura-t-il. Je ne voulais pas que ça se passe comme ça.

Mark riait à gorge déployée, les yeux fermés.

— Snif, il est désolé.

Le rire de Mark résonnait dans le sous-sol calciné. Il se retourna vers la table sur laquelle il avait pris Olivia seulement quelques minutes plus tôt. Son pouvoir en tant qu'incube était si grand qu'il se fichait que Finn et Harlow soient libres. Ses épaules étaient agitées par son rire tandis qu'il manipulait les instruments disposés sur la table. Harlow ne les avait pas vus avant, mais il s'agissait d'outils que n'importe quelle sorcière connaissait : il se préparait pour un rituel.

— Alors faites vos adieux.

Il agita la main vers eux comme si ce qu'ils faisaient n'avait aucune importance.

Mark avait peut-être mal compris Finn, mais elle, elle savait ce qu'il avait voulu dire. Il aurait voulu que tout ça se passe autrement. Qu'ils s'en sortent ensemble. Elle aurait aimé pouvoir lui dire que c'était toujours possible. Que si ça marchait, ils ne seraient plus jamais séparés… elle devait croire qu'ils avaient encore le temps pour tout ça. Harlow ferma les yeux et elle essaya de se détendre dans les bras de Finn. Quel que soit le sort qui les attendait, elle savait qu'elle ne pouvait pas réagir, sinon Mark leur sauterait dessus.

Finn enfonça les crocs dans son cou et leur venin brûlant coula dans ses veines tandis qu'il aspirait son sang. Son âme devint euphorique malgré la douleur. À la vitesse de l'éclair, il la retourna et utilisa le reste de son énergie pour mordre son propre poignet et le presser contre la bouche de Harlow. Elle ne resta confuse qu'un instant. Quand le sang de Finn toucha sa langue, ses ombres s'éveillèrent.

— Qu'est-ce que tu fous ? hurla Mark en se tournant violemment.

Harlow ne s'arrêta pas et ingéra plusieurs gorgées du sang de Finn. Son pouvoir changea, grandit, fluctua en elle si bien que cela lui rappela vaguement l'effet des drogues. Mais c'était bien plus puissant. Elle était connectée au centre du limen, l'espace entre tous les mondes, la maison noire de l'éther. Au moment où elle sentit l'attention des habitants du cœur commencer à se tourner vers elle, sa forme spirituelle la rattrapa pour assurer sa protection.

La voix de Finn l'interrompit.

— Je te l'ai dit.

Il y avait une telle arrogance dans sa voix qu'un sourire féroce s'étendit sur le visage de Harlow.

— Je dis adieu, ajouta-t-il.

Harlow se dégagea des bras de Finn alors que la magie brute palpitait dans ses veines. Ses ombres dansaient avec plaisir alors qu'elle guérissait complètement. Elle ne connaissait pas vraiment les mécaniques de la transformation, mais cela ressemblait beaucoup à ce qui s'était déjà passé avec ses pouvoirs. Il lui suffisait de vouloir quelque chose assez fort. Et elle le voulait vraiment. Plus que tout au monde, elle voulait que ça se termine.

— Adieu, Mark, lança-t-elle juste avant que sa bouche ne disparaisse.

Son corps humanoïde se transforma en quelque chose d'aviaire et meurtrier et elle n'eut aucun doute sur ce qu'elle devait faire.

Son nouveau corps se jeta sur Mark, déchira la peau de sa gorge avec son bec et arracha ses boyaux avec l'une de ses serres. La puanteur était insupportable. L'ichor se déversait dans sa bouche et tachait son bec alors qu'elle lui donnait un autre coup féroce, séparant complètement sa tête de son corps.

Elle lâcha le corps qui tomba d'abord inerte au sol. Il ne se transforma pas en poussière comme l'aurait fait celui d'un vampire, mais la chair se désintégra et ne laissa que le squelette de Mark. Elle étendit ses ailes pour quitter cet endroit, mais elle était trop grande pour passer la porte. Un bruit derrière elle attira son attention. Elle se retourna et un roucoulement s'échappa de sa gorge.

Finn s'écroula sur le fauteuil qu'avait occupé Mark. Finn. Il avait besoin de son aide. Elle marcha maladroitement sur ses serres.

— Je ne peux pas retrouver ma forme humaine, dit-elle en s'adressant directement à l'esprit de Finn.

Il retira les éclats de bois de frêne de sa poitrine en lui souriant.

— Laisse-toi une seconde pour redescendre, dit-il, remarquablement calme, étant donné qu'elle était un énorme oiseau. Ce connard a brisé ce pieu avant d'enfoncer les éclats un à un dans ma poitrine. Je suis vraiment content que tu aies évité ça.

Elle pencha la tête et prit réellement conscience de son apparence d'oiseau.

— Il est possible que j'aie un peu pleuré, avoua Finn avec une grimace en retirant un morceau particulièrement gros.

Sa chemise de smoking était complètement déchirée ; en dessous, il portait un tee-shirt qui disait : « Super Papa Chat ». L'humour dans sa voix apaisa Harlow.

— Qu'est-ce que c'est que ça ?

Sa voix sortit de sa bouche. Elle baissa les yeux et vit ses bras et ses jambes humanoïdes. Elle était nue comme un ver.

Finn leva les yeux.

— Suis-je tordu si j'ai extrêmement envie de toi à cet instant ?

Elle se mit à rire, mais des larmes coulaient sur son visage en même temps.

— On doit sortir d'ici. C'est la Maison de Remiel, c'est ça ?

Il acquiesça et enleva un autre éclat de son torse.

— Je crois que c'était le dernier.

— Tu peux nous téléporter ?

Il marqua une pause avant de secouer la tête.

— Pas encore. Mais la bonne nouvelle, c'est qu'on est dans le sous-sol, répondit-il avant retirer sa chemise déchirée. On est à côté du garage. On peut prendre l'une des voitures des vampires.

Harlow allait se diriger vers la porte, mais Finn l'attrapa par le bras.

— Doucement, dit-il en ôtant son tee-shirt. Même si je vais le regretter, tu peux enfiler ça pour que je puisse me concentrer ?

Elle attrapa son tee-shirt et l'enfila rapidement. Il était assez long pour la couvrir jusqu'aux fesses.

— C'est bon ?

— Non, dit-il doucement en la tirant dans ses bras. Pas encore.

Il plaqua sa bouche contre la sienne. Le baiser fut d'abord tendre, mais quand elle enroula les bras autour de son cou, il s'intensifia. Puis Finn s'écarta à contrecœur en gardant les mains sur ses hanches.

— Maintenant, on peut y aller.

37

Ils trouvèrent le garage derrière une lourde porte en métal.

— Je suppose que cette porte a permis aux voitures d'éviter d'exploser dans l'incendie, fit remarquer Harlow en aidant Finn à ouvrir la porte brûlée.

Sa faiblesse était inquiétante, mais elle ne dit rien. Aucun d'eux ne se retourna sur la pièce à laquelle ils avaient mis le feu avant de la quitter.

« Il sera évident qu'ils ne sont pas morts dans le premier incendie », avait dit Finn quand ils étaient sortis.

Harlow savait que c'était vrai, mais ils ne pouvaient rien y faire. Ce qu'elle avait fait… ce qu'ils avaient fait… C'était impensable. Elle s'était transformée en un oiseau géant et avait tué son ex-petit ami. Bien sûr, c'était de la légitime défense, mais Harlow doutait que cela compte beaucoup à la lumière de sa transformation en une créature mythique qui avait été traquée jusqu'à l'extinction.

— Celle-là, dit Finn en montrant un véhicule. Tu pourras la conduire ?

La voiture de sport noire était intimidante, mais elle acquiesça.

— Tu veux que je conduise ?

— Je crois qu'il va falloir, répondit-il après avoir trébuché. Je peux faire démarrer la voiture si les clés ne sont pas dedans, mais il va me falloir du temps pour me remettre du frêne.

Harlow l'aida à monter, se demandant si cette voiture avait déjà été conduite. Elle avait encore une délicieuse odeur de neuf. Elle ne trouva pas les clés. Finn plaqua sa main sur le tableau de bord et ferma les yeux. Quand le moteur vrombit, il s'affala dans son siège.

— Ça va aller, dit-il en lui prenant la main. Ramène-nous juste à la maison aussi vite que possible, d'accord ?

Elle acquiesça et trouva la télécommande pour ouvrir le portail du garage et sortir. Une lumière clignotait. Elle se souvint que les jumelles avaient dit que le réseau électrique avait été endommagé par l'incendie. Tandis qu'elle avançait vers le portail du garage, elle priait Akatei et Aphora pour qu'il s'ouvre.

Par chance, il s'ouvrit et elle put s'enfoncer dans la nuit. Dehors, sous la pluie qui tombait à verse, elle s'inséra dans la circulation. Elle aurait aimé avoir son téléphone, mais bien sûr, il avait été perdu quelque part, probablement comme celui de Finn. Quand elle regarda vers lui, il fermait les yeux.

— Tu ne devrais pas rester éveillé ?

Il secoua légèrement la tête.

— Non, dormir me fera du bien. Tu peux nous ramener ?

Harlow acquiesça. Ils avaient déjà parlé de la marche à suivre si ça tournait mal, même s'ils n'avaient pas anticipé un tel scénario. Le plan était de se retrouver chez Finn, où Larkin était restée avec Axel pour la soirée.

Les rues étaient presque vides, probablement parce que tout le monde était chez soi ou dans les bars à regarder la retransmission du Gala du Solstice. Il n'était que 23 heures. Ils avaient disparu moins de quatre heures. Elle prit le risque d'accélérer en sachant que tout le monde devait s'inquiéter pour eux. Ils se retrouvèrent rapidement à l'extérieur de la ville sur la route qui menait chez Finn.

Quand elle arriva en haut de la colline, elle cria et Finn se réveilla.

— Merde, jura-t-il. C'est…

— Notre maison, souffla-t-elle en écrasant la pédale d'accélérateur. Notre maison est en feu.

Elle se mit à paniquer et Finn posa une main sur sa cuisse.

— Gare-toi. Je pense que je peux nous téléporter là-bas.

Elle s'arrêta dans un petit bosquet.

— Ça fait partie de notre propriété. Je renverrai Nox et Ari récupérer la voiture plus tard.

Elle descendit et s'empressa de contourner la voiture pour l'aider. Il était encore si faible.

— Tu es sûr de toi ?

— Oui. Accroche-toi bien, d'accord ?

Elle obéit et ils apparurent dans l'allée.

— Finn, cria-t-elle quand il tomba à genoux.

Des mains le tirèrent loin d'elle et elle vit la gravité de l'incendie. Alaric et Cian s'occupaient déjà de Finn et Indigo et Meline couraient vers eux. Les matères n'étaient pas là, tout comme les Spectres.

— Où est Larkin ? cria-t-elle. Et Axel ?

Comme personne ne sembla l'entendre, elle se précipita vers la maison. Quelqu'un lui attrapa le bras.

— Ils sont dans la grange avec tes parentes.

Elle regarda Petra dans les yeux et se jeta dans ses bras.

— Dieux merci, vous êtes sains et saufs, murmura Petra.

Alaric et Cian aidèrent Finn à entrer dans la grange où le reste de la famille de Harlow, Riley et Enzo étaient assis sur des chaises pliantes, enveloppés dans des couvertures malgré la chaleur moite. On installa Finn sur une chaise et on lui donna à boire. Il lui fit un signe.

— Viens t'asseoir avec moi.

Elle hésita.

— Je ne veux pas te faire mal.

— Ça n'arrivera pas, affirma-t-il en la tirant sur ses genoux. Je suis surtout fatigué. Une bonne nuit de sommeil et ça ira. J'ai besoin de te sentir près de moi.

Elle se blottit dans ses bras.

— Ils vont vouloir savoir ce qui s'est passé, lui dit-il. Est-ce qu'on leur parle du gros oiseau ?

— Je pense qu'il le faut.

Tout le monde les écouta en silence. Harlow ne savait pas si c'était à cause de l'horreur de la soirée qu'ils venaient de passer ou l'état de choc général, mais pour une fois, sa famille se tut. Personne ne posa une seule question. Quand Aurelia se contenta d'acquiescer, acceptant tout ce qu'ils avaient dit, Finn demanda :

— Où sont Nox et Ari ?

— Ils maîtrisent le feu, répondit Cian. On ne peut rien faire pour la maison. Je suis désolée.

— Que s'est-il passé ?

— Je ne sais pas, répondit Larkin. Axel et moi nous étions endormis devant un film. Il m'a réveillée et j'ai vu que la maison était en feu. J'ai appelé Maman et tout le monde est rentré. Les pompiers ne sont jamais arrivés.

— Qu'ils aillent se faire voir, sérieux, grommela Alaric.

Harlow fronça les sourcils et chercha des réponses dans les yeux de Finn. Il passa le dos de sa main sur sa joue pour l'apaiser.

— Mes parents. C'est tout à fait le genre de choses qu'ils peuvent faire pour se venger d'une trahison, suggéra-t-il avec nonchalance.

Ses parents avaient mis le feu à leur maison, failli tuer sa sœur et Axel, et c'était comme s'il n'était absolument pas surpris. Toutes les horreurs qu'il lui avait racontées à leur propos commençaient à s'accumuler. Il avait peur d'eux, il craignait qu'ils s'en prennent à elle. Il n'était pas choqué qu'ils aient réduit sa maison en cendres parce qu'il avait osé se dresser contre eux. Comment son cœur pouvait-il être intact ? Ce n'était pas le moment d'aborder ce sujet. Plus tard, quand ils seraient seuls.

— Ils auraient pu tuer ma sœur, murmura-t-elle.

— Je ne pense pas qu'ils s'en soient souciés, dit Alaric, mais peut-être qu'ils croyaient qu'elle était au gala. La vie des autres n'est qu'un détail pour eux.

— Il a raison, appuya Petra. Il est probable qu'ils aient fait ça pour envoyer un message. Ce n'était peut-être pas pour déclencher une guerre entre l'Ordre des Mystères et les Illuminés.

Harlow en déduisit que les McKay se fichaient simplement qu'il y ait des blessés, tant que leur message d'intimidation était reçu. Elle n'allait pas se disputer avec Alaric et Petra à ce sujet. Pas maintenant.

— Que s'est-il passé après notre enlèvement ? Kate vous a trouvés ?

Elle remarqua le regard qu'Enzo et Riley échangèrent. Alaric secoua la tête.

— Non, personne n'a parlé à Kate.

— Alaric et Cian nous ont trouvées, intervint Aurelia, mais pas avant que les vampires ne se téléportent avec vous. Les deux vampires qui nous retenaient sont en garde à vue en train d'être interrogés.

— Les vampires se sont téléportés ? demanda Harlow.

— Les incubes peuvent faire ça, commenta Selene, avec un air sérieux.

— Mais… À la Maison de Remiel, il n'y avait que Mark et Olivia. Et elle n'était pas une incube. Vous êtes sûrs que tous les deux se sont téléportés ? Ils ne se touchaient pas ?

— J'en ai bien peur, répondit Aurelia. Il y en a deux.

— C'est une très mauvaise nouvelle, dit doucement Finn.

— Qu'est-ce qu'on fait maintenant ? demanda Larkin.

Il y eut un long silence pendant que tout le monde réfléchissait. Harlow se demanda quel était le raisonnement de chacun. Elle était morte de fatigue et avait très chaud. La grange était humide et l'air moite la dérangeait. Elle remua sur les genoux de Finn. Il déposa un baiser sur son front transpirant.

— Je crois qu'on va rentrer à la maison, dit enfin Selene.

Cette idée ne semblait convaincre personne, pas même Selene. Avec les McKay qui cherchaient à se venger et les Velarius pas très loin, rentrer, dans n'importe laquelle de leurs maisons, semblait dangereux. Mais Harlow avait l'impression que personne n'avait d'autre solution.

Cian leva la main.

— Il y a une option.

Ils se retournèrent tous vers le métamorphe.

— Laquelle ? demanda Aurelia.

Cian remua sur sa chaise pliante, mal à l'aise sous le regard pressant d'Aurelia.

— On pourrait prendre le train de nuit pour Nea Sterlis. On devrait peut-être passer à la chambre des coffres. Et prendre nos distances avec Nuva Troi pendant quelque temps.

— C'est quoi la chambre des coffres ? demanda Enzo.

— Techniquement, c'est l'espace de documentation originel des Chevaliers des Serpens, expliqua Finn. Elle se trouve sous la maison de la famille de Cian à Nea Sterlis.

— Tu n'es pas obligé de venir, si tu veux rester, dit Harlow à Enzo. Je suppose que ça pourrait se calmer pour toi si tu restais loin de nous.

— Non, dit Enzo avec détermination. J'irai où ira ma famille.

Riley lui prit la main et ils se sourirent.

— D'ailleurs, je voulais faire du repérage pour ouvrir une boutique à Nea Sterlis. Puis qui voudrait passer l'été à Nuva Troi ?

Harlow ne pouvait pas le nier. Nuva Troi était trop peuplée, humide et la chaleur était étouffante pendant les mois de juillet et août. En revanche, à Nea Sterlis, la brise marine permettait de respirer et le climat, plus chaud tout au long de l'année, se rafraîchissait en été. Après tout ce qu'ils avaient traversé, pourquoi ne pas s'évader quelque temps ?

— Et *Les Monas* ? demanda Meline.

— On va devoir fermer boutique un moment, dit Aurelia. Le bâtiment devrait être protégé.

— On pourrait dire que Harlow et Finn se sont fiancés et qu'on va à Nea Sterlis pour célébrer leur union, déclara jovialement Indigo. Ça fait une histoire romantique.

Thea s'éclaircit la voix.

— Peut-être qu'on devrait plutôt raconter que Alaric et moi nous sommes enfuis et que vous êtes tous venus avec nous. Ça ferait une histoire tout aussi belle, et comme ce n'est pas loin de la vérité, je pense que ce serait plus crédible.

« Merci », articula Harlow à sa sœur qui lui fit un signe de tête.

Nox et Ari arrivèrent pendant qu'Indigo réservaient des couchettes dans le train de 2 heures du matin pour Nea Sterlis.

— L'incendie est éteint et nous avons laissé la voiture des vampires au centre-ville, dit Ari.

Nox tendit à Harlow un tas de vêtements.

— Ce n'est qu'un jogging à moi, mais je me suis dit que tu aimerais porter autre chose pour voyager.

— Merci, dit Harlow en se glissant dans la salle de bains de la grange pendant que Finn donnait des ordres aux Spectres.

Ils garderaient un œil sur Nuva Troi et les rejoindraient à Nea Sterlis dans un mois. Ils devraient éviter toute communication dans ce laps de temps, à moins de venir délivrer les informations en personne.

Quand elle ressortit de la salle de bains, tout le monde s'entassait dans les voitures.

— Je suis désolée pour la maison, dit-elle en s'installant sur le siège conducteur de la Woody.

— Moi aussi, dit Finn.

Il portait un nouveau tee-shirt et son pantalon de smoking, Axel sur ses genoux. Il tourna la tête pour contempler la maison pendant un long moment tandis qu'ils s'éloignaient.

38

Quand ils arrivèrent à la gare d'Ambracia, les voituriers prirent leurs véhicules pour les embarquer et un concierge les guida vers leurs wagons-couchettes privés. Enzo, comme toujours quand il prenait le train, semblait nerveux, mais Harlow était contente de voir Riley lui murmurer quelque chose pour le faire sourire. Quand son meilleur ami lui fit un petit signe en entrant dans leur cabine, elle eut le sentiment que tout irait bien pour lui.

Avant qu'elle ne puisse entrer dans l'espace qu'elle partagerait avec Finn, Petra la prit à part et lui enleva Axel.

— Je vais m'occuper de ce petit monstre ce soir, si tu veux.

Harlow acquiesça et embrassa son chat sur la tête tandis qu'il ronronnait bruyamment en regardant Petra.

— Merci. Je dois prendre soin de Finn.

Axel frotta sa tête contre le visage de Petra. Il savait qu'elle allait le gâter et il semblait heureux avec elle. Petra frotta son nez contre le sien, puis se tourna vers Harlow.

— Il a besoin de repos, Harlow. De *vrai* repos.

— Moi aussi, dit Harlow avec un air endormi. Je crois que je ne vais pas garder les yeux ouverts très longtemps. Je promets que je le laisserai dormir.

— Il va me tuer s'il apprend que je t'ai dit ça, dit Petra en soupirant avant d'essuyer la sueur sur son front. Le bois de frêne peut laisser de graves séquelles à long terme. Il faut qu'il se transforme et reste dans sa vraie forme.

— D'accord, dit lentement Harlow sans comprendre.

Petra lui tapa sur l'épaule et couvrit un bâillement.

— Répète-lui juste ce que je t'ai dit. À demain.

Harlow entra dans la cabine au moment où le train se mit en marche. Elle ferma et verrouilla la porte coulissante en acajou. Les jumelles avaient râlé parce qu'elles devaient voyager dans des cabines privées de seconde classe, mais Harlow se fichait de ne pas avoir de suites spacieuses. Le simple fait qu'ils aient de l'intimité était un cadeau précieux.

Finn était dans la minuscule salle d'eau, en train de se doucher d'après les bruits qu'elle entendait. Il y avait juste assez de place pour que Harlow se tienne debout, à côté d'un lit double et d'un fauteuil près de la fenêtre. Comme le reste du train, les cabines de seconde classe étaient luxueusement décorées. Le fauteuil dans lequel elle était assise, couvert d'un velours rouge foncé avec un motif qui brouillait sa vue fatiguée, offrait un confort divin. Le lit avait l'air tout aussi douillet, mais un peu petit pour deux et était installé sous un plafond particulièrement bas. Quand Finn sortit de la salle d'eau en marbre, il donnait l'impression qu'il allait s'endormir debout.

— Dommage qu'on n'ait pas eu de places en première, marmonna-t-il en se cognant la tête dans l'encadrement de la porte trop bas. C'est à peine si je tiens dans cette cabine.

Le train accéléra alors qu'il s'asseyait sur le lit, froissant les draps en velours bleu. Comme elle ne réagissait pas, il lui donna un petit coup de pied dans le tibia.

— Qu'est-ce qu'il y a ?

— C'est quoi ton alternae ? J'ai toujours entendu que les Illuminés pouvaient se transformer, mais je n'en ai jamais vraiment vu un. Quel est le tien ?

Finn se laissa tomber sur le dos et sa tête s'enfonça dans la montagne d'oreillers.

— Fichue Petra, soupira-t-il.

Elle se leva et se glissa à côté de lui. Il passa son bras autour d'elle et la tira contre lui. Sans réfléchir, elle enroula sa jambe autour de la sienne et posa son bras sur son ventre. Il jouait avec ses cheveux en bataille d'une manière à la fois agréable et sensuelle.

— Ouais, comment ose-t-elle vouloir que tu te remettes plus vite ?

Finn glissa son bras sous la tête de Harlow tandis qu'ils se tournaient face à face. Il l'embrassa avec douceur et s'écarta avant de pouvoir approfondir leur étreinte.

— C'est ça mon alternae.

En s'asseyant brusquement, Harlow se cogna la tête contre le plafond.

— Merde, jura-t-elle alors qu'il l'invitait à se rallonger.

Il l'embrassa sur la tête et la tira sur son torse. Elle était confuse : les alternae étaient généralement des formes animales. Elles pouvaient être héréditaires, mais il y avait aussi souvent d'autres facteurs qui entraient en compte et que Harlow ne connaissait pas vraiment. Les habitudes des Élus de l'Illusion étaient mystérieuses pour les humains et les autres Ordres, puisqu'ils étaient plutôt secrets.

— Comment ça, c'est ça ton alternae ?

— C'est la forme que je porte tout le temps. Ma véritable forme est cachée.

— Pourquoi ?

Il y eut une longue pause. Harlow attendit patiemment tandis qu'elle écoutait les bruits réguliers du train qui prenait de la vitesse.

Les yeux de Finn étaient noirs à la faible lueur de la cabine, sa respiration régulière, mais légèrement laborieuse.

— Si je te dévoile ça, il n'y aura pas de retour en arrière possible. Nous pourrons rompre, mais tu seras liée à moi à jamais par ce secret. Es-tu prête pour ça ?

Ce que Finn ne comprenait pas, c'était qu'il n'y avait déjà pas de retour en arrière possible, pas maintenant. Ni jamais. Comme lui, elle ne savait pas ce qui les attendait personnellement, mais il lui avait fait découvrir un monde qu'elle ne pouvait plus fuir. Les combats de Finn étaient ses combats à partir de maintenant, et elle voulait tout savoir.

— Je ne veux pas faire marche arrière. Juste avancer, avec toi.

Elle avait envie de l'embrasser, mais elle se retint. Le moment paraissait trop solennel. Ce sur quoi ils s'accordaient aujourd'hui dépassait l'amour ou l'attirance physique, ou leur relation. Elle sentit ce poids peser sur elle et l'accepta sans se poser de question ou émettre de doute.

Quand Finn prit la parole, sa voix était marquée par une certaine distance, comme s'il n'avait jamais prononcé ces mots à voix haute.

— Les Illuminés se cachent sur Okairos. On ne peut pas dire qu'il y ait trop de voyageurs venus d'ailleurs, mais il a été décidé que, quand nous venons ici, nous ne devons jamais montrer notre vraie forme en public.

— De quoi vous cachez-vous ?

— Du reste de notre peuple. Quand nous avons quitté notre monde, nous étions supposés venir ici, éveiller la magie et commencer à entraîner ton peuple à se battre dans nos guerres. Mais les Illuminés qui sont arrivés dans le convoi originel étaient las de ces conflits sans fin sur nos terres. Ils ont décidé de ne pas y retourner. Rester ici était un choix risqué, mais mes parents n'ont pas pensé que d'autres les imiteraient.

— Tes parents faisaient partie du convoi originel ?

— Oui, tout comme les parents d'Alaric, même s'ils n'étaient pas liés à l'époque. Ils dirigeaient le convoi. Ils étaient collègues de travail en quelque sorte. Quand ils sont arrivés, le convoi allait très mal. Après quelques mois ici, ils ont décidé de ne pas éveiller la magie du tout car ça aurait alerté leur monde d'origine de leur avancée. S'ils s'inquiétaient peu d'être suivis, ils savaient que les leurs sentiraient le changement dans l'équilibre du pouvoir.

— Comment ?

— Je ne sais pas. C'est un secret qu'ils ont consciencieusement gardé, et il est probable que ce que je viens de te dire ne soit qu'une partie de la vérité. Seuls mes parents, ceux de Petra et ceux d'Alaric étaient déjà là. Tous les autres sont morts aujourd'hui.

— Ils étaient combien au départ ?

— Toute une légion, si ce qu'on m'a raconté est vrai.

Le cœur de Harlow battait de manière erratique. Et il n'en restait que six ? Qu'était-il arrivé à tous les autres ? Beaucoup avaient dû mourir dans la Guerre des Ordres, et bien sûr, les premiers Chevaliers des Serpens avaient été exécutés, mais quand même… Seulement six des premiers Illuminés vivaient encore aujourd'hui. Cela semblait étrange.

— Ne te méprends pas, Harlow, poursuivit Finn. Mes parents et les Velarius sont mauvais, mais ils sont moins mauvais que ceux qui régnaient sur la planète qu'ils ont quittée. Ils avaient enduré des siècles de guerres inutiles avant de venir ici. C'est pour ça qu'ils étaient déterminés à maintenir la paix sur Okairos et créer un paradis. Mais tu vois ce que ça a donné.

— Ils avaient de bonnes intentions autrefois, murmura Harlow, bercée par les vibrations régulières du train.

— Oui, chuchota-t-il en bâillant.

— Donc, si nous éveillons la magie, est-ce qu'on transmettra quelque chose d'Okairos au reste de la galaxie ? Quelque chose de mauvais ?

Cette pensée était préoccupante.

Elle se contorsionna légèrement pour voir son visage.

— Pour être honnête, je n'en sais rien. Ça pourrait avoir des conséquences. C'est pour ça qu'on doit procéder avec prudence. Mais je ne pense pas qu'Okairos puisse continuer comme ça, et toi ?

Harlow secoua la tête, peu à peu submergée par l'épuisement. Il y avait tant de choses qu'elle ne savait pas, qu'elle ne comprenait pas. Une partie d'elle était frustrée d'avoir été autant protégée, mise à l'écart de tout ça. Une partie plus raisonnable d'elle comprenait la complexité du problème. Connaître ces secrets était dangereux pour elle, et pour n'importe qui.

Finn remua à côté d'elle et remonta sa main dans son dos en embrassant ses paupières et ses pommettes.

— Petra a raison. Si je ne veux pas passer le reste de l'été en convalescence, je vais devoir dormir dans ma vraie forme. Tu dois me promettre que tu ne parleras jamais à personne de tout ça.

— Thea est au courant ?

Finn bâilla encore une fois.

— Oui.

— Je le promets, dit-elle en se redressant sur ses coudes. Montre-moi.

— Tu es sûre ?

— Oui. On est ensemble dans cette histoire, alors soyons ensemble sur tous les points, d'accord ?

Il caressa son visage du bout des doigts et elle sentit l'éther dans la pièce commencer à bouger. Il se transforma lentement, son teint pâle prenant une apparence presque opalescente, d'un bleu très clair. Ses cheveux châtain clair s'assombrirent pour devenir noir ébène avec des reflets bleus. Son visage était pratiquement le même, mais sa mâchoire et ses pommettes étaient plus saillantes et ses dents paraissaient plus grandes, surtout ses crocs. En fait, il était globalement plus grand, ses membres notablement plus longs, notamment ses mains qu'elle prit dans les siennes alors que ses doigts s'allongeaient.

En dehors de ces changements, c'était toujours Finn ; il était presque le même. En tout cas, jusqu'à ce qu'il roule sur le ventre. Trois paires d'énormes ailes se déployèrent quand il posa sa tête sur ses bras musclés couverts d'écailles chatoyantes.

— Ça faisait longtemps que je ne m'étais pas transformé, dit-il en observant attentivement son visage.

Les ailes étaient magnifiques et ressemblaient fortement à celles d'un dragon de feu, pensa-t-elle. En fait, ces écailles et ces ailes évoquaient quelque chose de particulièrement draconique. Elle se demanda si cela avait participé à son rapprochement avec Cian, si Cian se sentait plus à l'aise avec quelqu'un avec cette apparence sous sa forme humanoïde.

— Suis-je hideux ? demanda-t-il, les paupières lourdes.

— Pas le moins du monde, dit Harlow en l'embrassant sur le front.

Il avait besoin de dormir et elle avait besoin d'un moment seule.

— Je vais me laver.

— La douche est minuscule, murmura-t-il presque endormi.

La salle d'eau était luxueuse, mais, comme l'avait dit Finn, minuscule. Harlow regarda le carrelage du sol en verre soufflé en secouant la tête. Ce travail d'artisan était inspirant. Elle se déshabilla et entra dans la cabine de douche en marbre étroite. L'eau chaude coula sur son corps et la délassa, même si son esprit ne pouvait s'empêcher de tourner. Tout ce qu'elle avait toujours su sur les Illuminés était faux et elle essayait d'assembler les pièces du puzzle.

Les gens d'Okairos n'ignoraient pas l'existence d'autres mondes habités, ils l'apprenaient même à l'école. Mais les plus proches étaient trop éloignés pour s'y rendre, même en vaisseau spatial, et aucun autre genre de voyage intergalactique fiable n'avait jamais été développé. Mais bien sûr, c'était probablement parce que les Illuminés avaient mis fin aux recherches dans ce domaine. Qu'avait dit Cian ? *« Il y a un monde au-delà de ce que tu penses être la vérité, Harlow. Ce soir, ce n'est que le début. »*

Évidemment, Cian connaissait ce secret, et avec du recul, elle comprenait qu'iel savait qu'elle finirait par être au courant aussi. Elle se dit qu'elle pourrait nouer une belle amitié avec Cian Herrington. Elle se rinça les cheveux et regarda la saleté de la nuit être évacuée par la bonde. En sortant de la douche, elle ne put supporter de remettre les vêtements de Nox, alors elle s'enveloppa dans une serviette.

Quand elle entra dans la chambre, Finn était profondément endormi. Ses vêtements avaient disparu et étaient soigneusement pliés sur le fauteuil. Il était couvert jusqu'à la taille par les couvertures. Ses ailes remuaient légèrement dans son sommeil, mais il avait l'air détendu.

Elle se glissa dans le lit. Il n'y avait plus beaucoup de place pour elle avec sa grande taille et ses ailes, mais elle était trop fatiguée pour s'en préoccuper. Quelque chose de soyeux caressa son bras et lui donna de doux frissons dans le dos. Harlow regarda par-dessus son épaule et vit les ailes de Finn qui l'enveloppaient alors qu'il la serrait contre elle. Elle perdit sa serviette, mais ça lui était égal. Sa peau vibrait de désir à son contact.

— Tu es revenue, murmura-t-il dans son oreille alors qu'elle tendait le bras pour éteindre la lampe de chevet.

Chaque terminaison nerveuse de son corps s'éveilla quand il promena lentement, langoureusement ses mains sur ses seins et son ventre, pour descendre plus bas par moments.

— Oui, et tu es censé dormir, fit-elle remarquer quand la chambre fut plongée dans le noir.

Elle fit alors en sorte que son corps ait autant de contact que possible avec le sien.

Il glissa une main entre ses cuisses.

— J'ai fait une petite sieste pendant que tu te lavais, murmura-t-il d'une voix qui était presque la même, mais une octave plus bas, et qui vibra au fond d'elle. Maintenant, je suis bien réveillé.

Il se rapprocha d'elle et couvrit le corps de Harlow avec le sien d'un mouvement fluide. Dans cette forme, il était encore plus rapide que d'habitude, et encore plus gracieux. Ses jambes se mêlèrent aux siennes, leur peau glissant l'une contre l'autre tandis qu'il l'embrassait dans le cou. Au-dessus d'eux, ses ailes bougeaient de leur propre gré. Alors qu'il atteignait l'un de ses seins avec sa bouche et la refermait sur son téton, elle tendit le bras pour caresser l'aile la plus proche. Il frissonna de plaisir.

— Tu as besoin de te reposer, murmura-t-elle alors qu'il suçait délicatement son téton et que ses crocs effleuraient sa peau.

— Je veux être en toi, répondit-il, balayant sa protestation avec des baisers.

Elle le voulait aussi. Toute la journée avait été dure et bouleversante.

Elle écarta les jambes pour lui et il descendit le long de son corps en déposant des baisers sur son chemin jusqu'à atteindre son entrejambe. Il plaqua sa bouche sur son clitoris et glissa deux de ses très longs doigts en elle. Sa langue qui dessinait des cercles autour de sa chair gonflée la fit gémir.

Elle lui fit doucement lever la tête.

— Je ne veux pas que tu forces trop. Viens par ici.

Il remonta contre elle, sa peau comme de la soie dans cette forme. Elle glissa sa main entre eux pour saisir son sexe. Elle remarqua qu'il était plus gros aussi. Assez gros pour qu'elle se demande quelle impression cela lui ferait. Mais il continuait à caresser son clitoris en l'embrassant goulûment et faire danser sa langue avec la sienne alors qu'il gémissait dans sa bouche.

Elle écarta un peu plus les jambes et guida son membre tandis qu'il s'appuyait sur ses bras pour se placer au-dessus d'elle.

— Vas-y lentement, murmura-t-elle contre sa bouche. Je ne veux pas t'épuiser.

Quand il s'enfonça en elle, elle fut envahie par une chaleur torride. Au-dessus d'elle, les yeux de Finn brillaient légèrement dans le noir.

— Tu n'imagines pas comme c'est bon, dit-il d'une voix rauque. Je n'ai jamais été avec quelqu'un sous ma véritable forme.

— Ce que tu as fait tout à l'heure, pour m'aider à me transformer en Fériante, c'était la Revendication ? demanda-t-elle alors qu'il s'enfonçait encore un peu plus en elle.

— Non, gémit-il, distrait. Ça doit être fait pendant un rapport.

Il ralentit et la regarda dans les yeux.

— Tu le sauras quand je te revendiquerai. Ce sera notre choix à tous les deux.

Il lui coupa le souffle en la pénétrant d'un coup. Puis il s'arrêta et écarta ses cheveux humides de son visage.

— Je suis tellement content que ça ait marché. Tu as été géniale ce soir. Tu nous as sauvés.

— Je suis contente aussi, dit-elle en se cambrant vers lui pour le sentir plus profondément alors qu'elle se contractait autour de lui.

Il allait et venait avec des mouvements lents et réguliers, sans jamais détourner ses yeux brillants des siens. La respiration de Harlow était de plus en plus rapide à chaque fois que leurs corps se rencontraient. Une extase d'un nouveau genre montait en elle alors que l'air s'emplissait de magie.

Elle caressa de nouveau son aile, puis pressa légèrement ses doigts à l'endroit entre sa deuxième paire d'ailes. Il poussa un cri de plaisir en bougeant en elle et plaqua sa bouche sur la sienne pour lui donner un baiser désespéré alors qu'il jouissait violemment, son corps frissonnant de plaisir.

Il ne s'arrêta pas de bouger, même s'il avait trouvé le soulagement, et se permit d'y aller encore plus fort maintenant que la zone était bien lubrifiée.

— Ralentis, susurra-t-elle, inquiète pour lui. C'est bon. On peut dormir si tu es fatigué.

Dans la faible lumière de la cabine de train, elle le vit sourire. Dans cette forme, son sourire était sauvage, à la fois étranger et familier, et Harlow sentit son excitation monter encore.

— Je me sens tellement bien, tu n'as pas idée. C'est plus facile de guérir dans cette forme. Mon alternae ralentit tout pour moi, expliqua-t-il avant de glisser sa main entre eux pour caresser son clitoris. Laisse-moi te baiser, grogna-t-il dans son oreille. S'il te plaît.

Elle était piégée par son énorme corps et elle adorait ça. Elle adorait sentir sa force revenir et la chaleur de son désir pour elle. Sous lui, elle s'écarta et se sentit vide. Mais c'était pour se retourner sur le ventre et se mettre à quatre pattes. Il émit un bruit bestial quand il comprit son intention et enfonça immédiatement son sexe entre ses plis mouillés tout en glissant ses mains sur ses seins.

Puis il descendit ses doigts vers son clitoris en se penchant sur son dos.

— Quand ce sera le moment, ronronna-t-il, quand on l'aura décidé, je te Revendiquerai encore et encore sous cette forme. J'enfoncerai mes dents dans ton cou.

Il caressa sa gorge avec son autre main pour lui montrer l'endroit où il la mordrait. Quand elle se serra autour de lui, il émit un bruit si fort qu'elle était sûre que tout le train avait pu l'entendre. Sa main libre glissa de son cou à son sein pour pincer son téton. Elle exprima la douleur agréable par un cri.

— Et ici.

— Et où encore ? demanda-t-elle dans un gémissement.

Il la retourna sur le dos et glissa ses doigts entre ses cuisses avant de les enfoncer profondément.

— Tu veux que je te morde ici ? demanda-t-il en tapotant le pli intérieur de sa cuisse.

Elle acquiesça et il posa sa bouche sur l'endroit qu'il avait touché. Ses crocs effleurèrent sa peau, lui procurant une douleur légère. Il lécha le point qu'ils avaient égratigné avec sa langue de velours. Harlow leva le bassin vers sa bouche alors que Finn rapprochait ses doigts de sa fente, déjà sensible et glissante.

— Et ici ?

— Oui, le supplia-t-elle tandis qu'il la titillait avec sa bouche.

Comme le train se balançait sous eux, ses seins rebondissaient et Finn oublia leur jeu avant de plaquer sa bouche sur son clitoris et plonger sa langue au fond d'elle. Quand ses doigts suivirent, elle sentit ses crocs contre sa chair sensible et fut surprise d'éprouver une envie irrésistible de connaître le plaisir de cette morsure.

Il remonta le long de son corps et captura ses lèvres avec les siennes qui avaient son goût. Il la pénétra violemment. Des étoiles explosèrent devant ses yeux et ses ombres dansèrent avec la lumière vive qu'il émit quand ils jouirent ensemble. Ses six ailes se déployèrent pleinement quand il cria son nom.

Quand il ralentit, elle vit des larmes similaires aux siennes scintiller dans ses yeux. Elle le serra dans ses bras et dit sans hésiter :

— Je t'aime.

Le cœur de Finn palpita contre le sien. Un écho de l'orgasme qu'ils venaient de partager les remua alors qu'ils étaient encore connectés. Finn enfouit ses mains dans les cheveux de Harlow et lui donna un baiser profond et passionné. Quand il s'écarta, elle ne se sentait plus vide.

— Je t'ai toujours aimée, déclara-t-il avec tant d'émotion qu'elle crut qu'elle allait pleurer. Et rien dans ce monde, et dans tous les autres, ne pourrait m'en empêcher.

Elle l'embrassa tendrement avant de quitter le lit pour se rendre dans la salle de bains. Quand elle revint, il dormait profondément, sa respiration lente et profonde. Elle remarqua qu'il émettait une légère lueur et que les blessures infligées par le frêne sur son torse avaient disparu.

Harlow, les paupières lourdes, s'installa à la place qu'il lui avait laissée et il replia ses bras, ses jambes et ses ailes autour d'elle dès que sa peau toucha la sienne. Elle succomba alors à un profond sommeil sans rêves en sachant qu'elle était plus en sécurité qu'elle ne l'avait été depuis des années, enveloppée par leur amour, autrefois perdu, mais aujourd'hui retrouvé.

39

À son réveil, le train avançait toujours, mais il faisait jour. Elle était seule dans le lit. La porte de la salle d'eau était ouverte, et lorsqu'elle se redressa sur les coudes, elle vit qu'elle était vide. Malgré les rideaux, la cabine était inondée de lumière.

Alors qu'elle allait se lever, la porte de la cabine s'ouvrit et Finn entra, de nouveau dans sa forme humanoïde. Sa véritable apparence manquait déjà à Harlow, mais il avait l'air d'aller mieux. En fait, il semblait en parfaite santé. Il portait un tee-shirt blanc qui moulait son torse de manière très séduisante et un pantalon en lin qui n'était pas vraiment son style. Quand elle s'assit, elle découvrit les tongs qu'il avait aux pieds. Il était sexy, mais beaucoup trop BCBG à son goût.

Harlow dut faire de gros efforts pour ne pas rire.

— Jolie tenue, McKay, fit-elle remarquer en remuant les sourcils. Prêt pour tes vacances dans ta résidence secondaire en bord de mer ?

Il lui adressa un sourire taquin.

— Ils n'avaient que ça en magasin. Je t'ai pris quelque chose, dit-il en posant le gros sac en papier qu'il avait dans les bras. Larkin m'a aidé. On devrait être à Nea Sterlis dans une heure. On a dormi pendant presque tout le trajet.

Le sac devait contenir des vêtements. Harlow bâilla ; elle n'était pas encore bien réveillée, mais elle se sentait propre et revigorée. Les horreurs du Gala du Solstice lui semblaient appartenir à un rêve. Harlow rougit quand elle se rendit compte qu'elle était nue et que

Finn la regardait fixement avec un air séducteur, appuyé contre la porte de la salle de bains.

— Tu n'es pas obligée de t'habiller, tu sais, suggéra-t-il avant de se jeter sur elle à la vitesse de la lumière. On peut prendre le petit déjeuner ici.

— Il n'y a rien à manger.

Elle avait faim et il lui fallait du thé.

— Je ne suis pas d'accord, lui chuchota-t-il à l'oreille en baissant les couvertures pour déposer des baisers le long de sa gorge et sur ses seins. Même si on nous a déjà accusés d'empêcher les autres de dormir cette nuit.

Ils éclatèrent de rire et il la serra quand elle se blottit dans ses bras. Ici, dans leur nid d'oreillers, elle avait l'impression que le bonheur était une véritable possibilité. Les souvenirs de la nuit, de Mark et Olivia, gâchèrent ce sentiment.

— J'ai tué Mark, dit-elle difficilement.

Finn la serra encore plus fort.

- Oui.

Elle réfléchit un instant.

— Je ne ressens pas de culpabilité. Est-ce que c'est mal ?

Il la lâcha et s'appuya sur un coude.

— Non, dit-il lentement en jouant avec les cheveux de Harlow. Il allait nous détruire tous les deux. C'était évident. Et tu as réagi rapidement. Tu crois qu'il avait prévu de nous offrir une mort aussi propre ?

Harlow secoua la tête.

— Est-ce que je vais avoir des problèmes ?

Quand Finn soupira, elle sentit son cœur se serrer. Il y aurait des conséquences, elle le savait.

— Je viens d'avoir mon père au téléphone.

— Quoi ? Pourquoi lui as-tu parlé ?

Finn poussa un nouveau soupir.

— C'est lui qui a appelé, Harlow. Il savait où on était et il a appelé directement ici. Je ne pouvais pas vraiment refuser de répondre devant un train bondé. Je suis sûr qu'il le savait.

— Qu'a-t-il dit ?

— Que quoi qu'on ait fait à la Maison de Remiel, c'était justifié. Que les lieux avaient été nettoyés et que lui et moi étions quittes. Il a dit que ma mère et lui allaient prendre leurs distances, laisser tout le monde tranquille. Nous laisser tranquilles, nous et l'Ordre des Mystères. Il a dit qu'on devrait profiter de notre été.

Le cœur de Harlow battait au rythme des mots de Finn.

— Ça paraît trop facile.

— Je suis d'accord. Et le pire, c'est qu'il était sincère. Je devine toujours quand il ment. La question, c'est pourquoi… Pourquoi ils se retireraient maintenant ?

Ils restèrent allongés en silence un moment, à écouter le train. Harlow était distraite par les bruits étouffés des gens qui s'agitaient à l'extérieur.

— Ils ont eu ce qu'ils voulaient. Ou en tout cas, c'est ce qu'ils pensent. Tu leur as dit qu'on était ensemble, n'est-ce pas ?

Il acquiesça.

— Alors ils pensent qu'ils nous ont fait faire exactement ce qu'ils voulaient. Ils pensent que ce sont eux qui tirent les ficelles. Pourquoi croient-ils qu'on a tué Mark ?

— Mon père m'a félicité d'avoir éliminé mon concurrent. Il pense que j'ai tué Mark parce que j'étais jaloux. Et avant que tu poses la question, je ne crois pas qu'il soit au courant pour les incubes, et je ne lui en ai pas parlé.

— Tant mieux, dit lentement Harlow. Cela va nous donner un peu de temps.

Il se tourna vers elle.

— Oui. À ce propos, j'ai quelque chose pour toi. Tu veux t'habiller d'abord ?

— Bien sûr, dit-elle en se dégageant de ses bras.

Finn la regarda sortir du sac ce qu'il lui avait acheté. Une robe longue en lin, une paire de tongs et un ensemble de sous-vêtements en soie.

Elle se retourna. Il l'observa tandis qu'elle enfilait la culotte, puis la robe qui était ample et confortable, mais très décolletée. Il se retrouva en un clin d'œil au bord du lit et la tira entre ses jambes.

— Qu'est-ce que tu es belle, soupira-t-il en caressant les formes généreuses de ses hanches.

Elle passa un doigt sur le tatouage à l'intérieur de l'avant-bras de Finn et leurs regards se rencontrèrent quand ses muscles se contractèrent à son contact.

— Le lilas est ma fleur préférée, dit-elle, presque timidement.

Il attrapa ses doigts et les embrassa.

— Je sais.

— Et cette lune est la même que le symbole sur le temple d'Akatei.

Il acquiesça, le visage grave.

— En effet.

Elle poussa un petit soupir frustré. Elle aurait aimé lui demander ce que ce tatouage signifiait, mais cela semblait déplacé.

— Je l'ai fait l'année où j'ai appris l'existence des Chevaliers, Harlow, expliqua-t-il en prenant une profonde inspiration. Je voulais quelque chose qui me rappelle ce que je protégeais. La raison pour laquelle j'avais renoncé à ma chance d'être heureux.

— Oh.

Ce mot ne pouvait pas exprimer tout ce qu'elle ressentit à cet instant. Rien ne l'aurait pu.

— Rejoindre les Chevaliers t'a aidé ?

Il regardait fixement le rideau.

— Oui, ça m'a donné un but. Quelque chose sur quoi me concentrer après t'avoir perdue.

Elle passa les doigts sur son visage pour le mémoriser dans toute sa splendeur. Il vivait dans l'ombre alors que c'était Harlow qui possédait de la magie noire liminale. Ils se complétaient parfaitement, telles l'aube dorée et la nuit noire.

— On va passer un bon été, tu sais ça ? dit-il tandis qu'elle faisait descendre ses doigts sur son torse.

Elle acquiesça et pressa sa bouche contre ses lèvres chaudes. Il prit ses mains entre les siennes et un petit écrin en velours apparut dans sa paume. Elle rompit leur baiser et baissa les yeux.

— Tu l'as toujours ?

Il acquiesça lentement.

— J'aimerais qu'on sorte d'ici pour rendre ma déclaration publique.

— D'accord, répondit-elle, consciente que c'était la bonne chose à faire.

La mascarade serait totale, et cela leur donnerait quelques semaines ou mois pour réfléchir à un plan d'action.

— Avant ça, je veux que tu saches quelque chose. Si tu dis oui maintenant, tout ce que je dirais tout à l'heure sera réel. Je sais que ça va vite, mais…

— Oui, l'interrompit-elle. Je veux que ce soit réel. C'est déjà réel, ajouta-t-elle, la main sur le cœur. Je t'aime, et je me fiche que ce soit rapide. On a attendu ça des années.

Finn prit sa main et l'embrassa.

— Alors allons-y, tout le monde nous attend.

Il s'accroupit, lui enfila ses tongs et remit l'écrin dans sa poche. Quand il leva les yeux vers elle, son visage était détendu et sérieux.

Ils quittèrent la minuscule cabine et elle eut le souffle coupé quand elle découvrit la vue sur la côte qu'offraient les vitres du couloir. Contrairement aux eaux agitées bleu foncé qui entouraient Nuva Troi, ici, l'océan était calme et turquoise, bordé par des plages de sable qui s'étendaient à perte de vue. Le train décrivait une immense courbe tandis qu'ils entraient dans le wagon-restaurant.

Dehors, les immeubles blancs de Nea Sterlis semblaient austères devant la côte rocheuse à la végétation luxuriante. La Citadelle d'Albâtre qui abritait le Quartier du Temple se dressait au-dessus de la ville, contrastant avec le ciel sombre. Un orage s'annonçait, mais peut-être qu'il passerait rapidement et qu'ils dîneraient sous les étoiles ce soir. Harlow n'avait jamais eu l'occasion de séjourner plus de quelques jours à Nea Sterlis et elle était impatiente de passer une partie de l'été dans les bibliothèques de la Citadelle d'Albâtre.

Finn serra sa main pour attirer son attention sur l'intérieur du train. Ses amis et sa famille étaient tous assis autour de tables qui avaient été rapprochées, et buvaient déjà du thé en mangeant des croissants qui firent saliver Harlow. Mais Finn secoua la tête, un sourire au coin des lèvres, tandis qu'il entremêlait ses doigts aux siens. De nombreuses autres personnes se trouvaient dans le wagon-restaurant, la plupart faisant mine d'être occupés, même si Harlow eut l'impression qu'un couple d'humains essayait de prendre Thea et Alaric en photo. Elle se dirigea vers une chaise et Finn se plaça devant elle.

Ils bloquaient l'allée. Elle jeta un coup d'œil aux serveurs, craignant que cela ne les contrarie, mais elle vit les plateaux de vins pétillants qu'ils tenaient en souriant et comprit. Lentement, elle se tourna vers Finn, les joues rosies et le cœur battant si fort qu'elle était sûre que tout le wagon l'entendait.

— Hé, Harls, dit Finn d'une voix grave qui fit taire toute conversation.

Il ne dit rien d'autre, mais posa un genou à terre et prit sa main dans la sienne. Elle le vit chercher ses mots, la gorge serrée. Elle porta la main de Finn à son cœur et une larme lui échappa avant de rouler lentement sur sa joue. Un grand discours aurait été inutile ; ils s'étaient dit tout ce qu'il fallait en privé.

Il sortit l'écrin de velours de sa poche et tira la main de Harlow à son niveau.

— Veux-tu être ma femme ? murmura-t-il, la voix chargée d'émotion.

— Pour toujours, répondit-elle tandis qu'il glissait la bague au saphir à son doigt.

Les applaudissements et les acclamations retentirent tandis qu'il se relevait et l'embrassait si passionnément qu'elle était presque gênée que sa famille en soit témoin. Presque. Elle entendit vaguement Aurelia dire à Selene :

— Je crois qu'on peut arrêter de s'inquiéter pour la vie amoureuse de Harlow, mon amour.

— Je crois, oui, répliqua Selene avec un petit reniflement.

Quand ils se tournèrent pour prendre leurs places autour de la table, les matères rayonnaient de fierté. Tout le monde prit la parole à son tour, comme c'était une tradition dans sa famille, et elle sut en croisant le regard de chacun de ses proches qu'ils comprenaient que la demande était réelle et qu'elle était enfin heureuse.

Cian se leva de table pour passer un appel et tapota son épaule en passant.

— Bienvenue dans la famille, Harlow.

— À toi aussi, répondit-elle en souriant à Finn alors que Cian s'éloignait. Bienvenue dans ma famille.

Épilogue

La pluie martelait la mer, et le tonnerre retentit tandis qu'un éclair illuminait le ciel. Alors que le hors-bord était ballotté par les vagues, Aislin McKay avait le teint grisâtre.

— Pourquoi est-ce qu'on doit se retrouver ici ?

— Tu sais exactement pourquoi, aboya Pasiphae Velarius d'une voix dure alors que le bateau s'éloignait de la côte.

Aislin ne répondit pas, mais fusilla Pasiphae du regard avant de courir vers la salle de bains. Ses vomissements résonnèrent dans la cabine.

— Où est ton mari ? demanda Connor à l'Archichancelière quand son épouse revint à la table en s'essuyant les lèvres avec un mouchoir en soie.

— Ça ne te regarde pas, répondit Pasiphae qui incarnait parfaitement la cheffe des Illuminés qu'elle était. Montre-moi les photos.

Connor posa six photos sur la table en acajou. La cabine de la vedette était bien entretenue, comme tout ce qui lui appartenait, y compris sa femme, qui avait une mine affreuse, mais portait une tenue adaptée à l'occasion ; une robe qui épousait son corps menu.

Un petit gémissement dans le coin de la cabine attira son attention.

— Du calme, commanda-t-il en lançant un regard noir à la créature tremblante.

Aislin leva les yeux au plafond.

— Je ne comprendrai jamais ton besoin d'amener tes bêtes dans des moments pareils.

Connor haussa les épaules et pointa le doigt sur l'une des photos pour attirer l'attention de Pasiphae.

— On voit les dents sur celle-là. Les corps sont brûlés, mais tu remarqueras qu'elles n'ont pas la forme que l'on voit habituellement chez les vampires.

Pasiphae étudia la photo attentivement, les lèvres pincées.

— Non, c'est vrai.

— On a un problème, dit Connor.

— Finn s'en est occupé, affirma Aislin.

Sa peau devenait verte maintenant que le bateau était violemment agité par la tempête.

— On avait un problème, mais c'est fini.

Avant qu'elle ait le temps de reculer, Connor gifla violemment Aislin.

— Si je te dis qu'on a un problème, c'est qu'on a un putain de problème.

Les yeux d'Aislin brillaient de haine. Pasiphae soupira, exaspérée. Elle était certaine qu'ils coucheraient ensemble avant même qu'elle ne descende de ce bateau ; les Revendiqués étaient tous les mêmes.

— C'est quoi ton problème alors, Connor ? Je suis d'accord : le fait que les vampires ont redécouvert comment créer des incubes n'est pas idéal, mais comme le fait remarquer Aislin, la créature a été anéantie. Ton fils l'a anéantie. Tu sais aussi bien que moi que le Gène-I est rare chez les humains. Il est peu probable qu'ils puissent renouveler leur expérience.

Connor poussa une enveloppe en kraft sur la table. Pasiphae la regarda, visiblement lasse.

— Pourquoi devrais-je regarder un dossier du MPU ?

— L'incube mort, dit Connor en désignant les photos des corps calcinés dans le sous-sol de la Maison de Remiel, c'est Mark Easton. Cette enveloppe contient le rapport du MPU sur son père, Alain Easton, toujours porté disparu.

— Oh, dit Pasiphae avant de boire son whisky. En effet, c'est un problème.

— Oui, grogna Connor.

— Comment ont-ils pu faire ça sans qu'on soit au courant ?

— L'argent, le statut... Les Easton ont utilisé leur fortune pour échapper à l'obligation de don de sang et au destin de leur famille depuis des générations, répondit Connor avec un air de dégoût.

— Notre corruption causera notre perte, Connor, déclara Pasiphae.

Il la regarda avec mépris, clairement impatient d'en finir.

— Mes hommes ont trouvé des traces de bois de frênes sur le sol de cette cave. Finn n'a pas pu tuer l'incube seul. Harlow Krane était avec lui.

Un silence suivit, les deux femmes envisageant les différentes éventualités.

— Impossible, lança Aislin. Cette petite conne ne serait même pas capable de l'aider à sortir d'une boîte en carton.

— La tête d'Easton a été tranchée, répondit Connor. Arrachée de son corps. Finn n'aurait pas pu faire ça, même avec toutes ses forces. Pas à un incube, surtout pas un qui venait d'être transformé. Contrairement aux vampires, ils sont plus forts les premiers mois de leur nouvelle vie.

— Alors comment ? demanda Pasiphae.

Connor s'enfonça dans sa chaise, le regard noir.

— La « petite conne » est une Fériante.

— Tu ne peux pas en être sûr, répliqua Aislin en se levant pour faire les cent pas.

— Non, répondit Connor. Mais je vais le découvrir.

— On va mettre des hommes sur le coup immédiatement, dit Pasiphae. Ils sont tous allés à Nea Sterlis pour l'été. On va les faire surveiller.

— Vous avez intérêt, fit remarquer Aislin. Ce qu'on a caché à Nea Sterlis est trop...

— Tu n'as pas besoin de m'apprendre ce que je dois faire, Aislin, l'interrompit Pasiphae. Je connais les enjeux aussi bien que toi.

Connor leva les yeux au ciel tandis que les deux femmes les plus importantes de sa vie se fusillaient du regard.

— Assez discuté. Mangeons.

Aislin sourit et se retrouva de l'autre côté de la pièce en un instant.

— Viens, toutou, dit-elle à l'humain tapi dans le coin. C'est l'heure du dîner.

Dehors, un orage typique du début de l'été faisait rage, et des cris furent bientôt étouffés par les vagues qui s'écrasaient contre le rivage rocheux.

Glossaire

Akatei : Déesse protectrice de l'Ordre des Mystères.
Alicorne : Métamorphe héraldique. Une alicorne est une licorne avec des ailes.
Alternae : forme non-humaine dans laquelle se transforme un métamorphe.
Aphora : Sœur d'Akatei. Déesse de la beauté, de l'art et de l'amour.
Apparié : Engagé dans une relation sérieuse. Être apparié n'implique pas nécessairement la monogamie.
Argent : dragon de feu argenté.
Chimère : Métamorphe héraldique. Peut apparaître comme une combinaison de plusieurs animaux différents, mais, la plupart du temps, possède le corps d'un lion, une queue avec des écailles et des piques empoisonnés, et une paire de cornes similaires à celles d'une chèvre.
Dragon de feu : Métamorphe héraldique. Possède la capacité de souffler du feu. Il a deux jambes et des ailes qui lui permettent de voler ou qu'il peut utiliser comme des bras.
Éther : énergie élémentaire qui donne la vie et génère la magie.
Griffon : Métamorphe héraldique. Possède le corps d'un lion, la tête d'un aigle royal et des ailes couvertes de plumes.
Incube : Créature vampirique qui se nourrit de la peur humaine et immortelle et d'autres émotions fortes. Possède la capacité de manipuler les émotions et est physiquement plus puissante que les vampires et les Illuminés.

Lié : Marié.
Limen : Espace entre les mondes, sentiers spirituels, foyer du « cœur » d'où vient l'énergie éthérée.
Matère : Synonyme de mère.
Métamorphes héraldiques : Métamorphes prétendus disparus qui possèdent une forme humanoïde et un alternae similaire à une créature mythologique. Souvent utilisés dans l'imagerie héraldique pour représenter la force surnaturelle et la noblesse.
Nea Sterlis : Ville du sud de Nytra. Abrite la Flèche d'Albâtre et le Quartier du Temple qui sont connus comme la « citadelle des dieux ».
Nuva Troi : Ville côtière dans la région centrale de Nytra. Abrite le siège des Ordres Immortels, capitale du monde. Les Immortels les plus puissants possèdent une maison à Nuva Troi.
Nytra : Plus puissant pays d'Okairos.
Okairos : Planète sur laquelle se déroule le roman.
Pallyra : Robes cérémoniales des Ordres Immortels.
Raia : Mère d'Akatei et Aphora.
Solon Mai : Équinoxe de printemps.
Succube : Créature vampirique qui se nourrit essentiellement d'énergie sexuelle. Seule une sorcière peut être transformée en succube et seul un incube peut les transformer.
Voltos : Dieu de l'Illusion et protecteur de l'Ordre des Masques. Voltos est de genre fluide et les métamorphes sont son peuple « élu ». On dit qu'ils ont l'honneur de posséder la capacité de Voltos de voir au-delà de la perception naturelle et de changer de formes, d'où leur surnom « d'Élus de l'Illusion ».

Note de l'autrice et remerciements

Je tiens à remercier ma mère de m'avoir laissé regarder autant de feuilletons quand j'étais petite. Pendant longtemps, j'ai cru que mon premier « métier de rêve » était de devenir biologiste marine. Je suis heureuse de m'être souvenue cette année qu'en fait mon premier rêve était d'écrire des *soaps*.

Ce que j'aime le plus dans ce genre de séries, c'est que, oui, il y a beaucoup de romance, mais il y a aussi généralement beaucoup de drames. Et ces drames sont souvent un mélange délicieux de relations interpersonnelles et d'éléments extérieurs, que ce soit le travail, la politique ou d'autres sujets. Grandir avec ces sagas signifie que j'ai compris l'importance de la romance, mais que toutes sortes de choses pouvaient perturber des relations romantiques : la famille, le travail et des retournements de situation complètement fous.

Écrire de la romance fantasy, c'est comme revenir à qui je suis vraiment et cela me rend tellement heureuse. Ça m'a pris du temps, mais maintenant, je ne bougerai plus. Venons-en au moment où je cite les noms, parce qu'il faut tout un village pour publier un livre.

Merci à : Nikki Colinarez et Sara McCormick qui ont aimé ce livre férocement dès le début et m'ont encouragée quand je disais que j'écrivais quelque chose de croustillant. À Holly Karlsson, qui m'accompagne dans la vie de tant de manières que je ne trouverai jamais les mots pour la remercier assez, merci d'aimer mon écriture. À Nicola Hastings qui détecte ce qui peut m'échapper, encore et toujours. À Maria Sclafani qui pose les meilleures questions et Annie D'Orazio qui lit même quand elle n'a pas le temps. À Sarah Guthu qui est une formidable caisse de résonance et Victoria Mier qui m'a parlé de ce livre pendant des heures. Merci Lindsay Holt d'avoir encore fait

du Duke and Duchess cette année, le thé est mon carburant pour tout ce que je fais, et c'est celui-ci qui a alimenté ce livre.
À Kenna Kettrick qui me pousse constamment à être meilleure et en qui j'ai entièrement confiance.
À Christin Engelberth, par où commencer ? Merci d'aimer mes notes trop détaillées. Merci de toujours me donner le sentiment que mon projet est aussi important pour toi qu'il l'est pour moi. Merci d'être une si merveilleuse artiste, mais surtout, merci infiniment d'être une si bonne amie.
Merci à tout le monde chez Book Tour Gals. Vous ne le savez peut-être pas, mais le jour où tout s'est écroulé, notre conversation de groupe m'a donné le sentiment que je serais capable de me relever et de reprendre le livre.
À Doug, pour ma pièce à moi, et qui m'a appris que l'amour est véritablement un puits intarissable.
Enfin, et franchement c'est le plus important, merci énormément aux lecteurs de la première heure qui ont aimé ce livre immédiatement, qui ont dit qu'ils l'adoreraient s'il avait pour couverture un sac-poubelle, qui adorent Harlow, qui pensent que Finn est un peu rêveur, qui craquent pour l'insaisissable Kate Spencer. Merci infiniment à vous tous.
Tout ce que je fais, je le fais pour vous. Je vous remercie chaque jour de me permettre d'être une écrivaine. La Allison âgée de treize ans me trouve cool grâce à vous.

Achevé d'imprimer en septembre 2024
Par CPI Brodard & Taupin à La Flèche
N° d'impression : 3057882
Dépôt légal : octobre 2024
Imprimé en France
81122726-1